纳兰词

凡尘最美的情花

纳兰容若 著

（纳若笺注）

文汇出版社

图书在版编目（CIP）数据

纳兰词：凡尘最美的情花 / 纳兰容若著. --
上海：文汇出版社，2014.11
ISBN 978-7-5496-1314-4

Ⅰ. ①纳… Ⅱ. ①纳… Ⅲ. ①词（文学）—作品集—中国—清代 Ⅳ. ①I222.849

中国版本图书馆CIP数据核字(2014)第244300号

纳兰词：凡尘最美的情花

出版人 / 桂国强
作　者 / 纳兰容若
笺　注 / 纳　若
责任编辑 / 戴　铮
封面装帧 / 嫁衣工舍
出版发行 / 文汇出版社
上海市威海路 755 号
（邮政编码 200041）
经　销 / 全国新华书店
印刷装订 / 三河市金泰源印务有限公司
版　次 / 2014 年 12 月第 1 版
印　次 / 2019 年 1 月第 2 次印刷
开　本 / 889×1194　1/16
字　数 / 323 千字
印　张 / 24

ISBN　978-7-5496-1314-4
定 价：39.80 元

此一生
与谁初见

第一次知道纳兰容若，未知其事，心已初动。这世间，怎有如此美丽的名字。第一次读《纳兰词》，未经深解，满腔忧愁。这世间，怎有如此忧伤的心境。

然后，开始品纳兰，解纳兰。

看他写道："被酒莫惊春睡重，赌书消得泼茶香。当时只道是寻常。"心，随着他的一纸辛酸，蜿蜒流转，想起曾经遇见的人，错过的情。原来，红尘不解风月，几百年前的他，几百年后的我们，都在历经爱恨跌宕。惊觉，岁月不过一场轮回，悲欢离合自古之事，曾经的纳兰，现在的我们，都不过芸芸众生，逃不开，猜不透，世事无常。

如果，人生能只如初见，多好。她仍是那个红袖添香的温婉女子，他仍做那人间莲花一朵，不问忧愁。只是，取不到的经是曾经，得不到的果是如果。

人生，总是会变的，世事，总是莫测的。

卢氏的去世猝不及防。他还没来得及对她好好说一句我爱你，她便带着对他的思念、不舍，离尘远去。

人间天上，生死两茫茫。

想起，他为妻子卢氏写下的无数阕悼亡词；想起，他千万次午夜梦回时，落花人独立的落寞；想起，他执笔，铺纸泼墨，记下百转千回对她的悔和憾。

想起他，想起流年易暗换，梦远总心惊。

一直在问自己：纳兰容若，会是怎样一个男子。不知。但我想，前世，他应是佛前那朵最美的莲花。身在佛天圣地，贪恋红尘情意，所以注定了要来人间走一遭，经历这情天孽海里的风花雪月。

所以，他爱上一个人，又失去一个人；所以，他一生一代，只为一人，瘦尽春光。她像是他在凡尘里命定的劫难，经历之后，勘破之际，仍要回到那无欲无念的净地。

他在这烟花一样繁盛的人间，仅仅停留了三十年。

三十年间，他承载了前世身为莲花的使命，将纯粹与善念洒满人间。他的每一阕词里，都有对爱情最初最美的执念，他的每一处文字里都闪耀着他冰洁、清雅的禅心，他的每一曲吟唱里，都流转着他悲悯、宽厚的情怀。

清雅莲花心，度千万苍生。他离开后，他的每一个字，每一首词，都能让我们感动地落下眼泪。

三十年的凡尘时光，几百年的情深意重。如果，他知道，他的那一句“人生若只如初见”会让每一个人记起生命中最初的心动，会让我们想起爱情最美的样子，我想，他不后悔，雨歇微凉后的每一次执笔落字。

而我亦不后悔，在此刻夏雨滂沱的桌案，写下对他的怀念。

人生，当有一个纳兰容若一样的男子，惊艳时光，温柔岁月。

在仲夏的薄暮中，遥望天边，恍若看到有一男子宛若水中红莲，神一般的风骨，水一样的内秀。

唯愿，每一个喜欢纳兰的人，都能持一颗清风明月心，携一世悠闲光阴，静默相爱，欢喜相安。

·第一辑　此一生，与谁初见

此一生，与谁初见又有什么关系呢？你看，这些轮回了千年的花种，至今还在无我无他地盛开。但，此一生，注定要与纳兰容若邂逅。

· 第二辑　不是人间富贵花

在佛前，他素淡如莲，度化苍生；在人间，他繁花似锦，惊喜悲戚。

·第三辑　人生若只如初见

我们见他倾城才貌，我们为他倾心不悔。

·第四辑　当时只道是寻常

“当时只道是寻常”，字字寻常，而情非寻常。当时寻常，如今处处是非常。

·第五辑　韶华如梦水东流

当菩提跌入红尘，在某一个光阴的拐角猝然遇见了爱情，于是注定今生的红尘孤独。

·第六辑　春丛认取双栖蝶

爱是永远无法解释的根，纳兰用一生守护着这份无用的天真与深情——以一种不带敌意的固执，一种不含诱惑的痴念。

·第七辑　一宵冷雨葬名花

他一直没有忘记，一直在用他那颗诗人的心，敏感的心，即使无能为力，也决不妥协。

·第八辑　一世荣辱尽归尘

一个诗词和情爱的世界里，最美的国王。

·第一辑　此一生，与谁初见

此一生，与谁初见又有什么关系呢？你看，这些轮回了千年的花种，至今还在无我无他地盛开。但，此一生，注定要与纳兰容若邂逅。

少年游

算来好景只如斯。惟许有情知。寻常风月[①]，等闲谈笑，称意即相宜[②]。

十年青鸟音尘断[③]，往事不胜思。一钩残照[④]，半帘飞絮，总是恼人时。

【注释】

①寻常：普通，一般。风月：本指清风明月，后代指男女情爱。

②称意：合乎心意。相宜：合适，符合。

③青鸟：神话传说中为西王母取食传信的神鸟。《山海经·西山经》："又西二百二十里，曰三危之山，三青鸟居之。"郭璞注："三青鸟主为西王母取食者，别自栖息于此山也。"又，汉班固《汉武故事》云："七月七日，上于承华殿斋，正中，忽有一青鸟从西方来，集殿前。上问东方朔，朔曰：'此西王母欲来也。'有顷，王母至，有两青鸟如乌，侠侍王母傍。"后遂以"青鸟"为信使的代称。

④残照：指月亮的余晖。

【赏析】

想来纳兰应是掰着手指写这首词的吧。

细细数来，好景不过只那些时口，翻来覆去地搜寻也不再多。常说人生如戏，其实又何尝不是一种全新的尝试？只是这些尝试不可以倒带、定格或重复，更没有机会再次完善，只有眼睁睁地看错误客观地存在，走过的路难再回首。几千年前，子在川上曰："逝者如斯夫！不舍昼夜。"

是啊，逝者如斯！我们可以征服自然，天堑变通途；可以改造世界，高峡出平湖。而面对奔流不复回的岁月，不见古人，不见来者，悠悠天地间只一句逝者如斯，昼夜间便越过几千年。

好景不长，这是千百年流传的古训。墨菲定理告诉我们，越害怕的事情便越会发生。越渴望，越难求；越珍惜，便越易失去。相知相伴，最是难求。若友人，"海内存知己，天涯若比邻"；若为爱人，万两黄金容易得，知己一个也难求。如当年的钟子期与俞伯牙，管仲与鲍叔，李白与杜甫，苏轼与黄庭坚，可唱和，可调笑，甚至可以意见相左。知己，是求同存异，即使并不赞同也可以理解。

说到知己，现代的分类法可谓知己赤橙黄绿蓝靛紫，色调上更加深沉的黑颜。除了已普及的红颜、蓝颜、粉颜知己外，还有办公室里形成同盟军的黄颜知己，虚拟世界里恣意释放的绿颜知己，情同手足的紫颜知己。当然还有风靡一时的碳粉知己，现代女子的男性密友——只是密友，像小 S 和蔡康永，他们的生活应该是无法缺少彼此的了。

这里的知己，不是纳兰的那些好友，而是她——"寻常风月，等闲谈笑"。她能与他共剪西窗烛，与他同赏夜雨芭蕉，与他依偎着听残荷雨声。她或许没有咏絮才，抑或谈不上停机德。但她懂他，懂他的浅唱低吟，懂他的眉尖心上。只一个"懂"字——芳心重，即使离去，也沉沉地压在纳兰心头。从与纳兰相知相许开始，她便像一棵树深深地植于纳兰心头，狠狠地扎下根去，发芽，长大，平平淡淡的岁月里成长着他们的记忆。而后便永久地定格成一幅画。也有落叶，也有花开，那是三分谈笑，二分思念，一分微嗔，剩下的是半生相忘于江湖。

那些日子虽无大起，回忆起来却总是沁着丁香一般若有若无的甘甜。何谓幸福？这是人世间无法量化衡量的参数。身处名利场，纳兰集权势、财富、地位、才情和皇帝的宠信于一身，却久久难以感到幸福。知己不在，五瓣丁香已伴斯人远去，唯余悠悠清香轻浮人间。这位令他念念难忘的知己，定是如丁香一般的女子吧。

她默默地走近 / 走近 / 又投出 / 太息一般的眼光。

她飘过 / 像梦一般地 / 像梦一般地凄婉迷茫。

像梦中飘过 / 一枝丁香地 / 我身旁飘过这个女郎；

她默默地远了 / 远了 / 到了颓圮的篱墙 / 走尽这雨巷。

这般女子，比之西湖，比之西子，“淡妆浓抹总相宜”。相宜，陆游曾吟《梨花越》，“开向春残不恨迟，绿杨窣地最相宜”。无论是在人生的春秋还是晴雨，遇到她，孤单消弭，一切未知便立刻有了答案——那不是参考，而是确定，是唯一。她随风而过，不似斯佳丽那般疯狂固执的爱，却如一杯陈年女儿红，令人沉溺于往事中久久不愿醒转。可惜，可叹，十年音尘断，连送信的青鸟也无影无踪。

青鸟又名三青鸟，传说中女神西王母的使者，“赤首黑目”，一名曰大鹜，一名曰少鹜，一名曰青鸟。古时的“鹜”即“鹏”，听名字便知是三只亮丽轻快的小鸟。其实这三青鸟本是凤凰的前身，为多力健飞的猛禽，后来才转变为一代玲珑小鸟。三青鸟是有三足的神鸟，只有在蓬莱仙山可见。传说西王母驾临前，总有青鸟先来报信。“青鸟不传云外信，丁香空结雨中愁”，可见青鸟也常作为传递幸福佳音的使者出现在诗页中。

送信的青鸟不见，那些陈年往事日日温习，愈思量愈清晰，愈清晰愈徒增烦恼。本是“花有清香月有阴”之时，本应与爱人尽享“春宵一刻值千金”，那千古同月落下的清辉在人间划出一道铜墙铁壁，一边“琴瑟在御，莫不静好”，另一边只剩“一钩残照，半帘飞絮”。所谓“世上本无事，庸人自扰之”，不过未到伤情处。那一份执着的念想，那些共同走过的细细碎碎的日子，她的一颦一笑，他的一言一语，打碎了，搅匀了，和一团泥。捏一个你呀塑一个我，生当同衾，死亦同椁，成就一生的承诺。

忆江南

昏鸦尽[①]，小立恨因谁？急雪乍翻香阁絮[②]，轻风吹到胆瓶梅[③]。心字已成灰[④]。

【注释】

①昏鸦：黄昏时天空飞过的乌鸦群。

②香阁：古代青年女子居住的内室。

③胆瓶：长颈大腹的花瓶，因形如悬胆而得名。

④心字：即心字香，一种炉香名。明杨慎《词品·心字香》："范石湖《骖鸾录》云：'番禺人作心字香，用素馨茉莉半开者着净器中，以沉香薄劈层层相间，密封之，日一易，不待花蔫，花过香成。'所谓心字香者，以香末萦篆成心字也。"

【赏析】

彤云密布的冬日黄昏，隐约一只瘦小的乌鸦，越飞越远，身影也越来越小，直到融进那一望无垠，萧瑟的旷野尽头。旷野中，是谁惆怅无尽，若有所思？天宇间，是谁独立寒秋，无言有思？又何事令她难更思量？又何人令她爱恨交加？罢了罢了，"往事休堪惆怅，前欢休要思量。"罢了罢了，"人心情绪自无端，莫思量，休退悔。"

薰香如心，飘起袅袅的青烟，暖香熏透她的闺阁；急雪翻飞，缕缕纷纷，柳絮风吹般地飘飞而起。雪白色的胆瓶中刚插上的梅花，冬风吹进暖暖的闺房，化作清风，卷起阵阵幽香。这本闲极雅极的适意景致，奈何她的心中竟如何也卷不起一丝快乐的涟漪。冬风益发强劲，心形的盘香燃烧殆尽，地上只留下一道心形的香灰。周体转凉，心中凄凉寂寞，次第已如燃尽的薰香一般，化作了死灰。

这首词营造了两种不同而又互相联系的场景。“昏鸦尽，小立恨因谁？”是第一个场景；“急雪乍翻香阁絮，轻风吹到胆瓶梅。心字已成灰。”是第二个场景。前一个场景是在冬天黄昏的野外，从意象上看，“昏鸦尽”和情感主体“小立恨因谁”都能够看出来。第二个场景则在少女的闺房中。也可从意象上看出来，如天气情况是“急雪”，所在地方是“香阁”，感觉上为“轻风吹到胆瓶梅”。当然，情感上也有明显变化，且与环境的变化一致。开始是“小立恨因谁”，后来变为“心字已成灰”，明显感觉情感在承接前面的同时，变得深多了。回头来看，从旷野到香阁，从大环境到小空间，从“小立恨因谁”到“心字已成灰”，在各个层面都能看到这一种变化。而这中间也有一个转变的标志，就是“急雪乍翻”，这交代了词中情感变化的时空转换的交点。前面或许是“秋凉”罢了，而后面明显可以感觉到“凄冷”的环境氛围。

诗词中有种不成文的划分，便是依据字数多少进行的划分。长篇且不必多说，即便是一篇名篇，也未必不允许其中有些败笔赘言。但是所谓的“短篇”“小制”就不行了，若是名篇，是绝不会允许的，不仅仅是败笔赘言，就算平庸的句子也是不允许的，因为这样一来，就浪费了诗歌给人营造惊奇的“可能性”。诗歌给人以好的感觉，是离不开这种“可能性”的。这首《忆江南》字数极少，是小令中的单调，在诸多词牌名中，也是字数最少的之一。这一词牌写得好的如：温庭筠的“梳洗罢，独倚望江楼。过尽千帆皆不是，斜晖脉脉水悠悠，肠断白蘋洲”。用字上讲求自然少造作，无赘言败笔。

纳兰这首词中“心字已成灰”巧妙而自然地用了双关的修辞手法。一方面在意象上指的是心形的薰香燃烧完后，在地面上留下的心形的灰烬；另一方面又可以来指词中人物的情感上的“心如死灰”。在黄天骥的《纳兰性德和他的词》中，他说这首词“语带双关，耐人寻味，但情调过于灰暗”，似乎觉得不合先贤的“哀而不伤”，可这样真挚的情感表现方式，也正是纳兰性德的词令人感动的根本。

事实上这里还透露了词人的另一重心境。纳兰性德出身贵胄，然而他自己受到十分鲜明的汉族文化熏陶，具有极强的归隐意识，这在他内心一直存在。他自己是帝王身边的一等侍卫，父亲是当朝宰相。这些高贵的身份几乎就是被命运安排的，不可更改。一方面有遁世淡薄，另一方面身在魏阙，处在与自己性格极为不协调的名利中，内心的痛苦与努力的挣扎是多么惨烈。纳兰一语双关的“心字已成灰”一语，是对他所描绘的女子情感的完结，也无意透露出了自己的心态。

好事近

帘外五更风，消受晓寒时节。刚剩秋衾一半[①]，拥透帘残月。

争教清泪不成冰[②]？好处便轻别。拟把伤离情绪[③]，待晓寒重说。

【注释】

①剩：与“盛”音意相通。此“盛”犹“剩”字，多频之义。

②争教：怎教。

③伤离：为离别而感伤。

【赏析】

本篇是容若的一首简短小词，上片写相思，似乎是在回忆中找寻往昔的欢乐，又像是在怀念妻子，在她离去后产生了伤感之情，词意扑朔迷离，耐人寻味，有着重情重义之感，也有迷惘哀伤的纠结。

开头便直言了生命的不可承受之重，“帘外五更风，消受晓寒时节。”竹帘之外传来五更的寒风，在这清秋寒冷的早晨实在让人难以消受。这首词写与妻子乍离之后的伤感，写得如此直白动人，只怕是容若的内心真的是无法再忍耐下去了，爱情对于他来说是精神的一种很大寄托，但当他所依赖的爱情一分一分都离他而去的时候，再坚强的人，只怕也会难以承受了。

词一开始便颇有自怨多情之意。不过语言虽然直白粗浅，但是却真挚感人，情感不就是这样才最真实吗？越是直白简洁，便越是入情至深。而后接下去便说道：“刚剩秋衾一半，拥透帘残月。”

独自孤眠，秋夜冷冰冰的被子因多出了一半，而晓寒难耐，于是拥被对着帘外的残月。夜半孤枕难眠，只能望着明月去回忆往昔，但可惜，月亮似乎也知道他的心事，窗外所对的只是一轮残月而已。

欢乐和幸福都是短暂的，世上没有什么事情是长长久久，永不变更的。容若而今只剩下独自一人，孤独无依，现在对着窗外的残月，更是加重了这种孤独感。容若自然是情难自禁，泪流满面。

故而下片便写道“争教清泪不成冰”，自然承接了上片的情绪，没有什么过渡，也没有任何的引申，依然是简单的描述，将心情的糟糕写得入木三分。直白的描述有时起到的作用不可小觑，容若将人生苦短，情短苦多的情感纠葛写得让人无法不去动情。

想起往日的种种，而今自己独自一人赏月，怎教清泪不长流，空自凝噎呢？这句中的“成冰”更是写出清冷孤寂的意味了。泪流至结成冰，这该是怎样的一种哀愁，容若的孤独和寂寞，在卢氏离去后便更加明显，但凡卢氏之前用过的衣物，住过的楼阁，对容若来说，都是一种折磨。

所以，容若才会说“好处便轻别，拟把伤离情绪，待晓寒重说”。容若自己也知道，面对这样铺天盖地的哀伤，最好的方法就是不把离别之事放在心上。这离愁别绪待到天亮以后再去想吧。

如此的哀伤，似真非真，似幻非幻，极富浪漫色彩。在词的最后，容若从回忆中抽身，回归现实，他知道而今已经是人去楼空，物是人非了，与其在回忆中痛苦挣扎，不如转身睡去，让梦境和睡眠赶走孤单和寂寞。

这首悼亡词写痛苦写得淋漓尽致，既然相爱的人总有一天会因为生老病死，种种原因而分开，那当初为何还要用情那么深呢，以至于到如今还难以消解遗忘。这恐怕是所有有情人的困惑和疑问，容若在这首词的最后做了解答。既然相爱，就去爱，一旦当爱不起的时候，便是再后悔也无用了。

相爱本身并没有错，错的是上天给相爱的人时间太短。容若这首词的最后以无言地睡去结束，一句话，便让一切尽在了不言之中。全词平铺直叙，却是递进层深，读来令人黯然神伤。

对于岁月的无情和短暂，容若作为一个失去至爱的男人，将自己的感慨抒发得令所有人都为之动容。情爱的神秘之处便在于无法控制，不可预知，你永远都无法知道，会在什么时候，什么地点，爱上一个什么样的人。

同样地，你也无法知道，会在一个什么地方，什么时候，与你相爱的人彻底分离，到那个时候，即便你内心柔情万千，却也无法跨过生死之间那千山万水的距离。

生死难料，唯独爱永恒，容若不但留下了他的词，更是将他的爱留在了世间。

满江红

为问封姨[①]，何事却、排空卷地。又不是、江南春好，妒花天气。叶尽归鸦栖未得，带垂惊燕飘还起。甚天公不肯惜愁人，添憔悴。

搅一霎，灯前睡。听半晌，心如醉。倩碧纱遮断[②]，画屏深翠。只影凄清残烛下[③]，离魂飘渺秋空里[④]。总随他、泊粉与飘香[⑤]，真无谓。

【注释】

①为问：犹相问、借问。封姨：古时神话传说中的风神，亦称“封家姨”“十八

姨”“封十八姨”。唐谷神子《博异志 · 崔玄微》载，唐天宝中，崔玄微于春季月夜，遇美人绿衣杨氏、白衣李氏、绛衣陶氏、绯衣小女石醋醋和封家十八姨。崔命酒共饮。十八姨翻酒污醋醋衣裳，不欢而散。明夜诸女又来，醋醋言诸女皆往苑中，多被恶风所挠，求崔于每岁元旦作朱幡立于苑东，即可免难。时元旦已过，因请于某日平旦立此幡。是日东风刮地，折树飞沙，而苑中繁花不动。崔乃悟诸女皆花精，而封十八姨乃风神也。

②倩：乞求、恳求。碧纱：碧纱窗、绿色的窗户。

③只影：谓孤独无偶。

④离魂：指远游他乡的旅人。飘渺：隐隐约约，若有若无。

⑤泊粉：指少许的残花。

【赏析】

“闲倚胡床溯新月，时停团扇受微风”，“昨夜凉风又飒然，萤飘叶坠卧床前”，“微风拂掠生春思，小雨廉纤洗暗妆”……古诗词中几多与风有关的绮丽诗句，为雕栏画栋下的才子佳人增添了不少情趣幽思。自古即说“风花雪月”，可见风之于浪漫，有着何其多扯不断的关系。同为浪漫的标志，花与风的关系颇为微妙，袅袅熏风助花之娇媚，宛若佳人巧笑丛中；飒飒烈风却毁花之容颜，顷刻间乱红委地满目狼藉。

民间故事里，风神与花神似乎就是一对冤家。《博异志 · 崔玄微》载，崔玄微曾夜遇石醋醋、杨氏、李氏、封家十八姨诸美人，与之共饮。封家十八姨与醋醋龃龉，次日醋醋求崔玄微于花园中立朱幡，避风摧折之祸。这是风神欺负花神，诸花神借助崔玄微得以幸免。

在神幻小说《镜花缘》中，风姨是个喜欢抖精神且喜爱挑事的角色。王母蟠桃会，百兽、百鸟、百介、百鳞四位大仙让手下鸟兽起舞助兴，嫦娥仙子撺掇百花仙子也让百花盛放为蟠桃会添彩，百花仙子以花开有时为名拒绝了。“当不起风姨与月府素日亲密，与花氏向来不和，在旁便说出一段话来”——与嫦娥一起挑唆百花仙子发下重誓。后心月狐下界为武则天颠倒乾坤称帝，应与嫦娥约让百花齐放，誓应，百花仙子下贬凡间，引出《镜花缘》百回故事。后文中，诸花仙子投生成才女，风姨还曾上门找事哩！

塞上的秋日，不若京城的秋天红叶堕地，硕果满枝，却是一片苍冷景色，连风也不若紫禁城里的秋风飒爽中带着温婉，而是“排空卷地”而来。容若这位惜花人，自然几多抱怨。这首《满江红》便是写塞上秋风横卷之景和自己的凄清无聊之情：

想问秋风，因何这般排空卷地而来。现在又不是江南的妒花时节，为何要如此狂风大作。狂风将树叶吹落，使归来的乌鸦无处栖息，使小燕惊飞，几欲坠落，又被风吹起。老天不肯怜惜愁苦的旅人，偏要为他增添憔悴。在灯前刚刚睡去，便被狂风声搅醒。耳旁的狂风吹了半晌，心如酒醉一般混沌不明。指望那绿窗与画屏能遮挡住狂风。孤灯残影，离魂缥缈，吹残的花瓣与飘散的花香都随之而去，怎不叫人备觉伤情。

苦旅天涯者，怕的便是萧瑟之景。马致远一曲《天净沙·秋思》吟得多少断肠客潸然泪下。纳兰容若所见，非“枯藤老树昏鸦、古道西风瘦马”之哀景，而是更进一筹，愁苦中带着毁灭与悲摧：“叶尽归鸦栖未得，带垂惊燕飘还起”，连秋之悲哀中仅有的可停泊心的宁静也丧失了，乌鸦归而无处栖息，小燕子被吹得在风中惊恐扑腾，煞是可怜。诗人目睹这一切，叹息说“甚天公不肯惜愁人，添憔悴”。

可是，一位飘零天涯的旅人，连自己的命运尚且无从把握，又怎能奈何得了这呼啸而来、肆意而去的狂风呢？他只能眼睁睁看着残花委地，自己身世的飘零，也如这落花一般无可奈何。真是“总随他泊粉与飘香，真无谓”吗？无可奈何而已。

眼儿媚

独倚春寒掩夕霏[①]，清露泣铢衣[②]。玉箫吹梦，金钗画影[③]，悔不同携。

刻残红烛曾相待[④]，旧事总依稀[⑤]。料应遗恨[⑥]，月中教去，花底催归。

【注释】

①夕霏：傍晚的雾霭。

②铢衣：传说神仙穿的衣服。重量只有数铢甚至半铢。因用以形容极轻的衣服，如舞衫之类。

③玉箫、金钗：同指所恋之人。画影：比喻看不真切的美丽景色。

④刻残红烛：古人在蜡烛上刻度，烧以计时。相待：对待。《韩非子·六反》："犹用计算之以相待也，而况无父子之泽乎？"

⑤依稀：含糊不清，不明确。

⑥遗恨：未尽的心愿，未完成的理想，遗憾。

【赏析】

《眼儿媚》这个词牌，听起来似乎柔若无骨，有着娇俏可人之意。容若写了许多和这个词牌有关的词，大多是伤感怀念之词。这首词也不例外，这是他写对恋人思念无果的一首哀伤之词。

这首词抒写对恋人的思念，写得十分婉转，千回百转的相思情抵不过时光的流逝，在如水的岁月中，爱情不过是弹指一挥间的等待，与那亘古的时光相比，这些相思，短暂得如同清晨的露水，转瞬即逝。

独自伫立在春天傍晚的雾霭之中，细雨将衣服打湿。梦里都是你美丽的身影，那些相携相伴的美好时光却偏偏失掉了，怎不叫人懊悔。夜已深沉，曾经秉烛相待，如今往事依稀。想必会终生遗憾，花前月下的往事，已经一去不回。

近代学者吴梅认为容若是集大成者，他认为容若的小令是："凄婉不可卒读，顾梁汾、陈其年皆低首交称之。究其所诣，洵足追美南唐二主。清初小令之工，无有过于容若者矣。同时佟世南有《东白堂词》，较容若略逊，而意境之深厚，措词之显豁，亦可与容若相勒。然如《临江仙·寒柳》《天仙子·渌水亭秋夜》《酒泉子·荼蘼谢后作》非容若不能作也。又《菩萨蛮》云：'杨柳乍如丝，故园春尽时。'凄婉闲丽，较'驿桥春雨'更进一层。或谓容若是李煜转生，殆专论其词也。承平宿卫，又得通儒为师，搜辑旧籍，刊布艺林，其志尚自足千古，岂独琢词之工已哉。"

"岂独琢词之工已哉"，吴梅将容若的词已经完全分析透彻了，在容若的词中，他对于词句的雕琢就好像是一位能工巧匠对一块璞的雕琢一般，从璞变成玉这个过程十分繁复，而容若却是力求将词做到如此。

"独倚春寒掩夕霏，清露泣铢衣"开篇第一句是描写失意的人独自站在春寒之中，任凭露水打湿衣服。在这句话里，"夕霏"用得格外动人，夕霏是指傍晚的雾霭，在傍晚的雾霭中，一个失意的人独自倚靠，于春日里孤独站立，这听起来就是一幅绝美的画面，容若写词，已经远远超出了字面的意境。

接下来，他又写道："玉箫吹梦，金钗画影，悔不同携。""玉箫、金钗"同指所恋之人。容若以此来隐喻自己所恋之人，而且在词中还用梦影这样美好而虚无缥缈的意境，令整首词读起来既有忧伤的情思，又不乏唯美的意境。

在经历了上片的幽思之后，下片转而写现实的事情，"刻残红烛曾相待，旧事总依稀"。这里要对"刻残红烛"解释一番，刻残红烛是指古人在蜡烛上刻度，用来计时用的。词人用在这里，是说往昔四目相对的日子已经一去不复返了，而今的形单影孤，令自己更加怀念过去的美好日子，可是过去的就是过去了，想再多也是不能回还的。

所以，在词的最后，容若写道："料应遗恨，月中教去，花底催归。"遗憾就是遗憾，无法弥补，终生带着遗憾走下去，直到尽头，生命就是这样，无法挽回，无法补救，但或许也正是因为如此，生命才更显得弥足珍贵吧。

摊破浣溪沙

昨夜浓香分外宜，天将妍暖护双栖[①]，桦烛影微红玉软[②]，燕钗垂[③]。
几为愁多翻自笑，那逢欢极却含啼[④]。央及莲花清漏滴[⑤]，莫相催。

【注释】

①妍暖：谓晴朗暖和。双栖：飞禽雌雄共同栖止，比喻夫妻共处。

②桦烛：用桦木皮卷蜡做成的烛。红玉：红色宝玉，古常以比喻美人的肤色。

③燕钗：旧时妇女别在发髻上的一种燕子形的钗。

④含啼：犹含悲。

⑤央及：请求、央告。莲花：即莲花漏。清漏：清晰的滴漏声，古代以漏壶滴漏计时。

【赏析】

这首词有人说是怀友，有人说是追忆与恋人欢度良宵的情景，容若的许多词总是给人模棱两可的感觉，既是相思，又是相恋，搞不清楚他到底想要表达哪种情绪。或许这样的词作更好，因为猜不透，所以更显得朦胧。

那天夜里，天气晴好，浓香缭绕，分外宜人，你我双栖双宿。烛光下，你花颜云鬓，不胜美丽。刚笑自己多愁善感，相逢时又喜极而泣。莲花漏声声清脆，良宵苦短，请你莫要催促我离去！

容若在静夜起相思。酒不但不能化解他的满腹愁绪，反而更加添增了几分愁绪。情有多长，愁便有多长，比这无聊的春宵还要漫长。因为心中充满了孤寂，上片看是怀伊人，下片读是怀故友。

整首词愁情绵绵不绝，仿佛比春风还要绵绵，比春宵还要长远。在夜色中，心中充满了孤独和无聊，唯有梦里才可与你一会。在一个天气良好的夜里，花开云走，容若心中充满寂寞，提笔写下这首词，“昨夜浓香分外宜”，乍一看起来，似乎是一首意境与心境同样欢愉的词，写到美好的天气，还有夜色里浓郁的花香，二者相宜。

“天将妍暖护双栖”，晴朗暖和的天气中，夫妻二人双宿双栖。“妍暖”在这里是夫妻双宿双栖的意思。问世间情为何物，为伊消得人憔悴。春风无法洗去内心的忧愁，即便再好的春光，再美好的夜晚，也无法抹去夫妻二人之间的情分。

为情而惑，一直是容若面临的情结。在这首词中，充分写出了这种情绪，在这个四季轮回的世界，身心竟然不堪其苦。回想起往日的种种，今朝的一切，真的是惨淡。原来的柔情蜜意，在今日看来，竟然如此不堪回首。

当日剪烛西窗，对面絮语之时，谁会想得到有朝一日，会无法再见面，无法再牵手呢？命运以其庞大的，无可扭转的力量，让人们在得到又失去的痛楚中，逐渐明白了人世无常的道理。如果早知道日后的分别，当日是否还会那么用力地去爱，这个问题无人能够回答，容若如今孤独地居住在旅馆内，回忆当初的情景，心里真是感慨万千，无法言说。

“桦烛影微红玉软，燕钗垂。”多么温馨的一幕，多么美好的回忆，这一切都因为回忆中的那个人不在身边，而显得犹如一幕惨淡的剧目，不忍去看。情爱就好像是双生花，轻易地将爱情中的两个人纠缠在一起，可是谁能想到，这之后的爱人，是如何面对世事沧桑变幻的呢？

容若独居寓所写出的词清淡雅致，虽然伤感，却并不浓烈。容若就是这样一个心境淡然的人，不会大悲亦然不会大喜。下片开始写起，可是怎么看都不像是连接上片了，这两片词似乎是分离的，意思不相连接。上片好像在怀念恋人，可是下片更像是在思念故人，想念一个老朋友。

“几为愁多翻自笑，那逢欢极却含啼。”依然的孤寂之感，但少了些香艳的感觉，用情依然深切，却不是你侬我侬的感觉，意境清疏，是词中的好句。人虽寂寞，可是想到与朋友在一起度过的欢声笑语的日子，心里就生出无限的喜悦。

“央及莲花清漏滴，莫相催。”时间过得虽然很快，但相逢总是令人高兴的，不要催着分离。似悲似喜的情感，容若这首词并不是为抒情而抒情，因写情而抒情，他的抒情在写景中自然而然地带出，十分自然。

在运笔之间，虽然还有淡淡的转折的痕迹，但用词却十分恰当，华美的言语背后，是容若细细密密，不肯轻易透露的心事。在这短短的数十字中，容若一生的经历机遇，都仿佛能看到一丝痕迹。

在这里，天涯籍旅客，孤独行走。容若华丽而落魄的身影，在清朝的夜晚，历史的河岸上，孤独呈现。

减字木兰花

烛花摇影，冷透疏衾刚欲醒[①]。待不思量，不许孤眠不断肠。

茫茫碧落，天上人间情一诺[②]。银汉难通[③]，稳耐风波愿始从。

【注释】

①疏衾：掩被而眠而感到空疏冷清。

②一诺：谓说话守信用。

③银汉：天河，银河。

【赏析】

纳兰在三十一岁时便因病离世，这么一个深情款款心思细腻的男人，在身体尚该强壮的年华怎么就离开了呢？有人说也许不仅仅是缘于身体的疾病，更是灵魂深处相思的绝望吧，细品这首小词，便可探一二。

夜已深，露水凉薄，房中蜡烛也飘忽将要燃尽，空气里都是旷疏冷寂的味道，心中一时孤寂难耐无法入眠，便掩着被子摇晃坐起，映在烛光的剪影里的是寥落和感伤。当真是愁情难遣梦也悲，不梦也悲。你不在身边，无论今宵酒醒何处也不过晚风残月，满地月光惘然。深受相思之苦，所以告诫自己不要再多想，可惜的是这样强迫收敛自己的思绪显然是徒劳的。

这首词中，写尽了相思的惆怅失落和无奈。这又是一幅凄婉的作品，有论说是他写给自己被纳入皇宫的心爱的表妹。纳兰这样神经纤细的人儿，他的离愁也注定就比别人来得沉重，在他为离别所伤的时候，云和月都是淡淡的，看上去蒙蒙若湿好像也要落出泪来的样子。曾有人评论他，说纳兰公子是盛世悲音者，他们反复探寻着这位白马轻裘的公子心中为何总有挥不散的浓愁。

是呵，爱一个人无须太计较觉得甘愿就妥帖付出。无法相见但不能不惦记。你看，天地茫茫，风雨凄凄，你被纳入皇宫，宫墙相隔，但是我们要像牛郎织女那样即使银河相阻隔，不管天上人间只要坚定不移两情相悦，最后总能修成正果的。虽然我们现在分开了，但是我们的誓言能够经得起考验，就像季布许人的诺言，一诺胜千金，能够说出的一定做到，此时虽然音信渺茫不知彼此近况如何，只要耐心等待，等着波折过去我们一定能重新团聚。纳兰渴望能和心爱的人过上双宿双飞的温暖美满的生活。可惜的是，“天上人间情一诺”的容若最终也没有等到那一天，容若身在人间却只能遥望佳人居于茫茫碧落，碧落指青天，白居易《长恨歌》:“上穷碧落下黄泉，两处茫茫皆不见。”却原来愿望越是美好如花，凋谢起来便越是显得残酷伤人。《史记·季布栾布列传》有云：“楚人谚曰：‘得黄金百斤，不如得季布一诺。’”原是这重情重信之人，这天上人间一诺相挽，纠结缠绕。不禁让人联想到仓央嘉措的“但曾相见便相知，相见何如不见时，安得与君相决绝，免叫生死做相思”。容若你可曾在绝望的等待中像活佛一样埋怨过当初的相见不如不见，只因别后相思太难敌？我心上的人儿啊，你可知我这深入骨髓的思念和爱恋呵。

“家家争唱饮水词，纳兰心事几人知？”而今静读饮水词，会感觉到脉脉的温情在心间流动缠绕，一个生活在三百多年前的男子，在他的词章中充满着不倦不悔的对感情的执着，温暖着后人。

今张秉戌曾评容若，“真纯、自然、深婉、凄美”盖之，无论写景还是抒情都平实地由肺腑而出，即所谓明白自然诚恳切实，如“烛花”“疏衾”，不刻意，不雕琢，取生活手边实景，“欲醒”“孤眠”，绝无矫揉造作部分，也不搔首弄姿，表达心中实时所思所想，这便是纳兰的词具有永恒魅力的根本所在。深婉是说的他的词所显现出的美感特色与效应，深沉郁勃含婉蕴藉的特色，意向凄怆，意识意境凄婉。

“翩翩浊世佳公子”，容若是出色的，那个时时感慨时时寡欢的他，那般深情，生死契阔，古往今来能有几人呢，容若的词，以自身的感情为牵引静静蔓延开来，恋情成为不愈的伤口。可敬可叹。

鹧鸪天

冷露无声夜欲阑[①]，栖鸦不定朔风寒。生憎画鼓楼头急[②]，不放征人梦里还。

秋淡淡[③]，月弯弯，无人起向月中看。明朝匹马相思处[④]，知隔千山与万山。

【注释】

①冷露：清凉的露水。

②画鼓：有彩绘的鼓。

③淡淡：水波荡漾的样子。

④匹马：一匹马，后常指单身一人。

【赏析】

在一个尚武不重文的王朝中，纳兰当然知道自己应该驰骋在沙场之上，建功立业，但是他偏偏是一个生有英雄志却又放不下儿女情的人，因此在羁旅行役中他创造了大量描写痴男怨女的相思怨怼之作，这首词就属于其中的一首。

开篇两句，“冷露无声夜欲阑，栖鸦不定朔风寒”，夜色将尽，冷露无声，朔风猎猎，寒鸦飞起，一静一动，形成对比，恰似词人此时跌宕起伏的心境，在中国古典诗词中，乌鸦常与衰败荒凉的事物联系在一起，例如李商隐《隋宫》：“于今腐草无萤火，终古垂杨有暮鸦。”马致远《天净沙·秋思》：“枯藤，老树，昏鸦。”这首词的首句出现“栖鸦”，则表现出词人黯然愁思的心情。

“生憎画鼓楼头急，不放征人梦里还”，词人本想早点入睡，好在梦中与妻子相会，谁知可恶的鼓声偏又在楼头急响，声声恼人，导致他无法在梦里还乡。在这里，容若用哀伤的笔调对人生的怨憎会苦进行了描写，同时也用反衬的手法来衬托出自己思念愁苦之情。

下阕继续进行景物描写，“秋淡淡，月弯弯，无人起向月中看”。在中国古典诗词中，月亮这一意象往往成为人们思想情感的载体，有的人用月亮来渲染清幽气氛，从而烘托出一种悠闲自在、旷达的情怀，如王维的《山居秋暝》：“明月松间照，清泉石上流。”有的人则通过描写月亮来寄托相思之情，抒发思乡怀人之感，如李白《静夜思》：“床前明月光，疑是地上霜。举头望明月，低头思故乡。”有的人则用月亮来渲染凄清的气氛，烘托孤苦的情怀，例如白居易的《暮江吟》：“一道残阳铺水中，半江瑟瑟半江红。可怜九月初三夜，露似珍珠月似弓。”而在这首词中，秋波荡漾，月儿弯弯，本来是一派美好、宁静的景象，可是除了词人之外，竟没有旁人与他一起观赏，从而突出他的孤独寂寞。

结尾两句“明朝匹马相思处，知隔千山与万山”，使思念具体化，容若此时已经想到明朝更会越行越远，归程阻隔，万水千山，而对妻子的思念之情则会变得越来越重。

鹧鸪天咏史

马上吟成促渡江，分明闲气属闺房[①]。生憎久闭金铺暗[②]，花冷回心玉一床[③]。

添哽咽，足凄凉。谁教生得满身香[④]。只今西海年年月[⑤]，犹为萧家照断肠[⑥]。

【注释】

①闲气：为无关紧要的事情而生的气，《春秋孔演图》谓：“正气为帝，闲气为臣。”闺房：妇女的梳妆室、卧室或私人起居室，此处代指萧观音。

②生憎：最恨、偏恨。金铺暗：萧观音作有十首《回心院词》，其一有“扫深殿，闲久铜铺暗”之句。金铺，门户之美称。

③回心：指回心院。唐宫院名，高宗王皇后及萧妃被囚之所，词牌名辽萧后作。玉一床：比喻满床清冷的月色。玉，指月色。萧观音《回心院词·其七》有“笑妾新铺玉一床”句。

④“谁教”句：萧观音《回心院词·其九》：“若道妾身多秽贱，自沾御香香彻肤。”

⑤西海：本指传说中西方神海。此处指帝京中太液池。今北京之北海、中海、南海，元明时亦称太液池，因其在皇城之西，故又称西苑、西苑太液池、西海子。

⑥萧家：指萧观音家。

【赏析】

萧观音，史上著名的美艳多才的皇后。

一位玉般温润的公子，讽咏一位宛若娇花照水的传说中的皇后，不禁让人生出无尽的想象：他是要赞美她秋水盈盈的双瞳，还是要描绘她莹润蓬松的如云绿鬓？是要赞美她艳若三月桃花的脸颊，还是要描绘她婷婷袅袅的妖娆身姿？都不是。说起萧观音，他想到的是“马上吟成促渡江，分明闲气属闺房”——我们忘记了，已悄然隐入历史烟尘的容若，是倜傥的词人，更是英武雄健的武者。他的祖先，海西女真的勇士们曾在辽远的北方大地上征战，铁马金戈，豪气干云。他自己是康熙帝“常佩刀鞬”的侍从，“值上巡幸，时时在钩陈豹尾之间”。（严绳孙:《成容若遗集序》）所以，他能从一幕香艳悲剧的女主角身上嗅出“英雄气”。

辽代皇后多姓萧，且多有被黜者，其中辽懿德皇后萧观音，颖慧秀逸，才色绝伦，娇艳动人，她善诗词、书法、音律，弹得一手好琵琶，称为当时第一。曾作诗《伏虎林应制》，其句：“威风万单压南邦，东云能翻鸭绿江。”讽谏皇帝之好猎。然而辽道宗正乐此不疲，根本听不进皇后的劝谏。帝后虽位在至尊，但其实只是皇帝的附属品，她们的命运大都操纵于皇帝之手，萧皇后也不例外，从此她被道宗疏远，尝尽深宫孤寂。

萧观音作《回心院词》共十首，希望打动丈夫的心，重拾往日的欢乐。萧观音叫宫廷乐师赵惟一谱上音乐，以玉笛、琵琶演奏。萧观音与赵惟一丝竹相和，每每使听的人怦然心动，于是后宫盛传两人情投意合。

辽道宗长期打猎，当时的皇族耶律乙辛因为平乱有功渐渐大权独揽，野心日益增大。于是趁流言四起之时构陷萧皇后，暗中派人作《十香词》进献萧皇后，说是宋国皇后所作，萧皇后若能把它抄下来并为它谱曲，便可称为二绝，也好为后世留一段佳话。《十香词》遣词用语都十分暧昧，但这正合孤寂中萧皇后的心态，于是她便亲手用彩绢抄写一遍，此外，她还在末端又写了一首题为《怀古》的诗：“宫中只数赵家妆，败雨残云误汉王；惟有知情一片月，曾窥飞燕入昭阳。”

耶律乙辛以《十香词》为物证到辽道宗那里诋毁皇后，更就《怀古》诗进行曲解：“诗中‘宫中只数赵家妆’，‘惟有知情一片月”，正包含了‘赵惟一’三字，此正是皇后思念赵惟一的表现。”至此辽道宗大怒，认定萧观音与赵惟一私通，敕令萧观音自尽，赵惟一凌迟处死。

作为美人，萧观音的悲哀在于宝珠入匣，空有绝世容颜却得不到丈夫的爱恋；作为皇后，萧观音的不幸在于处昏君身侧，非但不能以谏明君，更连性命也不能保全。

词人之讽咏，多有感而发，感同身受。纳兰性德，权臣明珠的儿子，康熙帝的贴身近侍，二十二岁赐进士，授三等侍卫，其后累迁至一等侍卫。若不是英年早逝，前途不可估量。这样一位含着金钥匙出生、人生一帆风顺的俊秀人物，又能在萧观音身上找到何种共鸣呢？

史书载，纳兰性德甚得康熙帝赏爱，“及官侍从……无事则平旦而入，日晡未退，以为常”。但是，他并未因此骄傲自得，“日观其意，惴惴有临履之忧”，“无几微毫发过”。（严绳孙：《成容若遗集序》）纳兰的性格中，有着极为敏感而矜持的成分，他处处小心，步步谨慎。他出身官宦世家，见多了朝廷倾轧，君臣故事，深知伴君如伴虎，一个不小心，一个不周全，就是踏上不归路，损毁自身，更会牵累全家。

但是，他的天性中又有那么多善的成分。他非常关心治乱民情、百姓疾苦，“而不敢易言之”。面对操纵一个泱泱大国命运的皇帝，他有满腹话语。这些话，说，会威胁到他的身家性命；不说，对不住受苦的天下苍生。他那颗诗人的敏感心灵所受到的压抑与煎熬可想而知。

也因而，他会抓住一切机会在皇帝的视线之外让自己纯良的善与正义感萌发。

纳兰性德是王孙贵胄里的异类。他细腻谦和，却又饱含豪气。他不屑与趋炎附势之显贵结交，偏爱高洁之士，朱彝尊、姜宸英、顾贞观、严绳孙与之结交时皆是一介布衣。而当时的社会环境，满洲贵族是不屑于与汉人结交的，更何况是些坎坷失意之士。

纳兰性德营救吴兆骞，至今传为佳话。吴兆骞，字汉槎，吴江人，江南才子，被称为“江左三凤”之一。他是顾贞观好友，为人恃才傲物，落拓不羁。顺治十四年丁酉（1657 年），“科场案”大兴，吴兆骞含冤下狱。两年后，充军至宁古塔。吴兆骞的好友顾贞观激愤非常，作《金缕曲》两阕。纳兰性德读后深深为之感动，认为西汉苏武和李陵的赠答诗、西晋向秀的《思旧赋》和顾贞观这两首以书信形式填的词，堪称文坛三件极品，并决心营救。

纳兰性德与朋友们筹集了一笔巨款，又用免除自己少府佐将的职务作为代价，赎免了吴兆骞的罪责，使吴得以在有生之年从边塞生还江南故里。为一个陌生人付出如此之多，需要何等的义气，何等的勇气！

袁枚在《随园诗话》中记载了纳兰性德的营救行动中的一个小插曲。他求他的父亲、武英殿大学士明珠帮忙。吴兆骞的事，说大不大，说小不小，至少在康熙的宠臣明珠面前，还算不得什么大事。明珠看到自己这个个性的儿子会为不相干的人向自己求情，禁不住想戏弄一下他，说：“你把这杯酒喝了，我就帮你救吴兆骞。”——好大的一杯酒！容若平时任人怎样劝说，也是滴酒不沾的。此刻，他二话不说端起酒杯一饮而尽。

这样的容若，已经不仅仅是良善，更多的还有天真。良善的人存活于污浊世间已属不易，一个天真的人在这样的人世活着，会给自己增添更多的苦痛与折磨。

宝剑不能斩杀敌寇只能悬于贵胄的腰间，良驹不能驰骋千里沃野只能行走于豪贵门前。他是温柔多情的诗人，更是豪气冲天的少年，渴望着“会挽雕弓如满月”“初随骠骑战渔阳”。然而，他不能选择，也没的选择。他身后矗立的，是父亲明珠一手维持的庞大家族。

有说法认为，容若去世时，三藩已平，海内升平，明珠与索额图为首的党争也达到了顶峰。容若作为康熙帝的近侍，明晰地看到了这场争斗的前景。而此时的明珠不听容若的劝告——他也确实是无法抽身。容若清楚地知晓，繁华背后的转弯，等待着他和他的家族的是怎样悲凉的终点。

古人爱以美人喻英雄。美丽，是美女的财富；才干，是英雄的财富。多少英雄美人，任天赐的珍宝腐化成灰，泪满衣襟，郁郁终了。他纳兰容若，与那美貌多才却凄苦的萧观音一样，有才不得以鸣，有志不得以酬——纵然“生得满身香”，其结局也不过是“添哽咽，足凄凉”。

世人多以为容若多情人，三十一岁壮年为情消殒。怎不思量，容若马上英雄，抑郁而亡?

菩萨蛮

新寒中酒敲窗雨[①]，残香细袅秋情绪[②]。才道莫伤神，青衫湿一痕[③]。

无聊成独卧，弹指韶光过[④]。记得别伊时，桃花柳万丝。

【注释】

①中酒：饮酒半酣时，也指醉酒。

②残香：残存的香气。

③青衫：古代学子或官位卑微者所穿的衣服，借指学子、书生。

④韶光：美好的时光。

【赏析】

青衫一词一直作为文人墨客经常描写的意象出现在由古至今的诗词散文中，其实青衫是唐制里，文官八品、九品的服饰。唐白居易《琵琶行》:“座中泣下谁最多?江州司马青衫湿！”指的就是江州司马所着的服饰。“青衫”后借指失意的官员，抱负不得伸展。由此可见，青衫自古以来就受众多诗人的抬爱，正所谓“失意出诗人”，也是因为如此，青衫泪，便成了男儿泪的代称。

容若的这首《菩萨蛮》，写的是春日里与伊人别后的苦苦相思。上阕前两句写的是此时眼前之景，新寒中酒敲窗雨，残香细袅秋情绪，说的是时已深秋，非醉非醒间瞧见窗外落雨霏霏，打在玻璃上尤增凄寒之感。接着两句，转向自身情绪。纳兰感念在怀，不觉之中连衣服都被泪滴沾湿，这一个无意识状态的刻画，直接而深刻地把这一种感念的无奈与略微的自嘲展露出来。

这词写的亦是思念之苦。夜深天凉，因为深秋连花儿都已憔悴，只依稀辨得些残香落叶的影子。半睡半醒之时被雨惊醒，忍不住便又想起与你在春天时分手的情形，思念之下肝肠寸断。回首间瞧见衣衫湿痕一片，原来在不知不觉间又泪湿青衫，我果然还是在思念着你啊。

寥寥数字，就把伤心人的心理状态，描绘得细腻非常，其中感伤之情表露无遗。众所周知，容若这一生算是风平浪静，于是只有四段感情交错为亮点。借用其父纳兰明珠看了他的词后老泪纵横说的一句话：“这孩子什么都有啊，为什么还是会这么寂寞惆怅呢？”但有几人能知纳兰心，容若本就被赋予了文章天成的天分，自古能著文章诗词者，必都心思细腻，感情丰富，再加上环境经历的熏陶，所以这被称作“李重光转世”的富家公子笔下的词，真实细腻，愁若断肠。

接着下阕前两句写现在的情绪，后两句又转写分别时的景象。小词跳宕有致，其相思之苦情表现得至为深细。

这相思之情不似酒醉，可以倒头便睡忘却忧愁，却反倒增添了无数愁闷情怀，形单影只，只能独眠。唯有那烟柳桃花深处，依然记着我与你分别时的情景，每每萦回梦田心间，终是不能忘却。

容若将这相思的情感，无限惆怅寄托于桃红柳绿之间。那时，他定是相信未来能如这桃花开得鲜艳一般，他们的情感，也能瑰丽无比。可是所有人都忘了，桃花春开秋谢，万物使然，再艳丽夺目也终究逃脱不了凋谢的命运，于是秋天冷风袭来的刹那，伊人已不在身旁，就连那日桃花满目映红的场景都已不在，叫人情何以堪呢？只不过桃花绿柳还更幸福些，因为来年春天的时候，它们又能在枝头浅唱，可是我身边呢，除了年华在指尖飞落的痕迹，还有什么呢？春华易逝啊，看着这场秋雨和肩头青衫的湿痕，微微一叹。还好，我还能看见你，在那场烟柳桃花深处的分别里。

“柳”也是诗词中常常出现的意象，因它谐音“留”。“柳万丝”即写出一片想留却不能留，送别又不忍别的离思愁肠，也表达出当时与伊人相离时百转千回的思绪，以及万语千言总不能言的无奈。

整阕词寄情于景，由景写心，细腻地表达了伊人不再的愁肠，以及相思情切的深挚感情。是纳兰鸳鸯作单，相思难眠的真实写照。

南乡子

柳絮晚悠飏①，斜日波纹映画梁②。刺绣女儿楼上立③，柔肠④，爱看晴丝百尺长⑤。

风定却闻香，吹落残红在绣床。休堕玉钗惊比翼⑥，双双，共唼苹花绿满塘⑦。

【注释】

①悠：飘忽不定貌。飏：飘扬、飞扬。

②画梁：有彩绘装饰的屋梁。

③刺绣：用彩线在纺织品上绣出图画。

④柔肠：温柔的心肠，多指女子缠绵的情意。

⑤晴丝：虫类所吐的、在空中飘荡的游丝。

⑥比翼：传说中一种雌雄一起飞的鸟，飞时翅膀挨着翅膀，比喻恩爱夫妻。

⑦唼：吮吸。

【赏析】

与其他大量伤感、惆怅的词相比，纳兰容若这一首《南乡子》倒是显得清新可喜，词中“刺绣女儿”独立绣楼，怀春伤春的形象生动感人，羞涩中不乏泼辣，微恼下又怀柔情，宛若乡里邻家的俏皮女子。

这首词上阕描摹时景，傍晚时候，柳絮飘飞，落日斜映在池塘上，波影映照着画梁。刺绣女儿伫立在绣楼之上，春怀寂寂、情意绵绵地看着空中飘荡的游丝。下阕进一步描绘孤寂之情，风停了，却闻到飘落在绣床上的落花的余香。池塘中的水鸟、鱼儿正成双成对地吮吸着满塘绿色的浮萍，女子小心翼翼地在侧旁观，心中暗暗说道：“千万莫让头上的玉钗坠落下来惊扰了它们啊！”

“绣楼女儿”那小心“休堕玉钗”的细节和怕“惊比翼”的心理将她内心深处的怀春之情表现得愈加微妙和真实，与其说她怕惊吓到成双成对的鸟儿和鱼儿，倒不如说她从心底羡慕它们。

有人曾将纳兰容若词中的女子形象归为四类：一为闺中思妇，如《相见欢》（落花如梦凄迷）、《浣溪沙》（十二红帘窣地深）、《踏莎行》（春水鸭头）等词作中各自呈现了情态各异的思妇形象；二为亡妻，容若悼念亡妻的词甚多，如《青衫湿·悼亡》《鹊桥仙·七夕》《南乡子·为亡妇题照》《金缕曲·亡妇忌日有感》等词作都凸现了他对妻子的一片深情，更是将卢氏温婉贤淑、优雅聪慧的形象描摹得十分生动；三是寂寞宫女，这些女子居于深宫之内，却得不到帝王的宠幸，只能在时光流逝中看着自己逐渐老去的容颜暗自嗟叹，任岁月吞噬着自己最好的青春韶华却只能独尝苦酒，真实凄凉悲惨，如《昭君怨》；第四类便是怀春少女了。

在《生查子》（东风不解愁）中，纳兰描写了一个在月夜怀春伤春的少女形象，

“东风不解愁，偷展湘裙衩。独夜背纱笼，影著纤腰画”。夜风拂动少女的罗裙，她不禁埋怨起不解人意的东风，而后又在灯影中顾影自怜，其实她所怨的未必是东风，或许是“檀郎”；在《菩萨蛮》(隔花才歇廉纤雨)里，春雨初歇，一位妙龄少女无心梳妆打扮，只是默默地走出闺房，凝望楼阁，看着“梁燕自双归，长条脉脉垂”，她“独自立瑶阶”，“透寒金缕鞋”，一“独”一“透”便道出了女子的满腹心事。

《饮水词》中写到怀春少女的作品并不多，但每一首读来都各有滋味。这些词作虽然也萦绕着一股淡淡的感伤和郁郁之情，但整体来说摆脱了容若其他悼亡词的愁肠百结、锥心刺骨之痛，让人能够比较轻松地阅读。

互相思慕是人之常情，男欢女爱也往往是从互有好感开始。“Whoever is a girl does not want to be loved, and whoever is a boy does not want to be royal to his lover.”这是《少年维特之烦恼》中的名句，郭沫若先生的翻译通俗易懂：“青年男子谁个不善钟情？妙龄女人谁个不善怀春？”

虽说“哪个男子不钟情，哪个少女不怀春”，但是遵古代礼法，男子在花红柳绿间寻欢作乐能博得“风流”的雅号，怀春的女子却常常横遭指责，比如《西厢记》里的崔莺莺，比如《牡丹亭》中的杜丽娘，哪一个不是受尽了苦痛、历尽了波折才能与所爱的男子走到一起？

男人们尽可以高呼“窈窕淑女，君子好逑”，也可以公然在路旁“下担”“脱帽”，“但坐观罗敷”，乃至不事耕锄，而女子却必须得将自己对心上人的中意与思念藏于心底，倘若还没有心上人，就只能在闺房中偷偷摸摸地做一番水泡般的幻想。

幻想多了，期待也就多了，但现实却往往并不能完全满足人们的期待，所谓“月移云影动，疑是玉人来”，当那些怀春的少女把周围的景与物全部打上爱情的印记之后，她便开始懂得了什么叫“愁”。

临江仙谢饷樱桃

绿叶成阴春尽也，守宫偏护星星[①]。留将颜色慰多情，分明千点泪，贮作玉壶冰[②]。

独卧文园方病渴[③]，强拈红豆酬卿[④]。感卿珍重报流莺[⑤]，惜花须自爱，休只为花疼。

【注释】

①星星：通“猩猩”，形容樱桃猩红的颜色。

②玉壶冰：酒名。宋叶梦得《浣溪沙·送卢》词：“荷叶荷花水底天，玉壶冰酒酿新泉，一欢聊复记他年。”

③文园方病渴：汉司马相如曾任孝文园令，“常有消渴疾”，因此称病闲居，见《史记·司马相如列传》，后遂以“文园病”指消渴病，这里谓文人落魄，病困潦倒。

④红豆：代指樱桃。

⑤流莺：即莺。流，谓其鸣声婉转。

【赏析】

辽、金旧俗有“荐新”“献时新”之举，即或由皇帝赏赐大臣，或达官贵人互送刚刚成熟的果物珍品，樱桃一直被视为果中之珍，遂于仲夏成熟之日相互馈赠。从词题“谢饷樱桃”来看，是说容若得到了友人馈赠的樱桃，所以填了这首情真意深之词以示答谢，但是，这首词真的是为答谢而填的应酬之作吗？

一开篇，容若用到杜牧与少女之母十年约定的典故，将杜诗中的“绿叶成阴子满枝”化用为“绿叶成阴春尽也”，其中所表达的悲惜之情也就不言而喻了。

“守宫偏护星星”，守宫指的是守宫砂，相传如果用朱砂喂养壁虎，等到其吃满七斤朱砂后，就会变得全身朱红，然后再将壁虎捣烂，这样就成了守宫砂，将其点染在处女的肢体，颜色不会消退，只有在发生房事后，其颜色才会变淡消退，一些朝代便把选进宫的女子点上守宫砂，使其有所畏惧，不敢与宫中其他男子私通。

用守宫砂来验证女子是否贞洁的做法到底有没有科学依据，我们暂且不论，容若在这里用到“守宫”的典故，想必他思念之人十有八九就是一个宫女，而与他有过一段情缘，最后被迫入宫的女子，除了他的表妹，就没有其他人了。

“留将颜色慰多情，分明千点泪，贮作玉壶冰”，在这句中，容若又用到“红泪”的典故，魏文帝曹丕所爱的美人薛灵芸在被迎娶时，因为舍不得离开父母而痛哭流涕，她以玉唾壶盛泪，泪水落在壶中成了红色，还没有到京师，壶中的泪已凝如血色，后世称女子的眼泪为“红泪”，在容若的眼中，表妹赠予他宫中的樱桃，就仿佛是点点泪水，这泪水就像苦酒一样积聚，让他沉醉其中。

有的人可能会质疑，既然表妹已经入宫，又怎会赠予容若樱桃？如果容若是一介布衣，自然就不要想了，但他的家族本是皇亲重戚，他自己又是皇帝的贴身侍卫，在这种特殊的身份下，偶尔见一见表妹这个中表至亲应该还是可以的，当然两人不可能频繁见面，更不可能互诉相思之情，所以，容若心中才会有无限的相恋之苦。

“独卧文园方病渴，强拈红豆酬卿”，在这句中，容若又用到了典故。据《史记·司马相如列传》记载，汉司马相如曾任孝文园令，“常有消渴疾”，因此称病闲居，后世遂以“文园病”指消渴病，容若在这里自比司马相如，说自己正失意病卧，你盛情馈送了樱桃，于是我强忍着病痛吃了它，以示对你的酬答。

“感卿珍重报流莺，惜花须自爱，休只为花疼”，在这黄莺啼遍的季节，容若十分感谢表妹还能如此珍重情谊。同时也劝慰表妹怜惜花落时也要自爱，不要总为花落生悲。

容若在写词时并不是刻意用典，而是诸多典故已经熟读于心，完全成为自己语言的一部分，自然而然地就用到词中，这首词就是容若用典手法的一个典范。

唐多令

金液镇心惊[①]，烟丝似不胜。沁鲛绡、湘竹无声[②]。不为香桃怜瘦骨[③]，怕容易，减红情[④]。

将息报飞琼[⑤]，蛮笺署小名[⑥]。鉴凄凉、片月三星[⑦]。待寄芙蓉心上露，且道是，解朝酲[⑧]。

【注释】

①金液：古代方士炼的一种丹液，谓服之可以成仙，也用来喻美酒。

②鲛绡：传说中鲛人所织的绡，亦借指薄绢、轻纱，亦可代指手帕、丝巾。

③香桃：指仙境里的桃树，唐李商隐《海上谣》："海底觅仙人，香桃如瘦骨。"亦可解为香桃骨，比喻女子的坚贞风骨，柳亚子《题莼农四婵娟室填词图》："崎自爱香桃骨，怨难忘碧血花。"

④红情：犹言艳丽的情趣。

⑤将息：保重、调养。飞琼：许飞琼，传说中的仙女名，西王母的侍女，后泛指仙女或美丽的女子。

⑥蛮笺：谓蜀笺，唐时指四川地区所造彩色花纸；或唐时高丽纸的别称，宋顾文荐《负暄杂录纸》："唐中国纸未备，多取于外夷，故唐人诗多用蛮笺字，亦有谓也。高丽岁贡蛮纸，书卷多用为衬。"

⑦片月：一弯月，弦月。三星：《诗经·唐风·绸缪》："三星在天。"毛诗："二星，参也。"郑玄笺："三星，谓心星也。"均专指一宿而言，但天空中明亮的三星，有参宿三星、心宿三星、河鼓三星，这里指心宿三星。

⑧朝酲：谓隔夜醉酒早晨酒醒后仍困惫如病。

【赏析】

这首名为《唐多令》的词，用众多典故，抒发了容若那个时候朦胧忧伤的心情，在这首词中，容若将典故的运用发挥到了极致，他的典故，似层层叠进的山丘，让人们一层一层爬到山顶之后，忽然发现，眼前豁然开朗，这就是容若要的结果。

词抒发了朦胧之情：美酒喝过了，平静的心为之惊动，连那轻缓的香烟也仿佛承受不了。手帕上沁满了泪痕，连那满是泪痕的湘妃竹也默默无声。不贪恋那如仙境一般的境界，而是怜爱那仙女一般的人，怕的是容易消减了爱情。在信笺上写下诗句，签上小名，送与天上的仙女报声珍重。明镜一般的天空，弯月明星，备觉凄凉。待我寄去荷花上的露水，让它宽慰你那如醉如痴的相思。

“金液”是古代的术士们炼成的一种丹液，谓服之可以成仙，也用来喻美酒。在这里容若自然是用词替代美酒，他借酒消愁，故而写道开篇第一句为“金液镇心惊，烟丝似不胜”。喝过酒后，心情便变得不再平静，内心无法安抚下躁动的情绪，看到屋内点燃的檀香，所散发出来的烟雾，都感到变得不那么轻缓了。

眼前的世界，在酒精的作用下，变得有些不一样了。喝过酒之后，容若继续写道：“沁鲛绡湘竹无声。”鲛绡是传说中鲛人所织的绡，亦借指薄绢、轻纱，容若的这首词中，代之手帕，手帕上的泪痕斑斑，那是容若伤心时留在上面的证据。

醉酒之后，再次拿出手帕，心里头的愁绪更添一层。容若为何哭泣，他在下一句中给出了答案：“不为香桃怜瘦骨，怕容易，减红情。”他并不是贪恋红尘，而是为爱情哭泣，他的爱情离他而去，他才会如此痛苦，借酒消愁，痛哭流涕。

这个真性情的男人，在词中丝毫不隐讳自己的脆弱，如何能看出容若是为爱情哭泣的呢？在词中的“香桃”二字，就是缘由。香桃指仙境里的桃树，唐李商隐《海上谣》：“海底觅仙人，香桃如瘦骨。”亦可解为香桃骨，比喻女子的坚贞风骨，容若不是贪生怕死，而是怜爱那仙女一般的人物，红颜容易消逝。

上片悲悲切切地结束后，容若在下片的情绪稍微有所缓和，“将息报飞琼，蛮笺署小名。”这里所提到的“飞琼”典故，在之前的词句中有所解释，这是后人泛指仙女或者美丽女子的代称，容若是说要给仙女捎个口信，让她不要在相思中苦了自己。

或许，这是容若对自己说的话，只不过借着安慰仙女，用词句表达了出来。“鉴凄凉片月三星。待寄芙蓉心上露，且道是，解朝酲。”容若看似宽慰仙女，其实是宽慰自己，今朝有酒今朝醉，何必去管昨日明日的事情呢？

容若也只能这样想了，在无尽的相思中，如果不用酒精去麻痹自己，那这漫漫长夜，又该如何才能安然地度过呢？

雨霖铃种柳

横塘如练[①]。日迟帘幕[②]，烟丝斜卷。却从何处移得，章台仿佛[③]，乍舒娇眼。恰带一痕残照，锁黄昏庭院。断肠处、又惹相思，碧雾蒙蒙度双燕[④]。

回阑恰就轻阴转[⑤]。背风花、不解春深浅[⑥]。托根幸自天上[⑦]，曾试把、《霓裳》舞遍[⑧]。百尺垂垂[⑨]，早是酒醒，莺语如剪[⑩]。只休隔、梦里红楼，望个人儿见。

【注释】

①横塘：古堤名，在江苏吴西南，泛指水塘。

②帘幕：遮蔽门窗用的大块帷幕。

③章台：指京城的宫苑。

④碧雾：青色的云雾。蒙蒙：迷茫貌。

⑤轻阴：淡云或疏淡的树荫。

⑥风花：风中的花。

⑦托根：犹寄身。

⑧霓裳：就是《霓裳羽衣曲》，唐代乐曲名，相传为唐玄宗所制。

⑨百尺：十丈。喻高、长或深。垂垂：渐渐。

⑩莺语：莺的啼鸣声，或形容悦耳的语音或歌声。

【赏析】

《雨霖铃》是一个词牌名，也写作《雨淋铃》。相传是唐玄宗入蜀时，因在雨中闻铃声而思念杨贵妃，故作此曲。曲调自身就具有哀伤的成分，哀婉回转，十分动人。而后人中，以柳永的《雨霖铃》最是打动人心，那一首写尽离别的词，字字仿佛都雕刻在人的心上，让人们无法抹去那痛楚。

“多情自古伤离别，更哪堪，冷落清秋节！今宵酒醒何处？”柳永的离别低回特别，好像火焰的余烬，惨烈中带着美丽。容若的这一首《雨霖铃》却是别有一番风味在词间。

这首词写相思相忆的恋情：庭院里，水塘边，夕阳下的弱柳依依，如烟似雾。且问是从哪里移来的，张开娇眼，说是从章台而来。此时夕阳残照，仿佛锁住了黄昏的庭院。成双成对的燕子在青色的云雾中飞来飞去，惹起了无尽的相思。轻云随回栏流转，而背风的花朵不受风欺，不知春天的变化。幸而曾寄身于天上，已舞遍《霓裳羽衣曲》。酒醒之后，黄莺婉转，那百尺长条随风飘摇，摇曳生姿。只是不要在梦中出现在红楼之上，看到的人会柔肠百转。

“横塘如练”。这里的“横塘”是古堤名，在江苏吴西南，泛指水塘，这首词的情景感觉范围很小，池塘旁边，门帘之后，一个人在日暮西沉的时刻，隔着门帘，看着水塘边的景色变幻。

“日迟帘幕，烟丝斜卷。”看似惬意，却又寂寞难耐。夕阳西下，柳条依依，在暗黄的光芒下如烟似雾，让人看不清楚。这些柳树是从何处移植过来的，容若对于这个问题似乎也并不甚了解，他只是在词中略微提及，一笔带过。“却从何处移得，章台仿佛，乍舒娇眼。”无法探究柳树的来处，但它们能够在这水塘边，陪伴自己度过夕阳沉落下的黯然时光，彼此之间，也算是缘分一场。

既然是相思相忆之词，那么这首词就势必要提到所思之情，所忆之人，容若在上片中只是略微写到自己的伤怀之情，“恰带一痕残照，锁黄昏庭院。”无法与相爱的人相守在一起的感觉，就好像这黄昏中的庭院一样，深深之处，尽是离散之寂静。

夕阳残照，放眼望去，所看到之处，尽是相思不尽的离愁，“断肠处又惹相思，碧雾蒙蒙度双燕。”成双成对的燕子在风中飞来飞去，形影不离。与形单影孤的自己相比，简直是太幸福不过了。

上片在淡然的忧伤中结束。而到了下片，则是情绪稍微缓转了一些，“回阑恰就轻阴转。背风花、不解春深浅。”自己就好像栏杆后的花朵，在风中摇曳，活在自己的世界中，而不知道春天已经来了。

独自享春，是无法体会到春日的幸福的。无法在现实中看到自己想要的结果，那么便干脆寄托在虚幻中吧。“托根幸自天上，曾试把霓裳舞遍。百尺垂垂，早是酒醒莺语如剪。”梦中景色固然是好，可是酒醉之后总要醒来，醒来的时候，凄凉便会加倍呈现。

“只休隔梦里红楼，望个人儿见。”为了能和心爱的人相会，容若便不惜忍受梦醒后的凄凉，也要在睡梦中看到心爱的人，只要看到她的摇曳生姿，内心便会生出百转千回的柔情，细细密密，无法割舍。

既然清醒无益，那不如沉醉不醒吧。

浣溪沙

十八年来堕世间，吹花嚼蕊弄冰弦[①]。多情情寄阿谁边[②]。

紫玉钗斜灯影背[③]，红绵粉冷枕函偏。相看好处却无言。

【注释】

①吹花嚼蕊：谓吹奏、歌唱，引申指反复推敲声律、辞藻。弄：指吹弹乐器。冰弦：冰弦玉柱，筝瑟之类乐器的美称。

②阿谁：谁，这里指自己。

③紫玉：紫色的宝玉，古人以为祥瑞之物。

【赏析】

悠悠岁月，似流水，转眼间，又十八载，如今，已翩翩少年。世俗纷扰，红尘牵绊，谁能轻易避开？尽管如此，我仍钟情于丝竹与自然。从小到大，一直喜欢山花。时常穿梭在花丛中，享受自然的熏陶，不时折取令人爱怜的绿叶，卷成曲状，放至嘴边吹奏，一曲仿佛天籁，响彻耳际。一直对乐声的敏锐，不自觉地促使人摆弄琴弦，奏出动听的音乐。弹得累了，就抓起一撮花蕊，香气扑鼻，令人陶醉，竟不觉放进嘴中细细咀嚼，嘴也顷刻香气四溢。

人渐长，渐多情。多情的我已不再满足这山花这丝竹，这浓情该寄送给何人呢？我苦苦寻找着。终于，功夫不负有心人，今日迎来了人生的大喜。夜色渐浓，房中只有玉人和我，煞是安静。红烛淡红，闪闪烁烁，一屋尽是暖人的气氛。玉人端坐红烛后，端庄娴静，娇小苗条的身影映在淡红中，令人神往。斜镶在发髻上的紫玉钗，散着紫气，好不动人。沙漏细滴，烛身渐短，夜已深了。玉人和我双双躺下了。红绵纤细柔软，似粉般。然而多时的端坐，早已让红绵凉如清水，温热的肌肤触着这红绵，突觉有阵阵凉意袭来。不堪凉意，所以匣状的枕头也被弄得歪歪斜斜。尽管这般，双双卧床的我及玉人，在红影中没有一句呢喃细语，相互凝视着娇媚俊貌。时间仿佛停滞了。

这首词主要描写的是　对大妇的新婚画面。此词首句即告知“我”已十八岁，尘世行走多年。在此，“十八年”的由来，还颇费一番周折，这里还有一个令人叹惋的故事。在《仙吏传》(东方朔传) 中记载，东方朔未死时，曾对周舍郎说过：“天下没有一个人能够懂得我，真正懂我的人只有太王公一个人。”等到东方朔死后，汉武帝得知此语，马上召唤太王公询问：“你知道东方朔吗？”太王公回答说：“不知道。”汉武帝询问太王公才知，他很擅长星象观测。他告诉汉武帝：“天上诸星都在，单独只有岁星十八年不见，今时才复见。”听此，汉武帝仰天长叹：“东方朔在朕身边十八年，而朕竟不知他是岁星。”然后，汉武帝神色凄惨，郁郁不乐。此典故足可说明“十八年”弥足珍贵，也暗示“我”之将结束岁星式生活，“堕”入世间，但这是注定的，也只有叹惋吁惜可慰“我”。另外，“我”之素爱“吹花嚼蕊”，甚至“弄冰弦”，也只孤单一人，所以发出“多情情寄阿谁边”也属正常。

下阕，写新婚之夜最是动人。头戴紫玉钗的玉人，愈发诱人。说起紫玉钗，又牵扯出一曲故事。据唐蒋防《霍小玉传》知，此紫玉钗是昔日霍王小女欲戴之饰，值万钱，却不知何故丢失，令人费解，终被做此紫玉钗的老人拾得。在这里，无论紫玉钗怎样丢失，又怎样复得，全无关紧要，关键之处是其“值万钱”，何其珍贵，如此珍贵之物配玉人，可见玉人有多尊贵，有多娇媚。最动人之处，在末句“相看好处却无言”，玉人及“我”皆情至深处，可见一斑。

纳兰性德这首词，用典较多，是一大特色，让人在不知不觉中对“我”有了更深一层的理解。词中语句工整，第五、六句即是例子。该词上阕与下阕，情感表达流畅，上阕“多情情寄阿谁边？”既出，下阕即是新婚之夜，中间部分环节虽简略，却刺激读者发挥想象，回味无穷。

词人运用语句之突出，令人赞叹。首句“堕”字，表现心理状态，二句中“弄”也如此。下阕“冷”，生动地写出端坐之久。“多情情寄阿谁边？”的发问在下阕中得到了最好的回答。究竟“十八年”来“堕”世间，是福是祸，怕是很难说清，据“相看好处却无言”可知：怕是福更多。由此可看出，“我”的早熟，对“堕”入尘世的看法，也由玉人的到来而竟“无言”，可谓尘世间事事难料，更何况短暂人生。此词美妙，究竟作于何时？有叶舒崇皇清纳兰室卢氏墓志铭：年十八，归十八同年生成德，姓纳兰氏，字容若。据此可知，该词可能作于康熙十三年（1674 年）作者与卢氏新婚之期。

忆江南

江南忆，鸾辂此经过[①]。一掬胭脂沉碧甃[②]，四围亭壁幛红罗[③]。消息暑风多[④]。

【注释】

①鸾辂：天子王侯所乘之车。《吕氏春秋·孟春纪》："天子居青阳左个。乘鸾辂，驾苍龙。"高诱注："辂，车也。鸾鸟在衡，和在轼，鸣相应和。后世不能复致，铸铜为之，饰以金，谓之鸾辂也。"

②胭脂：指胭脂井，即南朝陈景阳宫的景阳井，故址在今南京市，隋兵南下，陈后主与妃张丽华、孔贵嫔并投此井，故又名辱井，井有石栏，呈红色，好事者附会为胭脂所染，呼为胭脂井。

③红罗：红色的轻软丝织品。

④消息：变化。

【赏析】

纳兰作这首小词是回忆清康熙二十三年（1684 年）十一月扈驾南巡时经过南京的情况。因词中有"暑风"之语，张草纫推测可能作于二十四年（1685 年）四月。（《纳兰词笺注》）

这首词写的是过旧陈宫时的感受。

鸾辂指皇帝车驾。"江南忆，鸾辂此经过"说明当时是扈驾南巡。"一掬胭脂沉碧甃”，则指胭脂井，胭脂井即南朝陈景阳宫的景阳井，故址在今南京市。

南朝陈后主虽然是个昏庸之君，但他与张丽华的爱情故事却一直流传民间。张丽华本是歌伎出身，陈后主对她一见钟情。并在光照殿前，又建“临春”“结绮”“望仙”三阁，自居临春阁，让张丽华住结绮阁，龚孔二贵妃同住望仙阁，整日只做饮酒赋诗之事。陈后主还曾作一首《玉树后庭花》，被广为传唱。

隋兵攻入皇城之时，陈后主与张丽华、孔贵妃三人并作一束，同投井中。在亡国之时，仍选择与张丽华一起，也不能不说此人对陈后主的重要意义。井有石栏，呈红色，好事者附会为胭脂所染，呼为胭脂井。宋周必大《二老堂杂志·记金陵登览》有记载：

“辱井者，三人俱投之井也，在寺之南。甚小而水可汲，意其地良是，而井则可疑。世传二妃将坠，泪渍石栏，故石脉类胭脂，俗又呼胭脂井。”

此处是以事代人，谓当年陈后主与其张、孔二妃洒泪投井，虽已成为历史的陈迹，但当时情景诚可哀悯。

“四围亭壁幛红罗”一句，意谓亭壁四围挂起了红罗，以遮蔽江南多变的暑风。

陈朝繁华的消失和难忘的教训总勾起历代诗人的兴亡之叹。自宋朝开始，王安石有《次韵王微登高斋》诗云：“台殿荒墟辱井湮，豪华不复见临春。”元代萨都刺亦在他的《满江红·金陵怀古》中抒发了对这个汉族王朝的慨叹：“玉树歌残秋露冷，胭脂井坏寒螀泣。”到了清代，郑板桥有《念奴娇·胭脂井》一首，写得颇为感人，全引如下：

“辘轳转转，把繁华旧梦，转归何许？只有青山围故国，黄叶西风菜圃。拾橡瑶阶，打鱼宫沼，薄暮人归去。铜瓶百丈，哀音历历如诉。

过江咫尺迷楼，宇文化及，便是韩擒虎。井底胭脂联臂出，问尔萧娘何处？清夜游词，后庭花曲，唱彻江关女。词场本色，帝王家数然否？”

从前胭脂井旁的繁华三阁，早已被隋文帝下令毁为平地，砖头搭了蒋州的城墙，早已今非昔比了。就连现时鸡鸣寺里的胭脂井，明朝时也已有人提出，它是后造的，似全为给后世子孙提供历史教训之用。明朝王士性《广志绎》卷二便是证据：

“向余登清凉台，入门见巨井，僧云：此胭脂井也，问台城，则指前冈。今细考之，则知吴苑城据覆舟山之前，对宫门之后，而晋台城即修吴苑为之。华林园在台城内，而临春、结绮、望仙皆华林园中阁，胭脂井在阁前。始知僧言之非也。”

说红颜祸水也罢，说荒淫误国也罢，千载年间，红颜绝色常常是历史鲜亮的一角，引人遐思。往日玉树后庭花的陈宫，在纳兰看时便已只存萧萧风物。但因了张丽华的绝世姿容，这南朝陈宫遗事也与“门外韩擒虎，楼头张丽华”的诗歌一并在时空中回旋。自古江山一局棋，绝世红颜有香消玉殒之时，千秋功业有朝一日也会成断壁颓垣，世事无常，最能永恒的莫过于变化本身。万千思虑至此，纵使纳兰，也只有浅浅地叹上一句，消息暑风多。

虞美人

彩云易向秋空散，燕子怜长叹。几番离合总无因，赢得一回僝僽一回亲[①]。

归鸿旧约霜前至[②]，可寄香笺字[③]？不如前事不思量，且枕红蕤攲侧看斜阳[④]。

【注释】

①僝僽：烦恼，忧愁。

②归鸿：归雁。诗文中多用以寄托归思。

③香笺：散发香气的信笺。

④红蕤：红蕤枕。传说中的仙枕。唐张读《宣室志》卷六记载，玉清宫有三宝，碧玉环、红蕤枕和紫玉函，红蕤枕似玉，微红，有纹如粟。亦借指绣枕。

【赏析】

有些人知道这首词或许不是通过《饮水词》或古代文学史，而是从琼瑶的作品中窥见它的。琼瑶小说《彩云飞》一开篇，作者就引用了这首词："彩云易向秋空散，燕子怜长叹。几番离合总无因，赢得一回僝僽一回亲。"想来这大概也是小说名称的出处吧。

彩云消散，便没了痕迹，这倒是很符合禅宗的意境。按照佛教的观念，无常是人生的本质，聚散便也成了人生的常态。虽然事事必有因果，能参透聚散离合的因由的却毕竟是少数，所以，我们就那样和他遇上了，又这样和他擦肩了，揣摩不透茫茫人海中为何偏偏是这两人相遇，又想不明白既然深爱又为何不能相守，让人徒增烦恼。

天高气爽的秋季，最容易被风吹散开去的岂止彩云而已，还有如藤蔓般生长的相思。独居深闺盼人归的女子满腹心事，想起欢聚时的温馨和离别时的不舍，她不免一会儿欢喜，一会儿忧愁。正满腹心事，却又见北燕南去，直惹来声声长叹。两人之前曾有约定，男子许诺霜期之前就会归来。如今归期将至，这女子还是忍不住嗔怨："无论如何，也该寄封书信来慰相思啊！"怨罢，又无奈地自我开导："还是不要想以前的那些事了，我不如枕着绣枕看那西下的落日吧。"

闺中女子相思甚苦、愁情难耐的矛盾心理跃然纸上，而这一番小女子的细腻心思、扭捏姿态却出于一个男人笔下，让人不得不感染纳兰容若的情愫之敏感、体物之细微。

宋朝词人张先也有一首著名的闺怨词："楼倚春江百尺高，烟中还未见归桡，几时期信似江潮？"这首《浣溪沙》上阕一句写闺妇凭栏眺望，尽管她思念心切，但江上还不见丈夫乘船而归，失望之余，她便怨起了那远行之人，觉得他还不如那江潮，江潮还会如期而至，而丈夫却迟迟不归。这首词的意境与容若的《虞美人》有诸多相似之处，思妇的急切与落寞都在寥寥几笔间显现出来。

纳兰这首词究竟是随性而作，还是他本人就是许下“旧约”的归人，至今已不得而知。现在很多人趋向于后者，认为这是一首“从对面写起”的佳作，明明自己心中都是相思意，偏偏去写对方的愁情，这种手法可谓“深婉之至”，从艺术上来说是相当成功的。

以“思妇”为主人公的古代诗词历来多见，除李清照等少数几位女文人之外，大多都是男子所作，李煜、周邦彦等人的思妇词中多有佳作，但这些诗词多流露出“以悲为美”的倾向。

这首《虞美人》（彩云易向秋空散）却略微不同。这首词最妙之处在最后一句，女子愁罢叹罢，忽而觉得自己的情绪有些莫名其妙，于是自我安慰、自我开解一番，索性侧身看那夕阳去了。正所谓“几味愁多翻自笑”，这般极富生活化的场景真实得仿佛就在我们每个人身边。妙趣冲淡了愁苦，感伤中又带着几分难察的俏皮，词的婉转味道因而又平添了几分，这比起说来说去只有“思念”二字的诗词更容易贴近人心。

纳兰写词善用心眼，他既能从眼前的景象中咀嚼出诸种滋味，又能把心中的情愫转化为具体的意象。纳兰直视眼前之景，直抒心中之情，他所写的愁情总是看似不经意随口说出，却又不会让人觉得肤浅鲁莽，就连他词中的主人公也有了这种性格，这首《虞美人》中女子侧倚红蕤枕，遥望远方斜阳、思念未归人的情状丝毫不会让人觉得轻浮，连她的嗔怨也都有了韵味，这便是纳兰笔墨的功劳了。

· 第二辑　不是人间富贵花

在佛前，他素淡如莲，度化苍生；在人间，他繁花似锦，惊喜悲戚。

忆王孙

西风一夜剪芭蕉。满眼芳菲总寂寥？强把心情付浊醪[1]。读离骚[2]。洗尽秋江日夜潮。

【注释】

①浊醪：即浊酒。醪，带糟的酒。

②离骚：中国古代最长的抒情诗。屈原的代表作，也是《楚辞》中的名篇。

【赏析】

时维三秋，天气转凉。昨夜又是一夜难入眠，只听得西风萧萧，足足吹了一夜。园中芭蕉林，本是绿肥青葱苍翠可爱，岂忍得了这一夜的摧残，尽是遍地皆狼藉。“悲哉，秋之为气兮，肃杀也！”满目望去，没有尽头，所见皆秋色，顿时胸中无限凄凉，人岂能经受如此寂寥？取来一壶浊酒，对窗独自低饮，强将这无限的寂寥倒进杯里，化作无奈，一饮而下，灌入愁肠。岂料“抽刀断水水更流，举杯消愁愁更愁”，这心中苦闷何由才得排遣？随手捡起一本《离骚》，漫目读去，字字尽愁语，篇篇有千结。报国有心，立功无门，心怀天下，书生意气，三藩之乱的刀兵战火未安，我的心中愁闷，如那日夜奔腾不息翻滚的三湘江水一般。

这首词主要是写一种“愁”，先不谈这“愁”到底是为何而愁，先看看纳兰性德的写法。这首词只短短三十一字，而其中直接间接言及“愁”的，全篇皆是。第一句“西风一夜剪芭蕉”虽未直接说出情绪，可也能根据传统，理解到词人正要表达一种愁闷。短短三十一字，可谓字字皆愁，孔子说《关雎》“哀而不伤”，这也似乎成为后世对于诗歌写情中对抒情进行节制的理论依据。然而纳兰性德这首词明显没有节制抒情，不仅如此，他的词的一个特点就是情感流露不受阻碍，无论是那些他写得委婉动人的，如“一往情深深几许？深山夕照深秋雨”（《蝶恋花·出塞》）、“多情终古似无情，莫问醉耶醒”（《荷叶杯》），还是狂放的，如“德也狂生耳”这样的词句。

可以说纳兰性德的词在用情方面有些纵情的倾向，特别是那些表现细腻的女性化情感的词。这首词就能体现这样的风格，写愁就全篇写愁，如江水滔滔不绝。西风引起人伤时，第一愁；西风毁坏芭蕉，第二愁；奋力遣愁，借酒浇愁愁更愁，第三愁；停杯读《离骚》，所读尽愁，第四愁；悲于报国无门，第五愁。这样的写法，在读者方面感受起来，确实是感觉一重又一重地压来，颇为压抑。

这首词有考据认为是三藩之乱期间，纳兰性德因报国有心，立功无门，有感而作。当然可备一说。

三藩之乱是清初三个藩镇王发起的叛乱事件。清廷入关后需要对付李自成起义的力量和南明政府的反抗，前朝的降官是清军借助的力量，吴三桂、尚可喜、耿精忠便是其中代表。但后来他们不仅在经济上是中央政府沉重的负担，而且威胁到清政权。康熙十二年（1673 年），康熙皇帝做出撤藩的决定，同年吴三桂反。清军主要针对吴三桂，而对其他的叛变者却实行招抚。后耿精忠、尚之信降清，吴三桂积郁而死。康熙二十年（1681 年）冬，清军进入云贵省城，吴三桂之子吴世藩自杀，历时八年的三藩之乱被平定。

三藩之乱期间，纳兰性德正作为康熙的御前侍卫，因职责所在，虽有立功之心而无立功之门。这首词虽可见得一种同屈原般的忧国忧民的惆怅，却仍可见纳兰自己一贯的细腻情感。在对于主题的理解上，可能难免有不同看法，这些看法多半源于对词人自身的理解，不过正如梁羽生所说："也许因为纳兰容若太善于言愁了，因此一般人对他有个误解，以为他是个消极颓废的词人。其实他的'愁'，正如前一篇所谈过的，乃是在封建压力下，精神苦闷的表现；而且除了'工愁善恨'之外，他也还有激昂悲愤的一面，用百剑堂主的词来说，就是还有'悲慷气，酷近燕幽'。"

诉衷情

冷落绣衾谁与伴，倚香篝[①]。春睡起，斜日照梳头。欲写两眉愁，休休[②]。远山残翠收[③]，莫登楼。

【注释】

①香篝：古代室内焚香所用的熏笼。

②"欲写"二句：意思是本来想要画眉，然而却双眉愁锁，算了还是不画了。休休，不要、不用，表示禁止或劝阻。

③"远山"句：意为远处山峦的翠色消散了。收，消失、消散。

【赏析】

世人总说花间词，艳丽奢华，透出一股脂粉气。反观纳兰此作，则比之花间词却有相似之处。更与温庭筠"梳洗罢，独倚望江楼"有几分相似。

《诉衷情》原为唐教坊曲，为温庭筠所创，后用为词牌名。温庭筠创制此调时取《离骚》诗句"众不可说兮，孰云察余之中情"之意。后来，毛文锡词有"桃花流水漾纵横"句，故又名为《桃花水》。纳兰这首词秉承温词一脉，描写思妇春日无聊的情状。着墨不多，因此看似清淡，实则蕴藉有致。

“冷落绣衾谁与伴？”首句发问其实也是设问，自问自答。因无人相伴，看那绣衾衣裳，就算华美艳丽，也只让人觉得了无思绪。因为无人相伴，此情此景自然易解了。后两句：“倚香篝。春睡起，斜日照梳头。”香篝本是古代室内焚香所用的熏笼。一般来说，古代官宦人家，或者大家闺秀闺房中才有能力燃此香笼，因此，倚香篝则再次点到此女子的身份。“春睡起，斜日照梳头。”则点到时间，初日迟迟，已经倾斜到满屋子，“睡起晚梳头”，毫无心绪。一副慵懒形象跃然纸上。如果在此处还描写到女子动态特征呈现慵懒姿态的话，“欲写”二句则把这种慵懒之态又向前推进一步，说那女子本想画眉，却看到自己双眉愁锁，算了还是不描了，描来又有谁会细看呢？“休休”则是这种心语的集中体现。

可想此场景：春日迟迟，少妇因幽枝独依，显得百无聊赖，则赖床度日，迟睡起，斜阳已至，更算是薄暮，因此无心打扮，只有深锁愁眉，无奈中更不知怎么排遣寂寞之念。因此想起温词倚楼断肠之句了，更不敢登楼了。

自然，此处“远山残翠收”是实景虚写之笔。也由此可以看出，景色已经极熟悉，不必登楼就已知晓，想那断肠处自然是不宜多去的。

这首词纳兰承袭花间词风，因为他温文尔雅，少年风流而又擅长小令，自然此种词类自是写法娴熟，笔墨点至，形象刻画往往呼之欲出，细腻生动。但比之温飞卿《望江南》则有不足之处。

想来，温飞卿此词中摘取瞬间和纳兰自有时间延续上的联系，但飞卿词则更契合情感最浓郁的部分，那登高望远思人之境，自然是描写此种风情形象的绝时。虽都是斜晖残翠，纳兰自然无所突破，况飞卿断肠句一出，已经极其简洁而深刻地写尽了人物内心，纳兰描写的思妇心理之笔却不如这一首词力量深厚。而花间词集更写尽了思妇孤独伤春念远之情。

总之说来，纳兰为清词人，写思妇自然与自身身世之境相连。若非如此，则不过是模仿前人之笔，亦无创新罢了。

好事近

何路向家园，历历残山剩水[1]。都把一春冷淡[2]，到麦秋天气[3]。

料应重发隔年花[4]，莫问花前事。纵使东风依旧，怕红颜不似。

【注释】

①历历：（物体或景象）一个一个清晰分明，意思是零落。残山剩水：残存的山岳河流，零散的山水，明灭隐现的山水。

②冷淡：不热情、不热闹。

③麦秋天气：谓农历四五月，麦子成熟后的收割季节。

④隔年花：去年之花。

【赏析】

誓言是开在彼岸的花朵，遥看美丽异常，但却无法触及，谁想要到彼岸去寻找这誓言之花，定当是会失望的。因为那之间隔得太过纷繁。不过，誓言却是许多男女愿意去相信的，誓言之所以存在，就是因为人们爱入轮回后，无法自拔，需要誓言当他们的救命索，令他们相信，爱情无价，值得坚守。

容若想来是相信誓言的，他写的这首词抒发与妻子的别离、相思之苦。容若对他每一个爱过的女子都十分珍惜。这首词里，更是将这种情感抒发到了极致，透过词的本身，仿佛可以看到，容若衣衫单薄地站于历史深处，神色苍茫的想念。

哪一条才是通往家园的路呢？眼前的一片都是零落的残山剩水而已。春天过去了，已经到了麦收时节，又一次将大好的春光冷落。料想去年的花今年又开了吧，而花前月下的旧事却不敢回味。即使景色如故，也已是年华老去，红颜不再了吧。

容若对于爱情，一丝不苟。是谁说誓言不过是开在舌尖上的莲花，是谁说誓言不过是无谓之人所做的无谓之事。对于容若来说，爱情便是此生无悔的誓言，无法更改的约定，所以，容若一旦爱上，便是此生此世。

站于路口，容若举目四望，“何路向家园，历历残山剩水。”词的一开始，就奠定了伤感的基调。家园无处可寻，回家的道路已经找不到了，抬头望去，满目都是一片残山剩水。

山就是山，水便是水，何来的残山剩水呢？容若将山水之景用“残剩”修饰，更显得心境荒凉，犹如残败的风景。

若早知道这只是一场有缘无分的情事，在相遇之时，就会按捺住内心的悸动，那时没有陷入爱的河流，今日便也不会在此苦苦相思了。

“都把一春冷淡，到麦秋天气。”春季转眼就过去了，为了思念，都冷淡了这大好的春光，当回想起来，春日的好风景都已错过，而眼下所看到的已经是萧瑟的秋景了。上片在一片嘘叹声中结束，简明轻快，没有晦涩之意，也不用典，但依然能够写出容若愁苦的心情。

下片依然承接上片简单的风格，既然春天都已经被错过了，那春日的花朵也没能看见，“料应重发隔年花”，料想去年的花，今年也再次开放了吧，花可以年年开放，年复一年地绽放。错过了今年的花期，明年只要愿意，依然可以等到花开，遗憾就可以弥补，但是人事呢？只怕是错过一次，就终生无法补救了。

所以，那些曾经美好的花前月下的事情，最好不要再想起，每想起一次，都是折磨，面对无法重演的故事，真的还是“莫问花前事”的好。容若不是圣人，他只是一个平凡的，渴望爱的男子，他拒绝今春的这场花事，是为了不看到荼蘼而心痛，但真的就可以躲避开来吗？只有他自己知道。

“纵使东风依旧，怕红颜不似。”景色依旧，物是人非，最后的这句感慨是许多词人都感慨过的，并无什么特别。容若写词总是这样，用平淡的语气诉尽天下悲情。

人生就是这样错过一场又一场美景，有些人对这些错过不以为意，但对于容若来说，每一次错过都是一道伤痕。他用伤痕累累的心，吟咏出这些千年，甚至万年之后都不会被忘记的词。他与他那些隐约的心事，统统被记载了下来。

东风齐着力

电急流光[①]，天生薄命，有泪如潮。勉为欢谑[②]，到底总无聊。欲谱频年离恨，言已尽、恨未曾消。凭谁把、一天愁绪，按出琼箫[③]。

往事水迢迢[④]。窗前月，几番空照魂销。旧欢新梦，雁齿小红桥[⑤]。最是烧灯时候，宜春髻、酒暖蒲萄[⑥]。凄凉煞、五枝青玉[⑦]，风雨飘飘。

【注释】

①电急流光：形容时间过得极快，犹如电闪流急。

②欢谑：欢乐戏谑。南朝梁刘勰《文心雕龙·谐隐》："怨怒之情不一，欢谑之言无方。"

③琼箫：玉箫。

④迢迢：形容遥远。也作"迢递"。

⑤雁齿：比喻排列整齐之物，常比喻桥的台阶。

⑥蒲萄：即葡萄酒。

⑦五枝青玉：指灯。《西京杂记》谓，咸阳宫有青玉玉枝灯，高七尺五寸，作蟠螭，以口衔灯，灯燃，鳞甲皆动。

【赏析】

容若在这首词里诉说了自己透彻心扉的伤感与苦情：时光飞逝，人生苦短，又加上天生福薄，想到这些不觉泪如雨下。即使强颜欢笑，最后也是百无聊赖。想要将胸中的愁苦写下，然而所有的语言都已说尽，但心头之恨仍然未消。

是谁在吹奏玉箫，那箫声如此凄切，更使人销魂。那窗前的明月，又一次照着月下这销魂之人。往事如同江水般连绵不断地涌上心间，梦里忆里都是你我往日的欢会，那最宜人的是元宵佳节，可以久久地欣赏你那形状美丽的发髻，饮着那暖人的葡萄美酒。如今梦已醒，忆成空，只有凄风冷雨，寂寞孤灯，怎不叫人断肠伤情。

词的上片写人生苦短，泪眼蒙眬之凄迷感受。“电急流光，天生薄命，有泪如潮。”短短十二个字，就将内心的愁苦通通宣泄出来，容若写苦情的词，最为感人，原因便在于此，他从不将情绪复杂化，越是白描的词，越容易打动人心。

“泪”是此片的关节。后面所写，虽然都是与泪无关，但可以看出，容若的这首词里，字字句句，都藏着眼泪。“勉为欢谑，到底总无聊。”在伤心的时候，欢乐也变得无聊了，勉强的笑容，总是难以持久的，放下面具，自己真的无法遏制悲伤。

“欲谱频年离恨，言已尽、恨未曾消。”离恨就是这样，就算千言万语一切都已消失，但离愁却不会消失。容若写自己的悲戚，默然无语，千愁万怨似乎随着两行泪水咽入胸中，无法言说。

在上片的最后，容若写道：“凭谁把、一天愁绪，按出琼箫。”一怀愁怨，触绪纷来，胸中的郁闷无法排遣，于是只得吹箫排解。在词的下片开始，容若便更是将清愁写入骨髓深处，让它们同寂寞一起流淌。

“往事水迢迢。窗前月，几番空照魂销。”提到离愁，便不能不写到往昔，一个过去丰富的人，往往最有忧愁的资格，容若就是这样的人，他的“旧欢新梦，雁齿小红桥”都是他的忧伤来源，这首词在这里声情凄苦，词音细滑，似满心而发出的感慨，读过之后，令人感到悲伤欲绝。

“最是烧灯时候，宜春髻、酒暖蒲萄。凄凉煞、五枝青玉，风雨飘飘。”结尾两句，融情入景，表达了绵绵无尽的哀愁。这首词可以因声传情，声情并茂。容若将词演绎得通篇婉转流畅，环环相扣，起伏跌宕，真是一首好词。

浣溪沙

十里湖光载酒游，青帘低映白蘋洲[①]。西风听彻采菱讴[②]。

沙岸有时双袖拥[③]，画船何处一竿收[④]。归来无语晚妆楼。

【注释】

①青帘:旧时酒店门口挂的幌子,多用青布制成。白蘋洲:泛指长满白色花的沙洲。唐李益《柳杨送客》诗 :“青枫江畔白蘋洲，楚客伤离不待秋。”

②采菱讴 : 乐府清商曲名，又称《采菱歌》《采菱曲》。

③沙岸 : 用沙石等筑成的堤岸。双袖 : 借指美女。

④一竿:宋时京师买妾,一妾需五千钱,每五千钱名为“一竿”。李煜《渔父》:“浪花有意千重雪，桃李无言一队春。一壶酒，一竿身，世上如侬有几人。”故此处之“一竿”亦可指渔人。

【赏析】

史上文人词句，各有风格。纳兰之词，可谓情由景生，情景交融。这一阕词，读罢内心充满美好的期待。目光所及，如诗如画。

景是湖边之景，文人向来喜爱以湖景为背景，兴许是由于湖之温和宁静，令人心境平和。甚是喜爱朱自清的《桨声灯影里的秦淮河》，灯火酒家，映于湖面之上，悠扬醉心令人留恋不已。携酒游于湖面之上，风是江南的风，水为江南之水，酒家门面上的青布幌子掩映着白色的沙洲，好是一幅惬意的佳景。

和着西风在小舟之上饮酒，醉心之趣，好似听见采莲曲悠扬地在湖面上拂过，又有沙岸上美女水袖飘然，翩跹起舞。自是美不胜收。此时纳兰又借李后主《渔父》中“浪花有意千重雪，桃李无言一队春。一壶酒，一竿身，世上如侬有几人”一句，表达身在舟中，好似渔夫撑杆，尽享自然情趣的美好感触。当年李后主身为君王身不由己，只得写这样一阕词，画饼充饥，以抚慰自己疲惫无奈之心。在美景之中，纳兰是否也如后主一般惆怅地期待。我们并不能身临其境地大胆猜测，但至少从这词看，基调明朗闲适。纳兰对山山水水尤其喜爱，心心念念想要回归自然，为天地之间的一名酒客便可。这心愿，从满首词间漫溢的情趣就可窥见。

纳兰这词，写得清新、雅致，写景之词历代文人有不少佳作，纳兰写景却依旧不让人觉得类同厌倦。勾勒这描绘的图景，秦淮河的灯火之夜又于脑中浮现，朱自清轻柔的笔触淡描:“醉不以涩味的酒，以微漾着，轻晕着的夜的风华。不是什么欣悦，不是什么慰藉，只感到一种怪陌生，怪异样的朦胧。朦胧之中似乎胎孕着一个如花的笑——这么淡，那么淡的倩笑。淡到已不可说，已不可拟，且已不可想；但我们终究是眩晕在它离合的神光之下的……”湖面、小舟、酒家、沙堤、美女、灯火都有了，便觉人间万千之美，都已获得。纳兰之心，想必也是这般。田园之趣，之于生活，已然足够，不需更多。

读一阕写景之词，读出如此欢愉，纳兰之心，了然于世。

仔细读罢，好似亲眼看到其人笑容满面。

生查子

散帙坐凝尘[①]，吹气幽兰并[②]。茶名龙凤团[③]，香字鸳鸯饼[④]。

玉局类弹棋[⑤]，颠倒双栖影。花月不曾闲，莫放相思醒。

【注释】

①散帙：打开书帙。借指读书。凝尘：积聚的尘土。

②吹气幽兰：谓美人气息之香更胜兰花。

③龙凤团：茶名，即龙凤团茶，又称龙团凤饼，为宋代著名的贡茶，饼状。

④香字：犹香篆，指焚香时所起的烟缕。鸳鸯饼：古代形似鸳鸯的焚香饼，一饼之火，可终日不灭。

⑤玉局：棋盘的美称。弹棋：古代棋类游戏，源于汉代，相传汉武帝好蹴鞠，群臣谏劝，东方朔以弹棋进之，武帝便舍蹴鞠而尚弹棋；另一说西汉成帝时刘向仿蹴鞠形制而作，初用十二枚棋，每方六枚。两人对局时轮流以石箭弹对方棋子。魏时改用十六枚棋，唐代又增为二十四枚棋。宋代以后，因象棋盛行而渐趋衰落。

【赏析】

夏敬观《蕙风词话》中说纳兰为重光（李煜）后身，这首词即承艳词一科，同李煜前期极尽奢华之作一般，香艳彻骨，用词尽透一派华丽之气。细究来，纳兰虽非天子，却也出身豪门。他是历代诗人词人中，很少遇到美满婚姻的词人之一。

康熙十三年，十九岁的纳兰性德与十七岁的卢氏成婚。这对少年夫妻无限恩爱，柔情万般。在他这个时期的诗词中，任何人都能感受到其中神怡心醉的燕尔之悦。以此多有评家认为此作，应该是纳兰此时所作。纳兰性德为夫人画像填词，两人赌书对弈，可谓琴瑟合鸣、美意融融。那种在世俗人眼里几近完美的家庭环境，郎才女貌，无论从物质到精神都构成所谓天设地造的金玉良姻。

如是说来，此作中最后一句“莫放相思醒”倒有种强说愁的滋味。因此看来，这首词不绝是“描绘贵族之家绮艳优裕的生活之态”，不绝是“表现悠然自得的生活之作”，词中极尽奢华的词语物象，并不能掩盖本词点睛中悲伤的姿态。

上阕中“散帙坐凝尘，吹气幽兰并”显然是作者读书生活中的片段。“散帙坐凝尘”需解为自己就像凝尘一样进入打开的书本里，描写词人读书的状态。吹气幽兰，说的是美女气息的香味尤甚于兰花。东汉郭宪《洞冥记》中有：汉武“帝所幸宫人名丽娟，年十四，玉肤柔软，吹气胜兰”。所以这句指的是，自己读书的时候，身边有爱妻伴坐。后两句，从细处着手，写案上之物，书房里龙团凤饼，散发着幽幽清香，点燃的鸳鸯焚香，氤氤氲氲，弥漫在书房各处。生活之乐，燕尔之悦，不言而喻。

转至下阕，便更想起两个人在一起的生活。“玉局类弹棋，颠倒双栖影。”说的是在两人对弈忘情，直到月夜之下，那白玉棋盘上映出枝头双双鸟儿的身影，确如粒粒弹棋。此处鸟儿双栖，粒粒如弹棋，句句都是妻的谐音，更感是怀人之作。“花月不曾闲，莫放相思醒。”一个“醒”字，一下子就把上边所描绘的幸福美满的欢乐之景拉入梦中。“花月”自然是夜晚，相思也是在梦中，想必那时梦中的自己也流露出微笑了吧。

纳兰虽是历史上很少遇到美满婚姻又能沉醉于婚姻的诗人，但他的幸福生活总是好景不长，他和卢氏结婚短短三年，卢氏便因难产而撒手离去。这不能不说是纳兰遭受重创的波折，想到感情，三年相伴，自然情已颇深，更甚者说，纳兰在热恋之中失去了他的妻子抑或是所爱之人，想想也不无道理。这一打击让纳兰的生活彻底破碎，虽然后来词人还经历几段情感波折，但都不是当初的情意绵绵，相亲相守了。

这阕词中，纳兰全然不写半点哀愁，但细细读来，全篇句句成哀，句句是悲。词人作此作时，该是梦醒人无，其凄凉心境下发此艳丽之语，定然是有心布置的。但是，以乐景衬哀情在历代词中已经屡见不鲜，虽纳兰有旷世之愁，这词确也平平。更是后来写梦，也全然隐去。不似他性纯率真的词风。此作承李煜之风，诚如夏敬观所言，“寒酸语，不可作，即愁苦之音，亦以华贵出之，饮水词人，所以重光后身也”。

而作为一个爱妻深切的多情之人，纳兰性德将妻子病逝的责任担在自己肩上，长期处于自责当中，陷入了一种无法解脱的痛苦。而自此之后他的词风也为之一变，写出了一首首令人肝肠寸断、万古伤心的悼亡之词。

眼儿媚

重见星娥碧海槎[①]，忍笑却盘鸦[②]。寻常多少，月明风细，今夜偏佳。

休笼彩笔闲书字[③]，街鼓已三挝[④]。烟丝欲袅，露光微泫[⑤]，春在桃花。

【注释】

①星娥：神话传说中的织女。此处指明眸善睐的美女。

②盘鸦：指妇女盘卷黑发而成的头髻。

③笼：通“拢”，牵、拈之意。

④街鼓：设置在京城街道的警夜鼓。宵禁开始和终止时击鼓通报。始于唐宋，以后亦泛指“更鼓”。挝：敲打。

⑤微泫：水微微下滴流动之貌。此处形容爱妻的脸光彩照人。

【赏析】

这是容若难得一见的喜悦之词，词中没有了往日的阴霾与忧伤，显露出一种特有的欢快之情，这在容若的词作中实属少见。

容若这个被忧郁包围了的男人，似乎天生就是忧郁的代言人，他的举手投足，字里行间，无不是透露着忧郁的气息。而在这首词中，却能读出喜悦。这是一首爱情之词，这首词写与爱妻重逢的喜悦之情，可见，在爱情雨露的滋润下，容若阴郁的心云终于也拨开了，他仿佛重新沐浴到了阳光，见到了蓝天。

“星娥”，是指的传说中的织女，神话故事中，织女与牛郎的故事无人不知无人不晓，他们真心相爱，却遭到了王母的阻隔，只能在每年七夕时节，于鹊桥上相会片刻，但就这如此艰难的爱情，他们也是坚持了千年。

这个爱情故事感动了许多人，自然这些人里也有容若，因为他本身也是一个爱而不得的人。

后来有人将“星娥”用作诗词里的典故，将“星娥”指作明眸善睐的美女。唐李商隐《圣女祠》:“星娥一去后，月姊更来无？”朱鹤龄注：“星娥谓织女。”

容若与妻子之间的爱情一波三折，他还常伴帝王身边，作为帝王的侍卫，总要随着帝王出行。容若在这首词中即是说自己与卢氏，便是牛郎与织女，总是聚少离多，于是，再次见到卢氏，容若总是喜出望外的。

终于再次见到你那美丽的容颜了，你强忍笑意将乌黑的发髻盘起，仿佛天上的仙女般动人。风和月明，良辰美景，这种情景往日虽也曾有过，可是今夜却胜过往常。不再拈笔写什么字，夜已深，街上已敲过了三更鼓，还是喜不自持。香烟缭绕中，更见人面桃花，光彩照人。

“重见星娥碧海槎，忍笑却盘鸦。”开篇便毫无顾忌地写出自己的喜悦，容若一向是个含蓄的人，直白地表述情感并不多见，可见，容若对于再次与爱妻团聚，多么高兴。重新见到美丽的妻子，看到她的笑脸盈盈，人世间有再多的烦忧，也该忘却了。

“寻常多少，月明风细，今夜偏佳。”字字透露着掩盖不住的喜悦，这时的容若一心沉浸在与爱妻团圆的兴奋之中。他自然无法知道，不多久之后，他的妻子将会永远离开他。这时的容若，俨然一个兴奋满满的孩子，他在妻子的关爱中，享受着这来之不易的时光。

上片写过自己与妻子团圆的高兴之后，下片便继续抒发这种情感，虽然与卢氏已经谈不上是什么新婚燕尔了，但他们之间的感情却比许多新婚夫妻还要深。“休笼彩笔闲书字，街鼓已三挝。”

下片的开头也是照样的平淡无奇，不需要再提笔写任何东西了，夜已经深了，街上敲过了三更鼓，可是喜悦之情，依然无法退去。这句简简单单的情感表述，胜过千言万语的赞美。但话虽如此，容若在词的最后，依然是充满了溢美之词的，“烟丝欲袅，露光微泫，春在桃花。”

妻子光彩照人，犹如桃花一般的面庞在容若眼中无疑是最美的，他在这一夜是欣赏这美的，也是享受这美的。

减字木兰花

相逢不语，一朵芙蓉著秋雨。小晕红潮[①]，斜溜鬟心只凤翘[②]。

待将低唤，直为凝情恐人见[③]。欲诉幽怀，转过回阑叩玉钗[④]。

【注释】

①小晕红潮：害羞时两颊上泛起的红晕。

②鬟心：鬟髻的顶心。凤翘：古代女子凤形的首饰，或者冠帽上插的鸟羽装饰。

③直为：只是因为。凝情：情意专注，这里指深细而浓烈的感情。

④回阑：即回栏，曲折的栏杆。

【赏析】

这是一首描写怀春少女偶遇自己喜欢的男子时的矛盾心理的词。在表现女性情感上，纳兰性德拿捏得恰到好处，如同戏剧一样，将一位可爱的少女生动活泼地展示在读者面前。

上片写相见时的外部举止。或许是一次游春，女子正赏花随游，信足而观，可突然前面走来一位那么熟悉的人，——就是我一直暗暗喜欢的那个小伙子，——顿时手足无措，语无伦次了，竟然一句话也没有跟他说，脸霎时就红了，像一朵芙蓉花，经过一场秋雨，显出淡淡的红色。两颊因害羞而红晕一片，把脸低下，头上的凤钗往上翘起。

词的下片将主要描写的点转移到了心理上，从女子的心思上着力刻画。非常想要轻轻地叫他一声，和他打个招呼，就是怕被人发现自己是那么爱他，然后说三道四。也想和他一诉隐情，把自己想了很久，一直只能自言自语的话跟他倾心一谈。可是他已经远去，游春的雅兴也顿时消失，心中无限思量。只能徒然转身倚栏，百无聊赖，闲敲玉钗。

这首词前面已经说过，在表现女性情感上尤为细腻，盛东玲在《纳兰性德词选》中说："一个少女，与恋人漠然相逢，既不肯轻易放过这一个难得的倾诉衷肠的机会，欲语不语，娇羞之态可掬。这是作者亲身经历的事情，他记下了这一动人的一幕，心中充满了柔情。"那么作者是通过两方面结合来写的。

一方面通过女子的外部行为，也就是集中在上片的一连串举止。首先，二人突然遇到，她的思想上一点准备也没有，遇到后必然表现为失语尴尬（即便能说话也是语无伦次，吞吞吐吐），这尴尬中充满甜蜜而心酸的爱情；然后脸色也应心而变，这加强了对前面失语的强调；接着由于前面失语脸红导致的失态，马上又去掩饰，便低垂下头。这些描写，可谓传神，力透纸背。

另一方面，进一步从深层次的心理上着笔。下片"恐人见""欲诉幽怀"是她的全部矛盾。可见这个女子受到世俗偏见的束缚，在冷酷的道德环境中战战兢兢，但她内心并没有被封建传统束缚，敢于面对所爱，并且心中跃跃欲试着要突破束缚。但是结果是具有悲剧性的，"转过回阑叩玉钗"，证明她又回到了先前那种相思成疾，百无聊赖的旧轨迹上。这一点具有悲剧性。但是应该看到其中隐含的某种冲击力，可以想见，若是遇到下一次，若上天竟又给了她一次这样的机会呢？她越是积累了足够的心理能量，就越能突破外界的世俗束缚。

这首词从女子方面来看待这次邂逅，然而词人纳兰性德却是其中的男主角，也就是那个女子邂逅的恋人。所以其实这首词最终还是纳兰性德的自我安慰。他遇到一位心仪已久的姑娘，他们是否相爱并不一定，但可以肯定的是纳兰性德对她确实苦恋已久。纳兰性德通过假设一个女子对他这般情感，却是来表现自己这种的情感，由此可见纳兰性德是何其痴情。这种安排也是十分巧妙的。

这首词词风上受花间词影响明显，但在表情上却大大突破花间窠臼。在艺术真实上做得相当好，词人在女子和自己双重身份上，立足女性形象，进行自由转换，无论是行为还是心理上，都描摹得恰如其分，读来让人分外感动。

鹧鸪天 十月初四夜风雨，其明日是亡妇生辰

尘满疏帘素带飘[①]，真成暗度可怜宵[②]。几回偷拭青衫泪[③]，忽傍犀奁见翠翘[④]。

惟有恨，转无聊。五更依旧落花朝。衰杨叶尽丝难尽，冷雨凄风打画桥[⑤]。

【注释】

①疏帘：指稀疏的竹制窗帘。素带：白色的带子，服丧用。

②真成：真个，的确。暗度：不知不觉地过去。

③青衫：青色的衣衫，黑色的衣服，古代指书生。

④犀奁：以犀牛角制作而成的梳妆盒。翠翘：古代妇人首饰的一种，状似翠鸟尾上的长羽，故名。这里指亡妻遗物。

⑤冷雨凄风：形容恶劣的天气或悲惨凄凉的处境。画桥：雕饰华丽的桥梁。

【赏析】

卢氏逝去的第二年，被葬于明珠家的祖茔，这首词作于卢氏下葬后不久，当时正值十月初四夜，窗外突然风雨大作，多情公子想到明天将是亡妻的生日，不由得悲从心起，于是，伴着凄风苦雨，容若赋此以寄哀思。

“尘满疏帘素带飘”，妻子离去之后，屋子已经很久没有打扫，窗帘上早已落满了灰尘，室内一片死寂，只能看见素带飘动。其实，以容若显赫的家世，府中必定是奴婢成群，想来也不会如此狼狈，任凭“尘满疏帘”，所以，这一切不过是容若心理上的主观感受而已，这样写一方面表现出他内心的极度悲伤，另一方面也营造出物是人非的意境。

李清照在经历了国破之愁、家亡之恨、丧夫之悲、流离之苦后，才产生“物是人非事事休，欲语泪先流”的感受，而容若只经历了丧妻之痛就产生了“物是人非”的感觉，足见他对卢氏的感情之深。

十月初五是亡妻的生日，因此初四的夜晚必定是一个凄苦冷清的“可怜宵”，一个人在这种环境中，往往会睹物思人，容若自然也不可能例外，我们似乎能看到在这样一个寂寥的夜晚，容若独自一人在屋内徘徊，猛然间看到亡妻用过的妆奁翠翘，不觉暗自伤怀，几度清泪偷弹，甚至连衣袖都被泪浸得仿佛有千斤重了。

一个“偷”字，让人颇为费解，我们都知道，一个人在悲伤的时候，通常会找一个朋友倾诉，希望他能够安慰自己，化解自己的忧伤，那容若为什么要偷偷地流眼泪呢？其实，在封建社会中，由于受到社会道德规范的约束，一个男人如果不能抛却儿女私情，不仅会被其他人嘲笑为胸无大志，更会被其他男人视为异类，哪怕他哀悼的是自己的亡妻，所以容若只能无奈地“偷湿青衫泪”。

词到下阕，容若将我们的视线带到了室外。“惟有恨，转无聊。五更依旧落花朝”，这两句毫无刻意雕饰之感，读起来就好像容若此时正站在你的面前，流着眼泪向你倾诉。转眼间就到了五更天，容若一夜未眠，可当他来到户外之后，看到的却不是艳阳高照，而是“葬花天气”。其实，十月并不是落花时节，这仍然是容若心理上的主观感受而已，从而突出自己心中的无限悲伤。

全词以景物描写作结，强化了词人内心的愁苦。“衰杨叶尽丝难尽，冷雨凄风打画桥”，衰杨叶尽，景色依然，我和你却已生死殊途。此时凄风冷雨抽打着画桥，怎能不令人愁思满怀，百无聊赖。

这首悼亡词写得尤为低落惨淡，此时的容若已经英雄气短，唯有儿女情长，他失去了一生的红颜知己，虽然还有很多好友陪伴在他的身边，但是妻子的作用是他们所不能代替的，因此容若不会再有幸福，他甚至还在这首词中流露出对人生的厌倦。

摊破浣溪沙

林下荒苔道韫家[①]，生怜玉骨委尘沙[②]。愁向风前无处说，数归鸦。
半世浮萍随逝水，一宵冷雨葬名花[③]。魂是柳绵吹欲碎，绕天涯。

【注释】

①林下：幽僻之境，引申为退隐或退隐之处。道韫：谢道韫，东晋诗人，谢安侄女，王凝之之妻。以一句“未若柳絮因风起”咏雪而闻名，后世因而称女子的诗才为“咏絮才”。

②生怜：可怜。玉骨：清瘦秀丽的身架，多形容女子的体态。

③名花：名贵的花，同名花一样的美人。

【赏析】

这首词饱含伤悼之意，概为亡妻而做。1674 年，纳兰性德二十岁时，娶两广总督卢兴祖之女为妻，赐淑人。那时的卢氏刚刚年满十八芳龄，而且史书上记载她是“生而婉娈，性本端庄”。

这样的女子，自然是容若的最爱，夫妻二人婚后的感情十分好，恩恩爱爱，情深意切。可是天妒有情人，在他们结婚三年之后，卢氏便因为产后受寒而亡，这给纳兰性德造成极大痛苦，从此“悼亡之吟不少，知己之恨尤深”。

爱妻的去世让容若经受了沉重的精神打击，他此后的词一度都是很消极的，他为卢氏写了很多悼亡词，词中多是流露出哀婉凄楚，不尽的相思之情。可是怀念再多，故去的人也是无法生还，这个惨淡的现实令容若心灰意冷，日子过得如同行尸走肉，只有在他的悼亡词中，还可以看到昔日容若的神采。

在怅然若失的怀念心绪下，容若写下了这首《浣溪沙》，这首词意境很美，是容若词中的极品之作。词意在晦涩中透着容若独有的淡雅气息，仿佛是幽谷深处开放的兰花，清幽淡雅，品格独特。

词的开篇依然是平铺直叙，直接道来，不过容若用到了一个典故，这个典故是他在词中多次用到的，便是“道蕴家”。所谓的道韫是指东晋女诗人谢道韫，作为才女，谢道韫以一句“未若柳絮因风起”而成名，之后许多诗词中便将谢道韫引为典故。

在这首词里，容若写道“林下荒苔道蕴家”，“林下”是指幽静僻静的地方，引申为退隐的去处。在幽僻的地方本来是谢道韫的家，可是如今却是荒芜一片了。曾经的女才子而今也是荡然无存，她的居所也在风吹日晒中破败下去。

容若写此，意思是要写出光阴无情。而后一句紧接着写道：“生怜玉骨委尘沙。”依然是在写谢道韫，她曾经美丽的身影，如今已经被埋葬在了一片黄沙之中，但实际上，容若是在影射自己的妻子，曾经美丽温婉的妻子，如今也是双目紧闭，永远离他而去，不再与他相伴了。

所以，容若无计可施，只得“愁向风前无处说，数归鸦”。数不清愁绪，便抬头去数黄昏下的乌鸦。容若将自己缅怀亡妻的抑郁心情刻画到了极致。在上片写完景色之后，下片便接着写情。

“半世浮萍随逝水”，感慨自己的命运如同浮萍一样，半生的岁月就这样转瞬溜走，容若既是在悼亡妻子，又是在感伤自己。这首词的动人之处在于，他写词并不是纯粹的悼亡，还有写到自己，二者相互结合，更令后人感受到容若与卢氏之间的深厚感情。

《摊破浣溪沙》这个词牌，容若用过很多次，但这首词却是其中写得最好的词之一，林下那僻静之地本是谢道韫的家，如今已是荒苔遍地，可怜那美丽的身影被埋在了一片荒沙之中。这生死离愁无处诉说，只能抬头尽数黄昏归来的乌鸦。半生的命运就如随水漂流的浮萍一样，无情的冷雨，一夜之间便把名花都摧残了。那一缕芳魂是否化为柳絮，终日在天涯飘荡！

极其之美，极其之清冷，极其之动人，下片中的“一宵冷雨葬名花”令人无端地想起了葬花的黛玉，仿佛能够感同身受，看到有情人无法终成眷属的悲伤。最后一句“魂是柳绵吹欲碎，绕天涯”更是点出这首词的主旨，无论爱的人死去多久，无论她的魂魄飘走多远，爱永远是不能忘怀的。

浪淘沙

红影湿幽窗[①]，瘦尽春光[②]。雨余花外却斜阳[③]。谁见薄衫低髻子[④]？抱膝思量。莫道不凄凉，早近持觞[⑤]。暗思何事断人肠。曾是向他春梦里，瞥遇回廊[⑥]。

【注释】

①红影：指鲜花的影子。

②瘦尽：以人之清瘦比喻春日将尽。

③雨余：雨后。

④低髻子：低垂的发髻，指低垂着头。髻子，发髻。

⑤持觞：举杯。

⑥回廊：曲折环绕的走廊。

【赏析】

秦戈尔哀伤地写道："世上最远的距离不是生与死，而是我站在你面前，你却不知道我爱你。"

纳兰容若淡然地写道："谁念西风独自凉，萧萧黄叶闭疏窗，沉思往事立斜阳。"

这是清朝贵胄的手笔，清词的普遍成就不大，虽然康熙皇帝大力崇文，但是八旗子弟并不是真的会去认真钻研，诗词写得好的人十分罕有，可是容若却能用哀伤的调子，将词演绎到这般境界，实在是清词的一个里程碑。

一个一生锦衣玉食的浊世佳公子，偏偏有着如此深沉的哀思。古人说："少年不识愁滋味，为赋新词强说愁。"如果说容若也是如此，那他这般沉郁的情感，倒也是迸发得恰到好处。

曹雪芹在《红楼梦》中写过许多诗词佳句，其中也不乏幽思之句，凄凉和美丽的意境使人绝倒，但看到容若的词，却更能感受到，何为肝肠寸断，满纸凄凉意了。这首词是写哀愁，容若写愁，从不强调，只要淡淡几笔，就能让看客心伤神伤，恨不得泪流满面。

这首词描写相思萦怀的幽独伤感：透过小窗望去，春雨打湿了红花，春光将尽。雨停了，却已是夕阳西下之时。谁看到她穿着单薄的衣衫，低垂着头，抱膝思量的孤独身影？把酒独酌，无限凄凉。曾像做梦一样地在回廊里与她相遇，怎不让我伤心断肠？

"红影湿幽窗，瘦尽春光。"容若的伤春之词很多，他是最懂春日的人，伤春感怀，并不单单是因为春日的逝去，而是怀念春光里的时光。时光易老，人更易老，老去的岁月无处追寻，只有伤怀，却无法捕捉。这才是最感伤的。

在容若的词里，意境十分美。开篇这句实则是与周邦彦的"雨过残红湿未飞。珠帘一行透斜晖"暗合，容若随手拈来，将古人的词用在了自己的词里，浑然天成，令人不觉有何不妥。

周邦彦写的是雨后残红在斜晖下投射于珠帘，而到了容若的词里则变得更加简洁洗练，更富美感。"红影"指鲜花的影子。鲜花的影子，透过小幽窗看去，别有风情，被打湿的花朵在暗影下，摇曳出多姿的风采，比起周邦彦的残红湿未飞，更显得有韵味。

而多出的感叹“瘦尽春光”，其实有着李清照的“绿肥红瘦”的哀怨无奈。同样是感慨春光消瘦，容若与李清照到底谁高谁低，难以判决。古为今用的例子，在诗词写作上不算少数，就好比崔颢写的黄鹤楼，而后来李白模仿，写成了凤凰台，这二者之间到底哪个艺术成就更高，没有固定的评判。

承接上句，“雨余花外却斜阳”。“余”即是后，雨后的花朵在斜阳下，而梦中的她却是穿着单薄的衣衫，绾着低垂的发髻，挺立在暮日下，低头思量。雨后、鲜花、美人、夕阳这些事物构成了容若笔下的一幅美丽的画。

上片最后写道那位女子“还惹思量”。词中所写的这名女子为何人，无法考证，但从词面来看，是一位温婉可人的女子，让人忍不住想去怜惜。上片写完雨后景色，下片便转而写情。

“莫道不凄凉，早近持觞。”思念的人不知身在何处，只能自己独自饮酒，这真是无限凄凉的事情啊。容若自己也感慨道“暗思何事断人肠”。在人世间，还有什么能比相思更苦人心的呢?

想念着远方的佳人，既然无法得见，那便在梦中相会吧。岂料梦醒之后，凄凉更是加深几分，“曾是向他春梦里，瞥遇回廊”。像梦中那样，能够与她在回廊处相遇，该有多好。容若的这首词，就在这个卑微的愿望中结束。

相爱相处到最后，留下的仅仅是这些柔弱的回忆，尚能安慰一下内心的伤痛。

菩萨蛮

催花未歇花奴鼓[①]，酒醒已见残红舞[②]。不忍覆余觞[③]，临风泪数行[④]。

粉香看又别，空剩当时月。月也异当时，凄清照鬓丝。

【注释】

①催花：即击鼓催花，用于酒令，鼓响传花，声止，持花未传者即须饮酒。花奴鼓：唐玄宗时汝阳王李琎（小名花奴）善击羯鼓，玄宗尝谓侍臣曰：“速召花奴将羯鼓来，为我解秽。”后因称羯鼓为“花奴鼓”。

②残红：凋残的花，落花。

③余觞：杯中所剩的残酒。

④临风：迎风，当风。

【赏析】

催促春花盛开的鼓声一直还没有停，酒醒之后已经看见落花纷纷扬扬，感慨这时光何其迅速，而你我又到了饮这离别之酒的时候。不忍倾杯一饮而尽这酒杯中残余的薄酒。面对秋风，离情别绪顿生，情不自禁地流下眼泪。

可爱的人儿啊，如今这离别又出现在眼前，寂寂空无所依，只留下一轮圆月，独立天际。——甚至就连这月亮也与当时我们在一起时不同，你看这凄凉的清光缕缕地照在我的青丝上，如何不催人泪下。

这首词通过临别前和临别时的环境以及心理描写，来渲染相思之情。上片写临别前饮酒与心绪不宁的矛盾心态。下片更进一步，通过写马上要离别时，突然感到物非人非的强烈情感，表达了面对离别而无法自禁的剧烈情感变化。

这首词表达情感的典型特点就是毫不节制，倾倒式地表现情感。

上片情感表现还在自控的范围内，最多是愁肠百结而“不忍覆余觞”，实在不能忍受心中痛苦也只是“临风泪数行”，或许情人问起，她可能还会忍住说是眼中吹进了沙子。

下片就显然增强了情感。眼看马上所爱的人就会很难再看见一次，情感上何以能忍受？原本物是人非都已是催人肝肠寸断的了，她却说就连物也并非原来的物了，天上那轮见证过你我二人爱情事实的圆月也突然冷酷无情起来，这营造了一种极大的内心恐惧感、寂寞感、空虚感。

这种情感表现在纳兰性德是常见的，但中国诗词写作中却并非主流，根本原因在于纳兰性德表达情感的方式是汉族文化的方式，但由于受到自身民族气质影响，表现形式就是自然与真，当然这自然与真是较之汉族文人而言的。汉族文人的诗词在情感表现上多受传统诗歌理论的束缚，如“诗言情”却要求“哀而不伤”，甚至也有“诗言志”等前置的束缚。纳兰性德并不是没有受到汉族文化中这些影响很深的传统影响，并不是真正一点也没有“染汉人风气”，而是原来的民族风格也起到了对他整体风格的塑造作用。

这首词中“催花未歇花奴鼓”句引了唐代玄宗时人物李琎的典故。他是大唐睿宗皇帝嫡孙，是唐朝宗室让皇帝李宪的长子，正由于他是让皇帝的长子，所以被封为汝阳郡王。他小名叫花奴，是个长得面容俊美姣好的美男子，并且音乐能力很强，可谓才貌双全。他还善长弓和羯鼓，聪明敏捷。众所周知，唐玄宗也是历史上一个极富艺术修养的皇帝，在音乐舞蹈方面都是行家，身边有个多才多艺、才貌双全的美男子花奴，玄宗当然对他很是喜欢，并曾亲自教他音律，据说玄宗还亲自教授他羯鼓。

汝阳王李琎亦是杜甫的诗作《饮中八仙歌》里的人物，在诗中排名第二。“汝阳三斗始朝天，道逢麴车口流涎，恨不移封向酒泉。”翻译出来就是“汝阳王李琎饮酒三斗以后才去觐见天子。路上碰到装载酒曲的车，酒味引得口水直流，为自己没能封在水味如酒的酒泉郡而遗憾。”杜甫笔下,可见李琎的风度。天宝六年（747 年），杜甫时年三十六岁，赠诗汝阳王李琎。在《赠特进汝阳王二十二韵》诗中，杜甫极力颂美汝阳王，述礼遇之厚，明感颂之由，透出投赠本意。结果做了个李家的门客。

这首词写思恋、写离别，本身用词也巧，典故也大有可玩味处，真可读可感：花奴不鼓，唯见残红飞舞，前欢不再，而其悲则无穷，读之惨然，起身无绪，怅然若有所思。

南乡子御沟晓发

灯影伴鸣梭[①]，织女依然怨隔河[②]。曙色远连山色起[③]，青螺[④]，回首微茫忆翠蛾[⑤]。

凄切客中过[⑥]，料抵秋闺一半多[⑦]。一世疏狂应为著[⑧]，横波[⑨]，作个鸳鸯消得么[⑩]？

【注释】

①鸣梭：梭子，织具。

②织女：织女星的俗称，位于银河以东与牵牛星隔银河相对。古代神话中相传织女与牛郎隔天河相对，每年七夕渡河相会。后人以此比喻夫妻或恋人分离，难以相见。

③曙色：破晓时的天色。

④青螺：喻青山。

⑤微茫：迷漫而模糊。翠蛾：妇女细而长的黛眉，古代女子以青黛描画修长的眉毛，故称，借指美女。

⑥凄切：凄凉悲切。

⑦秋闺：秋日的闺房，指易引秋思之所。

⑧疏狂：豪放，不受拘束。

⑨横波：比喻眼神闪烁流动，如水闪波。

⑩消得：值得、配得。

【赏析】

“十里平湖绿满天,玉簪暗暗惜华年。若得雨盖能相护,只羡鸳鸯不羡仙。”1959年，香港导演李翰祥为自己的作品《倩女幽魂》写了这首诗。

二十多年过后，这首诗又出现在导演徐克翻拍的同名电影中，被题写在一幅古色古香的画上，徐克将这首诗做了细微改动：“十里平湖霜满天，寸寸青丝愁华年。对月形单望相护，只羡鸳鸯不羡仙。”变更几字，诗的意境便有了不同，但情感仍然是相同的，一句“只羡鸳鸯不羡仙”道破了多少痴儿怨女的情怀。

容若也是其中一个被猜透了心思的痴情人。

在这首《南乡子》中，纳兰容若自称“一世疏狂”，只想“作个鸳鸯”，这一番温情缠绵与风流性情令人心生向往，但无奈他的一生恰好与这单纯的愿望背道而驰。

虽然一心想过平淡质朴的生活，但皇帝的隆恩厚爱像一道金玉枷锁，即使容若从来都不想要，却无从推拒。旁人想要但得不到的荣华富贵反而成了他的噩梦，他对自由人生的向往全被这一道挣不开的缰绳束缚住了，他内心深处的疏狂反而成了心魔，让他在现实中不得安宁，在梦境中难偿夙愿。此一悲。

与妻子做一对生死相守，不离不弃的鸳鸯也是他的梦想，但事与愿违。结婚三年夫妻两人聚聚散散，情深之至不能时时相守就成了遗憾；三年之后，卢氏病逝，纳兰的心也便随着去了。此二悲。

纳兰容若在写这首《南乡子》（灯影伴鸣梭）时，他的妻子卢氏还在世。或许是陪帝王巡狩，或许外出办差，纳兰因故与妻子有短暂的离别。上阕描绘了柳沟清晨晓发时的情景：这天他身在柳沟，天蒙蒙亮正待出发时，天际隐隐还有织女星在闪烁。容若没有直接表达自己对妻子的思念之情，而是通过织女“怨隔河”来抒发情感，微茫的远山宛若闺中之人的蛾眉，这更引发了作者在下阕的感叹：只叹此生多在客中度过，与闺中人大半在别离之中，总是身为行役，但自己却无时无刻不在盼望与闺中之人长相厮守，度过一生，那些寻常人竞相追逐的荣华富贵，还抵不上闺中人闪烁流动、如水清澈的眼神。

万千富贵，也抵不过红颜一笑，人们常爱在才子之前许以“风流”二字，纳兰这一番表白自然是风流中的极致，纵使如柳永一般“忍把浮名，换了浅斟低唱”的才子，也少有这般“疏狂”的表白。遗憾的是，纳兰的“疏狂”之愿最终还是落了空的。

安意如在《当时只道是寻常》中曾引用过纳兰写给好友严绳孙的一封信，信中说：“弟胸中块垒甚多，非酒可浇，庶几得慧心人以晤言消之而已。沦落之余，久欲葬身柔乡，不知得如鄙人之愿否？”安意如说这句话可以作为《南乡子》一词的“绝好注解”，事实上这也可以作为纳兰一生悲苦的原因之一。纳兰容若内心深处是厌倦官场的，但却摆脱不了，所以，安意如将其比作“一只被囚禁在金笼里的婉转高歌的鸟”，纵使天高云淡，纵使双翼丰满，却也飞不出这命运的罗网。

这首词中还有一处需要注意：纳兰虽用了“秋闺”二字，但后世学者多认为此处的“秋”所指的未必是季节。秋天是个倒霉的季节，自从宋玉在《九辩》中用一句“悲哉秋之为气也，萧瑟兮草木摇落而变衰”奠定了悲秋的基调，后世诗人、词人莫不争相效仿，农民眼中这个收获的季节俨然成了悲凉、感伤、萧索、凋零的同义词。

以“五行论”观四季的话，秋属金，而在七情中，悲也属金，所以这两种意象的融合仿佛浑然天成。去夏迎冬的自然轮回使秋天在文学中成了繁华谢幕和残酷未来将至的信号，这就与古代文人普遍而深刻的失落、失意心态形成契合。即使在四季如春的好地方，只要文人心中有一片落叶，他便会觉得秋风扫遍了整个世界。

所以纳兰在这首词中用到的这个“秋”字，很有可能只是心境的写照，而非真实的时令。

浣溪沙

五字诗中目乍成[1]，仅教残福折书生[2]。手挼裙带那时情[3]。

别后心期和梦杳，年来憔悴与愁并。夕阳依旧小窗明。

【注释】

①五字诗：即五言诗。目乍成：即乍目成，刚刚通过眉目传情而结为亲好。

②残福：残存的薄福，也可谓短暂的幸福。

③挼：揉搓。

【赏析】

我们都知道纳兰性德多情而不滥情，伤情而不绝情，爱情因而成为他诗词创作的一大源泉。这首词写的是女子的闺怨，“五字诗”即是五言诗，男子通过诗表达自己对心仪女子的感情。“目乍成”即乍目成，双方刚刚通过眉目传情结为亲好。但幸福因为书生的追求功名利禄的赶考而变得异常短暂。“残福”即是残存的短暂的薄福。孤独的女子一个人反复揉搓裙带，在想着过去的浓情蜜意，透露出女子对男子一片痴情和深深的思念之情。

下片进一步升华这种相思之情，日有所思，夜有所梦，在梦中见到了心爱的人。但等待越久，憔悴与忧愁就越在心头。自己身心疲惫也没关系，依旧在夕阳下，明亮的窗口等待远方的意中人，虽然多数时候这是徒劳，但女子怀着巨大的希望在等待。

纳兰性德的这首词也有以为与他所交往的朋友有关，他借朋友的故事既表达对朋友的同情，又暗含了自己的不幸。

纳兰性德虽是清朝贵族，但他最突出的特点是其所交“皆一时俊异，于世所称落落难合者”，这些不肯悦俗之人，多为江南汉族布衣文人，如顾贞观、严绳孙、朱彝尊、陈维崧、姜宸英等。纳兰性德对朋友极为真诚，不仅仗义疏财，而且敬重他们的品格和才华，就像平原君食客三千一样，当时许多名士才子都围绕在他身边，使得其住所渌水亭因文人骚客雅聚而著名，这在客观上也促进了康乾盛世的文化繁荣。究其原因，纳兰性德在一定程度上可以和汉族知识分子学到他所倾慕的汉文化知识，而更重要的是他有着不同于一般清朝贵族纨绔子弟的远大理想和高尚人格。

在与这些才子交往的过程中，除了诗词歌赋之外，恐怕才子也少不了谈起佳人的。这些文人才子多是远离家乡，孤身一人来京赴考，留下妻子独守空房，自己久在外而不归。妻子在家思念他们，他们也在京都思念妻子。于是，纳兰性德在这种环境中耳闻目染，再加上他自己的身世遭遇，难免流露真情。

他这首词既是对朋友不幸人生际遇的同情，也可用于对自己婚姻爱情的无奈和壮志未酬的感慨。在这首词中，词人以女子的身份诉说自己心中的忧苦，盼望自己的意中人能够早日回家。词人与妻子感情笃深，妻子却不幸英年早逝，离他而去。词人有感而发，借此也是在怀念逝去的妻子。“年来憔悴与愁并”是对妻子深深的爱和浓浓的情，也许还有一丝后悔和终生遗憾。

其实，谁不想早日回去呢？只是他们不得不面对现实中的一切。他们想带回去的是衣锦还乡，是荣光耀祖。他们走上读书的这条路之后，就注定要追逐功名利禄、尽忠报国。壮志未酬，岂敢面见江东父老？

也可以看出，这里也暗含了词人自己身为护卫壮志难酬的尴尬身份，这已经使他厌倦了这种生活，因而每每在其诗词中有所体现。

词人的人生是凄苦的，相爱的妻子早早地离他而去，自己壮志未酬，他也因“寒疾”过早地离开人世。也正是由于他的凄苦人生才给后人留下诸多优秀的词篇。词人不幸，读者幸。

或许人生就是如此，总是不完美地留下许多遗憾。像流星一样从天空划过，精彩只是片刻，留下的却是无尽的黑夜，而这黑夜需要一个人独自去承受。

蝶恋花

辛苦最怜天上月，一昔如环[①]，昔昔都成玦[②]。若似月轮终皎洁[③]，不辞冰雪为卿热。

无那尘缘容易绝，燕子依然，软踏帘钩说[④]。唱罢秋坟愁未歇，春丛认取双栖蝶[⑤]。

【注释】

①一昔：一夜。昔，同“夕”，见《左传·哀公四年》：“为一昔之期。”纳兰性德曾在其词序说亡妻曾在梦中“临别有云：‘衔恨愿为天上月，年年犹得向郎圆。’”

②玦：玉，佩玉的一种。形如环而有缺口，借喻月缺。

③月轮：泛指月亮。皎洁：明亮洁白，多形容月光。

④帘钩：卷帘所用的钩子。

⑤春丛：春日丛生的花木。认取：辨认，认得。取，语助词。双栖蝶：用梁山伯、祝英台死后化蝶的典故。

【赏析】

在幽静的夜晚，人们举目辽阔的夜空，看到那皎洁的圆月照彻大地，或是一弯新月泻着淡淡的青辉，必然会浮想联翩而至，情感勃郁而生，而容若这位敏感而多情的才子，又怎会例外。

“辛苦最怜天上月，一昔如环，昔昔成都玦”，开篇三句凄美而清灵，说的是自己最怜爱那天空辛苦的月亮，一月之中，只有一夜是如玉环般的圆满，其他的夜晚则都如玉玦般残缺。在这里，“辛苦最怜天上月”为倒装句。中国古典诗词中常以月的圆缺来象征着人的悲欢离合，所以容若在这里说月，实际上是在说人，说的以前自己或是入职宫禁，或者伴驾出巡，与卢氏聚少离多，没有好好陪伴她，说的是卢氏过早地逝去，给自己留下终生的痛苦，而此时我们也知道，这又是一首悼念亡妻的词作。

容若曾梦到过亡妻，而且临别时妻子有云："衔恨愿为天上月，年年犹得向君圆。"所以"但似月轮终皎洁，不辞冰雪为卿热"是容若对梦中亡妻所吟断句的直接回答，容若想象着那一轮明月仿佛化为自己日夜思念的亡妻，如果梦想真的能够实现，自己一定不怕月中的寒冷，为妻子夜夜送去温暖，从而弥补心中的遗憾。

"不辞冰雪为卿热"是《世说新语·惑溺》里的一个典故，是说荀奉倩与妻子十分恩爱，有一年寒冬　腊月，妻子患病，浑身发热，于是荀奉倩就到院子里让风雪吹打自己的身体，然后再回到屋中，用身体为妻子降温。然而苍天无眼，妻子还是去世了，荀奉倩也因为受风寒而病重，没过多久也去世了。后人用到这个典故，常指代夫妻恩爱，或用以悼亡。

然而梦想终究难以实现，当一切幻想破灭后，容若的思绪回到了现实。"无那尘缘容易绝，燕子依然，软踏帘钩说"，无奈尘世的情缘最易断绝，而不懂忧愁的燕子依然轻轻地踏在帘钩上，呢喃絮语。此时的容若睹物思人，由燕子的呢喃絮语想到自己与妻子昔日那段甜蜜而温馨的快乐时光，于是，他的思绪又开始飘散起来。

尾句"唱罢秋坟愁未歇，春丛认取双栖蝶"是容若对亡妻的倾诉，表达了自己的一片痴心。在你的坟前我悲歌当哭，纵使唱罢了挽歌，内心的愁情也丝毫不能消解，我甚至想要与你的亡魂双双化作蝴蝶，在灿烂的花丛中双栖双飞，永不分离。化蝶之说，历代文人大多在诗词中用过，然而，用得最感人的，最真切的，无疑是容若。

在这首词中，容若仅以明月、燕子、蝴蝶这三种在生活中经常看到的景物，就畅快淋漓地表达了妻子逝去后，自己内心难以消散的愁苦，正因为感同身受，才会写得如此情真意切，而尾句以喜语来强化悲情，这恐怕也是他的特点吧。

月上海棠瓶梅[1]

重檐淡月浑如水[2]，浸寒香、一片小窗里[3]。双鱼冻合[4]，似曾伴个人、无寐。横眸处[5]，索笑而今已矣[6]。

与谁更拥灯前髻，乍横斜、疏影疑飞坠。铜瓶小注，休教近、麝炉烟气。酬伊也，几点夜深清泪。

【注释】

①瓶梅：插在瓶中以供观赏的梅花。

②重檐：两层屋檐。

③寒香：清冽的香气，形容梅花的香气。

④双鱼：双鱼洗，镌刻有双鱼形象的洗手器。冻合：犹言冰封。唐李益《盐州过胡儿饮马泉》诗："从来冻合关山路，今日分流汉使前。"

⑤横眸：流动的眼神。

⑥索笑：犹逗乐，取笑。

【赏析】

词的上片通过写闺中人的相思之苦，来抒发伤逝之情。这首词借瓶梅抒发相思和伤逝之情。容若写词，总是充满离愁哀怨，这首词的基调也是如此，但却又有些不同，整首词虽然弥漫着一些孤寂之感，但总的来说，还是比较温暖清淡，犹如淡淡的白月光，从窗口轻柔地洒下，让人心头明亮。

月光如水洒在屋檐上，瓶中的梅花开了，小窗里沉浸在一片清香当中。天气寒冷，双鱼洗已经结冰，孤单的人儿不能入睡。回想当时的眉目传情，而今都已一去不返。当初与谁一起在灯下花前，看那梅花的疏影。如今，又是铜瓶花开，麝烟缭绕，而你却不在身旁了，唯有以这几滴相思之泪寄托我的深情。

“重檐淡月浑如水，浸寒香一片小窗里。”月光是古往今来，众多词人抒发思念之情的最佳选用之物。容若说淡月如水，月光如水一样清澈，也如水一样冰凉。洒下的月光在屋檐下形成一道冰冷的帘子，隔开了窗内与外面的景物。

而此时，屋子里的梅花开放了，绽放的花朵散发出幽香，小屋内一片暗香，屋外月光冰凉，屋内清香四溢。乍一看来，这首词的意境十分清淡，并无相思之苦，也无伤逝之情，只是对景物的一种白描，可是继续读下去，就能发现，原来淡然未必就是平静，不说并不代表不在乎。

“双鱼冻合，似曾伴个人无寐。”这里的一个需要解释的是“双鱼”，是指双鱼洗，镌刻有双鱼形象的洗手器，宋张元干《夜游宫》词：“半吐寒梅未坼，双鱼洗，冰澌初结。”这里是说洗手器皿中的水都已经冻成了冰，凝结在了一起。天气的寒冷程度可想而知。这样的天气，钻进被窝，美美地睡上一觉，是再舒服不过的了。可是满心愁绪的容若，却是无论如何也睡不着的。

“横眸处，索笑而今已矣。”睡不着的原因自然是内心有所牵挂，那美丽的眼眸，那动人的微笑，而今看来，都是无法忘怀。在深夜里，独自躺在床上，孤枕难眠，想到恋人的容颜，清晰如昨，可是眼下却是天涯海角，无法相见，这怎能不叫人悲伤。

容若这首伤逝词，写到上片，悲伤过度。到了下片的时候，容若似乎沉思了许久，慢慢提笔写道：“与谁更拥灯前髻，乍横斜疏影疑飞坠。”回忆往昔，当日与谁一起相拥灯前，与谁一起看花飞花落，与谁一起海誓山盟，与谁一起想着如何去天长地久。

往日的美好，却都早已在岁月的流逝中一同不见了，“铜瓶小注，休教近麝炉烟气。”如今，又是铜瓶花开的时候，可是檀香冉冉升起的烟雾中，再也看不到你笑颜如花的脸庞了。“酬伊也，几点夜深清泪。”我只能在此刻，用泪水祭奠我们共同拥有的过去。

容若的这首词以悲情结尾，结束全词，整首词清新自然，虽然是悲切，但却读起来让人没有压抑之感，是首好词。

忆江南

挑灯坐[①]，坐久忆年时。薄雾笼花娇欲泣，夜深微月下杨枝[②]。催道太眠迟。憔悴去，此恨有谁知。天上人间俱怅望[③]，经声佛火两凄迷[④]。未梦已先疑。

【注释】

①挑灯：拨动灯火，点灯。亦指在灯下。

②杨枝：杨柳的枝条。

③怅望：惆怅地看望或想望。

④佛火：指供佛的油灯香烛之火。凄迷：景物凄凉迷茫。

【赏析】

这首词有两种说法，一是为伤悼亡妻之作，回忆起去年此时来，耳中所听、眼中所见都是凄迷之情景，更增添了惆怅：坐在灯下，回想陈年旧事。薄雾之下花影朦胧，夜已深沉，月亮也已经落下杨柳枝头，听你催促我不要睡得太晚，那样的情景历历在目。而今你却已经离去，心中无限幽恨又有谁能知道？你我天人永隔，相互怅惘，在这经声佛火中不胜凄迷，如此光景是梦是幻，还没睡去却已经分不清了。

天上人间，永难相聚，这样的痛苦容若品尝了无数。他爱的人一个一个都离他而去，而他自己却依然孤单地活在世间。

“天上人间俱怅望”，一个在天上，一个在人间，相互凝望，相互惆怅地看望和想念。容若的词看似是为亡妻所写的悼念词。但也有一说是，这首词是容若为沈宛所作，那个江南明眸皓齿的女子，在她离容若而去后，容若夜夜难眠，为她写下词章，以解心中的思念和牵挂。

自从沈宛离去之后，容若便没有了寄托，虽然家中有着妻子，但她不过是明媒正娶来的一位太太，与自己毫无精神交流。容若的孤独只有那个江南水乡，如水一般的沈宛能懂。正因为懂得，所以沈宛选择了离开。

沈宛的离开令容若变得神情木然，对任何事情都漠不关心起来，他虽然每天过着按部就班的生活，却不再有任何活力。有时，他依然会去当日和沈宛共同住过的别院里小坐片刻，小院里的景色依旧，不过失去了女主人，显得有些冷清。

仅仅几个月的时间，爱情和幸福都远离他而去。依然是《梦江南》的词牌，但仅仅时隔数月，之前的愉悦便都消失了，而留下的只是沉重和绝望。江南之行的十一首《梦江南》，犹如是容若的一场黄粱美梦，短暂过后，便要永久地面对清醒世界里的伤痛。那场明快的梦境虚幻得如同一场假象，消失得彻头彻尾。

梦醒了，梦碎了，容若留下的只有愤恨，但是应该恨谁？恨自己的软弱，恨世道的不公，还是恨这无法抗拒的命运？在深沉的夜色中，独坐一旁，头顶月光迷蒙，任夜色笼罩一身，因为实在已是心如死灰，无法再对外界有任何动作了。

“经声佛火两凄迷。未梦已先疑。”怀念着往昔种种，在经声和供佛的油灯香烛之火光下，内心凄迷。

人世本来就有着各种不幸和痛苦，有的人为衣食温饱而苦，有的人为理想未来而苦，还有人为苦而苦。总之人世种种，皆是在苦海中挣扎之人。可是容若的不幸，却是他自我选择的结果，他本来可以安享荣华富贵，可以在命运为他铺就的红地毯上越走越远，远离那些尘世中的烦恼。

但他偏偏要抗拒命运对他的安排，他要走原本不该他走的路。结果，伤神伤身，他珍视友谊，友人却并未能时刻伴随他左右；他看重爱情，爱人却总是离他而去；他渴望拥有理想，理想却不能被他掌握。

无法掌握自己人生的容若，苦闷之下，只得寄情诗词，希望诗文之中，能够舒缓情绪，找到新的方向。

念奴娇废园有感

片红飞减[1]，甚东风不语、只催漂泊。石上胭脂花上露[2]，谁与画眉商略[3]？碧瓶沉[4]，紫钱钗掩[5]，雀踏金铃索[6]。韶华如梦[7]，为寻好梦担阁。

又是金粉空梁[8]，定巢燕子，一口香泥落。欲写华笺凭寄与，多少心情难托。梅豆圆时[9]，柳绵飘处，失记当初约。斜阳冉冉，断魂分付残角[10]。

【注释】

①片红：残花。

②胭脂：一种化妆用的红色颜料，这里指花瓣。

③画眉:画眉鸟,鸣声婉转动听,是著名的笼禽,因有色眼圈而得此名。商略:商讨。

④碧：青绿色的井壁，借指井。

⑤紫钱：指苔藓。钗：妇女的一种首饰，由两股簪子合成。

⑥金铃索：护花铃的绳索。

⑦韶华：韶光。

⑧金粉：喻指繁华绮丽的生活。

⑨梅豆：梅花苞蕾。

⑩断魂:灵魂从肉体离散,指爱得很深或十分苦恼、哀伤。残角:远处隐约的角声。唐刘复《夕次襄邑》诗：“古戍飘残角，疏林振夕风。”

【赏析】

“在文学史上，有人可能风流，可并不富贵；有人可能富贵，但并不风流。有人可能是才子，可讨不来佳人芳心；有人可能很得女人垂青，但作品写得很烂。唯这位纳兰性德，却是兼而有之的幸运儿。”这是作家李国文先生对纳兰的评价，因而他得出结论：“大清三百年，有无数出名的和不出名的文人，但没有一位比他更幸运。”

三百多年间，人们大多认为纳兰是不幸的，他想要的得不到，如爱情、自由，他不想要的摆脱不掉，如皇恩、圣意。但细细想来，李国文先生的话也不无道理，谁人都不曾亏欠他，命运给予纳兰的其实很多，财富、地位、名誉、文才、武略……只不过，他太过于关注所得不到的东西了。

就比如在这片废园之中，有人看到的是残垣断瓦下萌生的盎然春意，有人看到的是荒芜破败、满目疮痍，纳兰必定是后者。在萧索景象中黯然神伤也是人之常情，但大多数人的感伤是一时的，不像纳兰的愁绪常是绵延不休的，一株小草引发的哀伤往往会蔓延成一座森林。

在这首词里，纳兰的满腹感慨就是由废园之景引发的：园内残花飘飞，东风沉默地催促着百花的凋谢。石头上已经洒落了一片花瓣，如胭脂一般，画眉在枝头啼鸣婉转，犹如人在闲谈。井壁被杂草深掩，钗头被苔藓掩盖，麻雀还踏在护花铃上鸣啼，往日相游相嬉的踪迹都不见了。

这番景象让纳兰忍不住感叹：“韶华如梦，为寻好梦担阁。”人生如梦，美好的时光易逝，都因为固执地寻找旧梦耽搁了。所谓一语成谶，这不正是纳兰自己一生的缩影吗？他原本可以生活得幸福洒脱的，却为寻“旧梦”而郁郁寡欢，以致在鼎盛之年撒手尘寰。

纳兰到这废园中时正是春满人间，原本华美的屋梁已显斑驳，燕子又飞回这里衔泥筑巢了，坠落的花瓣洒了一地。梅花开时，柳絮飘处，曾有他们当时的约许，夕阳西下，残角声起，“欲写华笺凭寄与”，纳兰想给谁写信寄托情思我们不得而知，但“多少心情难托”，这情感想必是深沉而热烈的，只怕用尽所有语言也难以诉尽。

这首词里大有不胜今昔和不胜孤凄之慨，读后便被一种凄凉伤感的氛围所环绕。黄天骥曾在《纳兰性德和他的词》里剖析这首词，认为该词“极写庭院冷落，极写对庭院主人的怀念，同时又隐藏对人生的看法，隐藏着对兴废盛衰的悲哀”，这一解析倒令人陡然想到了纳兰家的兴废衰盛。

纳兰容若病逝于康熙二十四年（1685年），人说天妒英才，但也有人觉得这是上天在宠着他。容若逝后不久，其父明珠被弹劾，即便后来被起用，家族也已呈现中落之势，到了明珠晚年，纳兰家族家道更是衰败，容若诸弟也纷纷沦为皇权斗争下牺牲的棋子。容若有幸，没有见证这一过程，否则，我们实在想象不出这位风流倜傥的翩翩公子怎样蓬头垢面、肩披锁枷，被一群市侩小吏审问，仅仅是写下这一幕场景，心中也会大恸。

当我们在埋怨造物早早地夺去了容若的性命时，不妨庆幸他死得恰逢其时，逃过了家道中落，一蹶不振的悲剧。所有盛衰都是命之常理，所有悲喜也可从反面观之，纳兰耽搁在旧梦里，倒也躲过了之后更加残酷、更加冷漠的人生变数。

“纳兰之死与明珠之败在当日都是惊天的大事，街闻巷议，无不感慨，时至今日，已没有人再去议论明珠的成败，却还有人在读纳兰词。”衰盛兴废的道理也委实难以捉摸。

齐天乐塞外七夕

白狼河北秋偏早，星桥[1]又迎河鼓[2]。清漏频移，微云欲湿，正是金风玉露[3]。两眉愁聚。待归踏榆花，那时才诉。只恐重逢，明明相视更无语。

人间别离无数。向瓜果筵前[4]，碧天凝伫。连理千花，相思一叶，毕竟随风何处。羁栖良苦[5]。算未抵空房，冷香啼曙[6]。今夜天孙[7]，笑人愁似许。

【注释】

①星桥：神话中的鹊桥。北周庾信《舟中望月》诗："天汉看珠蚌，星桥似桂花。"

②河鼓：星名，属牛宿，在牵牛之北，一说即牵牛。《史记·天官书》："牵牛为牺牲。其北河鼓，河鼓大星，上将；左右，左右将。"司马贞索隐引孙炎曰："河鼓之旗十二星，在牵牛北。或名河鼓为牵牛也。"《尔雅·释天》："何鼓谓之牵牛。"

③金风玉露：秋风和白露，亦借指秋天。秦观《鹊桥仙》："金风玉露一相逢，便胜却人间无数。"

④瓜果筵：七夕夜食瓜果的习俗。

⑤羁栖：滞留他乡。

⑥冷香：指花、果的清香或清香之花，代指女子。清侯方域《梅宣城诗序》："'昔年别君秦淮楼，冷香摇落桂华秋。'冷香者，余栖金陵所狭斜游者也。"

⑦天孙：星名，即织女星，指传说中巧于织造的仙女。

【赏析】

这首词大概作于清康熙十五年（1676年），这一年容若第一次随圣驾出巡塞外，因此远离亲人，独过七夕。天上的相聚与人间的分离恰好形成鲜明的对比，多情善感的容若自然也就生出许多感慨。

"白狼河北秋偏早，星桥又迎河鼓"，一开篇，词人就直入主题，白狼河的秋天来得格外得早，又到了牛郎织女鹊桥相会的日子，而自己此时却离家远行，羁留塞外，这种强烈的反差让容若的心中顿生愁苦。"秋偏早""又迎河鼓"都是说时间过得飞快，其实，四季更迭，周而复始，鹊桥相会，一年一次，没有丝毫的快慢之分，容若之所以会感到时间过得快，只不过是主观感受而已。

接下来词人紧接"星桥又迎河鼓"所述的神话故事，描写了牛郎织女相会的环境，时间在不知不觉中流逝着，天空的白云似乎也沾上了一丝湿气，这秋风白露相逢的初秋时节，牛郎织女又一次相聚在一起。“金风玉露”曾多次出现在前人的诗词中，秦观《鹊桥仙》中有“金风玉露一相逢，便胜却人间无数”的句子，李商隐《辛未七夕》中也有“由来碧浪银河畔，可要金风玉露时”，容若在这里借用过来，增加了全词的意境美。

上阕最后五句词人转说自己，天上的神仙已经相聚，可是人间的自己呢？想到自己独自一人羁留塞外，容若不禁双眉紧锁，心中也升起了一缕乡愁。但词人知道，面对这种现状他无力改变，他不可能违抗圣命，悄悄回到家中，所以他就把希望全寄托在来日：“待归踏榆花，那时才诉。”容若希望等到来年春天能够踏上回家的路，见到妻子后再向她诉说衷肠。随后词人又进一步想象到见面时的情景：只怕相逢的时候，明明四目相对，却仍旧相顾无言。在这里并不是说容若与妻子的关系不好，以至于重逢后却无话可说，而是“此时无声胜有声”这种意境的真实写照，也只有真正恩爱的夫妻，才会有这种“只可意会无法言传”的无声沟通。

下阕首句“人间别离无数”起到了承上启下的作用，晋代周处《风土记》中记述七月七乞愿有祈福、乞寿、乞子等内容，而“向瓜果筵前，碧天凝伫”写的就是乞愿这一仪式，在七夕之夜，人间女子陈瓜果于庭前，举头仰望碧天，那么，这些女子乞求的愿望是什么呢，容若在词中并没有点明。

“相思一叶”借用了红叶题诗的典故，这一典故有不同版本的记载，但最常见的版本是唐范摅《云溪友议》中所作的记载：“宣宗时，舍人卢渥偶临御沟，得一红叶，上题绝句一首，后帝出宫人，其归渥者，恰为题叶之人。”在这里，容若悲观地认为像连理枝一样的恩爱夫妻，像红叶题诗一样的佳缘都只是传说，就如同随风飘转的事物一样，不可捉摸。

接着容若又联想到自己，发出“羁栖良苦。算未抵空房，冷香啼曙”的感慨。羁旅虽苦，想来也抵不上家中伊人独守空闺，相思成灾之苦，这里两苦相比较，强化了一苦，从而表现出容若对独守空房的妻子的关怀。

全词的结尾又重新写到天上，“今夜天孙，笑人愁似许”，通过一年只能与牛郎相见一次的织女也笑话人间有如此的离愁别绪做对比，进一步凸显人间夫妻分离的忧愁痛苦，我们读到此处，恐怕也会被词人所感动而潸然泪下。

浣溪沙

容易浓香近画屏[1]，繁枝影著半窗横[2]。风波狭路倍怜卿[3]。

未接语言犹怅望，才通商略已懵腾[4]。只嫌今夜月偏明。

【注释】

①画屏：绘有彩色图画的屏风。

②繁枝：繁茂的树枝。

③风波：比喻纠纷或乱子。狭路：窄小的路。

④商略：商讨、交谈。懵腾：形容模糊，神志不清。

【赏析】

这首《浣溪沙》为爱情词，与大多数纳兰词的冷清凄迷不同，此首词主要描绘恋人初逢的场景，细腻柔婉，缠绵悱恻。

上片前两句写景，“浓香”“画屏”“繁枝”，后一句由景转到人，写的是男子看到恋人时微妙的心理变化。画屏逶迤，浓香扑鼻，树影横斜。窗半开着，女子露出头来，微风过处，杏花微雨，不禁让窗外急切赶来的人更生怜爱。

此处，容若并没有对女子的容貌进行描写，而是通过描写周围的景物，让我们展开想象，窗后的女子，该是宝钗笼髻，红棉朱粉，或轻颦，或浅笑，或娇嗔，可谓梨花一枝春带雨，薄妆浅黛总相宜，如此那般，不可方物。

再说相逢的场面，“风波狭路倍怜卿”。作者没有用动作描绘，而是从容若的心理入手，看到小轩窗后面焦急等待自己的恋人，在恋情面前不顾险阻的恋人，让前来赴约的容若更生怜爱。

风未必大，夜未必冷，但是看到有人在等着自己，窗半开着，香静静燃，女子在枝干的那头隐隐可见，安静或者焦急地等着容若前来赴约，所有的东风恶，世情薄，雨送黄昏，都是两个人一同走过。日子天天过，比流水的消逝，落花的凋零更快，但是有几对恋人能够怀着热切的爱情与期盼，一直并肩走下去。

容若与恋人虽情投意合，且密有婚姻之约，而他的父母也许不赞成。他们恋爱形迹落在他们眼里，引起他们的嫉妒，遂硬将他恋人报名入宫，来断绝他的念想。但我们通过前文得知，在那之后，纳兰也曾偷偷混入宫中与恋人见面。

也许我们可以相信即便是入宫，容若与恋人仍然是抱着微渺的希望，认为他们依然有前路可走，爱情的力量最后会战胜一切。所以当见到等候自己的恋人，勇敢和自己一起追求真爱，对抗“风波”的恋人，容若的心里边对她更加怜爱。

下片紧接上片。对相逢场景进行描绘。“未接语言犹怅望”，可以想象是女子从树影中看见我已经到来，轻声唤我。或者两人是太久没有见面了，或者沉迷在这幅美丽的图画中不能自拔，忘记了怎么说话，要说什么话，只是呆呆地望着。“才通商略已懵腾”，我们才刚刚开始交谈，容若就已经沉迷陶醉，忘乎所以了。末句“只嫌今夜月偏明”，将描写的视角由叙事转到场景上。“月偏明”，月亮稍稍亮了一点，月亮偏偏是亮的。这小小的抱怨，让容若内心深处的欢心喜悦更加暴露无遗。但是正是因为月明，才需要更加小心，这又造成了容若内心提心吊胆的情绪。心理的几重复杂，生动传神。

或者天不从愿者太多，在爱情里波折的容若，连见恋人一眼都需要扮成喇叭偷偷入宫。其实曾经的两小无猜、兰窗腻事，都因鸳鸯零落不复存在了。但是情难忘却，恋人被选入宫，容若仍然抱着她会被放出来，他们能够团圆的希望。而此次与恋人的会面又更坚定了他的信念。这就加深了他后来的苦痛。

正是，往事不可再来，袖口香寒。

眼儿媚

林下闺房世罕俦，偕隐[①]足风流。今来忍[②]见，鹤孤华表，人远罗浮。

中年定不禁哀乐，其奈忆曾游。浣花微雨，采菱斜日，欲去还留。

【注释】

①偕隐：一同隐居，诗词中多指夫妻同归故里。

②忍：通“认”，认识。

【赏析】

纳兰写田园之趣不少，向隐之心屡有表述，多少与友人相关。

因家族的关系，纳兰生来就接受正统的满人教育，在优越的家世之下，服从父亲的安排，理所当然过着被规划好的生活。偏偏这才子生性多情，结交知己友人，多是江南之士，即一些诗书满腹的汉人。因而，必为友人所同化。同是读书写词之人，为何友人如此洒脱不羁，自己却百般羁绊，胸中尽是郁结的禁锢？于是这写给友人的赞美之词中，就能读出纳兰对这种生活羡慕万分。

开头的“林下”二字，本指山林田野的隐居之处，后来被理解为“林下风气”。《世说新语·贤媛》有言：“谢遏绝重其姊，张玄常称其妹，欲以敌之。有济尼者，并游张、谢二家。人问其优劣。答曰：‘王夫人神情散朗，故有林下风气。顾家妇清心玉映，自是闺房之秀。’”故这“林下风气”是赞美妇女之词，与闺房之秀意义相差不远。

“偕隐足风流”，“偕”字，作“一同”解，有“执子之手，与子偕老”。

这两句谓夫妻二人一同隐居山林，知足保和，风流自适。

后一句，大量用典。先是有忍见，“忍”字同认，有“夫国之疑二三子，莫忍老臣”之说。再有描述夫妻的隐居生活，说鹤孤华表，即取鹤生性孤高的特点，词中意为远隔世事，居住在这装饰华美清丽的房子里。罗浮之说，取自一则传说：当年隋赵师雄在罗浮山蒙遇一女郎，与之说话，感到迎面芳香袭人。这女子语言清丽，令人神迷，于是相饮甚欢，最后竟醉去。待到酒力退去，神志清醒之后，才发觉，原来竟是醉倒在这大梅树之下。往后，咏梅之词，就多见罗浮之典。纳兰用它，意指往日荣华。

纳兰之言，备觉诚恳：如今亲眼看到你们的隐居仙境，风景撩人，你们住在这华美的房子里，远离尘世的浮躁虚名，安宁闲适，着实令人艳羡不已。

友人的生活情趣和风度，叫他敬佩又羡慕，赞美之词发自肺腑，仿佛远罗浮的田园风光，他也能沾点光来。

下片之言，极尽赞美，说到这自然美景，必会时时回想，感到美好。“浣花”“微雨”“采菱”“斜日”，都是生动的自然景致，一派田园安详的美好乐土之态。最后发出感叹：“欲去还留。”这耕种之福，直叫人嫉妒不已，怎也看不够，小桥流水。

纳兰这首词，表面上看，更像是首馈赠之词，写给一位隐居的友人，赞扬他对生活的田园之态。字句之中，纳兰表露了对退隐凡尘，隐居林下生活的向往，也无意倾吐了对理想生活的渴望。履贵处丰的公子，却不满于生活轨迹的局限性，出入于俗世丑态，违其志所向。赞美之中他同时表达了他所渴望的生活形式，正如这友人的田园情趣，只需小屋一间就可。因而，既有赞美友人豁达之心，又能坦言自身对隐居无限向往，一词双关。

纳兰并无贪心，只求有“种豆南山下，草盛豆苗稀”的净土一方，于他就已足够。

浣溪沙

泪浥红笺第几行[①]，唤人娇鸟怕开窗，那能闲过好时光。

屏障厌看金碧画[②]，罗衣不奈水沉香[③]。遍翻眉谱只寻常[④]。

【注释】

①泪浥：被泪水沾湿。

②金碧画：即以泥金、石青、石绿三色为主的山水画。此画古人多画于屏风、屏障之上。

③水沉香：即沉水香，又名沉香。

④眉谱：旧时女子画眉所参照的图谱。

【赏析】

这首《浣溪沙》继承了传统诗词写作一大风格，便是情感女性化。词人借所思念之人对自己的思念，来表达自己的思念，故虽词浅意显，仍是心思委曲，积思甚多，在情思上，可谓一波三折，别开生面。

从总体上看，全词在“怕”“闲”“厌”三阶段情感递进中上升。

上片“泪浥红笺”起首，全词的格调基本奠定下来。“泪浥红笺”是一种情感的外放，起头以这种方式，在诗歌中较为常见，也颇有效，在情感统摄上，有开门见山的优势。接着写“娇鸟”“唤人”，却“怕开窗”，这时，在情感的表现方式上，较诸“泪浥红笺”，就显得内敛一些，用“怕”来表现内中矛盾，她大抵会黯然神伤：“此遭启窗看，只怕又是，一番空倚栏。”接着情感益发收了一番，用了个“闲”，这看似无情感的词。然而这“闲”是藏着极深沉情感的，“闲”与“好时光”的交织，是何其让她无奈与痛苦。

下片并未脱离上片的情感轨迹。第一句“屏障厌看金碧画”中的“厌”字，是全词情感的最高点，余下几句，尽是这时情感飞瀑直泻而下的水流，“罗衣犹觉寒”，“眉谱无心思”。“厌”字较之“泪”“怕”，更为深沉，所以内敛得也最深。这时她对外部世界的一切只是一个“无心”，对那些氤氲的沉香、华丽的屏画、缤纷的眉谱等等，就因一个“厌”，不闻、不看、不画，无有适意，无不伤怀，看似“天命无常，人事随兴”，其实心中的情感却是最为激烈的。这种“非我所爱，皆我所恨”的细腻而激烈的情感，逐渐从词中表现出来。

回观全词，词人在情感处理上颇动心思。在情感的处理手段上，采用“收”的方法，而情感的表现上，却是念人伤怀，愈感愈深，递相深进的“放”。这首词很短，可谓“小制”，然情感上却收放并进，读之味足，感慨至切。

这词中可圈可点颇多，然读来尚有不足处，便是格调不新，主要在于意象与情感的结合上，并未实现对前人的超越。这里取一首风格相似的词稍作比较。李清照的《凤凰台上忆吹箫》：香冷金猊，被翻红浪，起来慵自梳头。任宝奁尘满，日上帘钩。生怕离怀别苦，多少事、欲说还休。新来瘦，非干病酒，不是悲秋。

休休！这回去也，千万遍《阳关》，也则难留。念武陵人远，烟锁秦楼。惟有楼前流水，应念我、终日凝眸。凝眸处，从今又添，一段新愁。

同是叹离别苦，同是无心整容妆，又情感主体同为闺中女子，只意象与情感的结合有异，然读来便觉差异分明。意象情感结合不同，便是分野所在。

赤枣子

风淅淅[①]，雨纤纤[②]。难怪春愁细细添。记不分明疑是梦，梦来还隔一重帘。

【注释】

①淅淅：象声词，形容轻微的风声。

②纤纤：形容细长。

【赏析】

春雨总是惹人愁，这样的天气里，也怪不得纳兰写出这样的词句。

赤枣子原来是唐教坊曲，后用为词牌名。“子”含有小的意思，在词调中属小曲。此调为单调，五句，二十七字。第二、三、五句押平声韵。

斜风细雨斜织着，迷蒙一片。“淅淅”是象声词，形容风声。总觉得象声词也是有感情的，像“淅淅”两字，同样是风，却有种柔弱迷惘的情绪在里面。唐朝李咸用《闻泉》诗中有一句：

“淅淅梦初惊，幽窗枕簟清。”

似乎是约定俗成，“淅淅”的风总与大喜大悲无关，多是愁绪，即便有些欢乐，也是似有还无的那么一丁点。

“纤纤”两字转而描画春雨的形态，这两个字本是用来描画女子双手柔细之态的，《古诗十九首·青青河畔草》中就有：

“娥娥红粉妆，纤纤出素手。”

用在这里描摹雨丝，倒也有种婉约雅致的风情。细雨如丝，依然朦朦胧胧地笼罩着一方天地，又慢慢地浸入心底，秋雨愁，又怎么能愁过这连绵的春雨。雨打芭蕉，春雨愁结，于是乎凄凄惨惨切切。

春雨的细腻和夏雨的豪情截然不同，只有春天才会有这连绵的细雨。空气中布满浓浓的湿气，阴阴的灰色，映在眼底，隐在心里，胸口被堵得紧紧的，似磐石般压得人透不出气来，所有的委屈苦恼全部奔涌而出，伤感瞬间在心底最潮湿的角落里发芽。

因此纳兰才说，“难怪春愁细细添”。

风雨凄迷中最是容易自怜，尤其是一人独处，怀思之情便难免。而由这浓重的愁情而至似梦非梦的幻觉生起了。词人喃喃自语着，那过去了的事已记不分明了，是不是只是一场梦?

庄子曾经做梦梦见自己变成了蝴蝶，梦醒之后发现自己还是庄子，于是他不知道自己到底是梦到庄子的蝴蝶呢，还是梦到蝴蝶的庄子。此言一出，便成就了千百年文人墨客心中的一个结。

真实是什么，是眼睛看到的，还是手指触碰到的? 如果梦足够真实，人又有什么能力知道自己是在做梦? 如今眼前的这一切，或许一朝梦醒皆成幻影。

但纳兰随即苦笑摇头，即使在梦中，也隔着一层厚厚的帘，看不清楚。这种愁绪就像一场没有起点也没有终点的跑步，因为起点便是终点。也像是梦，醒来时分明觉得梦是真的，而再真实的梦也不过只是场梦罢了，与现实永远隔着一重甚至多重的帘。帘里帘外，有的人始终找不到自己的位置。这是一种朦胧恍惚的境界，也从中流露出一种莫可名状的惆怅。

纳兰的词总是意深而情婉，就如这首小令，语句中有“花间”风韵，却更显得清丽自然。寥寥几笔，景致情感都在其中了。

鹧鸪天

雁帖寒云次第飞[①]，向南犹自怨归迟[②]。谁能瘦马关山道，又到西风扑鬓时。人杳杳[③]，思依依[④]，更无芳树有乌啼[⑤]。凭将扫黛窗前月[⑥]，持向今宵照别离。

【注释】

①次第：依次，依一定顺序，一个挨一个地。

②犹自：尚，尚自。

③杳杳：犹隐约、依稀。

④依依：恋恋不舍。

⑤芳树：泛指佳木。

⑥扫黛：画眉，女子用黛描画眉毛，故称。

【赏析】

这首词是一首相思之作，全词表现出一种清冷且萧瑟的相思之情，可谓含思隽永、语近情遥。

大雁是一种候鸟，在我国北方每年秋去春来，在中国古代，有许多赞美大雁的诗词，例如李清照在《一剪梅》中曾写道“云中谁寄锦书来，雁字回时，月满西楼”，温庭筠的《瑶瑟怨》中也有“雁声远过潇湘去，十二楼中月自明”的诗句，而在这首词中，容若一开篇就为我们描绘出一幅成行的北雁贴着寒云向南飞翔的景象，这不仅点明了季节——秋天已经来到，而且也为全词定下了萧瑟清冷的格调。

大雁一边向南飞翔，一边却在抱怨，它们抱怨的是“归迟”，连大雁都如此思家心切，容若自然会联想到自身的处境，接下来我们来看他为我们描绘了一幅怎样的图画。

“谁能瘦马关山道，又到西风扑鬓时”，马并非膘肥体壮，而是瘦弱不堪，道路并非平坦阳关大道，而是崎岖不平的关山道，迎面扑来的并不是和煦的春风，而是萧瑟的秋风，这样一幅图画，让我们不由自主地联想到马致远《天净沙·秋思》中的诗句：“古道西风瘦马。夕阳西下，断肠人在天涯。”而此时的容若，恐怕与马致远当时的心境是相差无几，他骑在一匹清癯衰疲的马上，冒着凛冽的西风，行进在关山道上，几分苍凉，几分悲寂。

接下来容若继续写愁思，“人杳杳，思依依，更无芳树有乌啼”，离人杳杳，相思依依，听到的是树间乌鸦的鸣啼，但是，这写的还是容若在行进途中的所见所闻吗?

其实，从下阕开始，容若就已经不再描写征人的所见所闻，而是转而描写思妇的相思之情，下阕的所闻所感都是从思妇的角度来写的，尤其是最后两句，容若更是用“月亮”这一意象，把千里相隔的征人和思妇联系在一起：那曾在窗前画眉时见到的明月，如今又照在征人的身上了。

在中国古典诗词中，十分讲究意境的创造，情与景是否能够巧妙地结合到一起，是能否构成意境的关键所在。王夫之在《萱斋诗话》中说过：“情景名为二，而实不可离。神于诗者，妙合无垠。”而王国维在《人间词话删稿》中也有“一切景语皆情语也”的论断。以景托情，寓情于景，在景情的交融中构成一种凄凉悲苦的意境，这在古典诗词中是最常见的写作手法。

容若在这首词中，通过“寒”“瘦”“西风”这些景语，使浓郁的秋色之中蕴含着无限凄凉悲苦的情调，这些景物既是容若征途中的所见，是眼中物，但同时又是其情感的载体，更是心中物，全词中景中有情，情中有景，情景巧妙地结合到一起，自然也就构成了一种动人的艺术境界。

·第三辑　人生若只如初见

我们见他倾城才貌，我们为他倾心不悔。

河传

春浅[1],红怨[2],掩双环[3],微雨花间昼闲。无言暗将红泪弹。阑珊[4],香销轻梦还。斜倚画屏思往事[5],皆不是,空作相思字。记当时,垂柳丝,花枝[6],满庭蝴蝶儿。

【注释】

①春浅：谓春意浅淡。

②红怨：为花落伤感。

③掩双环：掩门，关起门。

④阑珊：精神低落。

⑤画屏：有画饰的屏风。

⑥花枝：开有花的枝条。

【赏析】

平心而论，这一首《河传》算不得纳兰词中的精品。大抵是春浅花落、微雨拂面时一捧湿漉漉的清愁，又不过是相思梦醒后几番萦绕不去的哀怨感伤。但择一风和日暖的安静午后诵读出声，耳边却乍响清脆的断裂之音。

这断裂的声音像厚厚的积雪压断干枯的藤枝，又像剔透的美玉坠落在青石板上。韵律之跳跃、意象之翩跹、记忆之转换，让人不由得掩卷沉思，微微叹息。

这是一阕节奏感极强的小令，“春浅，红怨，掩双环”，文字婉约如斯，读来却字字皆有生机；句式富于变化，韵脚也未耽于一致，带着些清爽曼妙的灵动，在三三两两的字句间跃动，格律的鲜明感就像江心里、秋月下那一首令白居易过耳难忘的琵琶曲——“嘈嘈切切错杂弹，大珠小珠落玉盘”。

若你沉迷于节奏的明快，便由此期冀品鉴出易安居士早期作品的明媚和单纯，那可就错了。“争渡、争渡，惊起一滩鸥鹭”的简单快乐向来是留不住的，就像最美的人间四月天终会随芳菲陨落而到尽头一样，纳兰词里更多的仍是绵长的感伤和抽丝剥茧般的追忆。

人生就是这样，越是“当时只道是寻常”，“当时”之后便更加五味杂陈。和韶华一起逝去的还有追不回、讨不得的境遇，这种沧桑与无奈便是成长的代价。当代诗人张枣在他的《镜中》里写道：“只要想起一生中后悔的事，梅花便落了下来。”谁人一生之中没有一些只要想起就会感伤的往事呢?

垂柳丝、花枝、满庭蝴蝶儿，既是昔日欢愉景象的见证，也是今日萧索情状的旁观者。往事如向下的流水一般执拗，不肯回头，离开的人也是如此，再难相见。“思往事，皆不是”。人不是，景不是，连心情都不是，斜倚画屏，也就只剩下一个“空”字了吧！

心境虽“空”，脑海中的景象却被容若安排得满满当当。我们大抵都有过这样的体验：明明心里空空荡荡，却又像被堵得不留缝隙，想深吸一口气，张开嘴后却是一声止不住的叹息。这斜倚着屏风的人儿也是这样，她所思所想都是伤感的往事，而且是追不回来的往事，明明是一触碰就会心疼的记忆，却又忍不住不想。梦也醒了，春要尽了，相聚的短短数日虽恍如隔世，心里的思念却不知要延续到何日何时。

是啊，春雨渐歇，门扉掩闭，细雨凉风惹恼了庭院里的群花，幽幽小径上尽是缤纷落英，此景之下，怎能不起伤情？这一阕画面感极强的小令，就像一部沉默的纸上影像剧，你看那掩着眉目从一地落花中走过的女子轻叹连连，手掩门环，就连背影都带着清冷。

《河传》这个词牌并不多见，据说这个词牌是由隋炀帝杨广首创，由唐朝才子温庭筠完善，纳兰的《饮水词》有 348 首之多，用这个词牌的也仅此一阕。就用这短短的五十余字，容若写了一个完整的故事，他没有像大多数词人那样以秋天的黄叶、雁飞、冷风来写悲欢，而是用春愁带伤情，在时间、空间的转换中完成了自己的叙述。

这首词从表到里都是矛盾的，表层的矛盾在于节奏之明朗与内蕴之哀伤，里层的矛盾则是主人公内心的一番纠结，盼归总不能，相思终不得，欲罢又不忍，在纳兰的信笔点染中，词中主人公的满怀思念仿佛要从笔墨间溢出来，这大概也点破了词人自己的心事吧！

只是不知这词中的矛盾是否会引来今人的共鸣，那些倔强地抱着回忆取暖的人啊，是否总觉得四季都是冬天呢。

玉连环影（按此调谱律不载，或亦自度曲[①]）

何处[②]？几叶萧萧雨。湿尽檐花[③]，花底人无语。掩屏山[④]，玉炉寒。谁见两眉愁聚，依阑干[⑤]。

【注释】

①自度曲：谓在旧有曲调外，自行谱制新曲，或指在旧词调之外自己新创作的词调。

②何处：何时。古诗文中表示询问时间的用语。

③檐花：屋檐之下的鲜花。

④屏山：屏风，因屏风曲折若重山叠嶂，或屏风上绘有山水图画等而得名。

⑤阑干：同“栏杆”。

【赏析】

据考证，纳兰这首《玉连环影》是其自度所作，自姜夔之后，词人自度词作已属平常，但姜白石留下其自度曲谱则是我国重要的历史文献。想必后人自度词作，大都不再以歌咏为重，较多自由了。

这首小词的写作手法是纳兰一贯擅长的，比如景深跨度，都是“一山遮过一山”。此作景物搭配，从屋外写起，直至屋内，再写到屋内之人，显出十分明显的层次感。

这首词，开篇即无端发问：何处？这是古诗文中常常表示询问时间的语句。如李白《秋浦歌》：“不知明镜里，何处得秋霜？”晏几道《醉落魂》：“若问相思何处歇？相逢便是相思彻。”等等都有此种表达。何时，下起了几许潇潇细雨。此处几叶想必是以后面“檐花”联想得来。再加上落叶飘飘的神态自然类似于细雨飘零之状，故有此语。

纳兰本是多情而又痴情之人，往往对所爱之人用情很深。“何处？几叶萧萧雨。湿尽檐花，花底人无语”寥寥数笔就勾勒出一幅凄清哀怨的外景，想那雨无端下起，打湿檐花。那雨不过是花的泪，打湿了自己。思想到此处，纳兰自然把笔触写到了伊人身上。“花底人无语”伊人默默望着细雨捶打的檐下之花，檐花也是默默无语地接受着这被雨打的命运，表现出极凄苦寒凉的意味。

纳兰与妻子卢氏恩爱情深，可是天妒红颜，卢氏双十年华便香消玉殒。此作想必是纳兰描摹回忆之作。写女子其实也自况其身。

接下便描屋内之境：“掩屏山，玉炉寒。”此二句，意思是将屏风掩紧，玉炉中所焚之香也已燃尽。张元干《兰陵王》有“屏山掩，沉水倦熏，中酒心情怯杯勺”之句，李贺《神弦》则有“女巫浇酒云满空。玉炉炭火香咚咚”之语，纳兰自幼读书颇多，信手拈来，意象纷呈，不费半点功夫。写完屏山、玉炉，最后安排了一个倦妇之形“谁见两眉愁聚，倚阑干”，愁聚眉梢，独自凭栏，显现出一片寂寞无助之态。黄天骥在其《纳兰性德和他的词》中说：这词描写的是一个人孤独无聊的神态。在零星细雨中，屋内炉香燃尽，他也懒得再点，默默地靠着栏杆，不知所想为何？

黄天骥自然深知纳兰行年轶事，想必是作文严谨故才不一语道破。想必此处纳兰感境怀人，凑巧遇上雨打檐花，想起了与妻子卢氏那种“曾经沧海难为水，除却巫山不是云”的深厚情感，情发怎会无端？但又有谁能理解他这满怀的凄楚与旷世的寂寞呢？

浣溪沙

抛却无端恨转长，慈云稽首返生香[①]。妙莲花说试推详[②]。

但是有情皆满愿[③]，更从何处著思量。篆烟残烛并回肠[④]。

【注释】

①慈云：佛教语，比喻慈悲心怀如云泽之广被世界、众生。稽首：古时的一种跪拜礼，叩头至地，是九拜中最恭敬的。

②妙莲花说：谓佛门妙法。莲花，喻佛门之妙法。莲花世界为佛教所称西方极乐世界。明汪廷讷《狮吼记·摄对》：“安得三轮尽空，化作莲花世界。”推详：仔细推究。

③满愿：佛教语。谓实现了发愿要做的事。唐皮日休《病后春思》诗：“应笑病来惭满愿，花笺好作断肠文。”

④篆烟：盘香的烟缕。回肠：喻思虑忧愁盘旋于脑际，如肠之来回蠕动。

【赏析】

纳兰多情，世人皆知，却少有人知晓他通晓佛学精华。纳兰号为楞伽山人，正是取自于佛学。大乘佛经中有一本非常著名的佛经叫《楞伽经》，全名《楞伽阿跋多罗宝经》。《楞伽》是佛经的一种，传说达摩从西域带来，是佛学中一部很重要的宝典。义趣幽眇高深，读者极需慎思明辨。古人取“山人”为号，有隐居者的意思。故“楞伽山人”即隐于佛经者。

想要抛却无端烦恼，却转而幽恨更长，纳兰说“慈云稽首返生香”，是祈求于神明，愿赐予返生香，好让亡妻回到身旁。慈云是常见的佛教语，喻慈悲心怀如云泽之广被世界、众生。稽首是种跪拜礼，叩头至地。

返生香一词则由东方朔所写的《海内十洲记》而来：“人鸟山”。山多反魂树，能自作声，如群牛吼，闻之心震神骇；伐其根心煮汁为丸，名为“惊精香”或“震灵丸”“返生香”“震檀香”“人鸟精”“却死香”。

此时的纳兰丧妻之痛过于深重，已有成痴之态。常理上来说这尊贵的公子，仕途平坦，职位算高，受正统的满人教育，文武全才，不应有心钻研佛学。唯一可解释的是内心的重创，痛失爱人，让他的生活充满了回忆念旧的清冷气息。写这阕词时纳兰在大觉寺中，正值妻子逝世一年，痛定思痛，痛断柔肠，试图摆脱这般消极，却愈是思念。无奈只得乞求于神明乞助于佛道，希望找到一条解脱之道。

妙莲花说，指的《妙法莲华经》，这里的“华”同“花”，莲花喻佛门妙法，这一说法由明代李贽的《观音问》：“若无国土，则阿弥陀佛为假名，莲华为假相，接引为假说”而来。《妙法莲华经》被称为佛经中最重要的一部，因其极高的文学美学价值被众多的文人喜爱。相传当年王安石的女儿出嫁吴家，万分思念父母。王安石为安慰女儿，同时抚慰自己，写了《次吴氏女子韵》：

秋灯一点映笼纱，好读楞严莫念家。

能了诸缘如梦事，世间惟有妙莲华。

这里的妙莲华，指的也是这部经。

有情皆满愿，属于佛学思想，鼓励众生要愿意相信。只须潜心希望，都可如愿。但纳兰却道：更从何处著思量？

读来是有些怀疑和埋怨的。乞求至此，倘若如它所说，有愿景者都可如愿，为何亡故之妻，却迟迟不归？

今生难见，纳兰心里明了，只是不肯接受罢了。每每思念其人，都觉得内心苦痛难耐，才以这乞求的方式，恳上天予他一个奇迹。——不过自我安慰罢了。可奇迹总是不会发生的，于是每思痛楚，都觉得愁绪有如篆烟燃尽留下那凹凸的残烛，无序纷杂。

佛学只得以暂时解脱于苦痛，对这痴情的丈夫，恐是没有那能耐彻底根治他内心的凄苦了。只叹这痴情人，痴情之心顽固又深情。

相见欢

落花如梦凄迷[①]，麝烟微[②]。又是夕阳潜下小楼西。

愁无限，消瘦尽，有谁知。闲教玉笼鹦鹉念郎诗[③]。

【注释】

①凄迷：形容景物凄凉迷茫，这里指悲伤怅惘。

②麝烟：焚烧麝香所散发的烟气。

③闲教玉笼鹦鹉念郎诗:此句化柳永“却傍金笼共鹦鹉，念粉郎言语”之句而来。

【赏析】

虽然《相见欢》源调昉于唐，但由此小令，却不得不提及李煜，南唐后主作此令时已归赵宋。故宫禾黍，感事怀人，诚有不堪回首之悲，因此得名《忆真妃》。又因他这首小令中有“上西楼”“秋月”之句，故又名《上西楼》《西楼子》《秋夜月》。由是观之，其词对此调词牌影响之大。宋人则又名之为《乌夜啼》（《词苑丛谈》云："南唐李后主乌夜啼词最为凄婉，词曰：'无言独上西楼'云云。"另《锦堂春》亦名为"乌夜啼"）；且《秋夜月》亦另有八十二字正调，此所应细辨者也。又有一名曰《月上瓜洲》。

纳兰这首词，因受花间词风影响，其选取视点则为女子身份，笔触所及，词中女子伤春念远之思，尽皆涌现于纸面。如此说来，此首《相见欢》更如小说之流，画微入细，一嗟三叹，实为巧妙。细细道来，这则小令，环境氛围之渲染，动作神态之描绘，心理物态之刻画，鲜明生动，细腻深刻，无不令人叹为观止。

上阕中，容若先细画女子处境：桃瓣黯凋，满地凄迷，竟如我梦一般，来去匆匆，回味不尽。正值我敛裙移身，才见落红惨淡的影廓。我的过失，就连她最后香消玉殒的离去也要掠夺。暗红氤氲的台阶，我看到她抽噎的痕迹，连我的步履也被浸染。不知何方再度燃起的麝香，青烟袅袅，若隐若现：难道这，就是伴我别离红尘的依傍吗？青砖墙另一边的那个从未曾谋面的燃香的人儿，此时彼地，又是以怎样的心境陪伴我共同凝视这亘古的夕阳沉入幽楼的决绝？

下阕转至女子自身：我该以怎样的方式，去何处诉说潜埋心底的思念呢？那么深深的思念，广袤如斯、深沉如斯，那何以排遣我的愁绪乃至寂寞，想必那寂寞情愁皆可消瘦殆尽，像那落红一般，而我也自然香消玉殒，哀怨深重，人何以堪。然宫门似海，也只能"闲教玉笼鹦鹉念郎诗"来排遣时日。这句显然系柳永"却傍金笼教鹦鹉，念粉郎言语"之句所来，然后放在此处，却别是一般细致传神。它反衬人物内心的波动，感情细腻婉曲，含蕴无限情致，都无不使人滴泪有思。

容若此词虽不像他的悼亡之作那样悲凄幽咽，哀怨绵长，但其孤独凄清，别恨悠悠的苦情则依然是灼人心脾，呈现出一种"灰色"的格调，读之令人悒悒不欢。

摹真景，写真意，抒真情，绝无矫作，绝不搔首弄姿。因此，此小令自得王维诗"如诗如画"之境。看似风光明媚，却至凄凉无限，明写闺怨，却道宫怨。字字珠玑，字字欢欣鼓舞却字字含悲。因此，这首《相见欢》实为佳作，尽显纳兰"真

纯”词风。正如周颐说："真字是词骨，情真景真。所作必佳。"(《蕙风词话》)

纳兰此作，虽为上品，但比之李煜，则逊一筹。与纳兰同为赤子之心，性真之人，重光之悲则在于国，大悲而无言，即如《相见欢·林花谢了春红》这首也无限含悲，艺术之美发及万里，早超脱了一己之身，实为绝唱。另其词境则悠远悠长，世间繁华一瞬，其词写尽了人世惋惜之情，千年以来，也不失垂怜之目。

纳兰此首，却是个中情怀，虽属佳品，终无过重光之笔。纳兰不曾有过亡国之痛，甚至连家破之日也有幸避过，即有悲愁也常关照于自身，其经历比之后主则无法不薄。由是观之，绝唱之为者，关照天下也。

总之，纳兰词之美，在于清怨薄恨，在于无限低回，无边怅惋，其无终幽怨和无尽的伤感，也是他所生活时代的一种曲折反映。人称一部《红楼梦》是时代的写真，那么一部《纳兰词》是其时代的吉光片羽，应该说未尝不可。

昭君怨

深禁好春谁惜[①]，薄暮瑶阶伫立[②]。别院管弦声[③]，不分明。

又是梨花欲谢，绣被春寒今夜。寂寞锁朱门，梦承恩[④]。

【注释】

①深禁：深宫。禁，帝王之宫殿。

②薄暮：傍晚，太阳快落山的时候。瑶阶：玉砌的台阶，亦用为石阶的美称，这里指宫中的阶砌。

③管弦声：音乐声。

④承恩：蒙受恩泽，谓被君王宠幸。

【赏析】

宫墙高掩，禁苑深深，宫女独坐园中，怅惘独对寂寥，一场肃杀秋冬后，又是一年好春色。满园名花异草，绿树碧林。直道是天下再没有美过这一角落的春色了，然而这般风景却有何心情来怜惜？暮色四起，薄薄的烟雾淡淡地笼罩着日暮中的园林。久伫瑶阶，一无言语。她是心中郁有千言万语，想要找人一倾衷肠，可又有何人是知音？伫立不动，似在倾听：那是何处琴声，谁人吹笛？只隐隐约约，未见分明。

梨花开了，孤独地开了，她孤芳自赏，而今容颜衰去，随风零落、凋谢，掉落在冰冷的地上，被埋进尘土中，最后连自己也遗忘了自己。今夜不知为何，已是春日却乍暖还寒，冷风钻进小窗，连沉香的缕缕青烟也瑟瑟发抖。绣花被如此单薄，岂能禁得住这突起的寒流？深宫人寂寞，朱门夜无声。恩宠或可得，一觉惊梦中。可怜此身轻，更兼春色冷。

这首词从内容上看，基本属于宫怨词。因为纳兰性德填词向来重一个“真”字，尤其重“直抒性情”，故有人以为这首词有为填词而填词的败处。其实并非如此，这一问题应该更深地考虑。相传纳兰性德为了能再见那位从小青梅竹马，却被选入宫中的表妹一面，曾不顾杀头的危险，在国丧时装扮成每日进宫诵经的喇嘛混入宫中，隔着宫廷的帷幔与表妹匆匆见了一面，然而却连一句话都没能说上。纳兰性德带着无限遗憾怅然而去，这种曾经爱情痛苦向来纳兰性德是毕生难忘的。

词牌“昭君怨”，本为琴曲名，《琴曲谱录》云：“昭君恨帝始不见遇，乃作怨思之歌。”渴望却不可见的悲哀，不仅应和了词的内容为孤单宫女“梦承恩”却是朱门紧锁，同时也暗合了作者自己感触，近在眼前，却无法触及，匆匆一瞥，却无法话语，这一份忧愁与悲哀，还有对于命运的深深无奈都浸透其中。

这首词虽是宫怨词，但在情感上与唐五代花间截然不同，尤其在词风上，其清丽脱俗与花间派艳丽的词风形成了鲜明的对比。作为花间派的鼻祖，温庭筠也写过不少宫怨词，但其多采用色彩鲜明、感官刺激较强烈的意象，如“香腮雪”，如“凤帐鸳被”。而纳兰的词却自有一股清新之感，似出水芙蓉，清丽自然。没有细致雕琢的痕迹，没有特意甄选的意象，一首诗从头至尾似天然而成。由女子低头感慨春好无人惜为起笔，再从远景简单勾勒出女子孤单伫立的身影。“惜春”是惜春色无人赏，也是“惜己”；“薄暮”是描绘暮色微薄，也是描绘女子单薄的身影。

下阕“梨花欲谢”，春色将尽，是不是也暗示着“如花美眷、似水流年”，“弹指间红颜老，刹那芳华”的悲哀？“绣被春寒”一“寒”字便彻底了点明了整首词给人的感受。是薄暮渐至，夜凉如水的“寒”，更是孤寂凄清，无人陪伴的“寒”。“别院管弦声，不分明”，似单纯写景，却又透露出另一番悲凉。“歌舞管弦”为谁而起、为谁而奏？“不分明”是听不明、听不清，还是不想听、不想明？对应着“歌舞管弦”的是“朱门紧锁”，这是反差，对应着“不分明”的是“梦承恩”，却是顺承。听不清别院的欢歌笑语，却记得清梦中的温柔云雨、情深呢喃。

如此的“一往深情”，如此的“痴痴盼望”，更叫人“寒”透心底。

凤凰台上忆吹箫　除夕得梁汾闽中信，因赋

荔粉初装[①]，桃符欲换[②]，怀人拟赋然脂[③]。喜螺江双鲤[④]，忽展新词。稠叠频年离恨[⑤]，匆匆里、一纸难题。分明见、临缄重发，欲寄迟迟。

心知。梅花佳句，待粉郎香令[⑥]，再结相思。记画屏今夕，曾共题诗。独客料应无睡，慈恩梦、那值微之[⑦]。重来日，梧桐夜雨，却话秋池[⑧]。

【注释】

①荔：植物名。又称木莲。常绿藤本，蔓生，叶椭圆形，花极小，隐于花托内。

果实富胶汁，可制凉粉，有解暑作用。

②桃符：古时挂在大门上的两块画着门神或写着门神名字，用于辟邪的桃木板。后在其上贴春联。借代春联。

③然脂：泛指点燃火炬、灯烛之属。

④螺江：水名，也称螺女江。在福建福州西北。宋葛长庚《寄三山彭鹤林》："瞻彼鹤林，在彼长乐嵩山之上，螺江之角。"

⑤稠叠：稠密重叠，密密层层。频年：连续几年。

⑥粉郎：傅粉郎君，三国魏何晏美仪容，面如傅粉，尚魏公主封列侯，人称粉侯，亦称粉郎。香令：晋习凿齿《襄阳记》："刘季和曰：'荀令君至人家，坐处三日香。'"后以"香令"指三国魏荀。亦用以借指高雅才识之士。

⑦慈恩：慈恩寺的省称。唐代寺院名。旧寺在陕西长安东南、曲江北，宋时已毁，仅存雁塔（大雁塔）。今寺为近代新建在陕西西安南郊。唐贞观二十二年李治（高宗）为太子时，就隋无漏寺旧址为母文德皇后追福所建，故名慈恩寺。微之：元稹，字微之。

⑧话秋池：唐李商隐《夜雨寄北》："问君归期未有期，巴山夜雨涨秋池。何当共剪西窗烛，却话巴山夜雨时？"却：再。

【赏析】

这是纳兰词里少见的喜气洋洋的作品。以往除夕，诗人多沉浸在对妻子的感怀中，愁眉不展。唯有这次，虽然也是思人之作，却是欣欣然的、不悲哀的。只因为，他在除夕之夜接到了顾贞观（号梁汾）从闽中寄来的信。

薜荔萌发，春联欲换，在这辞旧迎新的时刻，怀人之情油然而起，遂点灯而赋。却欣喜地得到了来自闽中友人的书信，展开来奉读那动人的新词。这多年的离愁别恨，又岂能在这匆匆书写的一纸信文中说尽。于是信写好后，将封寄出，又拆开来，犹恐漏掉什么、未尽深意。记得曾经的除夕之夜，我们在一起题诗。心中明了，那咏梅的佳句还在等待着你回来题赋。料想你独在闽中，此时正辗转不眠，而京华旧游之事犹如梦幻，你已不在其中。遥想他日重逢，当是在梧桐夜雨之时，那时定然能一起追忆今日的情景。

世上能使人辗转反侧的，除了爱情，还有友情。爱情，能使生命中处处洋溢着玫瑰的甜香，每时每刻都如梦幻般甜蜜，走着一样的山川大地、照耀着一样的日月星辉，总有在伊甸园中漫步的感觉。友情更像是一行诗，用细细密密的句子斜斜地插入你的生活，把每一个孤单乏味的瞬间填满。同样的事情，每日做来都没有什么额外的趣味，与朋友一起交流着携手共做，便觉得意趣非常。

纳兰性德与顾贞观相差二十岁，是一对忘年交，他们无论才华情致还是胸怀抱负都颇为一致，初次见面就互相惊艳。日后顾贞观做了纳兰的老师，更是发现彼此是难得的挚友。

康熙十七年（1678 年）顾贞观去南方见吴绮，不久后去了闽中。这时，闽中战乱还没有结束，受战事阻碍，顾贞观在福州待了很久，那一年的除夕就是在福州度过的。由于无法返京，他修书一封寄予纳兰。

妻子逝去后，纳兰性德一直处于抑郁的状态，加之仕途险恶，伴君如虎，与顾贞观等一干好友酬唱往来是他少有的快乐事情。顾贞观走后，纳兰性德重又陷入了寂寞与孤独，对妻子的思恋将他缠绕得透不过气来，职场上郁闷的事情又找不到合适的人倾吐。除夕佳节，万家欢乐，丧妻的纳兰却陷入了更深的忧郁，这时忽然接到远在闽中的顾贞观的来信，他怎能不欣喜非常?

诗人以一种快乐到天真的态度记下了对朋友的想念。“梅花佳句，待粉郎香令”。粉郎，对俊秀男子的雅称。冬日红梅大放，梅，乃岁寒三友之一，其花美艳，其质高洁，读书人总爱取梅一瓶，共坐联对作诗。我的朋友，曾经的除夕夜，我们一起咏梅作诗，今年我依旧等着你，等你回来一起写下关于梅花的美丽诗篇。这种感情，朴实，感人，充满依恋。

在欢乐的佳节，你是否如纳兰容若一般，会想起一个顾贞观一样能陪伴你走过生命的每一个孤寂瞬间的朋友？若有一友如纳兰之于梁汾、如梁汾之于纳兰，真是人间幸事。

生查子

东风不解愁，偷展湘裙衩[①]。独夜背纱笼[②]，影著纤腰画[③]。

爇尽水沉烟[④]，露滴鸳鸯瓦[⑤]。花骨冷宜香[⑥]，小立樱桃下。

【注释】

①湘裙：指用湘地丝绸制作的裙子。

②纱笼：纱制的灯笼。

③纤腰：细腰。

④爇：燃烧。水沉：即水沉香、沉香。

⑤鸳鸯瓦：指成对的瓦。

⑥花骨：即花骨朵，花蕾。

【赏析】

这首《生查子》为一篇咏愁之作，想来古诗词咏愁之构，佳作迭出，何其浩繁，如李煜的"问君能有几多愁？恰似一江春水向东流"，欧阳修的"离愁渐远渐无穷，迢迢不断如春水"均以春水喻愁，形象地写出了愁之绵长，有悠悠不尽之感；贺铸《青玉案》"一川烟草，满城风絮，梅子黄时雨"层层递进的三种事物喻愁更与秦观的"春去也，飞红万点愁如海"一样于夸张、比喻的结合中表达了愁之多、愁之深，而宋代著名女词人李清照的"只恐双溪舴艋舟，载不动，许多愁"，则于夸张与比较中衬出了愁之多、愁之重。想必在如此多的佳句面前，纳兰作词咏愁绝非易事。但这首《生查子》写来却也不落窠臼，显得较为别致。

且看上阕，词人几笔便勾勒出一位浅浅女子的哀婉伤春形象。纳兰作词，大多评家谓之“尤善小令”，此处可见一斑。在这里，作者没有直接描绘女子的容貌，而是以清朝贵族女子平素所穿的湘裙和其纤纤腰身入手，从侧面展现出女子的姿态容貌，给人无限遐想的空间，想来此女何其俊秀，何其温柔。古人作诗，最高境界在于，造景塑性常在于言与不言之间的遐想，此作上阕便有深山不见寺，唯听暮鼓声的效果。

细细品来，东风即是春风，写东风的不解风情，此处便是东风的人格化了。东风却是在偷看湘裙，一个偷字写尽了东风之态，可谓珠玑。湘裙表明了主人公的身份，此处偷看再次暗示出女子的美貌。猜想诗人应该是以东风的视角和身份来观视女子，东风也是女子寂寞的见证吧。下句“独夜背纱笼，影著纤腰画”则交代了时间是晚上：春夜，女子一人在室，视线渐移，细看女子姿态，背靠着丝纱的灯罩，灯光勾勒出女子的纤腰，孤独一影，此画面静谧优美，也有动静映衬，试想软弱的灯光若隐若现，女子的倩影也在摇曳着寂寞，却是那背影伫立安静。一细腰让人浮想，此女子是何等的纤细体态，轻柔娇媚，也让人看到她是如此的娇柔，似有衣带渐宽终不悔，为伊消得人憔悴之感。俨然一副思妇相，绝无半点矫作情。让人想入画探视，猜想女子为何人而愁，在这孤独的夜里一个人难诉愁情。

上阕，几笔文字落在女子身上之物，而非景物描写，在于刻画女子形象，给读者以朦胧之女子容颜，清晰之愁情思绪。此谓画人。

下阕文笔重在写景，描写女子身边环境。景入眼眸的是沉香燃尽的一瞬，香烟袅袅升腾，然后弥散在空气中，犹如女子的愁丝飘散，烟已断，情不断。此处说明夜已深，女子还在孤独徘徊。又转向鸳鸯瓦，露滴已沾瓦片，再次说明夜深难眠。鸳鸯瓦自成双，而女子却是形单影只。此处以双反衬单，以喜衬悲的效果油然而生。已是愁情极致，却还有“花骨冷宜香，小立樱桃下”的冷美景象。作者以花骨比喻女子，立于樱桃花下，静谧而清俗，因愁情而美丽动人。

此首《生查子》主题为咏愁之曲，作者上阕画人，下篇写景，无一愁叹之词，却处处渗透着情愁的气息，字里行间给读者感同身受的触觉。刻画画面上，冷静优美，刻画人物形象上没有冗长的词句，寥寥数笔勾画出内涵丰富女子，笔法细腻。环境的衬托与渲染更是给形象增添了愁绪的内涵，让读者通过环境这一介质直通女子的心里。情与景的融合自然而舒适，优美的字句涂抹出一幅清晰的画面，画中之人，人之内心，与整体俨然相符，女子内心的愁绪也弥漫画卷，令人酸楚。

浣溪沙

雨歇梧桐泪乍收，遣怀翻自忆从头[①]。摘花销恨旧风流。

帘影碧桃人已去[②]，屧痕苍藓径空留[③]。两眉何处月如钩[④]？

【注释】

①遣怀：犹遣兴。翻：同“反”。

②碧桃：桃树的一种。花重瓣，不结实，供观赏和药用。一名千叶桃。

③屧痕：即鞋痕。

④两眉：两弯秀眉，这里指所思恋之人。

【赏析】

这首纳兰词，以全篇来看，应该是表达怀人之心，寄托相思之意的词作。纳兰所思应为其早年相恋的一位女子，至于词中女子是不是纳兰青梅竹马的表妹，或者患难与共的妻子卢氏就不得而知了。若非卢氏，那又会是哪位惊鸿照影的美人，使得词人“忆从头”久久不能忘怀呢？本篇《浣溪沙》所怀之人已经无籍可考，但这份深切的思念却绵远悠长，穿透时空的阻隔，铭刻在词人的内心深处。

上阕写景，纳兰熟练地融情于景，寓境于情，显示出不俗的笔力。

开篇提起梧桐兼雨，自然便令人想起李清照那首《声声慢》中的句子，“梧桐更兼细雨，到黄昏，点点滴滴。”由此，梧桐细雨历来被用来描写萧瑟之景，而这种典型化的意象所蕴含的内在情感向来与离愁别恨紧密相连，推至以前如唐温庭筠《更漏子》:“梧桐树，三更雨，不道离情更苦。”在这里纳兰此句“雨歇梧桐泪乍收”把这雨打梧桐之景和离恨别情融在一个“泪”字上，做到了情景交融。泪为眼中雨，雨是天之泪。雨泪相对，纳兰以我观物，所看之物便皆着我之色彩，自然，在纳兰眼中梧桐也在为其伤心，漫天秋雨也只不过昭示了他的宣泄。“泪乍收”语涉双关，一重理解是梧桐停止滴雨，就好像停止了流泪，如此则梧桐已然通了人性，自是脉脉含情；另一说则是词人听见秋雨暂歇而不再泫然流泪，如此一来，词人伤情，自然显露无遗。但不管作何种解释，词人的伤感在此作中却是不变的。

由此而来的“遣怀”二句也正点明了这种伤感之情。刚收泪眼，就过渡到回忆过往。“遣怀”二句正是承接上边造景时留下的余响上加以推进的，此处词人感怀伤情，也自然与故人的一段美好往事有关，在这里，词人应指自己和昔日恋人一起度过的那段美好岁月。杜甫《佳人》有句：“摘花不插发，采柏动盈掬。”词人少年风流，伊人貌美如花，两人相偕，或吟诗作赋，或鼓瑟吹笙。相伴的日子一晃而过，昔日的甜蜜和浪漫随着时间的流逝都成了“旧风流”，一个“旧”字顿时显出往事尘封的沧桑，这当中有词人的多少感慨。

下阕承接上阕“旧风流”，笔触描写到眼前之景，一片空寂。

“帘影碧桃人已去，屧痕苍藓径空留”，此句全然写景，影帘招招，桃依旧青涩，藓苍小径上，鞋痕犹在，人却不知何处去了。此句显系唐崔护《题都城南庄》中“人面不知何处去，桃花依旧笑春风”这句化用而来，表达了好景不长的感慨和无限怅惘的情怀。

纳兰写景，虚虚实实，一切景语皆情语，自然可知虚实安排也并非随意为之。在此句中，词人叙及帘影碧桃还在，伊人不在，至于是离去还是改变都化作了满腔悲哀，则为实景实情。“屧痕苍藓”此语表现的意象感觉是伊人离去之后，足迹仍在，这也只能是词人心中所想，不是实景；“径空留”意即小路寂然，依旧在眼前斜陈。“空”并不是外在的虚无，而是内心的空虚，恍恍惚惚，不知所往。

自古以来物是人非，人去楼空都让人无限叹惋，而词人流露更多的内心的寂寥和孤独。“两眉何处月如钩？”以眉代人，以月抒怀。正是月缺是思，月圆是念。

减字木兰花

花丛冷眼[①]，自惜寻春来较晚[②]。知道今生，知道今生那见卿。

天然绝代，不信相思浑不解[③]。若解相思，定与韩凭共一枝。

【注释】

①冷眼：冷淡、冷漠。

②寻春：游赏春景。

③浑不解：犹言全不解。

【赏析】

“思念是一种很玄的东西，如影随形。无声又无息，出没在心底。”自古，相思一物便作为痴男怨女的牵连徘徊于万丈红尘中，不可名状，又无从抵挡。古龙在小说《萧十一郎》里曾写过一首小诗："道是不相思，相思令人老。几番几思量，还是相思好。"数言便将相思之兜转玄妙直白道来。

纳兰这首《减字木兰花》也是相思之作。只是这相思之中寄托更多的是一份哀婉怅恨之情。上阕纳兰用典于唐代风流才子杜牧的故事，彼时杜牧曾作《怅诗》以表怅惋之情：

自是寻春去校迟，不须惆怅怨芳时。

狂风落尽深红色，绿叶成阴子满枝。

晚唐人高彦休《唐阙史》卷上曾记载过与此诗有关的一个故事，即杜牧早年游湖州时，遇到过一个面相极为秀美的十余岁少女，心生喜爱之情，便与少女的母亲约定说等他十年，他若十年未回，再叫女儿作嫁。只是杜牧当上湖州刺史已是十四年后的事了，彼时那女子也已嫁人生子。杜牧怅然以作此诗。当时杜牧没有命题，时人命题为《怅诗》。

纳兰在此沿用此典以表明自己与杜牧相似的情感：原是只能怪自己游赏春景来迟，失了那最好颜色，须怨不得如今花丛冷淡，萎靡相对。只是看着眼前这已经残了的春景，不由思及佳人，纳兰本性多愁善感，触景伤情更一发不可收拾，一口气叹出，便吟："知道今生，知道今生那见卿。"想来佳人也若这冷眼花丛，不再两颊飞红，盈盈浅笑地出现在容若眼前了。

关于容若的爱情遭遇，民间传说甚多，其中最广为流传的一个是说他爱过甚至有过婚姻之约的一位"绝色"女子后来被选入宫，相爱顿成陌路，给纳兰留下无尽愁绪。然而民间传说并无可靠的文献证据证实，不能排除演绎的成分，但是从本词上阕来看，容若似乎确实曾有一位恋人与之失之交臂，至于原因究竟是容若如杜牧一般因某事耽搁而误了姻缘，还是佳人被另一更有权势的男子夺去，使得有情人不得眷属，如今已无从考证。但不论过程如何，结果都是一样的。

到如今春色已残，还能有何寄望呢？到了下阕，容若用了前文提到的"相思树"的典故，关于相思树的故事，还有一首童谣被流传了下来："乌鹊双飞，不羡凤凰；

韩凭之妻，不嫁宋王。”想来容若自知此生已无再见机会，竟是将再续前缘的希望约定在了死后。

“不信相思浑不解”，浑然不解在这里是全部不知道的意思。曾相知相爱的深挚情意，使得容若坚信那绝代芳华的佳人绝对不会忘记自己，而自己的一片相思情深，即使现在彼此已是天各一方，伊人也定然不会一点都不知道。而你若是真的明白我对你这份情意，就“定与韩凭共一枝”吧。

纳兰在这首词中多寄托怅惋相思的怨愁和生死相许的深情，此外并未更多对世道以及缘分浅薄的怀恨怒意，这刚好迎合了纳兰“怨而不怒”的诗学主张。那到底相思究竟是怎样一种形态呢，元代的徐再思曾在《蟾宫曲·春情》中有过这样的描写：

平生不会相思，才会相思，便害相思。
身似浮云，心如飞絮，气若游丝。
空一缕余香在此，盼千金游子何之。
证候来时，正是何时?
灯半昏时，月半明时。

原来最深的思念是一份离别，两处销魂凋零。也便是如此这般昏惨惨也要继续的相思，消磨了时光，消瘦了伊人，仿佛一个倏忽，就从今生，蔓延到了来世，口里心里，还依旧碎碎念着，你的名字。

木兰花

人生若只如初见，何事秋风悲画扇[①]？等闲变却故人心[②]，却道故心人易变。
骊山语罢清宵半[③]，泪雨霖铃终不怨[④]。何如薄幸锦衣郎[⑤]，比翼连枝当日愿。

【注释】

①何事:为何,何故。画扇:有画饰的扇子。此处用班婕妤典故。班婕妤为汉成帝妃,被赵飞燕谗害,退居冷宫,后有诗《怨歌行》,以秋扇为喻抒发被弃怨情,后人遂以秋扇喻女子被弃。

②等闲:无端,平白地。故人:指情人。

③骊山:在陕西临潼东南,因山形似骊马,呈纯青色而得名,是著名的游览、休养胜地。清宵:清静的夜晚。《太真外传》载,唐明皇与杨玉环曾于七月七日夜,在骊山华清宫长生殿里盟誓,愿世世为夫妻。白居易《长恨歌》:"在天愿作比翼鸟,在地愿为连理枝。"后安史乱起,明皇入蜀,于马嵬坡赐死杨玉环。杨死前云:"妾诚负国恩,死无恨矣。"

④"泪雨"句:唐郑处诲《明皇杂录补遗》:"明皇既幸蜀,西南行初入斜谷,属霖雨涉旬,于栈道雨中闻铃,音与山相应。上既悼念贵妃,采其声为《雨霖铃》曲,以寄恨焉。"

⑤薄幸:薄情,负心,也指负心的人。锦衣郎:指唐明皇。

【赏析】

这是一首拟古之作,容若借汉唐典故,以一失恋女子的口吻谴责负心的男子,词情哀怨凄婉,屈曲缠绵。

起句"人生若只如初见",短短一句胜过千言万语,刹那之间,人生中那些不可言说的复杂滋味都涌上心头,让人感慨万千。开篇一句起到统领全词的作用,其余七句都是为了迎合这一句而存在,同时这一句也代表了容若的梦想:人生如果总像刚刚相识的时候,那样的甜蜜,那样的温馨,那样的深情和快乐,该是一件多么美好的事情。

但梦想终归是梦想,如果真能实现,又怎会"何事秋风悲画扇"。在这句中,

容若提到了班婕妤的故事。

汉成帝时，一代才女班婕妤被选入宫中，由于她文学造诣极高，而且擅长音律，所以深受成帝的宠爱。但这一切在赵飞燕姐妹进宫后就画上了休止符。聪明的班婕妤知道，只要赵氏姐妹在，她就永无出头之日，所以她自请去长信宫侍奉太后，悄然隐退在淡柳丽花之中。

然而，在长信宫的岁月里，班婕妤仍然对成帝念念不忘，因此她发挥自己的才情，写下著名的《团扇诗》：

新裂齐纨素，鲜洁如霜雪。

裁为合欢扇，团团似明月。

出入君怀袖，动摇微风发。

常恐秋节至，凉飙夺炎热。

弃捐箧笥中，恩情中道绝。

在这首诗中，团扇被抛弃的命运，恰是班婕妤自身的真实写照。

“等闲变却故人心，却道故心人易变”，这句的意思是说，两个人在一起本应相亲相爱，但今日却为何要相离相弃？你如今轻易地变了心，反而却说我的心本来就是容易变的。前句的“故人”指的是负心的男子，后句的“故心人”指的是无辜的女子，仅一字之差，就生动地刻画出男女双方的形象。

在下阕中，词人提到唐明皇与杨贵妃的典故。“骊山语罢清宵半”是指唐玄宗与杨贵妃在昔日游宴的行宫里缠绵悱恻。“泪雨零铃”是指平定安史之乱后，唐玄宗北还，在路上因思念杨贵妃，于是作了一首《雨霖铃》以悼之。“终不怨”则是指唐玄宗迫于三军众怒，无奈将杨贵妃赐死马嵬坡，杨临死前云：“妾诚负国恩，死无恨矣。”

相传唐玄宗与杨贵妃曾于七月七日夜，在骊山华清宫长生殿里盟誓，愿世世为夫妻，因此全词以“何如薄幸锦衣郎，比翼连枝当日愿”作结，容若在这里谴责薄情郎虽然当日也曾与心爱之人订下海誓山盟，如今却背情弃义。

对于这首词，有些词评家认为这首词是以男女情事的手法来描写友情，这种说法也有一定的道理，在这里就不再一一赘述。

四犯令

麦浪翻晴风飐柳[①]，已过伤春候[②]。因甚为他成僝僽[③]，毕竟是、春拖逗[④]。

红药阑边携素手[⑤]，暖语浓于酒。盼到园花铺似绣，却更比、春前瘦。

【注释】

①飐：风吹物使其颤动摇曳。

②伤春：因春天到来而引起忧伤、苦闷。

③僝僽：烦恼、忧愁。

④拖逗：挑逗、勾引、引诱。

⑤红药：红芍药。素手：洁白的手，多形容女子之手。

【赏析】

夏至春归，伤春的时节已经过了，而他还在因为什么烦恼？原来是伤春意绪仍在，春愁挑逗。记得当年在芍药花下牵你的手，那耳畔暖语更胜美酒。好不容易盼到了繁花似锦的时候，可如今孤独的人却更加憔悴、消瘦。

一首温柔的词，一曲婉转的歌。一句长一句短，回环往复，流连不歇。这首词看似写伤春之情，却是写尽容若内心的细碎柔情，温柔好梦。真是堪比春风瘦，容若是一个特别的词人，他有着人人羡慕的身世，却总是填写哀伤的词，他爱过几个女子，却最终都没给她们带去过幸福，从而容若自己也没有幸福过。

容若是一个把自己的幸福建立在别人幸福之上的人，如果他关心的人不幸福，那么他也不幸福。这样的人，注定会活得比较苦。容若写得一手好词，他尤其擅长以抒情的词牌来写作，用白描的方式，笔端轻柔地勾勒，几笔下来，便是一幅绝好的画面，让人无法释手，无法闭眼。

这首词也是如此，娇羞宛然，冰雪轻盈。虽然是写春日风光，是一首伤春之词，但词中显露出来的，竟是一幅活生生的春归图。这不是凭空臆想出来的，而是词人用他敏锐的感觉捕捉的景色。容若站在春日下，看着面前的风光，咫尺天涯，触手可得。

但春风拂过脸庞，却是无法捉住春的一丝一毫。最美好的永远是留不住的，只能留存在记忆中，既然如此，不如存放于文字里，更为妥帖。

“麦浪翻晴风飐柳，已过伤春候。”这首词与容若以往的伤春词并无两样，依然是开篇点题，写出春日即将逝去，带给他的迷茫和愁绪。开篇第一句描绘出了一派田园景色，风光一片大好，在麦浪翻滚的时候，风吹动晴空，云彩随同麦浪一起游走，田园春光糅合在一起，既让人看到春日的纯粹，又可以感受到田园景象的美丽，容若的词在这里，似乎并非为写愁而写，就是要单纯地描绘这眼前的景物。

但是接下来这句，却真的是可以看出，容若内心的愁苦，“因甚为他成僝僽，毕竟是春拖逗。”这么好的春光，为何还要哀愁呢，难道仅仅是因为春光太短暂了吗？容若在这样美的风光中，照旧无法放下内心的忧虑，到底是什么让他如此幽思呢，想来就是那名占据他心房的女子。

“红药阑边携素手，暖语浓于酒。”回忆里有着温暖的过去，红药花栏边，曾与爱人携手饮酒，耳鬓厮磨。可是如今，依然是等到了这春暖花开之日，却为何物是人非，景物可以年年相似，但看风景的人却是无法回来。

“盼到园花铺似绣，却更比春前瘦。”李清照写过一句词叫人比黄花瘦，容若这句“却更比春前瘦”颇有几分李清照词的意蕴。到底是春瘦还是人瘦，只有容若心里才更清楚，更明了。

南歌子

翠袖凝寒薄[①]，帘衣入夜空[②]。病容扶起月明中，惹得一丝残篆、旧熏笼[③]。

暗觉欢期过，遥知别恨同。疏花已是不禁风，那更夜深清露、湿愁红[④]。

【注释】

①凝寒：严寒。《文选·刘桢〈赠从弟诗之二〉》："岂不罹凝寒，松柏有本性。"李善注："凝，严也。"

②帘衣：即帘幕。《南史·夏侯亶传》："(亶)晚年颇好音乐，有妓妾十数人，并无被服姿容，每有客，常隔帘奏之，时谓帘为夏侯妓衣。"后因谓帘幕为帘衣。

③残篆：指点燃的篆字形的香将要燃尽。

④清露：洁净的露水。愁红：谓经风雨摧残的花，亦以喻女子的愁容。

【赏析】

古往今来，写男女相爱，离别苦情的词章不在少数。这些词，大多是你情我愿的甜蜜，或者是生死离别的怅然。总之就是生生死死，情情爱爱，并没有太大的心意。容若写词，也无法逃离这个怪圈，他的诗词，也大多是写此类，但容若却是能够写出千古情殇人的心事，写得让他们内心滴血。

这首词写离愁别恨：夜幕降临，帘幕里空空寂寂，他不在身旁，不免感到严寒凄冷。明月之下，支撑起这多病之躯，惹得将尽的残香烟雾缭绕。心里明白约定的欢会之日已过，想必你也跟我一样离恨难消。人已经病容满面，弱不禁风了，哪里还禁得起这夜来的愁苦相思呢！

人性最是复杂，从而也造就了文字的复杂。本来文字是反映人的内心所想，但因为人们常常不愿意那么轻易地就被旁人窥破心事，从而将简易的文字，变成了掌心中复杂的游戏。喜爱玩儿文字游戏的人，总能将几句诗词，写得云山雾罩，让人摸不到头脑，更摸不到这诗词中，想要表达何种意思。

其实，戳破文字伪装的一面，就可以看到隐藏在背后的真相。那些词人，总是将自己的心事包装完好，不愿意被别人看到。其实这不过是自欺欺人的一种方式罢了，谁能看不穿呢，唯有自己。

容若从不如此，他只要是写词，一向都是直来直去，爱恨情仇，从不隐讳，干脆利落得让人惊愕。这就是容若，容若仿佛孩童一般透明，他愿意将自己的喜怒哀乐通通拿出来与世人分享。

据清《赁庑笔记》载："容若眷一女，绝色也。旋女入宫，顿成陌路。容若愁思郁结，誓必一见，了此夙因。会遭国丧，喇嘛每日应入宫唪经，容若贿通喇嘛，披袈裟，居然入宫，果得彼妹一见。而宫禁森严，竟不能通一语，怅然而出。"

之后，容若便写下一首《减字木兰花》，抒写当日的忧郁和感伤。"相逢不语，一朵芙蓉著秋雨。小晕红潮，斜溜鬟心只凤翘。待将低唤，直为凝情恐人见。欲诉幽怀，转过回阑叩玉钗。"

容若当时的心情、神态，在词中表露无遗。但后人谁又能去嘲笑他的痴情和哀怨呢？问世间情为何物，直教人生死相许。容若能够做到痴情不改，后人有多少人可以拍着胸脯说自己也可以呢？

正是因为痴情和纯净，容若才敢于大胆地将自己的心事写入词中，与世人一起去看。他的心事，纯净如水，从未改变过。"翠袖凝寒薄"，这首离愁别恨的词，一开始便道出了内心的微寒，衣衫单薄，气候寒冷。帘衣入夜空。病容扶起月明中，惹得一丝残篆旧熏笼。

暗觉欢期过，遥知别恨同。疏花已是不禁风，那更夜深清露湿愁红。

有时，从此生死两茫茫。绝了心念，也好。

菩萨蛮

窗前桃蕊娇如倦，东风泪洗胭脂面。人在小红楼，离情唱《石州》[①]。

夜来双燕宿，灯背屏腰绿[②]。香尽雨阑珊[③]，薄衾寒不寒。

【注释】

①石州：乐府商调曲名。

②绿：昏暗不明。

③雨阑珊：微雨将尽。

【赏析】

东风始来，三月的桃蕊初绽，不胜娇美，慵懒如同刚刚睁开睡眼的少妇。初上绣楼，凭依窗子，远眺之时，“忽见陌头杨柳色”，想起久久未归的游子，苦涩的离情溢满心头，泪水湿了新妆。唇齿之间，这一首《石州》曲，吟遍了古今多少离情别绪。忽而想起昨夜那来宿的双燕，“落花人独立，微雨燕双飞”形只影单的少妇备觉凄凉，灯烛背对屏风，回首处，昏暗不明。春意料峭，微雨将尽，那远方的人是不是只有一张薄衾，又是温，是寒呢?

短短四十来字，上阕写尽了春闺情愁，下阕写尽了销魂之感。

这首词写的是游子思妇的离别之情，在古典诗词中极为常见。早在初唐张若虚的笔下，就有了“谁家今夜扁舟子，何处相思明月楼”的春闺情怀。丈夫离家，日复一日，思念并没有因时间而成为习惯。某日初上翠楼，忽见桃红，心底多少愁思，涌上心头，难下眉头。“窗前桃蕊娇如倦”，看似写“桃花”，其实写“人面”。“桃之夭夭，灼灼其华”，“桃花”自古便是红颜的象征，都是一种脆弱的美。“人面桃花相映红”，是写花的美，也是写人的美；是写人对桃花的欣赏，更是写人对自己的怜惜。人见桃花烂漫，不由得联想到自己也是青春如许，却春闺独居，难以与心中思念的人共相朝夕。春日本多情，“泪洗胭脂面”便知闺中人心中的愁苦，非窗前的一缕薄烟，也非耳际的一阵轻风，它的厚重也许根本没有什么事物可以用来比拟，也不需要用什么来比拟，既无它诉，便只得轻吟一首哀婉的《石州》曲。

“夜来”二字起首，便知漫漫长夜中闺中人的凄婉心境。南唐亡国词人李煜说，“寂寞梧桐深院锁清秋”，正是如此；南宋女词人易安说，“莫道不销魂，帘卷西风，人比黄花瘦”，正是如此；温庭筠说，“过尽千帆皆不是，斜晖脉脉水悠悠，肠断白蘋洲”，也正是如此。一夜料峭春雨不止，人也久久难以入眠，双燕因深夜寒冷而借宿檐下，相依相偎，触动了闺中人的心事。灯烛背对着屏风，因而昏暗不明，似也困乏欲睡，此时此刻，已至深夜，唯有人独醒着。“薄衾寒不寒”的设问中，其实早已预设了回答：闺中人“半夜凉初透”，凄凉境地下，不由得想到远在异乡的人是否能禁得住这番春寒？由物（燕）及己，由己及人，才有了“寒”的意蕴。

一面是春愁如许，一面是凄婉销魂，都是对于闺中人痛楚心理的刻写，在这个过程中间，还有着景致之间的鲜明对照——一明一暗。总体看来，上阕“明”在“桃”字，下阕“暗”在“背”字。如果不是春日风和日丽，明媚如新，又怎能一推窗而见桃红一点，娇蕊动人？如果不是背向屏风，又怎知闺中人听闻燕声时，回首间，“屏腰”昏暗不明。但无论是“明”，还是“暗”，无论是白天所见，还是夜晚所闻，所投射的都是闺中人的离情别绪。在一明一暗的对照中，更加凸显了闺中人心绪的低沉。

相传，词人纳兰性德曾与自己青梅竹马的表妹情投意合，然而造化弄人，有情人终究不能成眷属，这位才色双全的佳人却被康熙皇帝选为妃子，宫墙深锁。这给纳兰性德带来了无尽的伤感和酸楚，因而这种伤感和酸楚之情在他的词里经常有所显现，有很多以春情闺怨为题材的词作。

南乡子

烟暖雨初收，落尽繁花小院幽。摘得一双红豆子[①]，低头，说着分摧泪暗流[②]。人去似春休，卮酒曾将酹石尤[③]。别自有人桃叶渡[④]，扁舟[⑤]，一种烟波各自愁。

【注释】

①红豆子：红豆，相思树的种子，果实成荚，微扁，子大如豌豆，色鲜红，古代文学作品中常用来象征相思，也叫“相思子”。

②分摧：离别。

③卮酒：犹言杯酒。石尤：传说古代有商人石某娶尤氏女，情好甚笃，石远行不归，尤氏思念成疾，临死叹曰：“吾恨不能阻其行以至于此。今凡有商旅远行吾当作大风为天下妇人阻之。”见元伊世珍《琅记》引《江湖纪闻》。后因称逆风、顶头风为“石尤风”，故后人以之喻阻船之风。

④桃叶渡：渡口名。在今江苏南京秦淮河畔。相传因晋王献之在此送其爱妾桃叶而得名。后人以此指情人分别之地。

⑤扁舟：小船。

【赏析】

这又是一首抒写离愁别恨的词作。

“烟暖雨初收，落尽繁花小院幽”，首句描写了刚下过雨后的小院情景。风雨初晴，小院中落花满地，显得十分幽静。正所谓“一切景语皆情语”，在这种幽静的意境中，我们似乎能想象到分别在即的两人相对无语泪满眶的景象。

“摘得一双红豆子，低头，说着分摧泪暗流”，爱人采下两颗红豆，低头和词人说着分别的话语，说着说着，不禁泪流满面。“红豆”，古人常用其象征爱情或相思，唐代诗人王维就曾以红豆为意象，写出了脍炙人口的《相思》诗：

红豆生南国，春来发几枝。

愿君多采撷，此物最相思。

短短的二十字，抒写了社会的民族风情：青年男女在确定终身大事时，通常是以红豆饰品作为情物相赠情人。从那以后，红豆就成了纯洁爱情的象征。随着时间的推移，相思红豆的寓意已经不仅仅局限于男女之情，而是逐渐扩展到亲情，友情，民族国家之情，人类相依相爱之情……

全词的上阕追忆往昔，下阕则描写别后幽情。“人去似春休，卮酒曾将酹石尤”，爱人离开之后，好像连春天也被他带走了，以酒饯行时甚至祈祷船在行驶时能够遇上顶头风。“石尤”是容若化用的一个典故，相传古时有一个姓尤的女子，嫁给了一个姓石的商人，按照古代的习惯，她就被称为石尤氏。丈夫出外经商多年，未见归还，石尤氏便每天倚门而望，结果思念成疾，在临死时，她慨叹道：“我悔恨当初没有劝阻丈夫留在家中，不然怎会落到今天这种地步，我要化作一阵大风，替天下的妇人去阻止她们商旅远行的丈夫。”石尤死后，在她家门前的那段江面上果然时常刮起大风，阻碍船只通行。容若用到这个典故，是说女主人公希望能够效仿石尤，化作大风阻止爱人远行。

但是天不遂人愿，女主人公的愿望终究破灭，爱人最终乘船离去，分开的两人只能独自品尝自己的忧愁。“桃叶渡”泛指送行之所，相传东晋著名书法家王献之曾宠爱一名叫“桃叶”的小妾，她时常往来于秦淮两岸，与王献之相会，王献之害怕她出意外，常常亲自在渡口迎送，并为之作了一首《桃叶歌》。从那以后，渡口名声大噪，久而久之，也就被称呼为桃叶渡了。

淡淡的白描，平实如话，真实地传递出女主人公在爱人即将远行时内心中所表露出的愁苦之情，读后别有一番韵味。

踏莎行

春水鸭头[①]，春衫鹦嘴，烟丝无力风斜倚。百花时节好逢迎[②]，可怜人掩屏山睡。

密语移灯[③]，闲情枕臂[④]，从教酝酿孤眠味[⑤]。春鸿不解讳相思[⑥]，映窗书破人人字[⑦]。

【注释】

①春水：春天的河水。

②百花：各种花。

③密语：秘密的、悄悄的话语。

④闲情：闲散的心情。

⑤从教：任凭、听凭。

⑥春鸿：春天的鸿雁。不解：不懂，不理解。

⑦书破：书写错乱，指雁行不成“人”字形。

【赏析】

春水泛绿，满山花红，若应景而生，纳兰这首词当是作于初春时节的吧。

春天踩着冬天的尾巴悄然而至，风里还裹着几丝料峭寒意。柳梢的绿意没来得及闯入人的视野里，那如丝如雾般的柳絮便肆无忌惮地飞舞起来，裹挟着从泥土里钻出来的春的湿润气息。春河开冻，百花盛开，正是外出踏青赏花的好时节，但她却偏偏掩起屏风，孤眠不起。

“孤枕”两字后面向来都是“难眠”，纵使困意再浓、春觉再暖，她也难以成眠。房前屋后已尽是一派春光，屋内却昏昏暗暗，恰如那女子失落的心情。将灯烛移近，墙上便映出自己的身影，可惜与自己成双成对的只能是这摸不到触不到的虚影，叫她怎能不追忆起往日良宵共度的情景？

昔日甜蜜的话语仿佛还在耳畔，正待细细琢磨，一阵风从窗外吹进来，那甜蜜的回忆便陡然抽离，只留下闲愁与苦涩在空气里弥散开来。这番愁绪难以消遣，索性起身走到窗前，哪知归鸿丝毫不懂得避讳离人的相思，一只只啼叫着从窗外飞过，偏偏又排不成规规矩矩的“人”字，想必这一笔凌乱的书写会令她心中更加烦怨吧！

这首词从明媚的春光写到人物的烦扰，一派欢喜、浪漫的景象都成了闺中人满腹幽怨的背景色，就像在花团锦簇、百芳争艳的花园内，偏偏有一株枯萎凋零的植物；又像在人群喧闹处，几乎所有人都面带喜色、纵情狂欢，偏偏一人兀立中间，满脸怨恼、双眼噙泪。这首词里的女子就是这样，当所有人尽情享受着怡人的春色时，她却感受不到他们的快乐。

王安石之子王雱曾作过一首《倦寻芳慢》，其中有这样两句：“倦游燕，风光满目，好景良辰，谁共携手？”“谁共”二字反诘，意即无人与共。即便是“风光满目”的良辰好景，无人携手同游览，于游燕之事就意懒情倦了。纳兰笔下这名女子也是这样吧，等不到离去的良人，便索性沉睡好了，“可怜人”无聊无绪的情态跃然纸上。即使这女子走出绣楼，也只能在一群人的狂欢中品尝一个人的孤单而已。

“归去后，忆前欢。”世人大抵如此，相伴之时往往只沉浸于甜蜜喜乐之中，竟不知再大的欢喜也有尽头。斯人若去，无论是闺中思妇还是独活的檀郎，剩下的唯有空忆而已。昔日“密语”只是前欢的象征，如今只剩了“孤眠”的滋味。

在王家卫的电影《东邪西毒》中，张曼玉手里拿着一朵桃花，倚窗看着大海喃喃自语：“直到有一天看着镜子，才知道自己输了，在我最美好的时候，我最喜欢的人却不在我身边。”最易逝去是韶华，人间的春色之美好正如青春，不论是在大自然中最美好的时节，还是在一个女人最璀璨的年华，不能与爱人长相厮守便都是莫大的遗憾。杜拉斯在《情人》一开篇写道：“我已经老了……”事实上最可怕的未必是衰老本身，而是不能与相爱之人从年少轻狂携手到鬓染霜花的空恨。

在纳兰容若的诗词中，就有这样一群惆怅伤怀的女子，她们或者独立樱桃树下，或者站在清冷的荷塘月色中，或者倚靠在窗台前，追忆温存的往事，怀念逝去的时光，那些离去的爱人、不归的浪子，在如柳絮般郁郁的思念中渐行渐远渐无书，唯有一斛清冷的月光，将她们的思念拉扯得那么漫长，长到像岁月一样悠远。

念奴娇

人生能几？总不如休惹、情条恨叶[①]。刚是尊前同一笑，又到别离时节。灯灺挑残，炉烟爇尽[②]，无语空凝咽[③]。一天凉露，芳魂此夜偷接[④]。

怕见人去楼空，柳枝无恙，犹扫窗间月。无分暗香深处住，悔把兰襟亲结[⑤]。尚暖檀痕[⑥]，犹寒翠影，触绪添悲切。愁多成病，此愁知向谁说？

【注释】

①情条：指纷乱的情绪。

②爇：燃烧。

③凝咽：犹哽咽，哭时不能痛快出声。

④芳魂：谓美人的魂魄。

⑤兰襟：芬芳的衣襟，比喻知心朋友。

⑥檀：即檀粉。

【赏析】

不止曹操这样的大枭雄在面对奔流而去的茫茫大江时会一声喟叹：“对酒当歌，

人生几何？譬如朝露，去日苦多。”多情的风流公子也时常感慨岁月的短暂和无情，唱一曲“人生几何”的无奈悲歌。不过曹操饮酒饮出的是一腔豪气，纳兰“尊前一笑”，涌上心头的却是无奈和寂寞。

“遂翻开那发黄的扉页/命运将它装订得极为拙劣/含着泪/我一读再读/却不得不承认/青春是一本太仓促的书”，这是诗人席慕蓉对短暂生命与永恒岁月抗争的无奈叹惋，太仓促的又何止是青春，还有随着时光凋零的情感与生命。

张秉戌先生在《纳兰词笺注》中用了八个字评价《念奴娇》（人生能几）：“语浅率露，真挚感人。”其实这也算得是纳兰词的整体风格之一，不过在这一首词中表现得格外明显罢了。这首词开篇就直言人生苦短，本不该坠入情恨的纠葛之中，却又欲罢不能，词人对自己的“多情”似有一股悔意，虽悔却又无意去改，当真是率性之至。

上阕写幽会，既像实写，又像因思念亡妻而产生的幻觉，读来便有了几分缥缈迷离的感觉，更加耐人寻味。“刚是尊前同一笑，又到别离时节”，这两句是在写两人刚刚对饮一杯，相视而笑，离别的时间就到了。就好像灰姑娘必须在午夜十二点前抽身一样，“离别”二字是个魔咒，纵然相爱却不能长相厮守的现实有着强烈的宿命感。

残灯摇曳，炉烟燃尽，两人只能默默无语暗自垂泪，就连道别的话也不忍心说出口，似乎说过“再见”之后就会瞬间海角天涯。读到此处，我们或许还可以将这当作词人与意中人暗夜偷接的相会，但“芳魂”二字一出心里便了然了，这更像一首悼念卢氏的词。纳兰大概是深夜辗转反侧，难以成眠，勾起了旧日与卢氏相守的点滴回忆，或者是期待在梦中能与佳人的芳魂相聚。

与亡人魂梦相接的桥段，最有名的当出于《长恨歌》，结尾几句动人心魄：“临别殷勤重寄词，词中有誓两心知。七月七日长生殿，夜半无人私语时。在天愿作比翼鸟，在地愿为连理枝。天长地久有时尽，此恨绵绵无绝期。”爱美人也爱江山，李隆基在马嵬坡含泪舍了杨玉环，此后就陷入了绵绵不休的相思中。仕途前程于纳兰容若来说是无所谓的，他心中在意的似乎只有那一段情爱，然而天不怜悯，卢氏离去后，纳兰心里的恨当真是“绵绵无绝期”了，“凉露”二字既可指现实中的深夜露水，也可理解为是纳兰这腔怨恨的无限悲凉。

下阕从回忆或梦境回到了现实，纳兰怕见“人去楼空”，现实却正是如此。柳枝如丝，犹自拂过她曾经住过的阁楼，明月照旧，照着容若一人孤独的身影。纳兰长叹：你我有缘无分，不能同居共处，真悔恨当初那样的亲昵。这般悔恨着，却仿佛看见了她满脸泪痕、身影绰绰，自己那无边的愁绪就被触动开了。愁苦交叠，以至于相思成病，这一番寂寞哀愁又能向谁倾诉呢?

全词就在散溢开来的孤独感、无力感中戛然而止，更加令人九曲回肠，添悲增恨。《世说新语》里有这样一个故事：西晋大将恒温多年南征北战，偶一日经过金城，看见自己年轻时种在这里的柳树已经粗壮挺拔，忍不住攀枝执条，泫然流泪：“树犹如此，人何以堪！”在冷漠的岁月面前，人们确实无可奈何。

古龙说爱情是天下最没道理可讲的，其实不然，时光才是。它既能让人朝朝暮暮、长相厮守，也可让人一别难见、天人永隔，时光催白了头发，也凋零了爱情。人之感慨，大凡多情，曹操、恒温如此，纳兰更是。

虽一生郁郁，但纳兰并不可怜，他不过是比普通人更执着了些，比深情者更痴狂了些。在人生的这场赌局中，纳兰败给了过去的命数，竟就不肯再抬眼看前面的风光了，可敬因此，可叹亦是因此。

采桑子

海天谁放冰轮满[1]，惆怅离情。莫说离情，但值凉宵总泪零[2]。

只应碧落重相见[3]，那是今生。可奈今生[4]，刚作愁时又忆卿。

【注释】

①冰轮：月亮，圆月。

②凉宵：景色美好的夜晚。

③碧落：道教语。指青天、天空。

④可奈：怎奈，可恨。

【赏析】

惆怅离情，莫说离情，那是今生，又可奈今生，细细吟诵这样一阕词，已分不清是身处凉宵抑制不住愁思万千的是我还是他。纳兰啊，寥寥看似无意的几笔，就能让人被卷入他缠绵的愁绪和恰到好处拿捏有度的情境里。夜空安宁静寂，圆月高悬，本应是如水的温柔景色，然后一派的美景安在，佳人却已远离人间，这尘世之景，又哪有心欣赏？月圆了，家却静了，鸟归了巢，她却再不回来与家人招手微笑。

满心满意都是爱人满眼的温柔，今生的体贴，难忘的惦念，共同生活扶持的日子，有她的笑影啊，身姿啊，和那溢了书页的余声啊，叫他今生如何忘记呢？这匆匆逝离的生命，该有多少的遗憾和来不及，念不完的唠叨，做不完的家事，看不完的书卷，喝不完的香茶，和那难分舍的情谊啊。对着月圆静夜，伫立窗前，每每念及，禁不住那涌动的愁绪，怎剪得断，不忍遂离的那不舍。

可否不再看那夜空，可否不再见那皓月，合窗罢了，不能再这样地痴迷于思念里。倘若是一直这么对着万物优雅，叫人如何克制得住那清泪涟涟。打湿了衣襟，拂手拭面，下一秒还是泪痕尚未干去又已泣不成声。你说这自然界的美好啊，该如何睁眼去看，你说这万千的动人啊，该如何去品拾，凉宵再美，没有你在，意义为何？

但是又如何相见呢？只有去到那天空里，才得以再度执手携行么？然而天又这样深远，愣是如此注视着，努力寻找入口，也无法看到，佳人身影一现。才明了，今生，恐是无缘再相见了。忍不住掩面垂首，难耐凄凉。

这痛失你的悲楚，因你而起，又在无边愁绪里，对你不可遏制地思念起来。

纳兰啊，你此情此景，念的是这呓语般沉痛的思念啊。

卢氏是再也无法回到他的生活里了，凉宵美景也都是赘余的了，眼里的水都是苦水，眼里的树都是枯树，对于他来说，那一起住的屋子是记忆，那泼茶的余香是缅怀，那共赏的花草是思念，周围的环境里，放置着太多太多曾经并肩行走共同扶持的提示物了。离别无意，将那一切化为了勾起愁思的引子，思念无意，将生活的重心，迷失在了无边的惆怅里了。

挥笔头句就是无奈的质问：是谁在夜空里缀了那么个皎洁的圆月？匆匆一瞥就不禁要令人惆怅起来。美景如水，荡漾的是如烟的轻柔，倒映的是清晰的内心的模样。这惆怅离情，倏然浮起了。正像是东坡痛心念道："料得年年断肠处，明月夜，短松冈"，这明月夜，大概总有些伤情之景，月亮于是成为文人墨客，最见不得又最想见的忧愁了。清冷的月亮短短的山冈，痛断柔肠，也逃不出那思念成疾的时光。而对纳兰来说，这"莫说"又着实是真心么？思念愁苦，离别沉痛，只是倘若不说，他难道就能逃离了触景伤情，丝毫不会念及？这"莫说"二字，像是自言自语，想忘却难忘，想那愁绪停止又无力控制，无奈无奈，说什么才好啊，也只能自己对自己暗许，不再说了，不再说了，唯独思想不停息，无休无止地沦陷在暗黑的沼泽。值良宵而泪零，又有什么办法呢。不思量，自难忘，只是恐怕你越是努力逃离那愁苦，越是将眼眸停在过往的缠绵之中了。伤时悼亡，人同事物之间，同悲同喜，情也是更加深重了。

既然无力逃脱记忆的深渊，他也只能寻求一些希冀，今生最想实现的事情，不过是再见一面，再走一遭，却已是天上人间，纳兰明白，只应碧落，才有重见的可能，可今生，又如何去到那里啊！她依然消失人世，他只能遥望不舍。这希冀他大概是想了一千一万遍，却也没能想清吧。相思相忘却不相见，故人故情啊，纳兰啊，你怎么就这样执着于这无法实现的重聚呢？可奈可奈！因触景而伤了情，因伤了情，又再回忆了已亡人。这个无限循环的怪圈啊，就这样将一个人折磨得容颜憔悴。

这个多情的男子，该如何逃离那无边的寂苦，该如何逃离那悲楚的回忆。离别的时候，一个人烧纸成灰，离别以后，还要一个人吞咽苦水，对着美景，也是泪水不止。人生这件事，说长不长，说短不短，只怜惜这些多情重情的人，对于逝去的人事，无能为力，又百般苦痛。

生死之事无人可以毫无畏惧，分离之苦也道不清那苦涩的吞咽。亲密的人离世，如同身体里骤然被抽空了一个巨大的位置，空缺的那个影子，无人能够填补，也不知该如何愈合，只能静待时间，将痛失之苦，冲淡一些。

倘若她于碧落能够听见他的浅诵，大概她也会清泪涟涟，祈求时光的力量，能够让他不再那么苦痛吧。

浣溪沙

锦样年华水样流，鲛珠迸落更难收[①]。病余常是怯梳头。

一径绿云修竹怨[②]，半窗红日落花愁。愔愔只是下帘钩[③]。

【注释】

①鲛珠：神话传说中鲛人泪珠所化的珍珠，比喻泪珠。迸落：散落。

②绿云：如云般繁茂的绿叶。修竹：细长的竹子。

③愔愔：幽深、悄寂貌。

【赏析】

纳兰词万语千言总不外乎一个情字。柔情一缕，九转回肠，凄婉处令人不忍卒读。

这曲《浣溪沙》，第一句便杀伤力十足。“锦样年华水样流”，这样的话，常挂在嘴边的人往往正值大好年华，所以才能摆出一副满心愁绪的模样，等到了长大一些之后，再想到这句诗，就只剩感慨万千语塞难言了。

“锦样年华”说的是年华如锦缎一样绚烂，无限美好，却无奈流逝得太快。更要命的是，当你处在锦样年华这个阶段的时候，并不觉得这有什么珍贵的。只有当时光荏苒年华老去，忽然回忆起来，才体会到往昔青春的难能可贵。但那又如何呢？时光不再来。

年华如锦，时光如水，从指间哗哗流淌过去，冲刷得岁月一片泥泞荒乱。繁华烟云散，红颜弹指老，并非世人所愿。只是你我都应该知道，任凭是谁都敌不过的，这强大的力量，叫作时间。

“鲛珠迸落更难收”，是说哭得止不住眼泪。“鲛珠”是眼泪的雅称，典故出自晋朝干宝的《搜神记》卷十二：

“南海之外，有鲛人，水居如鱼，不废织绩，其眼泣，则能出珠。”

说南海有鲛人，像鱼一样生活在水里，也和我们一样能纺线织布，当他们哭的时候，眼泪就会结成珠子。将这两句连起来看，意思也很明白：美好年华像水一样流逝得太快，每每想起便哭得止不住。

回过头看历代诗词佳句，因岁月无情而落泪的不在少数。盖世英豪也会有“出师未捷身先死，长使英雄泪满襟”的时候，只是纳兰在这里的情绪未免过于哀婉细腻了一些，虽说境界无大小之分，但一个男人，再如何文气，也该写成“十年书剑老风尘”之类，而不是用杜丽娘一样的口吻哀叹“如花美眷，似水流年”。

其实，这样的写法，可以说是诗词的一个经典主题：闺怨。从魏文帝曹丕到文忠公欧阳修，都颇有过几首哀婉缠绵的闺怨诗。因此，无论是看到“忧来思君不能忘，不觉泪下沾衣裳”（《燕歌行》）还是“泪眼问花花不语，乱红飞过秋千去”（《蝶恋花》），或者是这里的“锦样年华水样流，鲛珠迸落更难收”的时候，都千万别以为这是这些男人自己在抒怀，而要清楚这是闺怨主题，他们是在做演员呢。

“多愁”“多病”总是连在一起，词中拟她口吻的这个少女，显然也是多病的。“病余常是怯梳头”，为什么“怯梳头”，可以推想的是病后体虚，一梳头就总会掉头发。

古人对头发是视为生命的：“身体发肤，受之父母，不敢毁伤，孝之始也。”《孝经》里便是这样说。而且古代中国女子除相貌外，最注重头发的修饰。传说汉武帝第一次见到卫子夫，就是被她的秀发吸引住了，“上见其美发，悦之，遂纳于宫中”，当然汉武帝也不会是因为谁头发长得漂亮就纳谁入宫，只是由此可见古人对头发的重视程度。因此在词中，“怯梳头”这样的顾虑就可以理解了。

词到这里转换视角，“一径绿云修竹怨，半窗红日落花愁”构成对仗，说少女窗外的景象，有一条小径、一片竹林、半窗落日、点点落花。词人借着女主角的眼睛，看到小径上绿竹如云，只觉得那如云的尽是怨念，看到半窗落日映衬着落花，那飘扬的尽是愁绪。尤其是，风景年年不变，青春却一年年地耗过去了，心里便越发凄楚。

“愔愔只是下帘钩”是描画词中女子怏怏地放下帘钩，关上窗子，想要把“一径绿云修竹怨，半窗红日落花愁”统统隔在窗外。这又是一个巧妙的修辞：前边说绿云修竹是怨，红日落花是愁，于是想用关窗的办法把这些愁都给隔开，可再怎么琢磨，都有种“抽刀断水水更流，举杯消愁愁更愁”的意味在这里。

平心而论，纳兰这首词算不上是一流作品，即使是在他自己的诗词中，也并不见得能排在前列。但说纳兰起笔着力也好，有句无篇也罢，“锦样年华水样流”却的的确确是一个千古伤心人可以与之共鸣的句子。老去的人缅怀青春，青春的人惧怕老去，这不是一时一地的感觉，而是人类永恒的无奈与悲伤。

攤破浣溪沙

小立红桥柳半垂，越罗裙飏缕金衣[①]。采得石榴双叶子[②]，欲贻谁？

便是有情当落日，只应无伴送斜晖。寄语东风休着力[③]，不禁吹。

【注释】

①越罗：越地所产的丝织品，以轻柔精致著称。缕金衣：绣有金丝的衣服。

②石榴：石榴树。亦指所开的花和所结的果实。

③着力：即用力、尽力。

【赏析】

这首词写的是女子伤春的情态：她在红桥垂柳畔伫立，风儿吹动罗衣，衣袂飘飘。伸手将石榴的叶子采下两片，可是又该把它送给何人呢？纵使心中万种情，也只能独自一人空对斜阳。那东风啊，请不要吹得太过用力，风中的人儿已禁受不起了。

正史可考的纳兰性德的妻妾，共有四位。有这些女子一直陪伴在容若的生命里，在外人看来，容若也算是享尽艳福，可以满足了。

但容若却毫不领情，对于上天这样对他不薄的情分上，他依然在词中发出了“料也觉、人间无味”的叹息。这声叹息俨然贯穿了他的一生。容若的幸福持续到卢氏的离世，在研究纳兰容若的学者们看来，纳兰词有一个转折点，同样，这也是容若的人生转折点，便是康熙十五年（1676年），那一年的七月，卢氏去世。

面对爱妻的离开，容若伤心欲绝，他将卢氏的灵柩停在双林禅院一年有余，迟迟不肯下葬。之所以不让卢氏入土为安，是因为容若不忍就这样与妻子就此永别，他每日承受着巨大的伤楚，只是希望还能看到卢氏的灵柩，似乎就如同看到了卢氏本人一样。

但这样毕竟不是长久之计，卢氏终究是要下葬的。中国一向被称为礼仪之邦，任何事情都有严格的礼仪制度。灵柩的停法是十分讲究的，这与古代的礼制有关。按照周礼，人死之后不能马上入土，灵柩需要在家中放置一段时间，才可以入土，这是为了表示活着的人对死者的一种留恋情感。

灵柩停放在家中的日子，被称为“殡”，供人凭吊，当灵柩停放到一定天数的时候，才会入土。古时停灵的时间也是有规定的，并不是谁想停多久就可以停多久的。皇帝身份最尊贵，自然停灵的时间也最长。根据等级，依次往下推算，平民百姓停灵的时间应该算是最短的。

容若却视礼制于不顾，他固执地将卢氏的灵柩停放一年多，是十分于理不合的。但在容若心中，还有什么比感情更为重要的呢。容若将卢氏的灵柩停放在寺院中，每日听着佛音，看望妻子，心中想念着过去与妻子共同度过的美好岁月，容若在寺院里流连忘返，只因他心中守着与卢氏的那份情感。

而也正是这份情感，影响了容若后半生词作的风格，容若的作品词集原本题为《侧帽词》，是用北朝独孤信的典故，可以看出那时的容若以一种贵公子风流自赏的姿态，傲然世间。但之后，容若将词集更名为《饮水词》，取的是禅宗话头“如鱼饮水，冷暖自知”的意思。那时的容若已经和世间产生了隔阂，内心封闭了起来。

这首词写女子伤春，其实真正伤的是自己。容若的这首词依然延续他一贯的词风，温婉平和，淡淡的忧伤中带着典雅的意味。犹如饮下一杯刚冲泡好的菊花茶，虽然有着淡淡的苦味，但喝下之后，余香犹存。

“小立红桥柳半垂，越罗裙飏缕金衣。”一个美丽女子的形象顿时跃然纸上，她站在桥上，伸手采摘下两片石榴叶子，却不知道该送给谁。“采得石榴双叶子，欲贻谁？”女子的心情其实就是容若的心情，对某人有着深沉的思念，却不知道该如何送去，让那人知道，自己的思念有多么深。

这是一种无能为力的挫败感，纵使心中有着千万柔情，也只能随风而逝。“便是有情当落日，只应无伴送斜晖。”卢氏已经死去，但容若对她的爱却一直鲜活。但也正是因为如此，这份爱情才越加显得凄迷。

阴阳相隔，生死离别。这恐怕是人世间最悲伤的爱情故事，所以，容若在词的最后感慨道：“寄语东风休着力，不禁吹。”多少心事都只能藏在心里，东风啊，不要再吹了，风中的人儿已经因为思念过重，无法再承受任何的打击了。

· 第四辑　当时只道是寻常

“当时只道是寻常”，字字寻常，而情非寻常。当时寻常，如今处处是非常。

临江仙

点滴芭蕉心欲碎，声声催忆当初。欲眠还展旧时书。鸳鸯小字[①]，犹记手生疏[②]。

倦眼乍低缃帙乱[③]，重看一半模糊。幽窗冷雨一灯孤。料应情尽，还道有情无？

【注释】

①鸳鸯小字：指相思爱恋的文辞。《全元散曲·水仙子·冬》：“意悬悬诉不尽相思，谩写下鸳鸯字，空吟就花月词，凭何人付与娇姿。”

②生疏：不熟练。

③缃帙：浅黄色书套。亦泛指书籍、书卷。

【赏析】

那是另一个时空下雨打芭蕉的夜晚。

心欲碎，不知是芭蕉心碎，还是纳兰心碎。“早也潇潇，晚也潇潇”，古往今来的诗词中，芭蕉似总喜欢同雨相伴出现。雨滴芭蕉，入梦，美酒半酣有唐汪遵心恋江湖；入画，王摩诘《雪打芭蕉》令人忘却寒暑，白石老人大叶泼墨深感酣畅淋漓；入乐声，《雨打芭蕉》淅淅沥沥，似雨滴蕉叶比兴唱和，急雨嘈嘈，私语切切，诉尽人间相思意。

至于这芭蕉心，正如易安所言“舒卷有余情”。禅语云“修行如剥芭蕉”，如果我们的心已被世间种种欲念所裹，那么修行便是将层层伪装脱去，“觅心”找回纯真的自我，“明心”则是彻悟尘世的一切杂念，方可见性。

纳兰心中，芭蕉心在其不展吧。因其不展，枝枝叶叶才藏得住纳兰梦萦半生的回忆，层层叠叠容得下纳兰多愁又敏感的心。其实何止善感的纳兰，“此夜芭蕉雨，何人枕上闻”，纵是梅妻鹤子的林逋也难掩芭蕉雨下那些撩人的情思。

“忆当初”，短短三字便如一把利剑斩断今生。今生已作永隔，窗外雨声风声入耳，曾有多少夜晚流逝于情意缱绻的呢喃？未来又将有多少不眠的孤夜，唯有旧忆聊以回味？所幸，过去的日子并未消逝于流年，在那发黄的红笺之上仍可略窥一二。

“鸳鸯小字，犹记手生疏”，怕是纳兰也在怀念把笔浅笑的她吧。此语原出王次回《湘灵》：

戏仿曹娥把笔初，描花手法未生疏。

沉吟欲作鸳鸯字，羞被郎窥不肯书。

纳兰与这位明末的才子是颇有渊源的。王次回出身金坛望族，仕宦之家，连他的女儿王朗也是著名的词人。与他的祖上相比，王次回的仕途之路一生不得志，仅在晚年做了松江府华亭县训导，不过是个无名无实的小官。然而他的作品上承李义山，下启清初词坛，对近代的鸳鸯蝴蝶派也颇有影响。纳兰诗词中常见王次回《凝雨集》的影踪，可又有多少人知道，王次回也如纳兰一般，爱妻早丧，不过凉薄人世一孤伶人。若可同世而立，纳兰与次回或许也能成惺惺知己吧。

当年的娇俏语长萦耳畔，那副欲语还休的羞涩模样犹在心头，鸳鸯小字里，似可见这位解语花的身姿若隐若现。然而，以为是一生一世的一双人，所托竟几页满蘸相思意的旧时书。南宋蔡伸曾慨叹，“看尽旧时书，洒尽今生泪”。蔡伸是书法家蔡襄之孙，官至左中大夫。名门之后，位高权重又如何？三更夜，霜满窗，月照鸳鸯被，孤人和衣睡。

旧时书一页页翻过，过去的岁月一寸寸在心头回放。缃帙乱，似纳兰的碎心散落冷雨中，再看时已泪眼婆娑。“胭脂泪，留人醉”，就让眼前这一半清醒一半迷蒙交错，梦中或有那人相偎。

又是一窗冷雨，纳兰看到了半世浮萍随水而逝，如记忆中挥之不去的她，“一宵冷雨葬名花”。还是纳兰身边这盏灯，只是不再高烛红妆，唯有寒月残照，灯影三人。太白对孤灯空长叹，“美人如花隔云端”。故人入梦，又渐行渐远，“是邪？非邪？立而望之，偏何姗姗来迟。”汉武帝为李夫人招魂，灯影明灭处，留得千古一帝不得见的叹息。

罢了，一梦似千年，从来是人生长恨水长东。刘禹锡一句“东边日出西边雨”，留多少痴念在人间。已道无情，而情至深处难自已。这般深情厚意，在纳兰心中恐怕已不是简单的有情，而是人生难得的知心人。如果说情是前生五百次的回眸，爱是百年修得之缘，那么知心便是三生石畔日日心血的倾注。

有情无？

纳兰笃定不念今生，料想今生情已尽。一心待来生，愿来生再续未了缘，可有来生？

天仙子

好在软绡红泪积①，漏痕斜罥菱丝碧②。古钗封寄玉关秋③，天咫尺④，人南北。不信鸳鸯头不白。

【注释】

①软绡：即轻纱，一种柔软轻薄的丝织品，此处指轻薄柔软的丝质衣物。

②漏痕：草书的一种笔法，谓行笔须藏锋。宋姜夔《续书谱》：“草书用笔，如折钗股，如屋漏痕。”斜罥：斜挂着。菱丝：菱蔓。

③古钗：亦作“古钗脚”。比喻书法笔力遒劲。玉关：玉门关，代指遥远的征戍之地。

④咫尺：周制八寸为咫，十寸为尺，谓接近或刚满一尺。形容距离近。

【赏析】

写信用的软绡上，依旧满是我的眼泪。混同热泪，字迹斑驳。这封饱含深情的信要寄向何方？在那遥远的玉门关，那守边的征人，那个我日日夜夜都想守着的人。秋日凄凉，大雁南飞，我这封信却像一只离群的鸟，独往北边。天际咫尺相隔，人却南北千里，人生有限，鸳鸯岂不会老去么？

这小令是纳兰性德写给爱妻卢氏的，短小精悍，读之味道十足，刘熙载《词概》中说：“小令之作‘虽小却好，虽好却小’”，这词正如此。纳兰二十岁时与时年十八岁的卢氏成婚。卢氏出身名门，是两广总督卢兴祖之女，知书达理，才貌双全，许配给纳兰性德后赐淑人，诰赠一品夫人。在纳兰性德看来，最重要的恐怕是二人互为知音，因为卢氏也是一位解诗情、识风雅的知性女子，能与纳兰性德产生心灵上的共鸣。因此，纳兰性德与卢氏夫妇琴瑟和谐，甜蜜无限。但是作为康熙皇帝的殿前侍卫，纳兰性德身不由己，须经常入值宫禁，或者随皇上南巡北狩，这就导致纳兰常与爱妻分居两地，两人只能以词抒怀，发其幽恨。这首《天仙子》就是词人在纳兰性德扈从出塞期间写就的。

此词开头两句用典可谓十分恰当，以浑朴古拙之笔写妻子寄来的轻纱，浅叙白描，却不失情真意密，深致动人。且看，你寄来的轻纱上凝聚的泪痕还依稀可见，那斑斑点点的红泪，犹如菱蔓斜挂一般的行行草字。此处用一锦城官妓灼灼之典：《丽情集》中说：“灼灼，锦城官妓也，善舞《柘枝》，能歌《水调》，御史裴质与之善。后裴召还，灼灼以软绡聚红泪为寄。“显然，此处软绡，饱含款款相思之情。“古钗封寄玉关秋”亦用古钗之典，深切委婉地表达了乡之思，表达了他对爱妻的深情怀念。而结句犹显含婉深细，“不信鸳鸯头不白”，是反用李商隐的《代赠》中“鸳鸯可羡头俱白”，也有欧阳修《荷花赋》中句子：“已见双鱼能比目，应笑鸳鸯会白头”，亦是“梧桐相待老,鸳鸯会双死”之意。常言咫尺天涯,何况词人已和妻子遥隔千里。然而不管相隔多远,词人始终坚信,他和他的妻子一定会像鸳鸯一样,一起相守终老。

遐方怨

欹角枕[①],掩红窗。梦到江南,伊家博山沉水香[②]。浣裙归、晚坐思量[③]。轻烟笼浅黛[④],月茫茫。

【注释】

①欹角枕:斜靠着枕头。欹,通“倚”,斜倚、斜靠。角枕,角制或用角装饰的枕头。

②博山:博山炉的简称,一种香炉。因炉盖上的造型似传闻中的海中名山博山而得名。一说像华山,因秦昭王与天神博于此,故名。通常作为名贵香炉的代称。沉水香:即沉香,指以沉香制作的香。

③浣裙:即浣衣,洗衣。

④浅黛:用青黛淡画的眉毛。黛,古代女子用以画眉的青黑色颜料。

【赏析】

夜已阑珊,人犹未眠,青灯已灭,斜倚角枕,红窗紧闭,无限思量,无限怅惘:刚令我醒来的梦啊,又让我去了江南,去了那我爱的江南女子的家中,她家中一派暖融融的情氛,香炉中袅袅升起沉水香燃出的烟,幽香迷人。天色已晚,暮色袭来,她到河边洗裙祈求消灾,现在才回来。她回来闲坐窗前,若有所思,她的心中此刻正思量着我么?沉水香飘起的青烟,缕缕盘旋,缭绕在她浅黛色的蛾眉上,衬得如此美丽。——忽然一阵凉风,遍体生冷,我从梦中惊起,梦中一切已烟消云散,不复存在，唯有惨淡的一轮圆月，洒下一层薄薄的白色月光。

遐方怨属于唐教坊曲名。这种词牌有两体式，单调者始于温庭筠，双调者始于顾敻、孙光宪，只有《花间集》有这种词调，宋代词人没有用过此调填词。

这首词写梦，有一种凭吊的色彩，在基本的构局上和苏东坡的《江城子·乙卯正月二十日夜记梦》有相同的地方：

十年生死两茫茫，不思量，自难忘。千里孤坟，无处话凄凉。纵使相逢应不识，尘满面，鬓如霜。

夜来幽梦忽还乡，小轩窗，正梳妆。相顾无言，惟有泪千行。料得年年肠断处，明月夜，短松冈。

两首词都是写梦然后梦回，主题基本具有相似性。然而两首的情感轨迹却是不一样的，苏东坡词是透透彻彻的凄凉，不仅现实生活中形单影只，孤独凄凉，甚至在梦中仍旧“纵使相逢应不识”，“小轩窗，正梳妆。相顾无言，惟有泪千行”。而纳兰性德的写法上则倾向于利用现实与梦境的对比，来突出身处现实中的独自痛苦的强烈。王国维所谓“以乐景写哀，倍增其哀”。

这首词写到江南和女子，很容易让人想起纳兰性德和汉族的江南才女沈宛之间的传言。纳兰性德一生婚姻也是极为不幸的。他在二十岁时就娶两广总督卢兴祖之女淑人为妻，贤惠的卢氏却在三年后就病故，真是红颜薄命，这给纳兰性德极大的触动，他在日后短短的六七年中，写下了大量的怀念妻子的词章。后纳兰性德又娶妻官氏。也有人说纳兰性德在他三十岁时，经好友顾贞观的介绍，又娶了江南才女沈宛。沈宛著有《选梦词》集，王国维在谈纳兰性德时也曾谈到过这个女子。因为二人都爱诗词，如此一来，二人既为夫妻又为诗友，只可惜纳兰性德一年后就病故。沈宛字御蝉，浙江乌程人，《众香词》录其五首，今录二首，以管窥其风格：

惆怅凄凄秋暮天。萧条离别后，已经年。乌丝旧咏细生怜。梦魂飞故国、不能前。无穷幽怨类啼鹃。总教多血泪，亦徒然。枝分连理绝姻缘。独窥天上月、几回圆。

——《朝玉阶·秋月有感》

难驻青皇归去驾，飘零粉白脂红。今朝不比锦香丛。画梁双燕子，应也恨匆匆。迟日纱窗人自静，檐前铁马丁冬。无情芳草唤愁浓，闲吟佳句，怪杀雨兼风。

——《临江仙・春去》

也有资料说在纳兰死后，沈宛生了个遗腹子之后就不知去向。也有说沈宛只是纳兰的红颜知己，二人虽相爱慕，却并没有结为伉俪。因为沈宛是汉女，且不在旗，那时的法律是反对满汉通婚的，所以沈宛要和纳兰性德结合，就会受到许多封建礼教的干涉，而且纳兰性德本是显贵，更会注重自家“清誉”，家里的态度显然也是很难会同意的，所以她的确与纳兰分离了，但是到底是纳兰生前就离开了，还是死后离开，也是有不同说法的，似乎认为死后的说法更多一些。一般也有认为纳兰性德的三个儿子中，最小的富森就是沈宛生的，因史载其为“遗腹子”，所以才有这样的论断，但这一切都为后人猜测，也为纳兰性德的词的解读留下更为开放的想象空间，就这一方面来说，是有百利的。

《纳兰性德词新释辑评》上说：“小词而能婉而深，自是妙品。”这倒可以当成是纳兰性德绝大多数短词的评价。就这一首来说，虽较为清新自然，读来也颇为动人，但并非纳兰性德词中可谓绝妙的。文学上有所谓历史阻拒，也就是说由于历史向前走，社会发生着不断的变化，这导致原来社会条件下的产物变得具有陌生感，这些陌生多产生于词自身使用的意象上。如“博山”“浣裙”，这些在后代的读者看来，就颇为费解。这种阻拒一定程度上伤害了古代艺术作品的自然感。

浣溪沙

脂粉塘空遍绿苔[①]，掠泥营垒燕相催。妒他飞去却飞回。

一骑近从梅里过，片帆遥自藕溪来[②]。博山香烬未全灰。

【注释】

①脂粉塘：溪名。传说为春秋时西施沐浴处。《太平御览》卷九八一引南朝梁任昉《述异记》："吴故宫有香水溪，俗云西施浴处，又呼为脂粉塘。"这里指闺阁之外的溪塘。

②片帆：孤舟，一只船。

【赏析】

写离愁，往往写闺怨。

尤其温庭筠的词作，常见触及闺怨，以《更漏子》为最。

玉炉香，红蜡泪，偏照画堂秋思。眉翠薄，鬓云残，夜长衾枕寒。梧桐树，三更雨，不道离情正苦。一叶叶，一声声，空阶滴到明。

守望空阶的女子，哀婉凄楚，惹人心碎。

纳兰这阕词，主人公亦是女子。开篇便是景色的渲染，写脂粉塘空旷只剩铺满的绿苔，早失却了昔时景象。这脂粉塘，相传正是春秋时候西施沐浴的溪塘，南朝梁任昉《述异记》有言："吴故宫有香水溪，俗云西施浴处，又呼为脂粉塘。吴王宫人灌妆于此溪上源，至今馨香。"纳兰句中的脂粉塘，实为女主人公闺阁之外的溪塘。女子之心细腻敏感，心有戚戚，窗外的溪塘，都如同着了凄凉的颜色。还未到分别之时，那溪塘都如同脂粉塘那般令人迷醉，可相离许久，溪塘都不似往日繁华，逐渐萧条。眼中之景，都像蒙了灰。

此时又见大地春回，看燕子掠泥而飞，好像是相互催促着，一片生机盎然的景象，可伫立至此，等不到思念之人执手相看，净是看燕子双双来去，分明高兴不起来。连燕子都有相伴的幸福，为何迟迟等不到你的归来？

离情凄凉。心爱之人在这景色里不能相伴，连那燕子都想要去嫉妒一番。

可嫉妒又有何用？无奈凄凉，只得怨那离别，让人愈发想念。恍惚，思念愈深，好似幻觉中他正轻骑从近处的梅园出现，又像是坐着小舟，从遥远的藕溪归来。晏殊之词浮于脑际："无穷无尽是离愁，天涯地角寻思遍"，弱女子的相思之情，全都寄托在那天涯海角的期待里，哪天心爱之人将从哪里归来，想象连连，好似梦了一场，醒来之时，恐怕甚是凄楚。臆想之词，尤其感人。痴心人如此，怎能不让人动容？人生自是有情痴。这相思近痴的女子，不知道爱人归来之日是何时，也只得想象重逢之景，一次一次，念了一千遍，痴了一千遍，再见会是怎样的场景。好似要把所有的可能，都罗列一遍，要让自己重逢之时，不至于情绪失控，号啕大哭一般。

最后一句，博山炉中香已烧完，却未燃尽。言有义，意无穷。女子大概是注视着炉里升起的袅袅香烟，心里是比这缭绕的轻烟更剪不断理还乱的愁绪。香未燃尽这一意象，充满让人沉醉的力量。烟未散尽，女子的愁绪不能穷尽，等待归期到来的日子也不知到何时才尽。凄清之至，读罢也觉眼前轻烟袅袅一般，哀婉无奈。

不得不想要去猜测，纳兰写如此一名痴情的女子想要诉说的是如何的深情？这女子写的是他日夜思念的爱人，还是他自己内心成痴的愁？

遥寄相思，等待的爱情最是苦痛，却又让人欲罢不能。

生查子

惆怅彩云飞[①]，碧落知何许[②]。不见合欢花[③]，空倚相思树[④]。

总是别时情，那得分明语。判得最长宵[⑤]，数尽厌厌雨[⑥]。

【注释】

①彩云飞：彩云飞逝。

②碧落：道家称东方第一层天，碧霞满空，叫作"碧落"。后泛指天上（天空）。

③合欢花：别名夜合树、绒花树、鸟绒树，落叶乔木，树皮灰色，羽状复叶，小叶对生，白天对开，夜间合拢。

④相思树：相传为战国宋康王的舍人韩凭和他的妻子何氏所化生。据晋干宝《搜神记》卷十一载，宋康王舍人韩凭妻何氏貌美，康王夺之，并囚凭。凭自杀，何氏投台而死，遗书愿以尸骨与凭合葬。王怒，弗听，使里人埋之，两坟相望。不久，二冢之端各生大梓木，屈体相就，根交于下，枝错于上。又有鸳鸯雌雄各一，常栖树上，交颈悲鸣。宋人哀之，遂号其木曰“相思树”。以象征忠贞不渝的爱情。

⑤判得：心甘情愿地。

⑥厌厌：绵长、安静的样子。

【赏析】

《生查子》这个词牌，句句仄韵，历来多用来写愁。吴梅在《词学通论》中有言：“惟词中各牌，有与诗无异者。如《生查子》何殊于五绝？此等词颇难著笔。又需多读古人旧作，得其气味，去诗中习见辞语，便可避去。”容若的这首《生查子》，也是写愁之作，却是颇得五绝精髓所在。

此词颇像悼亡之词。上片首句一出，迷惘之情油然而生。“惆怅彩云飞，碧落知何许。”彩云随风飘散，恍然若梦，天空这么大，会飞到哪里去呢？可无论飞到哪里，我也再见不到这朵云彩了。此处运用了托比之法，也意味着诗人与恋人分别，再会无期，万般想念此刻都已成空，只剩下无穷尽的孤单和独自一人的凄凉。人常常为才刚见到，却又转瞬即逝的事物所伤感，云彩如此，爱情如此，生命亦如此。“合欢花”与“相思树”作为对仗的一组意象，前者作为生气的象征，古人以此花赠人，谓可消忧解怨。后者却为死后的纪念，是恋人死后从坟墓中长出的合抱树。同是爱情的见证，但诗人却不见了“合欢花”，只能空依“相思树”，更加表明了容若在填此词时悲伤与绝望的心境。倘若从典故来看，也证明了此词的悼亡之意。

下片显然是描写了诗人为情所困，辗转难眠的过程。“总是别时情”，在诗人心中，与伊人道别的场景历历在目，无法忘却。时间过得愈久，痛的感觉就愈发浓烈，越不愿想起，就越常常浮现在心头。“那得分明语”，更是说出了诗人那种怅惘惋惜的心情，伊人不在，只能相会梦中，而那些纷繁复杂的往事，又有谁人能说清呢？不过即便能够得“分明语”，也于事无补，伊人终归是永远地离开了自己，说再多的话又有什么用呢。曾经快乐的时光，在别离之后就成了许多带刺的回忆，常常让诗人忧愁得不能自已，当时愈是幸福，现在就愈发地痛苦。

然而因不能明言那些“别时情”而苦恼的诗人，却又写下了“判得最长宵，数尽厌厌雨”这样的句子。“判”通“拼”。“判得”就是拼得，也是心甘情愿的意思，一个满腹离愁的人，却会心甘情愿地去听一夜的雨声，这样的人，怕是已经出离了“愁”这个字之外。

王国维在《人间词话》中曾提到“愁”的三种境界：第一种是“为赋新词强说愁”，写这种词的多半是不更事的少年，受到少许委屈，便以为受到世间莫大的愁苦，终日悲悲戚戚，郁郁寡欢。第二种则是“欲说还休”，至此重境界的人，大都亲历过大喜大悲。可是一旦有人问起，又往往说不出个所以然来。而第三种便是“超然”的境界，人入此境，则虽悲极不能生乐，却也能生出一份坦然，一份对生命的原谅和认可，尔后方能超然于生命。

容若这一句，便已经符合了这第三种“超然”的境界，而这一种境界，必然是所愁之事长存于心，而经过了前两个阶段的折磨，最终达到了一种“超然”，而这种“超然”，却也必然是一种极大的悲哀。容若此处所用的倒提之笔，令人心头为之一痛。

通篇来看，在结构上也隐隐有着起承转合之意，生查子这个词牌毕竟是出于五律之中，然而容若这首并不明显。最后一句算是点睛之笔。从彩云飞逝而到空倚合欢树，又写到了夜阑难眠，独自听雨。在结尾的时候容若并未用一些凄婉异常的文字来抒写自己的痛，而是要去“数尽厌厌雨”来消磨这样的寂寞的夜晚，可他究竟数的是雨，还是要去数那些点点滴滴的往事呢？想来该是后者多一些，诗人最喜要在结尾处带住自己伤痛的情怀，所谓“欲说还休，欲说还休，却道天凉好个秋”，尽管他不肯承认自己的悲伤，但人的悲伤是无法用言语来掩饰住的。

容若这首词，写尽了一份自己长久不变的思念，没有华丽的辞藻，只有他自己的一颗难以释怀的心。

浣溪沙

谁念西风独自凉？萧萧黄叶闭疏窗[①]。沉思往事立残阳[②]。

被酒莫惊春睡重[③]，赌书消得泼茶香[④]。当时只道是寻常。

【注释】

①萧萧：稀疏的样子。疏窗：刻有花纹的窗户。

②残阳：夕阳，西沉的太阳。

③被酒：醉酒。

④赌书：比赛读书的记忆力。典出宋李清照、赵明诚翻书赌茶之事。李清照《金石录后序》云：“余性偶强记，每饭罢，坐归来堂，烹茶，指堆积书史，言某事在某书某卷第几页第几行，以中否角胜负，为饮茶先后。中即举杯大笑，至茶倾覆怀中，反不得饮而起，甘心老是乡矣！故虽处忧患困穷而志不屈。”

【赏析】

西风吹来，谁会想到有人在这风中独自悲凉？“无边落木萧萧下”，遍地黄叶堆积，万物在沉寂前，似乎都要纷扬一番，如同蝴蝶一样地翻飞。秋也如此壮阔美丽。然而独坐闺中，疏窗紧闭，似乎与世相隔，只因为心中寂寥，独自凄凉。念起往事，独自沉思，在斜风残阳中，无限思量涌来，人何能禁?

醉酒得深沉，便不要在这春日里惊起，再感时伤春。怀想曾经与他赌书的日子，真是快乐至极，以至于茶杯翻覆，倒进怀中。这些在当时看来，自以为是平平常常，而今尽是伤心的回忆罢了!

这首词通过李清照的口吻，回忆和丈夫曾经的美好高雅的生活，表达天人相隔的无限伤感。

宋代著名词人李清照，十八岁时与右相赵挺之之子赵明诚结婚。夫妻生活甜蜜恩爱。两人志趣相投，一起收集古玩字画，并一起勘校，考订版本，生活十分闲适惬意。他们最常做的游戏就是在晚饭后猜书斗茶。两人先煮上一壶茶，然后轮流由一人说出一句或一段古人的诗文，让对方猜这句话出自哪本书、第几卷、第几页、第几行，以猜中与否分胜负。猜对了就优先喝一杯茶。由于李清照的记忆力特别强，几乎是每猜必中，赵明诚不得不甘拜下风。然而，聪明幽默的赵明诚也每每在李清照端起茶杯时讲笑话，结果常常引得她哈哈大笑，以至茶杯倾覆怀中，浇得一身湿漉漉。李清照将这些生活趣事记录在自己与丈夫合写的《金石录后序》中，成为才子佳人传颂的千古佳话。

事实上，纳兰性德写李清照、赵明诚夫妇相敬如宾，意趣高雅，一方面出于对古人的羡慕和替古人感伤，另一方面则是因回忆起自己与妻子的经历，从而生发一种顾影自怜情绪。纳兰性德是历史上很少遇到美满婚姻又能沉醉于婚姻的词人。

这首《浣溪沙》中“沉思往事立残阳”与“当时只道是寻常”二句，情感极浓，情感上是递进式的：由不知人生为何如此辛苦而“沉思”，思到头终究也无答案，却转头长叹“当时只道是寻常”，如何地悲观决绝，如何地痛不欲生！所以王国维说“纳兰容若以自然之眼观物，以自然之舌言情。此初入中原未染汉人风气，故能真切如此。北宋以来，一人而已”绝非溢美之词。或许王国维也知道后人也会不能理解他何以盛赞纳兰性德。王国维受德国伦理哲学家叔本华的悲观主义影响，他尤为认同尼采“一切文学，余爱以血书者”以及歌德的“凡人生中足以使人悲者，于美术中则吾人乐而观之”，还自己说：“其使吾人超然乎厉害之外，而忘物我之关系。一旦入乎其中，犹集云弥月，而旭日杲杲也。”而词中这样的人并不是很多的，算来也只有纳兰性德是这种真性情的人了。所以我们完全可以理解他何以会盛赞纳兰性德，而众人又以为“过誉”云云。

鹧鸪天

别绪如丝睡不成，那堪孤枕梦边城[①]。因听紫塞三更雨[②]，却忆红楼半夜灯[③]。

书郑重，恨分明，天将愁味酿多情。起来呵手封题处[④]，偏到鸳鸯两字冰。

【注释】

①边城：临近边界的城市。

②紫塞：北方边塞。

③红楼：红色的楼。泛指华美的楼房。指富贵人家女子的住房。

④呵手：向手呵气使暖和。封题：物品封装妥当后，在封口处题签，特指在书札的封口上签押，引申为书札的代称。

【赏析】

在中国古典诗词中，有许多缠绵悱恻的诗篇，从“窈窕淑女，寤寐求之”的吟唱到“十年生死两茫茫”的悲叹，再到“才卜眉头，却上心头”的相思情愁。我们在欣赏这些诗篇时，所能感受的不仅仅是那种热烈、深沉的感情，更能体味到洋溢在其中的绵绵相思以及幽幽愁丝。

容若的这首词是塞上怀远之作，仍然是相思的主题，首句“别绪如丝睡不成”，直抒胸臆,多情公子此时正在塞上,别后的相思之情让他辗转反侧,夜不能寐,而"那堪孤枕梦边城"则更进一步说明了容若的愁思之深。按照正常的理解,"梦边城"应该解释为"梦见边城",但是联系上下文,我们就知道其应该解释为"梦于边城"。

由于孤枕难眠,于是容若只好从床上爬起来,去倾听那塞外夜半的雨声,可是这潇潇的夜雨声,就如同愁苦之人拨弄琴瑟的弦声,凄凉震耳,声声敲痛着容若那颗充满愁思的心,也越发触动了他的情思,让他不自觉地回忆起家中灯前的妻子,她此时是否也在思念着自己?

紫塞,指的是北方边塞,鲍照在《芜城赋》中有"南驰苍梧涨海,北走紫塞雁门"的诗句。长城之下的泥土呈紫色,相传这是因为修筑长城的老百姓一批批全都死在城下,以至于"尸骨相支拄",百姓的血肉之躯掺和了泥土,恰是紫色,所以边塞就被称紫塞。

相思之情此时已如春日的野草一样,迅速地疯涨着,于是容若拿起笔,铺开纸笺,开始给妻子写信,抒发自己的离愁别绪。"书郑重,恨分明",容若在这里化用李商隐的"锦长书郑重,眉细恨分明",李诗原是一首《无题》:

照梁初有情,出水旧知名。

裙衩芙蓉小,钗茸翡翠轻。

锦长书郑重,眉细恨分明。

莫近弹棋局,中心最不平。

李商隐当时新婚不久,由于卷土了"牛李党争",因此在仕途上遭遇了不公正的待遇,新妻子王氏并没有因李商隐在仕途上的不得志而放弃他,而是一直不离不弃,与其患难与共。于是李商隐写下了这首诗。容若在此处截取"书郑重"和"恨分明"二语,语义上让人感到十分疑惑,至于他在当时要表达什么含义,我们今人就不得而知了。

接下来容若用一句"天将愁味酿多情",将整夜的情思推向了高潮,人有七情六欲,会感到愁苦,而苍天似乎也在用滴滴答答的细雨声来酝酿自己的愁苦,一个

“酿”字，可谓全词的词眼。

边塞严寒，容若好不容易写完信，呵着僵硬的双手封合了信封，在为信封签押的时候，偏签押到鸳鸯两字时，却发现笔尖被冻住了，只有一片冰凉的寒意。在这里，容若将自己的心境与天气巧妙地结合在一起，那被冻住的恐怕不仅仅是笔尖，更是容若的那颗心吧？

相传卢氏死后，容若在二十六岁时续娶了官氏，由于和官氏的婚姻带有政治色彩，所以容若一直对官氏非常冷淡，如果真是这样的话，那么这首词就应该不是写给官氏的，那么，我们是否就有理由推测，这又是一首怀念卢氏的悼亡之作呢？从“天将愁味酿多情”“偏到鸳鸯两字冰”这几句来看，容若当时的心中确实有一种难以诉说的愁苦。

河渎神

风紧雁行高，无边落木萧萧[①]。楚天魂梦与香销，青山暮暮朝朝。

断续凉云来一缕，飘堕几丝灵雨[②]。今夜冷红浦溆[③]，鸳鸯栖向何处？

【注释】

①“无边”句：描绘深秋的景色，化用杜甫《登高》：“无边落木萧萧下，不尽长江滚滚来。”

②灵雨：好雨。《诗经·风·定之方中》：“灵雨既零，命彼倌人。星言夙驾，说于桑田。”郑玄笺：“灵，善也。”

③红：指水草，一名水荭。浦溆：水滨，水边。唐杨炯《青苔赋》：“桂舟横兮兰枻触，浦溆逭回兮心断续。”

【赏析】

“风”与“大雁”是容若词里常常会选用的意境，风过无声，雁过无痕，或许这两种事物能够准确地表达出容若关于寂寞的想象。

寂寞是无声无痕，却能攫住人心的。容若的寂寞，寒冷了许多人的心，在他的词中，人们仿佛能够感同身受，与容若一起在寂寞的苦海中，挣扎沉沦，无法靠岸。这就是纳兰词的魅力，是无法抗拒的。

这首词表达相思之情：西风卷地，落叶无边。你我之情如同楚天云雨般，朝朝暮暮。凉云飘过，灵雨几丝，秋已深，夜已深，水边红草萋萋，寒意袭人，不知那鸳鸯又栖息何处，那爱人又身在何处？

相思是许多诗词中永恒的主题，相思之情，男女之爱，最容易写成，因为这是人世间最为普及的情感。但同时，也最难写好，因为人人都曾经历，便少了些新意和感悟。容若偏要迎难而上，他的词，大多是相思相爱之词，或许是爱之深，所以才会感之切，容若的相思之词，并不腻歪，反而有些爽口。

“风紧雁行高”，六个字，便是寂寞的形状，宛如天际的白云，看似有形，却是无形。也正是因为如此，寂寞才难以捉摸，时而飘来，进入心里，让人无法释怀。容若最是能体会寂寞的，他的心，从始至终，从未曾冰释过。

“无边落木萧萧。”就好像无边的落木，落叶无边，枯寂蔓延开来，无法收拾。而容若之所以开篇如此描写，正是要写出相思之苦的痛楚：“楚天魂梦与香销，青山暮暮朝朝。”到底那相爱之情如何才能够化解，让我不再为相思而苦。

无人能够作答，就连容若自己，也无法解答。人世间的情情爱爱，本就是因缘际会，这是无法用理性去控制的。容若是一个多情之人，他正因为多情，才被情所困，词中虽是写景，但却景中有情，甚是感人。

“断续凉云来一缕，飘堕几丝灵雨。今夜冷红浦溆，鸳鸯栖向何处？”情景交融，云雨反转，无一不让容若想到相思之人，今夜寒意袭人，那思恋的人，会在何处呢？

是否会被寒冷侵袭，又是否会不懂得加衣?

这种种担忧，无不化进这首词中，尽惹得相思离人泪。

浪淘沙

紫玉拨寒灰[①]，心字全非[②]。疏帘犹是隔年垂[③]。半卷夕阳红雨入，燕子来时。

回首碧云西[④]，多少心期，短长亭外短长堤。百尺游丝千里梦，无限凄迷[⑤]。

【注释】

①紫玉：指紫玉钗。寒灰：犹死灰，灰烬，这里喻指心如死灰。《三国志·魏志·刘廙传》："扬汤止沸，使不燋烂，起烟於寒灰之上，生华於已枯之木。"

②心字：心字香，古人将盘香制成心字形。

③疏帘：指稀疏的竹织窗帘。

④碧云：青云，碧空中的云。

⑤凄迷：怅惘，迷惘。

【赏析】

本篇是容若词中的代表作之一。上片写道少妇于闺房之中无聊思春，"紫玉""寒灰"可以看出这名少妇的家境似乎不错，而"拨"通"扒"，用玉去扒灰，似乎难以理解，但加上之后一句，便可以迎刃而解了。

"紫玉拨寒灰，心字全非"，所谓的"心字"便是心字香烧完后，灰烬落在地上，构成了心字的形状。词中的这位少妇，手持紫玉，拨弄着香燃烧后留下的灰烬，一地混乱，正如少妇那颗无处收拾的芳心。

“疏帘犹是隔年垂”，再看那竹帘，常年未动，去年便是这样垂挂着，而今依旧如此，或许明年也仍旧这样，毫无变化吧。少妇感慨日月如梭的心情在这个句子中赫然呈现，容若将一个已过韶华的女人心理描写得淋漓尽致。“半卷夕阳红雨入，燕子来时。”这句话初看显得有些情理不通，夕阳如何能够半卷，而雨又怎么能是红色的呢？

其实联系上下文来看，便能理解了，少妇将帘子半卷起来，夕阳透进来，真的就是半卷夕阳了，而在夕阳下的雨，因为映衬，果真便看似红色。容若在这里用的词语结构十分巧妙，似乎平淡无奇，但却禁得住回味，能让人隐约感觉到一种美好的意境，但却是无法再用词语去表达。

词中的这位少妇像是在怀念故人，但词意却在此刻又显得格外扑朔，耐人寻味。而到了下片，词意又有了转变，开头便直言“回首碧云西，多少心期”，“回首”便是回望过去，重看往昔的岁月，而“心期”则是指心愿，妇人思念着与故人往昔的美好岁月，也感慨着重新相守，希望故人能够如同燕子归来一样，重回家乡，回到她的身边。

不过从下一句“短长亭外短长堤”可以看出，这个愿望有多么渺茫，即便望断碧云，也是难以实现了。正如词中所写的那样短长亭外短长堤，在诗词中，亭子和堤坝通常有两个意向，一是送别，二是思念。在这句话中二者同时出现，大概是容若为了表现少妇焦急不安的内心，故意设置的。为了能够有足够的力量去表现诗词的意境。

词写到这里，一直都是少妇自怨自艾的个人情绪表达，语言真挚感人，令人为之动容，接下去这句“百尺游丝千里梦，无限凄迷”结束了全篇，也让人体会到思而不得的痛苦有多深，就如美梦一场后，醒来忽然发现，头顶依然是破瓦蛛丝盘结，身边依然是空空荡荡，一无所有。

容若的这首词似真非真，极富浪漫色彩，全词曲折跌宕，通篇情景浑融，凄迷动人。读起来让人黯然销魂，内心潮湿。写春怨可以有多种，但容若选择了从对方落笔写起，通过少妇在闺中的无聊举动和室外的景象，写出一派伤春伤情的形象。

此调原为唐教坊曲，后来才用作词牌。唐朝时期刘禹锡、白居易等人都有《浪淘沙》之作，而且都是咏浪淘沙者，词牌名就此流传下来。唐朝时期的文人作此本还是平仄不拘的，一直到李煜开始，始创新声始为长短句，分了上下片，才将《浪淘沙》分出了不同的体格，形式多样。容若所写的《浪淘沙》也很多，纳兰词集中共有十首。

容若是最懂得相思之情的人，他能够准确地描写出少妇于闺中寂寞无聊的伤春情思也是因为他经历过这种感情。若问世间情为何物，最是相思无奈何，容若明白世间的一切相思皆是苦中带甜，虽然绝望，但却还是有着希望。

正如晏几道《虞美人》词中所写的："去年双燕欲归时，还是碧云千里锦书迟"，相思之中的人都盼望着能够重逢相见，但无奈的是，长亭之外更短亭，相见之路千山万水，思念之人不知道身处何方。纵使千种思念，最终也不得已，只能化作笔下的词句，化作梦中的期盼，希望能犹如百尺游丝，飘至千里之外，让思念的人知道。

苏轼写道"梦随风万里，寻郎去处"，而容若则吟道"百尺游丝千里梦，无限凄迷"，容若甚至梦过后便是凄凉的现实，在梦的衬托下，现实更显得凄迷万端。这首词布局清晰，脉络顺畅，词意虽苦，但写法上却是清秀俊逸，格调高雅，不失为一首可以反复吟诵的好词佳篇。

清平乐秋思

孤花片叶，断送清秋节[①]。寂寂绣屏香篆灭[②]，暗里朱颜消歇[③]。

谁怜照影吹笙[④]，天涯芳草关情[⑤]。懊恼隔帘幽梦，半床花月纵横。

【注释】

①清秋节：清爽的秋天时节。

②香篆：即篆香，形似篆文。

③朱颜：红润美好的容颜，指美人。消歇：消失，止歇。

④吹笙：喻饮酒。宋张元干《浣溪沙》："谚以窃尝为吹笙。"

⑤关情：动心，牵动情怀。

【赏析】

这首词写清秋懊恼的情怀：孤单的花朵和零碎的叶子，就这样将清秋时节送走了。寂静的闺阁之中，篆香已经燃尽，美丽的容颜因悲秋而消瘦。谁能了解那对影独酌的感受，那天涯无边的芳草总能牵动人的情怀。幽梦难成，空对半床花月之景，怎不叫人懊恼神伤！

纳兰的词继承和发展了古代诗词的艺术技巧，十分干净，不粘不离，亦人亦物，他总是能够把纯真的感情写进对历史，对现实，甚至对人生的思考之中去。所以，纳兰词才并没有归于到那些陈词滥调中，而是别出一格，将艺术成就提升到了另外一个层面上去。尽管这首词并无太大新意，不过是容若在清秋时节，看到花草凋零，内心忍不住凄凉，提笔写下的一首哀伤词，但是同他的其他词作一样，这首词清纯婉丽，不事雕琢，有着独特的芬芳和灵动的气质。

"孤花片叶，断送清秋节。"这般的开头，纯任性灵而"别样幽芬"，初秋时节，天高云淡，万里无云，秋季时分，正是落叶开始的季节，当所有的叶子都归于尘土之后，冬季便会悄然而至。这是一个过渡的季节，也正是因为如此，人们总是在这个季节，看到太多的万物凋零，四处寂寥。

容若是一个生性敏感的人，他看到清秋，比常人感受更深，而在这首《清平乐》中，容若将秋思升华至了哀思。看似在写秋季带给他无尽的幽思，其实词的背面隐含的是容若的情思。

思念的是一位红颜，"寂寂绣屏香篆灭，暗里朱颜消歇。"檀香早已燃尽，可是那寂静的闺阁之中，一张美丽的容颜却因为悲秋而日渐消瘦。女子伤秋，容若也在伤秋，他们到底是伤秋还是伤己，词意模糊，但其实也无关紧要。

只要看到词中的深意，能够体会到词意的哀婉，那至于所感伤的是何物，已经不再重要了。上片伤秋的情绪书写完后，下片便是写内心的寂寥与悸动。“谁怜照影吹笙，天涯芳草关情。”古诗有云："对影成三人。"容若在这里效仿，却是写出照影吹笙，独自一人的时光，的确是难挨，独自饮酒，无法赶走孤独，反而更让孤独加深。容若不是不知道，可是他这样做，无非也是因为实在无法，一个人的日子，如果不想方设法找点不一样的节目，那可真是要闷死了。

“懊恼隔帘幽梦，半床花月纵横。”天涯芳草无关他的情，看着窗外的夜色，内心满是懊恼，为何而神伤，难以说清。回转头去，看到那床前的明月光，更让自己内心的寂寥加深了几分。

夜半时分，谁能懂得容若心里所想，估计只有这明月光，还有这清酒。

浪淘沙

夜雨做成秋，恰上心头，教他珍重护风流[①]。端的为谁添病也[②]，更为谁羞？密意未曾休[③]，密愿难酬。珠帘四卷月当楼。暗忆欢期真似梦，梦也须留。

【注释】

①风流：风韵，多指美好的仪态。

②端的：究竟、到底。

③密意：隐秘的情意。

【赏析】

上阕先写环境氛围，烘托无奈之心境，秋雨袭来，愁上心头，离别之时，互道珍重。究竟是为谁相思成疾，又是为谁害羞？下阕写她对离人的深怀眷念，相思之情未曾断绝，只是想见的心愿难以实现。明月升起，将楼阁四面的珠帘卷起。不由得追忆往事，回味欢聚的快乐，如梦如真，叫人怅惘。

容若落拓无羁的性格，天生超逸脱俗的禀赋，还有出众的才华，都让他显得与众不同，他出身豪门，钟鸣鼎食，入值宫禁，金阶玉堂，可是他却有着常人难以体察的矛盾心情和无形沉重的压力。这首《浪淘沙》依然是写愁，写那无边无际，一生无法消除的愁绪。

对亡妻的怀念，对友人的牵绊，还有对自身现状的不满以及无能为力的无奈，都让容若感到悲哀。人世间最可悲的事情莫过于明知道无意义，却不得不去做，明知道不愿意，又不得不强颜欢笑去做的事情。

对职业的厌倦，对富贵的藐视，还有对他的仕途的不屑，令容若身上别具一番气质，他对轻而易举得到的一切荣华富贵都毫不珍惜，甚至抱着厌恶的心态，他想要抛弃身边的一切，包括他那个富贵的家庭，可是他无法做到，早在他出生的时候，上天就将这些沉重地压在了他的身上，让他无法推卸。

秋风秋雨愁煞人。深秋时分，最是人心苦闷之时，看到万物凋零，一切都要归于沉寂，心内自然是不好受的。容若自幼体弱多病，他一直身患寒疾，总是会因为天气变幻无常，而卧病在床。

这样的季节，孱弱的身体，无尽的人生，一切都让容若感到万念俱灰。“夜雨做成秋，恰上心头”，一想到秋天，首先想到的便是连绵的细雨，还有早早就降临的夜晚，愁绪重回心头，但是容若究竟是为谁人而愁呢?

“教他珍重护风流。”看似对友人道珍重，希望朋友能够在今后的岁月中过得更好，但细读之下，似乎又不是。“端的为谁添病也，更为谁羞？”思念友人，也不至于会思念成疾，如果是思念恋人，那么这位恋人又会是哪位女子呢？纵观容若生平，似乎捕捉不到和这名女子相关的信息。

既然没有踪迹可寻，那么姑且当作是容若拟人的一种写法吧。在这首词中，容若隐秘的情感得以宣泄，他悄声诉说道：“密意未曾休，密愿难酬。”从未停止过想念，只是这想念无法得以相见，故而遗憾。

明月当空，对夜色叹息，这就是一场虚无的梦幻。“珠帘四卷月当楼”，楼阁上的珠帘卷起，明月照进来，光线暗淡，更加让这思念变得不真实起来，或许“暗忆欢期真似梦，梦也须留”，这一切都只是容若在病中，胡思乱想出来的吧，所谓对伊人的思念，也不过是他胡乱所想的。

容若的身体每况愈下，在康熙二十四年（1685 年）暮春，容若带着满心的遗憾，抱病与几位好友聚会了一番，饮酒大醉一场后，就此一病不起，七日后于五月三十日溘然而逝。容若终于离开了这个他不喜欢的地方，他用了一种决绝的方式，就此离开。

只是留下了那些爱他的人，和他爱的人，继续在尘世间轮回挣扎，每逢夜雨时，都会想念他。而他是否也会在天的那一端，思念这地上曾经与他共同生活过的人呢？

浣溪沙

残雪凝辉冷画屏[①]。落梅横笛已三更[②]。更无人处月胧明[③]。

我是人间惆怅客，知君何事泪纵横。断肠声里忆平生。

【注释】

①残雪：尚未化尽的雪。画屏：绘有山水图画的屏风。

②落梅：即《落梅花》，古笛曲名，以横笛吹奏。

③胧明：微明。

【赏析】

这是首一抒发人生惆怅主题的词。

上片整体比较平实，主要下力在于营造氛围上。第一句说雪后数日，残雪未消，月色照耀下，皎洁的白光呈现出带着寒意的光辉，五彩的花屏也因这种氛围而冷却了。这点出了环境，包括地点是在房中，时间则是在稍有月色的残雪之夜。这句的使用并不出奇，如“残雪”“画屏”这些意象，以及“冷”的意动用法，都是诗词中极为常见的。

接着视角转换，由视觉转移到听觉上。前句的场景“残雪凝辉冷画屏”可以说是看见的，而“落梅横笛已三更”则是听觉感知到的。这句在时间上在前一句的基础上精确了，说“已三更”。这句营造了一种孤寂的氛围。试想一位三更难眠的人，在残雪未消的寒风中独自徘徊，忽然听见横笛，不可谓不令人益发愁肠百结，不能自已。深夜闻笛的诗如李益《春夜闻笛》“寒山吹笛唤春归，迁客相看泪满衣”，李白《春夜洛城笛》“谁家玉笛暗飞声，散入春风满洛城”，白居易《江上笛》“江上何人夜吹笛，声声似忆故园春”，刘孝孙《咏笛》“凉秋夜笛鸣，流风韵九成。调高时慷慨，曲变或凄清”等等，都是长夜闻笛的写照，无不呈现一种孤独悲凉的氛围。

所以说，上片就整体上看，在营造氛围上传承了前人惯用的方法。

下片在写法上显然在上片的情感氛围笼罩下，突然情感爆发开来。下片前两句“我是人间惆怅客，知君何事泪纵横”，可谓突起得妙绝。纳兰性德将整个世界都客体化，并同自己分离开来，大有屈原“举世皆浊我独清，众人皆醉我独醒”的情怀，有一种被世界抛弃的感觉。

这两句中有一对似乎相对的主体，一个是“我是人间惆怅客”的“我”，另一个是“知君何事泪纵横”中的“君”。前一个很显然，就是词人自己。后一个“君”则大有可说的地方。或许有人会以为这个“君”是纳兰性德所思念的那个人，或者他的妻子卢氏、恋人，甚至是他的朋友等等，但总之，都是真正和“我”相区别的其他人。然而或许并非如此，这个“君”又何尝不能是纳兰性德自己呢？正因为自己本来知道自己孤独凄苦，饱尝人间离愁别苦，是所谓“人间惆怅客”，因此情不自禁，潸然泪下，又马上回头看见自己竟然在流泪，也更是无人知晓，来给予慰藉，便回头自对自地冷嘲：“你知道你一个伶仃孤苦，独自掉泪究竟是为什么呢？难不成还会有人来给你安慰么？简直煞是可笑了！”这种情感又矛盾而又最为合情理，刘德华的《男人哭吧不是罪》仅仅是唱出了第一层意思，更深沉的还在于反观后，竟发现自己是如此可怜，竟然连哭泣似乎也毫无价值。

最后一句“断肠声里忆平生”犹如妙绝的音乐一样，虽然停止，而余音绕梁，不绝如缕。这一句有两方面的作用：一方面是联系了上片下片，将夜半笛声同忆平生结合起来；另一方面，用一个结尾来营造了一个新的开始，也就是“忆平生”三个字，这三个字能引导读者联想到词人生活，去思考更多的东西，可以说是个很好的留白。

全词残雪冷，花屏冷，月光冷，心更冷。

清平乐

青陵蝶梦①，倒挂怜么凤②。退粉收香情一种，栖傍玉钗偷共③。

愔愔镜阁飞蛾④，谁传锦字秋河⑤？莲子依然隐雾⑥，菱花暗惜横波⑦。

【注释】

①青陵蝶梦：离别的妻室。

②么凤：鹦鹉的一种。体形较燕子小，羽毛五色，每至暮春来集桐花，故又称桐花凤。

③玉钗：玉制的钗。由两股合成，燕形。亦指美丽的女子。

④愔愔：幽深貌，悄寂貌。镜阁：指女子住室。

⑤锦字：书信。秋河：银河。

⑥莲子：即怜子。隐雾：谓隐遁待时，犹“隐约”。

⑦菱花：指菱花镜，古代铜镜名，镜多为六角形或背面刻有菱花者名菱花镜，亦泛指镜。横波：眼神闪烁，有神采。

【赏析】

《清平乐》，一个淡雅如清荷的词牌，长短句交替，如荷塘间的月色流连不歇，温柔洒落在荷叶上的不是一片月光，而是满满的柔情。许多写词的人都会有这个词牌名，他们喜爱这个词牌所蕴含的细碎柔情，所包含的温柔细腻。

宋代灵性女词人李清照就曾写过一首《清平乐》："年年雪里，常插梅花醉。挼尽梅花无好意，赢得满衣清泪。今年海角天涯，萧萧两鬓生华。看取晚来风势，故应难看梅花。"词如其名，平淡儒雅，冰雪轻盈。

容若写词有着其特别之处，他的这首《清平乐》，笔端细腻轻柔，几笔勾勒便将一份怀念清晰画出。令思念如同一幅工笔画，实实在在地立于人们眼前，仿佛是一种可以观摩，可以触及的实物。

这首词表达对亡妻的怀念：你我天上人间，人神两隔，而那可爱的鹦鹉却仍在架上。你虽然已经逝去，但是你我的情义却未消减，偷偷地拿着你留下的遗物以期得到慰藉。阁中寂寂，只有飞蛾相伴，还有谁再寄来书信呢？当初你怜爱我志存高远、待时而起的深意如今我依然记得，而现在我只有对镜暗自伤情，又仿佛看到了你那一双美丽动人的眼睛。

容若一生有着三位红颜知己，但可惜，都离他而去，容若的表妹与他从小青梅竹马，但可惜在他俩即将准备完婚之际，表妹却被选入宫中。容若的妻子卢氏与他感情甚好，二人携手红尘，只羡鸳鸯不羡仙。

但世事无常，可惜一场突如其来的变故，令卢氏远离容若，二人从此阴阳相隔，守着卢氏的身躯，容若才明白什么叫作咫尺天涯。是啊，我就在你身边，你却无法再睁开眼睛看看我。

卢氏的死去对容若是一个沉重的打击，他写下这首悼亡词，既是为了安慰妻子的在天之灵，也是给自己的这段感情一个交代。

"青陵蝶梦"，源自一个典故，相传大夫韩凭的妻子貌美如花，被宋康王看中，夺走，这位贞烈的妻子不甘心受辱，便自杀身亡。她的衣服居然最后化成蝴蝶，高飞而去，这个典故是指离别的妻室，容若在这里隐喻去世的卢氏。

卢氏对容若的影响是巨大的，容若在后期为她写了很多词，这首词为其代表，甚为感人。容若与卢氏曾被上天眷顾过，不过时间太短，就在容若还没有来得及好好享受生活的时候，上天又突然将这幸福收回，留给容若无尽的哀愁。

在屋内饲养的鹦鹉还在一旁，但妻子却已经不在了，睹物思人，思念更深，想要一诉衷肠，却只能对着玉钗千言万语。今后再也没人和自己共寄锦书，那最后的离别早已过去，而今留下的只有怀念，别无其他。

容若的词，写得似明似暗，欲说还休，总是有些隐衷的心意隐藏在词的字里行间，如同本词的最后一句“莲子依然隐雾，菱花暗惜横波”。对着镜子一遍一遍地在心里描摹自己的相思，这段刻骨铭心的苦楚一直到生命的终结也不会消逝。

当初的情深意重，昨日的伉俪情深都仿佛隐藏在岁月的波浪下，其实只有容若自己知道，这份情感，一直在他心里。就好像他只要一照镜子，就能看到卢氏的美丽容颜一样，千年不改。

鹊桥仙

倦收缃帙，悄垂罗幕[①]，盼煞一灯红小。便容生受博山香[②]，销折得、狂名多少[③]。

是伊缘薄，是侬情浅，难道多磨更好？不成寒漏也相催[④]，索性尽、荒鸡唱了[⑤]。

【注释】

①罗幕：丝罗帐幕。

②生受：承受、享受。

③销折：抵消、损耗。狂名：狂士的名声。

④不成：表示反诘语气。寒漏：寒天漏壶的滴水声。

⑤素性：直截了当，干脆。荒鸡：指三更前啼叫的鸡，旧以其鸣为恶声，主不祥。

【赏析】

作者开篇便忆起了长夜苦读的情景。说长夜不错,说“苦读”却有些不恰当——佳人在侧，这苦也苦的风雅。

古代的读书人都梦想着寂寥长夜，有红袖添香。纳兰性德之类的豪门公子，这样的梦想自然不难实现。可那些寒门子弟连自己的嘴都喂不饱，哪里还能匀出一份口粮找个红袖来添香，只能独对孤灯滴漏长。难怪《聊斋志异》自打问世就红得紧俏：书里时不时就跳出个多情狐狸幽艳女鬼，让书生们在心理上着实满足了一把。其中《莲香》一篇，狐狸女鬼全齐了，且三方和谐。说是读书是为了治国齐家，男主角桑子明貌似没有治国的命，倒是轻轻松松齐了家，每天明月东升后就打着读书的旗号坐享齐人之福。无论时代怎么进步，男同胞们的追求都不会有啥质的飞跃，汪精卫的“文胆”、张爱玲的第一任丈夫胡兰成不是还把侄女青芸拉来凑数，也“红袖添香”了一把？如今的宅男一到天黑关了小屋门尽情浏览女仆装清凉裤，其实也是“红袖添香情结”变种的延续。

不过，话说回来，纳兰到底是纳兰，格调品位不同凡响。陪伴他走过长夜的这位红袖，可不止会掀开博山炉的盖子填几块沉水香就算了，还颇识文字，能伴读。且看，作者说“倦收缃帙”，两人于书斋中秉烛夜读，浪漫温情；而这读书的环境又是“悄垂罗幕”渲染了几多旖旎的情境。多么暧昧，多么纯净的感情。似乎有点儿像高考前的学生情侣，两人很晚了还在教室念书备考，时不时地互相鼓励，时不时地来点儿小暧昧。卷子做得慢了嫌时间过得太快，时间过得慢了又“盼煞一灯红小”——用纳兰他们那会儿的话说就是等着油尽灯枯好休息，咱们这会儿说就是盼着快停电吧，停电就能提前下晚自习了，然后可以在回家的路上偷偷拉拉小手。

诗中的女子是谁，已无从查考，是纳兰那位刻骨铭心的情人，还是他饱含眷恋的妻，抑或真的只是一位添香红袖、纳兰府里“怎舍得你叠被铺床”的丫头？她如天空里的一片云，偶尔投影在诗人的心中，随即在命运的洪流里没了踪影——这其实是一首悼情词，只是显得孩子气十足，所以冲淡了哀伤的意味。从作者不经意写下的这些文字里，我们能探知两点：不管当时他们是怎样爱着，她只是他人生中的过客，“可叹公子无缘”；他们相爱时正是娇花嫩蕊的年纪，纳兰还只是一位青涩少年。

因为年少，便爱的热烈，甚至有些轻狂的意味。“便容生受博山香，销折得狂名多少。”古人忌讳写情爱之事。汉朝张敞为妻子画眉，就招来同僚的嘲笑；沈三白写新婚夜“比肩调笑”“戏探其怀”就被评价为“十分大胆”。少年纳兰不怕人笑话，把与爱人比肩共读、共赏香道的亲密小事都写出来，纵使有损狂士的名声，也不在乎——这种不在乎，依然是孩子气的、有趣的。你是否记得，小时候总会有个和你要好的男生，陪你玩过家家、摆娃娃，那一群叫嚣着骑马打仗的“皮猴子”见了便会大声嘲笑：某某某，娘娘气，跟女孩子玩娃娃！那男孩子会很豪气地跳起来冲他们扮个鬼脸，很夸张地撇撇嘴“呸”，然后坐下来继续吃你用橡皮泥捏的小饭菜。

词到下阕，孩子气愈发浓郁了。词中那孩儿气的少年，便是失了所爱，也是要显示出男子汉的英雄气的。可因为年少，男人的洒脱没有得到预期的展现，却让我们看到了小儿女的娇嗔，别扭的小脾气。“是伊缘薄，是侬情浅，难道多磨更好？”是咱们缘分浅，是我投入感情少，咱们散了就散了！

常有人说，女人说是就是不是，说不是就是是。真的爱了，男人又何尝不是口是心非？校园里梧桐树下两人争吵后，他说着让你“到此为止，永远不要再回来”，心里期望的却是女孩子啜泣着，闭紧眼睛一副豁出去的样子来一个羞答答却决绝的拥抱——若你真的走开了，消失在道路的尽头，夏日月夜繁密的树影下，刚才还豪气干云大叫的小男生，一定会端着肩膀小声啜泣，仿佛一下子光阴倒流回到了五岁。

所以，词里的人儿，未必真的有他说的那么洒脱。说洒脱，这阕词的最后倒真有些破罐子破摔的洒脱："不成寒漏也相催，索性尽荒鸡唱了。"更漏滴滴答答吵得人睡不着，大不了我不睡了，睁着眼到天亮。一个"不成"，一个"索性"，勾勒出了一个稚气少年伤心的失眠夜。

古人确实离咱们很远，可他们也确实离咱们很近。纵然时间有先后，空间有不同，我们却是在同一片土地上繁衍生息的，星图变幻，草木枯荣，啜饮着同样的文化母奶，延传着类似的情感经验。我们能那么轻易地在情感上懂得彼此。莎士比亚写十四行诗赞美他心目中带点儿邪气的美妇：你的双眼是可爱的伤悼者，穿上黑衣裳，对于我的痛苦，赐予怜悯的目光。(《莎士比亚十四行诗集》一三二）这样的诗句，他写出多少个十四行中国人也搞不明白其中隐晦曲折的情致。但是一句"关关雎鸠、在河之洲，窈窕淑女、君子好逑"，即使是大字不识几个的莽汉，不知道啥是雎鸠、何为之洲，也能一拍大腿叫道：咳，不就是一哥们儿看上一个漂亮妞儿吗？纳兰性德的这首小词，让我们每每读起，都有感同身受的感觉，仿若进入了一段闭合的时间，一次一次陪伴他走过失眠的长夜。

青春，总是好的，纵使最后幸福流散致尽，它遗留在手上的清芬气味，在一个一个凄清的月夜，还是会撩动心弦。博山炉在，沉水香散，几滴清泪，滴落耳边。那些幼稚的懊恼句子背后，是深深的眷恋和遗憾。

蝶恋花

眼底风光留不住，和暖和香，又上雕鞍去[①]。欲倩烟丝遮别路，垂杨那是相思树。

惆怅玉颜成间阻[②]，何事东风，不作繁华主。断带依然留乞句[③]，斑骓一系无寻处。

【注释】

①雕鞍：雕饰有精美图案的马鞍。

②间阻：阻隔。

③断带：割断了的衣带。这里用李商隐《柳枝词序》序云：商隐从弟李让山遇洛中里女子柳枝，诵商隐《燕台诗》，"柳枝惊问：'谁人有此，谁人为是？'让山谓曰：'此吾里中少年叔耳。'柳枝手断长带，结让山为赠叔，乞诗。"

【赏析】

一个人如果未到死别，就注定会经历无数的生离。所以，从古至今，人间的"离愁别恨"就是一个永远写不完的题材，而容若的这首词，就是一首读来令人欲泣的伤别词。

容若在这首词中，并没有点明离别的时令，但是从"和暖和香""烟丝""垂杨"、"东风"这些意象中我们能够得知，此时正是春意盎然之时。容若并没有把和伊人离别的春天故意写成一片黯淡，而是如实地写出它的浓丽，从而显现出在这春光大好时离别的难堪之情，以及自己内心的悲苦。"眼底风光留不住"套用辛弃疾的"有底风光留不住。烟波万顷春江橹"，而一个"又"字，则表明分别已经不是一次，而是多次。这个时候，我们就能够知道，"眼底风光"并不是指风暖花香，杨柳依依，而是指即将远行的征人。

面对骑马离去的征人，女主角无力挽留，所以她把希望寄托在被烟雾笼罩的杨柳上，请它们遮住征路，以便将征人留住，但垂柳并不是相思树，它是无情的，自然也不会满足女主角的愿望。

下阕转换了角度，抒写征人的伤别之情。伊人舍不得征人，征人更不愿离开伊人，但是圣命难违，征人只能离家远行，以至"玉颜成间阻"。此时，征人的心中备感痛苦惆怅，于是开始埋怨东风为什么留不住繁华旧梦？其隐喻的意思就是：为什么幸福不能永驻呢？东风“不作繁华主”正是容若无可奈何的感慨。

尾句“断带依然留乞句，斑骓一系无寻处”，提到柳枝女“断带乞句”求李义山诗的典故，唐朝有一位十七岁的姑娘叫柳枝，活泼可爱，开朗大方，并且善解音律。李商隐的堂兄李让山与柳枝是邻居，一个偶然的机会，柳枝听到李让山吟咏李商隐的《燕台诗》，心生爱慕，便问他是谁写的。李让山照实回答，柳枝就扯下衣带打上结，请李让山送给李商隐求诗。

然而有情人最终没有成为眷属，第二天，柳枝见到李商隐后，与其约定三天后再次约会，但李商隐却因故失约，并且从此再也没有见过柳枝。为了纪念这段感情，李商隐曾写过一组名为《柳枝五首》的诗作。

尾句再次转换了角度，写伊人的相思之情，伊人割断的衣带上还留有当年她求征人写的诗句，可如今征人远行，与自己相隔万水千山，也不知道他的坐骑现在系在何处。

如果说世间还有比离别更悲伤的事，那就是心爱的人走了，可是记载着当初美好时光的物品却留了下来，睹物思人，其中所带来的无穷无尽的空虚、寂寞、惆怅，也就始终萦绕在心间，挥之不去。

浣溪沙

凤髻抛残秋草生[①]，高梧湿月冷无声[②]，当时七夕记深盟。

信得羽衣传钿合[③]，悔教罗袜葬倾城[④]。人间空唱《雨霖铃》。

【注释】

①凤髻：古代女子的一种发型，将头发绾结梳成凤形，或在髻上饰以金凤，流行于唐代。此处指亡妻。

②湿月：湿润之月。形容月光如水般湿润。

③羽衣：原指以羽毛织成的衣服，后常称道士或神仙所着衣为羽衣，此处借指道士或神仙。钿合：镶嵌金、银、玉、贝的首饰盒子，古代常用来作为爱情的信物。

④罗袜：丝罗制的袜子，此处指亡妻遗物。倾城：旧以形容女子极其美丽，是美女的代称，此处指亡妻。

【赏析】

此词虽为唐明皇、杨贵妃之事而作，实则是借其情事述己悼亡之感。

纳兰词风的形成期，正是与其妻携手双飞的时期，两人弹琴作赋，对弈言欢在纳兰词作中都有擦拭不去的痕迹，但正是两人笃厚的夫妻之情，在妻子卢氏去世后，纳兰“悼亡之吟不少，知己之恨尤深”。沉重的精神打击使他在以后的悼亡诗词中一再流露出哀婉凄楚的不尽相思之情和怅然若失的怀念心绪。这首词，便是为了纪念卢氏而作。

作者以冷色调作起，并未着笔墨写曾经“如花似叶长相见”的美满，“凤髻抛残秋草生”似用了倒笔法，很有些“千古英雄只废丘”的相似感慨，只是那是风云气，这里却是儿女情，是人面不知何处去，但是也没了桃花依旧的景色，而是“秋草生”，斗转星移，物人两非，事事皆休了。起句只是一个引子，后则更入凄凉之境了。一个“高”写出梧桐的孤寂唐突，月是“湿”的，却又不知是月之泪抑或是己之泪了，或者物我两望，各湿一行清泪吧。接下更点一个“冷”字，四周深秋的气氛渲染着，似乎万般凄冷，任是有情也不得不让人生悲凉之感。这一句通过几个意象的描述，在开篇之时就让全词弥漫着一股凄冷的气息，冷冷的秋月，静静的梧桐，使读者的心境一下就被带入了一种悲伤的情绪中，不能自已。整个上片，伤感之情愈写愈深，愈写愈烈。

“当时七夕记深盟”。此句化用唐明皇与杨贵妃长生殿之典，既有当日之恩爱，又何来后日的马嵬坡之伤情，既有道士传其信物，却更教人悔不当初。通过此景想往情，使人心折骨惊，惆怅其情。彼时两情相望，各据一情；此时天涯人远，不得相亲，伤如之何！如此这般，魂飞魄散，已是天上人间，纵使千万眷恋，纵有《雨霖铃》述明皇之忧伤，却是徒劳，佳人已然难再得了。纳兰却是纵使寄情于千言万语，往昔的红颜与恩爱却是如烟如雾，隔山隔海。

伤理万名，其情却一。纳兰曾因父母之命媒妁之言而娶卢氏，但短短三年时间香魂早早飘逝了。卢氏生时他不懂得珍惜，对她抱有很大的愧疚之情，常常在词中悔己之薄情，为她写过多首悼亡之词，此系其一。甚至曾经“愿指魂兮识路，教寻梦也回廊”，要招那去三冥的魂魄归来重聚，一片伤心，终也付于流水。从这首词可以看出，纳兰是个极为重感情的人，所爱之人已经离自己远去，只能在伤心时写下了这首《浣溪沙》。

纳兰性德作为一个出身显赫的富家公子，虽然身世受到很多人的羡慕，但是自己却并不快乐。他是个率性而自然的人，然而不如意的爱情却让他饱受折磨。他自幼天资聪颖，读书过目不忘，数岁时即习骑射，后又入太学，举进士，成为皇帝的近臣，但是却十分厌恶官场的生活。加之婚姻悲剧事故的摧残，纳兰在之后所作的大部悼亡诗词中一再流露出哀婉凄楚的不尽相思之情和怅然若失的怀念心绪。他的悼亡之词婉丽凄清，真挚深切让人不忍卒读。这一首词也同样如此，毫无矫揉造作的成分，只有一份真情融在其中，令人读罢不禁黯然神伤。

义山有诗“劝栽黄竹莫栽桑”，沧海桑田，有几段感情经得起沧海桑田呢？世人最不愿看见的事往往是最常最易发生的事。他现在为杨妃为之一哭，为亡妻为之一哭，而其情又有谁可以为之一哭呢？

苏幕遮咏浴

鬓云松，红玉莹[①]。早月多情，送过梨花影。半晌斜钗慵未整[②]。晕入轻潮，刚爱微风醒。

露华清[③]，人语静。怕被郎窥，移却青鸾镜[④]。罗袜凌波波不定[⑤]。小扇单衣，可奈星前冷[⑥]。

【注释】

①红玉：比喻红色而有光泽的东西。

②慵：慵懒。

③露华：清冷的月光。

④青鸾镜：即镜子。相传罽宾王于峻祁之山，获一鸾鸟，饰以金樊，食以珍馐，但三年不鸣。其夫人曰：尝闻鸟见其类而后鸣，何不悬镜以映之。王从其意，鸾睹形悲鸣，哀响中霄，一奋而绝。见《艺文类聚》卷九十引南朝梁范泰《鸾鸟诗序》。后因以“青鸾”借指镜。清阮元《小沧浪笔谈》卷三：“青鸾不用羞孤影，开匣常如见故人。”

⑤罗袜：丝罗所制之袜。凌波：形容女子脚步轻盈，飘移如履水波。语出曹植《洛神赋》：“凌波微步，罗袜生尘。”

⑥可奈：怎奈，可恨。

【赏析】

这首词描摹女子情态，粉香脂腻，接近花间词风：月色初上，穿过梨花，多情地映照着她蓬松的发髻，红润的肌肤。无奈她娇惰慵懒，迟迟不肯梳妆，脸上泛着红潮，享受着拂面的清风。直到月色清冷，夜阑人静，才开始梳妆，又怕被爱郎窥见，于是悄移明镜。看她莲步微移、步履轻盈，衣着单薄，怎么能耐得住这夜晚的寒冷呢？

一位娇艳动人、慵懒可爱的女子形象跃然眼前，容若以清丽宛转、柔美多情的笔触，将女子的形体、样貌还有打扮等等都写得惟妙惟肖。这首词以写女子形貌起，以自己的心情结尾，以形寄情，情景交融，抒写了女子怀人伤春的情愫，同时，也抒写了自己怀己伤春、思念恋人的心情。

起首四句勾勒出一幅女子美丽的图景，“鬓云松，红玉莹。早月多情，送过梨花影。”女子应该是刚刚起床，或者是懒得梳妆，头上的发髻松松地绾起，这样不修边幅，反倒是更显得女子多了几分妩媚的神韵。红润的肌肤使得女子看起来更加可人。用“红玉”形容女子肤色，使得女子的相貌更添加几分姿色。

这位女子在傍晚时分走出闺阁，月亮已经挂上树梢，女子的倩影，影影绰绰地在门前晃动。这样闲暇的时光，真的是好生惬意。古代女子一向还是比较讲究穿着整洁，打扮齐整的，这首词的这位女子为何迟迟不肯梳妆，难道不怕她的情郎看到后，心里不满意吗？

“半晌斜钗慵未整。晕入轻潮，刚爱微风醒。”容若并没有对此做更多的解释和描绘，他只是轻描淡写地对女子慵懒的形态，一而再、再而三地描述。女子衣衫不整，妆容不画，只是迷蒙地站在那里，微风吹过她的裙摆，使得这位女子看来，可爱又惹人怜惜。

上片单纯的描述过后，下片的情节有了转变，女子一直等到夜深人静之后，才动手打扮，这里的描述更增添了几分情趣。女子内心丰富的活动，在容若的笔下，显得活泼。“露华清，人语静。怕被郎窥，移却青鸾镜。”

当清冷的月光洒满大地的时候，女子轻轻移动脚步，来到镜子前面，梳妆打扮，但是她为了不被情郎发现，只得轻手轻脚。女子可爱的神态动作在词中被烘托出来，让读者忍俊不禁，这个女子的可爱，岂止一分两分？

“罗袜凌波波不定。”这是容若化自曹植《洛神赋》：“凌波微步，罗袜生尘。”

中的这一句，用来形容女子小心翼翼的样子，轻手轻脚，脚步轻盈，就好像漂移如履水波似的。女子的轻盈，内心的担忧全部写出，而在这首词的最后，“小扇单衣，可奈星前冷。”

容若有些怜惜地担忧到，她穿得那么少，会不会被冻坏了。这首词写女子的心情活动，通过层层渲染铺垫，直抒胸臆，情深意挚，将女主人公的可爱形态抒写得淋漓尽致，使人感觉到她的青春年华是如此美好。

东风第一枝桃花

薄劣东风，凄其夜雨，晓来依旧庭院。多情前度崔郎[①]，应叹去年人面。湘帘乍卷[②]，早迷了、画梁栖燕。最娇人、清晓莺啼，飞去一枝犹颤。

背山郭、黄昏开遍。想孤影、夕阳一片。是谁移向亭皋[③]，伴取晕眉青眼[④]。五更风雨，莫减却、春光一线。傍荔墙、牵惹游丝[⑤]，昨夜绛楼难辨[⑥]。

【注释】

①崔郎：崔护，字殷功，博陵（今河北定县）人。唐代诗人，官至御史大夫、岭南节度使。据唐孟棨《本事诗·情感》记载：崔护于清明日游长安城南，因渴求饮，见一女子独自靠着桃树站立，遂一见倾心。次年清明又去，人未见，门已锁。崔因题诗于左扉：“去年今日此门中，人面桃花相映红。人面不知何处去，桃花依旧笑春风。”

②湘帘：用湘妃竹做的帘子。宋范成大《夜宴曲》诗：“明琼翠带湘帘斑，风帏绣浪千飞鸾。”

③亭皋：水边的平地。《汉书·司马相如传上》：“亭皋千里，靡不被筑。”王先谦补注：“亭当训平……亭皋千里，犹言平皋千里。皋，水旁地。”

④晕眉：谓妇女晕淡的眉目。青眼：即柳眼。

⑤荔墙：薜荔墙。游丝：飘浮在空中的蛛丝。

⑥绛楼：红楼。

【赏析】

三月水暖，桃花次第开，漫随风，舞清香。古人因此将正月至三月桃花开放的季节取名为桃花春。纳兰这首咏桃花之作便应该是写于这样一个桃花飘香的阳春之日。

东风第一枝是词牌名，据传为唐人吕谓老首创，原为咏梅而作，又名《琼林第一枝》。双调，上片九句，押四仄韵，五十字；下片八句，押五仄韵，五十字，共一百字。

"薄劣东风，凄其夜雨，晓来依旧庭院"，"薄劣"是薄情的意思，这里是借用了宋朝张元干《踏莎行》中的一句：

"薄劣东风，夭斜落絮，明朝重觅吹笙路。"

东风薄情，夜雨凄迷，早晨的庭院依然如旧，而深深庭院中多情的桃花却绽开了。词本就贵在委婉曲折，层深跌宕，而咏物之词则又须若即若离，含蓄要眇，纳兰这首词起笔便很有种欲扬先抑的味道。

提起了桃花，就总会让人联想起唐代那个美丽的故事。

唐代孟棨在他那本记录了许多诗歌故事的《本事诗》里这样写道：

"相传唐崔护清明郊游，至村居求饮。有女持水至，含情倚桃伫立。明年清明再游访，则门庭如故，而人去室空矣。遂题诗云：'去年今日此门中，人面桃花相映红。人面不知何处去？桃花依旧笑春风。'"

风流倜傥的才子偶然经过一户人家，门扉轻掩，阶前无尘，几枝桃花斜出墙外，在春风里颤动身姿，悄然飘下零落的花瓣。抬眼间，却见一清秀女子倚门而立，嫣然而笑。那一刻，瞬间成千古。一年以后，又是一个明媚的春天，当才子再回故地，人已杳然，只留下那丛桃花，灿然开放在春天里，笑靥正如那心仪的女子。也许这位名叫崔护的才子没有想到，这一阕伤情之作竟绵绵荡荡流传至今，他的名字也因诗而存。

这个儒雅书生并无炫人的财富，但却把一份思念刻成一首小诗，挂在桃花绽放的梢头，在春天的阳光下，与影影绰绰的记忆一起放大成一片片离愁，让今人唇齿之间还摩擦着“人面桃花”的珠溅玉屑，徜徉在花飞花谢的爱情之中。

因而，桃花已然成为一种象征，纳兰在这里唏嘘，此情此景如果崔护看到，应当会发出人面桃花的感叹吧。情绪尚在“人面桃花”的故事里徘徊，至“湘帘乍卷”才猛地回神，看梁间栖燕。纳兰在这里没有点明，却可以推想，彼时看见的定当是双飞双栖的燕子，因此才会一时迷神。

与此同时，清晓黄鹂在枝头啼叫，那细嫩轻柔的啼鸣声最是动人，当它飞去后，桃枝犹自颤抖，别有一种楚楚动人的姿态。“娇”一字描摹出声音的细嫩、清润。前蜀李珣的《望远行》中便有这样的用法：

“琼窗时听语鹦娇，柳丝牵恨一条条。”

到了这里，词转入下片，纳兰的思绪也由眼前的庭院推延到山郭，他想象桃花在夕阳里的美丽风采。想着想着，却觉得这样的桃花似乎太孤单，“想孤影、夕阳一片”，独立夕阳中，愈美丽就愈显得悲凉。于是词人给桃花找了水边杨柳为伴，从而使它愈加动人迷离。

愿望终归是愿望，“五更风雨，莫减却、春光一线”一句将人拉回了现实，夜来的风雨减损了春色，一笔宕开，却紧接着在结尾句点醒题旨，回照了开端。那鲜艳的桃花依傍在薜荔墙下，愈发红艳可爱，牵惹着游丝，与那红色的楼阁互掩难辨。情景在此熔铸合一，有一种悠然不尽的邈远深意，通篇读来，有感可发有情可叹。

古时的女子偶一回眸，然后羞涩地一笑，就绘成一幅“人面桃花”的画卷，不仅让崔护心动，也隔着千百年的时光让纳兰感叹让今人迷醉，缠绵成一首绝唱。而纳兰这首桃花词写得恰如那女子的涩然一笑，低回婉转之间是艳若桃花的不尽情意。

秋水听雨（按此调谱律不载，疑亦自度曲）

谁道破愁须仗酒，酒醒后，心翻醉。正香消翠被[1]，隔帘惊听，那又是、点点丝丝和泪。忆剪烛、幽窗小憩[2]。娇梦垂成[3]，频唤觉、一眶秋水[4]。

依旧乱蛩声里，短檠明灭[5]，怎教人睡。想几年踪迹，过头风浪[6]，只消受、一段横波花底[7]。向拥髻、灯前提起[8]。甚日还来，同领略、夜雨空阶滋味。

【注释】

①翠被：翡翠羽制成的背帔。

②忆剪烛：语出唐李商隐《夜雨寄北》诗："何当共剪西窗烛，却话巴山夜雨时。"谓剔烛芯。后以"剪烛"为促膝夜谈之典。元杨载《题火涉不花同知画像》诗："裘暖鸣鞭疾，翡翠帘深剪烛频。"小憩：短暂休息。

③垂成：事情将近成功。

④秋水：秋天的水，比喻人（多指女人）清澈明亮的眼睛。

⑤短檠：矮灯架，借指小灯。唐韩愈《短灯檠歌》："一朝富贵还自恣，长檠焰高照珠翠；吁嗟世事无不然，墙角君看短檠弃。"

⑥风浪：比喻艰险的遭遇。

⑦横波：水波闪动，比喻女子眼神闪烁。

⑧拥髻：谓捧持发髻，话旧生哀，是为女子心境凄凉的情态。

【赏析】

读纳兰一阕《秋水·听雨》，禁不住想起林黛玉的一首《秋窗风雨夕》。黛玉病卧潇湘馆，秋夜听雨声淅沥，心下凄凉，遂仿《春江花月夜》之格作词曰："泪烛摇摇爇短檠，牵愁照恨动离情。谁家秋院无风入？何处秋窗无雨声？"字字句句的秋情，字字句句的伤悲。曹雪芹在代书中人作词时拿捏得向来很准，譬如第七十回"林黛玉重建桃花社，史湘云偶填柳絮词"，他让身世飘零的黛玉作词曰："叹今生谁舍谁收？嫁与东风春不管，凭尔去，忍淹留。"人物哀哀凄凄的形象跃然纸上。到了心思缜密、踌躇满志的宝钗则一改倾颓气色："韶华休笑本无根，好风凭借力，送我上青云！"颇有男儿声韵。

黛玉毕竟是闺阁女儿，有悲，无阅历；有情，无情事。一篇《秋窗风雨夕》下来，华美流畅，感动的，却更多是黛玉自己。因她身处秋境，身系飘零，词句引导出的是内心深处的悲伤，但在多数读者身上，难以引发共鸣。纳兰性德不同，同为少年才俊，纳兰毕竟年长些，阅历多些，在这篇《秋水》中引入自己的感情经历，旁人看了更易懂。

这首词写诗人听秋雨而生发的情感：谁说消愁一定要喝酒，酒醒之后，心反而醉了。伊人已不在身边，寂寞无聊，却听得窗外淅淅沥沥地下起了秋雨，可知那雨水是伴着泪水流下的呢。记得当初秋夜闻雨，西窗剪烛，你当时刚要睡着却又被频频唤醒，眼神迷离的情景。现在已经是秋虫哀鸣，灯光明灭，可寂寞却叫人无法入睡。回想这几年的足迹，经历的风风雨雨，只有与你相守的日子最让人安慰。想和灯烛前拥的你诉说，又不知什么时候才能再回来，让我们一起领略这秋雨缠绵的无尽秋意！

怀念故人的心碎的词句，偏偏用了让人心碎的典故。"忆剪烛幽窗小憩"一句，典出晚唐李商隐《夜雨寄北》："君问归期未有期，巴山夜雨涨秋池。何当共剪西窗烛，却话巴山夜雨时。"这是李商隐身居遥远的巴蜀写给远在长安的妻子的诗句。唐人的旧句子，或华丽或雄浑，难见这种朴实无华又深情的小文字，多么亲切有味。每每夜深读起，齿颊生香，心下平和，幸福中，裹杂着一些缠绵的思念，小小的忧愁。只是这种小伤悲的词句，用到纳兰容若的词中，便是大悲痛了，有苏轼《江城子》"千里孤坟，无处话凄凉”的悲哀——只因李商隐的妻还在世，在远方的长安城等待着丈夫归来，还能有“共剪西窗烛”的日子；而纳兰容若的妻香魂已逝，纵使世人为她写情词万言也唤不回来伊人的一声回应。

梁何逊写“夜雨滴空阶，晓灯离暗室”；蒋捷说“悲欢离合总无情，一任阶前点滴到天明”；纳兰容若叹息道“甚日还来，同领略夜雨空阶滋味”。斯人去后，诗人的生命里只剩下“乱蛩声里，短檠明灭”，漫长的秋夜，雨滴敲打着空阶无法入眠。年轻的容若不知独自熬过了多少个失眠夜，他也曾想过借酒浇愁，得出的结论却是“谁道破愁须仗酒”。这酒醒后，心反而醉得更深，痛得更多。

妻子离世后，纳兰容若的日子，秋雨绵绵，恨绵绵。容若三十一岁英年早逝，对他来讲，也许其中的裨益远大于遗憾。

菩萨蛮

荒鸡再咽天难晓[①]，星榆落尽秋将老[②]。毡幕绕牛羊[③]，敲冰饮酪浆[④]。
山程兼水宿，漏点清钲续[⑤]。正是梦回时，拥衾无限思[⑥]。

【注释】

①荒鸡：指三更前啼叫的鸡。旧以其鸣为恶声，主不祥，认为荒鸡叫则战事生。

②星榆：白榆树。

③毡幕：即毡帐。

④酪浆：牛羊等动物的乳汁。这里指酒。

⑤钲：古代行军或歌舞时用以指挥进退、动静的乐器。

⑥拥衾：即拥被。

【赏析】

这是一首短小的边塞词，提到边塞，便轻容易让人联想到那句“大漠孤烟直，长河落日圆”。而纳兰没有传统边塞作品中豪放刚健的气质，反而充满了温婉柔美的韵致，看似写景，实则抒情，使得边塞题材与婉约性巧妙结合起来，相形之下，唐时边塞作品荒凉中透出豪迈，纳兰词却是豪迈转向凄凉。

这是一首描绘边塞行役中的基本生活及思念家园的小词。大漠荒野里不辨天日，战事丛生的时节，即至三更天，鸡鸣再三渐已转向沉寂，天空却还是难以破晓，密布的天星在晚秋时节也摇落而尽。“荒鸡”指三更前啼叫的鸡。旧时以其鸣为恶声，主不祥，认为荒鸡叫则战事生。这里“孤帆远影碧空尽”，故人不在，人迹罕至的荒凉之地更加加深了纳兰对家人思念之情的缱绻。

我们可以想象：牧族的绒毡零星地分散立于天地间，牛羊围绕着幕布，自顾觅食，乳浆在这凄冷的晚秋已凝结成冰。颇有天苍野茫的味道。细读纳兰的词总能发现，豪放是其外放的风骨，然而忧伤是内敛的精魂，所以这样的边塞景致确是为他缱绻的感情做了宏大的背景铺垫。

纳兰是重情的，于是他把密密的闺情置于边塞词的核心。他深情，也任情。漫漫长夜，许是凡尘扰人，许是昏鸦叫嚣，尘世中总有夜阑不寐独醒清隽的人。纳兰什么都有了，优于寻常年轻人的出身和待遇，却偏偏就如其父明珠所叹：“这孩子什么都有了，为何还是这么样的不快活？”他是不快活，有言道：“爱江山更爱美人。”就算塞外风光奇绝，就算圣驾幸临也抵不住对故园的顾盼。

而顾盼的内容呢，想来也就是在家的妻子了。那零星的星辰亮如你的眼眸，那深邃的苍穹似你迷人的面庞，那牛羊的低吟牵连出我们曾经的耳鬓厮磨，那路途中充饥的面饼怎能和你软细双手做出的佳肴相比，那漫天的风沙怎么能有你书桌旁香扇轻拂的细风温和呢。你可知，没有你在身边，我是这样的思念你呵。

这一路上跋千山涉万水，长时间的行路与孤眠，晨昏不分，万籁俱寂，天地间只剩下漏壶滴下的水点与军中夜巡的击钲声交参连续，这样安寂的夜里不禁浮想联翩，眼前浮现出的是那动人女子不胜的容姿，倚门迎接温婉的笑容。本应是午夜梦酣之时却蓦地惊醒，再也无法入睡。然而有梦可以回味的时光还很好打发，可以聊想，可以弥补尘世的遗憾，可以安慰疲惫的心。

但是，最怕的便是梦不成了，忧愁伤感的心态更加使得凄凉哀怨的边塞之行增添了一层压抑之感。于是在这孤寂的夜半，只能抱着衾被，心中升腾起无限思量。那是你的妆容，你的身影，你的俏笑，你的轻语，你我的约定呵，时间蹂躏记忆，人往往身不由己凛冽忘却，消退如潮，这一路无论多少风景，都比不过你在我心里的那般模样呵，于是这样温暖的归乡梦，怎么不令人倍加眷恋而刻骨铭心呢。

一路上风餐露宿，关山阻隔，那个时代的人太过弱小，离别因而显得重大。王国维曾表述纳兰容若“以自然之眼观物,以自然之舌言情”。这首词中的几个意象:“荒鸡”“毡幕”“清钲”等散落随意地组合起来，不加雕饰，纯任性灵，使得不同于中原的异地风情更显真实，为词作增添了荡气回肠的气势，连带出的异地思亲之情也就更加彰显得缠绵悱恻。故蔡高说纳兰:“尤工写塞外荒寒之景，殆扈从时所身历，故言之亲切如此。”

容若“一生恰如三月花”，仿佛他的名字就是一阕美好的词，唇间流转，迤逦清香。

玉连环影

才睡。愁压衾花碎[①]。细数更筹[②]，眼看银虫坠。梦难凭，讯难真，只是赚伊终日两眉颦[③]。

【注释】

①衾花：织印在衾被上的花卉图案。

②更筹：古代夜间报更用的计时竹签，借指时间。

③赚：赚得、赢得。颦：皱眉。

【赏析】

初见这一词牌，只是觉着眼生，想了许久才反应过来这原是纳兰的自度曲。待到细看时，却渐渐被这四个字逼得说不出话来，愣着神，眼里脑里晃动的只有那对玉连环清冷的影子。本来词牌和词本身文字的关系是不大的，但是一词牌的产生总是会有个因由。原只是两枚玉环，一旦相扣，即你中有我，我中有你，除非玉碎，否则生生世世不可分，是为玉连环。我们现在已很难去想象当年的纳兰到底盯着这连环看了多久，更难以计算他到底对着连环的影子叹息了多少次，唯一能知晓的只有纳兰留下的这两首玉连环影。这篇词是第二首，第一首也不妨放在这里一起看：

何处？几叶萧萧雨。湿尽檐花，花底人无语。掩屏山，玉炉寒。谁见两眉愁聚依阑干。

词很短，也明白如话，描写的是春雨时节一女子相思，但是对女子着墨却极少极淡，似乎这女子留给读者的也只是一影子，缥缈却挥之不去。

这一首与《玉连环影·何处》的“萧萧雨”“玉炉寒”相比，总感觉要暖和些了。先来看词：不知道这一晚纳兰又是如何在他那百转千回的惆怅中度过的，好不容易睡下，却辗转难眠……几经反复，算了！披衣坐起，却只剩下一声“才睡”的叹息。想来，纳兰最开始应该强迫自己睡下的，只是“愁压衾花碎”，梦难成，愁却不见少，睡也多愁，不睡也罢！

前人对于“愁”的描述，有说流不尽的李后主《浪淘沙》：

“问君能有几多愁，恰似一江春水向东流。”

亦有说载不动的李易安《武陵春》：

“只恐双溪舴艋舟，载不动许多愁。”

而此处纳兰说愁，却只是唯美，让人觉得安静而小心翼翼，一如词人的多情与体贴。

“更筹”是古代夜间报更用的计时竹签，这里借指时间。“银虫”，即烛泪。长夜漫漫，此刻的纳兰却只是坐在时间的边上，看着银烛渐消，烛泪点点，缓缓流下、汇聚、变凉……欧阳澈在《小重山》里说：

“无眠久，通夕数更筹。”

纳兰到底数了多久，一夜？那这样的“一夜”又发生了多少次？我们不知道，只是远远地看着他的影子，让人觉得怜惜而心疼。烛光恍惚，最有梦幻的感觉，难怪晏几道与情人相逢时不禁疑惑“今宵剩把银釭照，犹恐相逢是梦中”（《鹧鸪天》）。此时相逢却犹恐是梦，可见别后，小山曾多少次模拟过这一刻啊。同是多情人，睡梦难凭，那就醒着梦又何妨，纳兰这时大概也在模拟相见的情景吧。“讯难真”，可知纳兰一定是向太多的人问询了“伊”的消息，然而各人各话、消息缤纷混杂，以致真假难辨了，却可怜了纳兰的一片痴心。

最后一句“只是赚伊终日两眉颦”最见纳兰体贴，不禁让人联想到《红楼梦》第三十回“宝钗借扇机带双敲，龄官划蔷痴及局外”中宝玉只顾着提醒龄官躲雨，而全忘了自己也在雨中的事。痴情者总爱忘了自己，纳兰不也如是？之前说这首词比另一首暖和，也正是因此。词里两个人的思念，总抵得过一个人的卑微凄凉吧。

两首《玉连环影》放在一起看，意外地发现第一首恰巧可以作为第二首纳兰遥想牵挂的那个“伊”的注解。第一首中纳兰只简单提了下伊的眉颦，而第二首却是一个想象情景的完全展开。当然硬把两首词搁在一块儿也许更多的是私下一厢情愿，然而总是执拗地认为那两个相思的剪影，虽然没守候在一起，却也是一对玉连环了。

浪淘沙秋思

霜讯下银塘[1]，并作新凉。奈他青女忒轻狂[2]。端正一枝荷叶盖，护了鸳鸯。

燕子要还乡，惜别雕梁。更无人处倚斜阳。还是薄情还是恨[3]，仔细思量。

【注释】

①霜讯：即霜信，霜期来临的消息。

②青女：传说中掌管霜雪的女神，此处指冷风。轻狂：放浪轻浮。

③薄情：不念情义，多用于男女之间的情爱。

【赏析】

纳兰的愁总是清丽动人，琐碎景物铺陈开去，就有种哀婉的情绪从中蜿蜒而来。

这篇《浪淘沙》题作“秋思”，其实谁又不知道呢，自古逢秋悲寂寥，秋思秋思，实为离伤之情思。

“霜讯下银塘，并作新凉”，依旧是白描起笔，池塘中的水清澈明净，秋霜初现，新凉乍作。“青女”是指神话中霜雪之神。《淮南子·天文训》有记录：

“至秋二月……青女乃出，以降霜雪。”

根据高诱的注可以得知，青女是天神之一，又叫青霄玉女，主司霜雪。

关于青女，历来有不少的传说，据说当年，武罗姑娘因协助黄帝收服蚩尤的七十二弟兄有功，被封为青要山女神，掌管人间婚姻。她一心要广施爱心，造福人间，但刚刚大战之后，到处是血污腥风，山瘴毒雾，加上天无四季，终年炎热，于是百病滋生，瘟疫流行，世人还是难脱苦海。

武罗女神为了驱邪除污，净化人寰，给人们消灾祛病，特地登上月亮，到广寒宫请来了降霜仙子——青女。

青女本是月中吴刚大仙的妹妹，名叫吴洁，在广寒宫里她是专司降霜洒雪的仙子。这年九月十四日，她下凡来到人间，站在青要山中心最高峰上，手抚一把七弦琴，清音徐出，霜粉雪花随着颤动的琴弦飘然而下，洒在大地上，霜冻雪封，掩埋掉世间一切不洁。于是，邪气污秽，山瘴毒雾，顿时消失，人们的灾灾病病也就全无了。从那时起，每年三月十三日、九月十四日，吴洁仙子要两次降霜。于是，九月霜，腊月雪，来年三月又霜，六月大暑，周而复始，四季乃分，百禾俱生。人们不仅能免灾祛病，而且可以丰衣足食了。

后来在诗文中，便以“青女”代称霜雪。如李商隐《霜月》诗：

“青女素娥俱耐冷，月中霜里斗婵娟。”

而纳兰词在这里笔意一转，“端正一枝荷叶盖，护了鸳鸯”，说冷风吹着荷叶，鸳鸯栖于叶盖之下，成对成双，纵霜冷风急也不分离，似乎又流露出一些温暖人心的情绪。风霜凄惶，但有能相依相伴的人或许会好些。纳兰在这里，是羡慕，也是自伤心事。鸳鸯在风霜凄紧时尚能并栖荷叶下，而自己在这样清冷的秋天只能独对新凉。

下片接着写燕子辞梁还乡，飞往南方了。燕子南飞，和初春柳树抽芽一样，一年一度，让人再清晰不过地感到时光的流逝。又见燕还乡，年年依旧，而人已老，物是人非，怎能不令人伤神。

“更无人处倚斜阳”，觉得纳兰这首词，最令人心动的便是这句。无人之处独倚斜阳，这要是一种怎样空阔和寂寥的情绪呵。“倚”字用得尤其巧妙，斜阳本已淡去，但是自己好像可以倚靠它，可以借着它一点点余温暖暖自己的阴冷。冥思之中，断断续续又开始忘我出神，茕茕孑立，只剩下斜阳让人观赏。

面对这样的情景，也不知是怨还是恨，纳兰说，仔细思量。其实仔细思量又如何呢，都是些缠在心里的闲愁，挥之不去散之又来，李清照说得好，“才下眉头，却上心头”。心思细腻敏感的人，在这样秋天的冷风里，恐怕也只能是心中迷惘了。

·第五辑　韶华如梦水东流

当菩提跌入红尘，在某一个光明的拐角猝然遇见了爱情，于是注定今生的红尘孤独。

茶瓶儿

杨花糁径樱桃落[①]。绿阴下、晴波燕掠[②]。好景成担阁。秋千背倚，风态宛如昨[③]。可惜春来总萧索。人瘦损、纸鸢风恶[④]。多少芳笺约[⑤]，青鸾去也[⑥]，谁与劝孤酌？

【注释】

①糁径：洒落在小路上。糁，煮熟的米粒，这里是散落的意思。

②晴波：阳光下的水波。唐杨炯《浮沤赋》：“状若初莲出浦，映晴波而未开。”

③风态：犹风姿。宛如：好像，仿佛。

④瘦损：消瘦。纸鸢：风筝。

⑤芳笺：带有芳香的信笺。

⑥青鸾：即青鸟或指女子。唐王昌龄《萧驸马宅花烛》诗：“青鸾飞入合欢宫，紫凤衔花出禁中。”

【赏析】

好一派怡红快绿的浓浓春色！

三四点青苔浮于波上，一两声莺啼鸣于树下。已暮春时节，樱桃散漫，柳絮飘扬，风日晴和不够，须要人意好才算得好景。一句“成担阁”，人意便隐身于旧梦中。此去经年，斯人不在，便是良辰好景虚设。

同是花开莺啼，草长鹭飞的时节，因着这“担阁”二字，都黯然失了颜色。困酣娇眼的杨花，飘飘摇摇，萦损柔肠；看樱桃空坠，也无人惜。燕双飞，犹得呢喃低语，“为怜流去落红香，衔将归画梁”，竟是黛玉葬花的心境一般。庭院深深处，小园香径下，唯有幽人独往来。

遥想当年，也似公瑾雄姿英发，也着两重心字罗衣。恍惚间，纳兰似又回初见时刻，他的她，背倚秋千，娇花照水般低头不语，也有伤春的秀眉微蹙，也东风吹乱云鬓。小山犹可闻琵琶弦上相思意，纳兰呢？相思不知说与谁人听。寸心间思绪万千，可容得下这咫尺天涯的天上人间？宛如昨，昨日已弃纳兰而去不可留，今日之日落花独立多烦忧。

去年昨日此门中，人约黄昏后；今年花依旧，不见去年人。纳兰斜倚秋千，抚着冰凉的秋千索，追忆那些朝朝暮暮。往事淌过心头，斯人何在？他望向春雁回彩云归，望向细雨过桃花落，望向角声寒夜阑珊，只望得一怀愁绪空握。天涯一隅，不知她在那一方可也凭栏忆？泪眼望花，花亦无语，“乱红飞过秋千去”。

春如旧，人空瘦。也似当年陆游与唐婉痛作生离，十年邂逅，或许无只言片语，一瞥竟成死别。相思相望终难相守，然而秋千索上的斑斑痕迹，竟抵过了人世间最难挽回的疏离与淡忘。

纸鸢，便是我们现在说的风筝，南方叫鹞，北方称鸢，因此也有“南鹞北鸢”之说。据说美国华盛顿宇航博物馆的大厅里曾挂着一只中国风筝，告诉世人“人类最早的飞行器是中国的风筝和火箭”。其实“风筝”一词早在唐代就出现在文学作品中了，但其意并非我们今天的风筝。“夜静弦声响碧空，宫商信任往来风”，说的本是悬挂在高处用以报风号的占风铎。风铎因响声颇似击筝之声，又是因风而鸣的，故又称“风筝”。

很多地方都有清明放风筝的旧俗。清代高鼎有诗为证，“草长莺飞三月天，拂堤杨柳醉春烟。儿童散学归来早，忙趁东风放纸鸢。”这里的“三月天”便是清明节。清明节放风筝，更确切的意思是“放晦气”，《红楼梦》中曹公对这一习俗也颇费了一番笔墨。人们将自己的名字写在放飞的风筝上，剪断牵线，便认为是放走了“晦气”。当然，人家剪断的风筝不能再捡，否则便会染上“晦气”。

东风恶，纸鸢飘摇，如纳兰那颗摇摇欲坠的心，堪比黄花瘦。想他们也曾芳笺成约，执手一生吧？如今山盟犹在而锦书难托，斯人已去而此情空待，伤情处，“红笺为无色”。

青鸾何在？怕这世上无人曾见。传说青鸾有着世间无人听过的天籁，因为它只为爱情而歌；它亦为爱情而生，一生只为找寻另一只青鸾偕老相伴。它踏遍万水千山，仍是形单影只，因为这世上只一只青鸾。当它偶然望向镜中的自己，竟以为此生如愿，一曲绝美的歌声响彻云霄。从此，青鸾便成为世间坚贞不渝的爱。

东方的青鸾，西方的纳西索斯，他们终其一生追寻着“知我心者”。纳兰又何尝不是？待友人，他不以贫贱富贵为念；待爱人，终生执着于心间。鸿雁不归，青鸾去也，那一份黯然销魂的痴念，叫他与谁人说？孤酌，对影三人，才知好景难常，过眼韶华似箭流。

“清樽满酌谁为伴？花下提壶劝：何妨醉卧花底，愁容不上春风面。”先于纳兰几百年的晁补之自号归来子，心向东篱却身陷朝野，怕是早存了归去来兮的心思，也看清楚了这繁华尘世间的过眼云烟。“多情总被无情恼”，纳兰也想放下那些恼人的多情吧？同是花间杯盏，月下独酌，太白笑饮“永结无情游，相期邈云汉”，纳兰却敛眉低喟“谁与劝孤酌”。

谁劝孤酌？无解。杨花处处，飞燕双双，融融春意中泛起心头的，是吹不去化不开的悲凉。

如梦令

正是辘轳金井[①]，满砌落花红冷。蓦地一相逢，心事眼波难定。谁省，谁省，从此簟纹灯影[②]。

【注释】

①辘轳：古代安置在井上用来汲水的起重装置。

②簟纹：指竹席之纹络，此处借指孤眠幽独之景况。

【赏析】

清晨睡起，启窗看见：清凉的石板水井旁，汲水后留下一片湿漉漉的地面，井上的辘轳也湿透了；晨风夹杂着微寒，吹拂而过。昨夜掉落的红花已经冰冷地铺满树下井旁的砌石地面。正在这时，我与她眼神蓦然交汇。她立刻神情紧张起来。"可爱的人儿，你的心事，我岂能从你的迷离不定的眼神中猜透呢？"又究竟谁能猜透你这"眼波难定"的心事呢？又究竟谁知晓我此刻的心事呢？自与你那一刹那的眼神交汇，我心动荡，钟情于你。从今以后，无论独枕席上，抑或静坐灯下，你都会是我思念的那个人。

这首《如梦令》在构思上颇下心思：介入了基本连贯的叙事。中国传统诗词有一重要倾向就是重抒情而轻叙事。唐代是诗歌的极盛时期，诗歌写景上，蔚为大观，让读者应接不暇，叹为观止。即使如此，唐诗写景也多是为抒情服务的，所谓"借景抒情"，并非营造叙事背景；也属继承《诗经》中比兴传统，也就是所谓的"诗言情"。一般来说，叙事性诗歌的数量远远少于抒情性诗歌；整体质量上看也是如此。这首词就叙事来说，是如何展开的呢？这一点上，这首词同《诗经》中《蒹葭》很相似：

蒹葭苍苍，白露为霜。所谓伊人，在水一方。溯洄从之，道阻且长；溯游从之，宛在水中央。蒹葭凄凄，白露未晞。所谓伊人，在水之湄。溯洄从之，道阻且跻；溯游从之，宛在水中坻。蒹葭采采，白露未已，所谓伊人，在水之涘。溯洄从之，道阻且右；溯游从之，宛在水中沚。

首先都是抒情主人公邂逅一位"伊人"，且与之一见钟情，但由于主观上"一厢情愿”，客观环境条件的束缚，二人始终没能够结合，似乎朦胧中还有种不可能的决绝似的悲哀。如果没有这情感的真挚深刻与二人结合困难这一重深沉的心理矛盾，就没有《蒹葭》，也没有纳兰的《如梦令》，抒情主人公正在进行那种因求之不得而“寤寐思服”“辗转反侧”的咏叹。当然《蒹葭》和《如梦令》抒情原因上是大同小异的，但是两首诗读来，明显可感觉其间很大的差异。这差异来源于抒情主体的性格。《蒹葭》中的男子并非一个受过很多文化教育的文人，而是一个朴实善良真诚憨厚的“氓”，性格典型就是“蚩蚩”，他表达自己爱意，看起来很“迂”，他没有许多知识来想办法，以讨女孩子开心，只是不顾一切地“从之”，无论“伊人”在哪儿，他都只是“从之”，虽也有些害羞，可仍不弃不馁地追求所爱。纳兰性德则不一样，他自己学识很广，受了深刻的汉族文化熏陶，具有了传统文人所共有的忧郁情氛。这样一来，他出现在这种环境中，表现出的行为就和《蒹葭》中那个男子大相径庭了。何况二人所处时代不同，也会引起巨大差异的。《蒹葭》中的男子受到礼教束缚并不是特别明显，甚至那时没有十分苛刻的礼教，有的只是羞耻感衍生出的害羞。而清代的纳兰性德则不同，他精通汉族文化，受道学影响，社会也是在道学笼罩下的，男女之间，稍不注意就会“越礼”，就会引起非议。更何况纳兰性德家族显赫，族内更不允许出现“有辱门楣”的“丑事”。这些也就是两首词虽异实同的原因。

这首词结尾也颇为意味深长，“谁省，谁省，从此簟纹灯影。”问了，却无人来相答，最后自己把一句本想让所思的人知道的话，“从此簟纹灯影”给了自己，让自己去受那无尽的伤痛怅惘，这是怎样的苦闷啊。所以，这句话是词本身的戛然而止，更可以说是词人和词所传达的情感的真正开始。盛冬铃《纳兰性德词选》有言：“在落花满阶的清晨，作者与他所思的女子蓦然相逢，彼此眉目传情，却无缘交谈。从此，他的心情就再也不能平静了。此作言短意长，结尾颇为含蓄，风格与五代人小令相似。”

昭君怨

暮雨丝丝吹湿[1]，倦柳愁荷风急。瘦骨不禁秋，总成愁。

别有心情怎说，未是诉愁时节。谯鼓已三更[2]，梦须成。

【注释】

①暮雨：傍晚的雨。

②谯鼓：谯楼更鼓。

【赏析】

这首《昭君怨》情景交融，悲秋伤怀。讲的是纳兰容若对伊人不在，夜深独立的一片哀怨心绪。

《昭君怨》本琴曲名。相传古代四大美女之一的王昭君作怨诗入琴谱，乐府吟咏曲，便是本调调名之来由，故而词牌《昭君怨》也是家国怨和闺中怨结合的经典。

细观上片，自然是“瘦骨成愁”的刨心之痛了。作者一片之中连用两个“愁”字，可见其寂苦心绪。王国维语“有我之境，以我观物，则物皆著我之色彩”，于是，此处，暮雨之形，实为愁之形，柳之倦荷之愁风之急，更非实景，全自词人心中出罢了。

都道纳兰容若对表妹情深之至，然表妹最终辗转进宫，侯门尚且深似海，更何况紫禁宫闱。于是只余得两人漫长相思却不能相守的煎熬，是夜，容若独看暮雨丝丝，秋雨凄苦，夜风凉薄凌厉，便是那柳树，荷花也是倦极愁极，国学大师王国维曾在《人间词话》中言：“一切景语皆情语。”如是看来，却是容若由着这凄风苦雨中生出对表妹的无尽相思愁绪。

却有另一说言道：纳兰自幼饱受汉文化教育，封建伦理观念耳濡目染，由此他们和汉人一样，五服之内同姓男女绝对不婚，且从堂兄妹姐弟之间，更不可能有婚恋关系婚姻之约。而考证其表妹，入宫为妃享年近八旬，一生“秉志柔嘉”，自以皇帝是非为准，所以，纳兰之于其“表妹”一往情深，实难想象。又从一说，纳兰所思，为孝庄皇后视为掌上明珠的翠花公主。从纳兰性德借国丧之机，扮作喇嘛僧混入宫中得窥所爱之女一面，推断宫中只有翠花公主可与他引为知己：翠花公主自幼聪颖可爱，长大后更是贤良淑德，后康熙追封其为恭悫长公主（恭悫即具有宽和恭谦），这与纳兰妻子卢氏自然有几分相像，旧情新欢，纳兰与翠花公主之约自然不无可能，因此，纳兰之情并非为其表妹了，但终为一家之说，实难考证。

在下片，容若承接上景而引发清愁，“别有心情怎说？”一问出，万古寂囿，道是家家争唱饮水词，却如何纳兰心事几人知。不论是青梅竹马的表妹，抑或是贤良淑德的翠花公主，总是佳人一方，此岸却只身孤影暗销魂。

“未是诉愁时节”则是本词第三次提到“愁”，宋吴文英《唐多令》：“何处合成愁，离人心上秋。”若不是那离情别绪缠绵难去，又如何翻来覆去地拿捏这个字，若不是那伊人回目，嫣然一笑的音容恍在耳畔，又如何会在失去之后生出这无边无尽的愁意来。

而自语“未是诉愁时节”则像是词人恍然发现此情难诉，对应发问那句，于是更显出无奈孤寂之情。是啊，未是诉愁时节，我何来这么多的愁绪。而那愁愁，却愁进了心底，愁成三更一片“谯鼓”之声。

“谯鼓”之声，则引此愁绪更见升华。谯楼，原为城门之上的瞭望楼，谯鼓则是瞭望楼上的更鼓了，三更未眠，于此浅道：梦须成。却不点破何来纠结，家国之意若隐若现。于此，此词，言有尽而意无穷，让人无限回味。

容若这首词，道尽了相思难眠的愁苦，写尽了婉转不能言语的心境，也隐隐透出作者家国之意，实为词之佳作。

生查子

短焰剔残花[①]，夜久边声寂[②]。倦舞却闻鸡[③]，暗觉青绫湿[④]。

天水接冥蒙[⑤]，一角西南白。欲渡浣花溪[⑥]，梦远轻无力[⑦]。

【注释】

①残花：残存的烛花。

②边声：指边境上羌管、胡笳、画角等声音。

③“倦舞”句：引用闻鸡起舞的典故。这里谓倦于起舞却偏偏“闻鸡”的矛盾心理。

④青绫：青色的有花纹的丝织物。古代贵族常以之制作被服帷帐等。

⑤冥蒙：幽暗，不明。

⑥浣花溪：又名濯锦江、百花潭。在四川成都西郊，为锦江支流。溪旁有杜甫故居浣花草堂。杜诗中的浣花溪已成千古绝唱：“两个黄鹂鸣翠柳，一行白鹭上青天。窗含西岭千秋雪，门泊东吴万里船。”

⑦梦远：指思念远方人的梦。

【赏析】

夜深了，我还未入睡，那盏残灯已结灯花，灯火晦暗，微风中一点豆火颤颤巍巍，我剔去灯花，周围明亮了些许。然而，这孤凄的氛围却没有变得暖热稍许。这离乡千里的边地深夜何其漫长，万籁俱寂，无声无息。

不愿如祖逖那般闻鸡起舞，鸡鸣却依旧声声催人，——今夜又是一场难眠。默默已觉青绫上斑斑点点，尽是泪痕。

天的尽头，似乎天水相接，晨雾朦胧。西南天边的一角渐渐露出鱼肚白色，新的一日又慢慢地走了过来。想要回到千里之外的家中，再次泛舟在浣花溪上。然而乡梦幽远，身如鸿毛倾飞，无力抗拒这命运，只任东风吹去远。

这首词中“倦舞却闻鸡”反用了祖逖闻鸡起舞的典故。这个典故出自《晋书·祖逖传》。祖逖是晋代有名的将领，很小就成了丧父之孤，但他生性豁达，不修边幅，乐善好施，是一个很有气节的大丈夫。他家境虽不是特别富足，却也殷实，因为父亲做过太守，他曾经到乡下给农民施舍吃穿用品，并且是以他兄长的名义，因此他受到乡人的敬重。早年他生性放浪不羁，不喜读书，快成年才时突然钻心于学问，并且学有所成，为时人所誉。他做周司主簿的时候，与刘琨共事，两人至交，促膝以谈，抵足而眠。一夜半夜鸡鸣，祖逖知为凶兆，天下将乱，便叫醒刘琨，一并舞剑修业，准备为天下兴亡储备能量。果然后来八王之乱爆发，天下狼藉，民不聊生，祖逖便应时之需，司马睿封他为奋威将军，然而并不给他许多兵马，他便自己募兵，一路北伐，收复黄河以南的领土。然而朝廷无能，偏安苟全，命无能之辈督战，祖逖抑郁以死。他死后第二年天下就乱了。

纳兰性德反用“闻鸡起舞”的典故，说“倦舞却闻鸡”，表达出了他真实而又矛盾的情感。其实纳兰性德所有词中，他内心矛盾体现得最明显的，就在后期身处边塞所作的作品中。这首词也体现了纳兰性德的完整风格。正是这样的，由于厌倦官场，无心于仕途，感情的细腻处又受到太大伤害，身处边塞，岂能安心入睡？“闻鸡起舞”的积极入世态度本非他所钟爱的，如何又能够差强人意地生活而不得自由呢？

纳兰性德填词就是如此地将情感真实地凸显出来，并不多加掩饰，正如顾贞观在《通志堂词序》中曾言：“非文人不能多情，非才子不能善怨，骚雅之作，怨而能善，惟其情之所钟，为独多也。”他也自称“予本多情人，寸心聊自持”。

忆秦娥

春深浅[①]，一痕摇漾青如剪[②]。青如剪，鹭鸶立处[③]，烟芜平远[④]。

吹开吹谢东风倦，缃桃自惜红颜变[⑤]。红颜变，兔葵燕麦[⑥]，重来相见。

【注释】

①深浅：偏义词，指深。

②摇漾：摇动荡漾。

③鹭鸶：又叫“鸬鹚”。水鸟名，翼大尾短，颈和腿很长，捕食小鱼。

④烟芜：烟雾中的草丛。亦指云烟迷茫的草地。

⑤缃桃：即缃核桃，结浅红色果实的桃树。亦指这种树的花或果实。

⑥兔葵燕麦：形容景象荒凉。兔葵，植物名，似葵，古以为蔬。燕麦，一种谷类草本植物。

【赏析】

唐代文豪刘禹锡因参与王叔文、柳宗元等人的革新运动被贬郎州司马。十年后，被朝廷“以恩召还”，回到长安。这年春天，他去京郊玄都观赏桃花，写下了《玄都观桃花》：“紫陌红尘拂面来，无人不道看花回；玄都观里桃千树，尽是刘郎去后栽！”用以讽刺那些暂时得势的奸佞小人。

这首诗引起很多人的不满，于是他又因“语涉讥刺”而再度遭贬，一去就是十二年。十二年后，诗人再游玄都观，写下了《再游玄都观》：“百亩庭中半是苔，桃花净尽菜花开。种桃道士归何处？前度刘郎今又来。”不改初衷，依然如故，“前度刘郎今又来”的不懈斗争精神，一直为后人敬佩。

纳兰性德化用刘禹锡玄都观诗的典实写了这首《忆秦娥》，却没有了刘禹锡的斗志，而是通过花开花落，世事变迁，暗透了今昔之感和不胜身世的孤独之情。

这首词用刘禹锡玄都观诗之典暗喻了今昔之感：春已深，春水摇荡着，岸边露出整齐如剪的青绿色的涨水痕迹。那正是鹭鸶站立的地方，烟雾中草地一片凄迷，看不到尽头。东风吹来，将百花吹开，又将百花吹谢，桃花在这春风中感受着红颜的渐变。红颜将老，眼前这凄凉的景色谁又重来相看呢！

"春深浅"，这里用的是偏义词，指深。而后一句"一痕摇漾青如剪"则是写出春意深深，春水荡漾的情景。容若写词很注重词句的打磨，"摇漾"二字用得恰到好处，也很见功力。

"青如剪，鹭鸶立处，烟芜平远。"这首词的上片俨然一派大好的春光，岸边露出涨潮的水是青绿色的，犹如被剪刀剪过一般整齐。这样的景色想想也觉得宜人。在绿波之中，还有鹭鸶站立着，远处的草地在烟雾中一片迷蒙，看不清楚哪里才是尽头。

上片中，容若用了许多元素，构成了一幅春景图，有水鸟、草地、绿水等等，这些都是春日里最常见的景物，但是在容若的笔下，却是显得格外有生机，别有一番情趣在其中。上片写景之后，下片并未抒情，容若依然在描述春天的风貌。

"吹开吹谢东风倦，缃桃自惜红颜变。"春风吹来，桃花落下，风过花落这样的意境，容若许多词中也有用过，这是他用来写人世无常，岁月变迁常用的一种意象，但每次写起，都有不一样的感觉。

这首词中，容若用到了许多自然景物还有植物，例如"鹭鸶""缃桃"等，这些都给这首词注入了新鲜的活力，不显得刻板。在活泼的氛围中，书写闲愁，这恐怕是容若的拿手好戏，他将闲愁与春光结合得恰到好处。

最后，在一片美景中，容若写出了他想要表达的意思："红颜变，兔葵燕麦，重来相见。"红颜易老，春光易逝去，只有抓紧时间，才能享尽人生。不然空待到最后，想见的人都不知道该去哪里相会了。

浣溪沙

莲漏三声烛半条[①]，杏花微雨湿轻绡[②]。那将红豆寄无聊[③]。

春色已看浓似酒，归期安得信如潮[④]。离魂入夜倩谁招。

【注释】

①莲漏：即莲花漏。古代的一种计时器。

②轻绡：一种透明而有花纹的丝织品。代指杏花的红色花朵。

③红豆：红豆树、海红豆及相思子果实的统称。鲜红光亮，古人常用来比喻爱情或相思。

④信如潮：即如信潮，信潮，定期而来的潮水。

【赏析】

这阕词，是以女子的口吻话离别之情。

词的上阕，着重写景，即景抒情。莲花漏，又称浮漏，是宋代发明的计时器的一种。“莲漏三声”点明词人容若正处在一个寂静的夜晚。在这个烛光微摇、略带寒意的夜间，寂寞的容若打开小窗，任那略带寒意的几许杏花春雨轻打在自己的脸庞、发丝和那薄薄的绡衣上。蓦然发现，寒食节已经近了。唐代的韩偓曾在《寒食夜有寄》中写道：

风流大抵是伥伥，此际相思必断肠。

云薄月昏寒食夜，隔帘微雨杏花香。

寒食节将近而相思却无计可消除——面对此情此景，刻骨的相思便如同春水一般袭来，紧紧萦绕在容若周围。痴心如斯，不由得心生感慨：“那将红豆寄无聊？”红豆是相思的象征。相传，古时有位男子出征，他的妻子每日倚于高山上的树下盼望爱人的归来；因思念远在边塞的爱人，而在树下日日期盼流泪。泪水流干之后，流出来的是粒粒鲜红的血滴。带着相思之苦的血滴凝结成一颗颗鲜红的红豆子，在土地上生根发芽，长成一棵大树，结满了一树红豆子，人们称之为相思豆。唐朝的韩偓在《玉合》诗中写道："罗囊绣两凤凰，玉合雕双鸂鶒。中有兰膏渍红豆，每回拈著长相忆。长相忆，经几春？人怅望，香氤氲。开缄不见新书迹，带粉犹残旧泪痕。"古代的女子一般会采撷红豆遥寄思念，这里作者运用对写法，虽明写爱人采撷红豆遥寄无聊，实则是为了突出词人在思念远方的妻子，愈见思念之深。

此时的纳兰心中所思念的女子会是谁呢？想必是那"生而婉娈"的娇妻卢氏吧，"戏将莲药抛池里，种出莲花是并头"；"偏是玉人怜雪藕，为他心里一丝丝"。容若的许多华美的词句便是他们爱情的真实写照。纳兰的侍卫身份决定了他要常常跟着皇帝到各地去巡察，因此总免不了与爱人频繁离别——他总有太多的时间体会与心上人离别的滋味。但是任关山重重，路途迢迢，却剪不断他们相爱的深情。可惜美好的时间总是那样短暂，仅仅三年过后，卢氏就因难产而死去，独留容若独自悲切：

谁念西风独自凉？萧萧黄叶闭疏窗，沉思往事立残阳。

被酒莫惊春睡重，赌书消得泼茶香，当时只道是寻常。

而在这首《浣溪沙》之中，纳兰容若与卢氏的伉俪深情处处可见。

词的下阕，从身旁的景物出发，即景抒情。在一派杏花春雨柔美的包裹之中，容若不禁感慨：而今的春色，已然如同这香醇的美酒一般浓烈，一般让人沉醉。"已看"二字与"安得"相对比，春色愈浓，愈加体现出容若对于离家已久而归期不得的焦急与惆怅，对于远在故乡的卢氏的深切的思念。在这如酒如诗的春色里，远方的伊人于脑海之中挥之不去，而遥远的归期却如同潮水一般可望而不可即。心念及此，不由得容若万般惆怅迷离的伤情涌上心头，真是"此情无计可消除，才下眉头，却上心头"。那缱绻的情思如同一张晶莹而细致的网，将容若紧紧地裹住。良久，容若望着这深沉的夜色，知道唯有将这一腔无人可诉的思念寄托在寂寞的夜里，在梦里摆脱这无奈而甜蜜的思念，"离魂入夜"，与卢氏，魂灵相依。

这首词运笔流畅如行云流水，描写爱情真挚缠绵，低回悠渺的情致渗透在字里行间，使读者不知不觉间已被他深深打动。

摊破浣溪沙

欲语心情梦已阑[①]，镜中依约见春山[②]。方悔从前真草草，等闲看。

环佩只应归月下[③]，钿钗何意寄人间[④]。多少滴残红蜡泪，几时干。

【注释】

①阑：残、尽。

②依约：仿佛，隐约。春山：春日的山，亦指春日山中，春日山色黛青因喻指妇人姣好的眉毛，进而代指美女。

③环佩：古人衣带所佩的环形玉佩，妇女的饰物。

④钿钗：金花、金钗等妇女首饰，借指妇女。

【赏析】

这首小令抒写对亡妻的思念：梦已尽，她那可爱的面庞和身影仿佛重又映在了镜中，依稀可见。当初伊人在时没有认真看过她美丽的容貌，现在真的悔不当初。而今她早已逝去，归于如梦一般的月下之境。她的遗物依旧留在了人间，然而物是人非，更令人悲痛难堪。睹物思人，蜡泪不干，就如同我想念你的眼泪一般。

历史上著名的悼亡词还有苏轼的《江城子》（十年生死两茫茫），容若的悼亡词常与这首词相提并论，当然，苏轼在《江城子》中流露出的情感，与容若的悼亡词有着很大的不同。苏轼更多的是对人世沧桑变幻的感悟，虽然也是在思念故去的妻子，但是更多的还是对世事变幻的感叹。

在苏轼的词中，情真意切倒也不假，但就是少了那么点爱情的踪迹。可是容若的悼亡词中就不一样了。他的悼亡词中真诚地感悟人世间的情爱为何总是无法预料，更是无法把握，如果可以得知这份情爱何时会突然消失，那提早有了心理准备，自己也就不用那么伤心无助了。

在容若的词中，可以看到爱情游走的痕迹，明显而且不加修饰，不加遮掩，让人看到后只觉得真爱无价，却并不会脸红心跳。这就是容若爱情词里的魅力之所在。同样地，在这首悼亡词中，容若依然秉承这种风格，将爱情进行到底。

“欲语心情梦已阑，镜中依约见春山。”开篇与苏轼的《江城子》里的意境有几分相似，同样是午夜梦回，看到故去的妻子坐在梳妆台前，对镜梳妆。想起往昔，妻子也是这样在梳妆台前打扮，然后回眸，嫣然一笑。

那曾经是多么美好的一幕场景，可惜随着人逝去，只有在梦里才能再次看到。容若和苏轼在写词时，心情定当是戚戚然的。不过苏轼更多的是感慨物是人非，人事变化无常。而容若却是认真地回想往日的一切，追忆逝去的爱情。

“方悔从前真草草，等闲看。”从前一直没有认真地看过妻子的容貌，那是因为一直认为时日太久，却没想到，离别的日子竟然会那么突然地降临，而今再想看，已是无法实现的愿望了。

上片转换到下片，容若在这里依然是睹物思人，看着逝去妻子的遗物感慨万千，他看着妻子留下的首饰和衣物，流下了多少眼泪。可是泪眼蒙眬中，妻子早已随着梦境的醒来，一同消失不见了。

“多少滴残红蜡泪，几时干？”既然眼泪无法换回妻子，那自己为何还要哭个不停，只因为心中所藏的悲伤太多，无法遏制眼泪。面前的蜡烛，也在滴下红蜡，犹如思念中的泪水，何时才会干。

其实，理解诗词不能脱离时代背景、苏轼是宋代大家，容若是清代达贵中的词人，二人身份背景，文化背景都有着很大的不同，对爱情观念自然也有着不一样的看法。苏轼的悼亡词中，更多的是一种心境的描述，而在容若的悼亡词中，则是对爱情赤裸裸的表述。

二人对爱情不同的看法，造成了二人诗词上不同的描述，容若这首《摊破浣溪沙》在词史当中别具一格，因为词中所哀悼的夫妻之情是古人通常都不敢明说的爱情，真正的爱情。情感让这首词升华，让容若也成为后人心目中的至情至爱之人。

南歌子

暖护樱桃蕊[①]，寒翻蛱蝶翎[②]。东风吹绿渐冥冥[③]，不信一生憔悴、伴啼莺。

素影飘残月[④]，香丝拂绮棂[⑤]。百花迢递玉钗声[⑥]，索向绿窗寻梦、寄余生[⑦]。

【注释】

①樱桃：樱桃属的乔木和灌木。

②翎：翎毛，鸟翅和尾上的长羽毛，这里指翅膀。

③冥冥：形容高远、深远，此处谓绿荫渐渐浓密。

④素影：月影。唐杜审言《和康五庭芝望月有怀》："雾濯清辉苦，风飘素影寒。"

⑤香丝：指柳条，又指美人的头发。绮棂：饰有花纹的窗棂。

⑥迢递：连绵不绝。唐杨巨源《送绛州卢使君》诗："朱栏迢递因高胜，粉堞清明欲下迟。"

⑦索向：须向、该向。绿窗：绿色纱窗，代指女子所居之处。

【赏析】

遇见她的转眼间，他便心神惊动，无法安宁。相见的那一幕犹如烙印，在他脑海中无法抹去，刻入灵魂深处。难怪他会写下“人生若只如初见”这样晶莹剔透的词句，原来他早已感受入心。

容若与他的爱情，一直是人们口口相传的童话。容若与他生命里的几个女子，都是真心相爱，无论是媒妁之言，还是厮守终身，他都是认真对待这些女子。不论这些女子有无陪伴容若始终，她们都是幸运的，因为能得到容若十分的爱恋，真是当时许许多多女子梦寐以求的奢望。

春暖花开，樱桃花蕊初绽，和暖的春风仿佛在围护着它，而翻飞的蝴蝶犹带着寒意。东风吹着柳丝，春意渐浓，愁亦渐生，不信平生都只能在莺啼中度过。一弯残月升起，几许柳丝拂动。百花丛中不断传来玉钗声，那声声传情，恍如隔世，遁入梦中。

容若有感而发写下这首词伤春纪念，看似写春日妩媚的春光，其实是在借景抒情，感怀某人。这名被容若想念的女子，站在风中，含情不语，精致的面容好像一朵带着露珠的花朵，摇曳风中。

这样的女子，任谁都会心动，容若在文字中丝毫没有提及过有关女子的任何描写，但是人们就是可以通过容若的词句，看到女子模糊但却可爱的模样的。写男女之情，容若的词十分了得，他写的从来不是肤浅低俗的男欢女爱，也从来不是大义凛然的教义，他的爱在词中宛如露珠般透明，让人内心柔软。

如他自己在词中写的那般：“暖护樱桃蕊，寒翻蛱蝶翎。”春暖花开，樱桃花楚楚绽放，花蕊露出，好不娇羞。翩翩飞舞的蝴蝶还有着几分寒意，慵懒地挥舞着翅膀，这看似写花、写蝶，却又更像写人、写心。

“东风吹绿渐冥冥，不信一生憔悴伴啼莺。”这一句便是彻底表达容若这一刻的心神激荡，他用白描的手法使得词境若现，生动地写出春景清丽可观之处。容若写到不愿意一生都在莺啼中度过，看来他是想与人共同欣赏这大好春光，而不是要在这美好的春光中，独自老去。

“素影飘残月，香丝拂绮棂。”残月枝头上，这首词极为传神地写出容若内心的情态，这首词词情清婉，哀苦不露。自然能够打动人心。至于词中究竟何意，所写何人，已经不重要了，领略容若词中意，只看读词人此时心境了。

“百花迢递玉钗声，索向绿窗寻梦寄余生。”但愿余生能够得偿所愿，与心爱的人一同畅游天地，那便真的是此生无憾了。

浪淘沙

闷自剔残灯，暗雨空庭[1]。潇潇已是不堪听[2]。那更西风偏着意[3]，做尽秋声。

城柝已三更[4]，欲睡还醒，薄寒中夜掩银屏[5]。曾染戒香消俗念[6]，莫又多情。

【注释】

①空庭：幽寂的庭院。

②潇潇：形容风雨急骤。

③秋声：秋天西风起而草木摇落，其肃杀之声令人生情动感，故古人将万木零落之声等称为秋声。

④城柝：城上巡夜敲的木梆声。柝，古代巡夜时敲击的木梆。

⑤银屏：装有银饰的屏风。

⑥戒香：佛家说戒时所燃之香。

【赏析】

梁羽生的《七剑下天山》里写到了纳兰容若，将容若写得古道热肠，侠骨丹心，但总是因为少了那么几分寂寞，便显得并不是太成功。

没人能够写好容若，那是因为容若的寂寞，无人能懂。他的寂寞犹如天空上的流星，一闪而过，不留给任何人捕捉的机会。人们只能从流星划过后的影踪，去妄自推测容若内心的凄凉与寂寞。

独坐灯前，秋夜空庭，风雨潇潇，已是令人愁闷，偏那西风又于此时送来了秋声，好像是专意要将愁人的烦恼加重。柝声传来，已是三更，身感寒凉袭人，遂将屏风紧掩。本来告诫自己要远离尘世烦恼，如今偏生又开始陷入情里不可自拔。

“闷自剔残灯”，让人想到容若是个容易亲近的人，在灯前独坐，百无聊赖，只得面对残灯，自娱自乐。这样的男子，虽然性情忧郁，但却在骨子里有着让人喜爱的部分。开篇一句正是其心情困顿，无可抒发的无奈写照。

到了“暗雨空庭，潇潇已是不堪听”，已经是痛到极致的一种状态了，风雨潇潇而落，空气清冷，在晦暗的夜空下，这雨声还有风声是如此不堪入耳，听到耳朵里，仿佛都是刺在心头，针扎一般，让人难以忍受。

“那更西风偏着意，做尽秋声。”可是秋风不解人意，偏偏刮个不停，将凄凉的秋意刮遍人心。在容若的词中有很大一部分都是悲伤欲绝的词，相当凄切，所谓“观之不忍卒读”，字字句句情真意切中，有着无法宽宥的自责与责他。

正是因为内心有着无法解开的悲伤情结，容若的词章里便总是凄凄切切，悲悲惨惨。无法想象，容若这样一个锦衣玉食的贵公子，他不在自己舒适的环境里，安享幸福，却偏偏要将自己放置在一个凄苦的氛围内。犹如苦行僧一样，不断前行，不断折磨自己。

人们无法理解的容若，并非摈弃生活，恰恰相反，正是因为他太爱生活，太热爱自己的生命，所以才会特别重视这份深沉的爱。多数人猜测容若是富贵公子无聊时抒发闲情，不过是打发无聊日子罢了。可是，谁能真正懂得容若内心的情伤。想来就是容若自己，也会迷失在自己的情伤中，无法看透。

“城柝已三更，欲睡还醒”，已经是三更天了，夜深人静，自己却还是难以入眠。容若在孤寂的夜色中，看着天色一点点变明亮，眼看着第二天的白日就要升起来了，可是自己却还是似睡非睡，似醒非醒。

无聊的夜间，独坐桌旁，守着一盏孤灯，看着窗外寒夜中的星空，心早已苦成了一个又一个黑洞。在这个深夜中，“薄寒中夜掩银屏”。容若在为什么愁思呢？是为女子，还是为友人，难以说清。

这突如其来，绵绵不绝的愁绪，让容若自己也对自己产生了嘲讽之意，他暗叹道：“曾染戒香消俗念，怎又多情。”就此结束了整首词。不需要什么冠冕堂皇的理由为自己的愁苦开示。

夜深了，风起了，落叶萧萧，容若在房间里轻叹，身旁没有可以倾诉的人，这是多么深的孤独。从前种种，是永远的痛。而今一切，是无奈的人生。

蝶恋花

萧瑟兰成看老去[1]，为怕多情，不作怜花句。阁泪倚花愁不语[2]，暗香飘尽知何处？

重到旧时明月路。袖口香寒，心比秋莲苦[3]。休说生生花里住[4]，惜花人去花无主。

【注释】

①萧瑟：寂寞凄凉。兰成：北周庾信之小字。北周庾信《哀江南赋》：“王子滨洛之岁，兰成射策之年。”唐陆龟蒙《小名录》：“庾信幼而俊迈，聪敏绝伦，有天竺僧呼信为兰成，因以为小字。”此处词人借指自己。

②阁泪：含着眼泪。宋无名氏《鹧鸪天·离别》：“尊前只恐伤郎意，阁泪汪汪不敢垂。”

③秋莲：荷花，因于秋季结莲，故称。

④生生：世世，一代又一代。

【赏析】

一颗心竟比秋莲还要愁苦，这是纳兰词的格调，也是容若的心声。

一叠《饮水词》,就像一幅以容若心语为线索的情感拼图,堆叠着对亡人的思念、对离人的牵挂、对命运的无奈、对人生的困惑,拼在一起便可以看见纳兰容若完整的人生。但是它们却并未拼接起来,所以后人纵使旁观着纳兰的喜怒愁苦,却终究猜不透他的心思,只好看着再无迹可寻的空白散落了一地的遗憾。

“心比秋莲苦”,这种滋味到头来也只有纳兰一人品尝得到。何其孤独!

纳兰在这首《蝶恋花》(萧瑟兰成看老去)中自比兰成,兰成是北周诗人庾信的小字。庾信早期的作品雍容华贵,且多艳情成分,但由于家国之痛以及人世的诸般磨砺,庾信后期自抒胸怀与怀念故国的诗作反而多了几分沉淀的色彩,更值得揣摩与推敲。有人曾说“庾信的性格既非果敢决毅,又不善于自我解脱,亡国之哀、羁旅之愁、道德上的自责,时刻纠绕于心,却又不能找到任何出路,往往只是在无可慰解中强自慰解,结果却是愈陷愈深”,由此“情纠纷而繁会,意杂集以无端”,诗中的情绪便显得有几分沉重和无奈。

这种性格、这般文风,果真与纳兰有几分相似了。

杜甫曾作《咏怀古迹》:“庾信平生最萧瑟,暮年诗赋动江东。”纳兰在这里自比为多才的庾信,或是想通过庾信年轻时的“萧瑟”来表达自己内心的孤单,或是想借此来表达目睹百花凋残时油然而生的迟暮之感。

纳兰睹花伤神,又怕作词而引发伤感情绪,因此决意“不作怜花句”,但是他含着眼泪倚在花侧时,看着落红散尽而不知香飘何处,心里的愁绪反而又多了几重。“花谢花飞花满天,红消香断有谁怜?”文人多情,自古便是如此。盼花开又怕花谢,每到落花时节便总会生出伤春之意,容若就在这暮春时分重游故地,心中不禁起了感伤。

他又走过曾与爱人一起走过的小径,当初月明风清,如今却“袖口香寒”,一颗心竟比秋莲还要愁苦。昔日许下的声声誓言仿佛还在耳畔,惜花之人却已经和自己阴阳两隔,真正是“一朝春尽红颜老,花落人亡两不知”。

蝶恋花——这个宋词中司空见惯的词牌名字虽然起得缠绵旖旎,但宋朝的词人却很少将之用于表达夫妻之情,晏殊父子、欧阳修、苏轼、柳永的作品中都有以《蝶恋花》为词牌的佳作，但没有一首像纳兰一样将“悼亡”作为主题，还将情感表达得如此深沉动人、反复萦纡。

全词在“不作怜花句”的悲伤基调中展开，在词人欲说还休，欲休还说的情绪感染下，读者也不知不觉就被他带入了悲伤的情境里。读过整首词后，我们大可以将词中的“花”理解为纳兰牵挂的爱人，花失惜花人，人失爱人，对着眼前凋零的花朵，纳兰情不自禁地想起了逝去之人，人花相对无语，纵使心里比秋莲还苦却也无人可以倾诉。

有人曾说纳兰的词是“玫瑰色与灰色的和谐”，大概就是这样吧。他笔下的花朵娇艳美丽，却偏偏是即将凋谢的花朵；他笔下的爱情深沉坚定，却又是生死相隔的爱情；他笔下的幸福甜蜜温馨，然而又总是回忆中的幸福。他有过如花美眷，终究抵不过似水流年；他向往海阔天空，最后还是被迫在名利场中兜兜转转。即便如此，纳兰还是保持着持久的赤诚和本色的纯净。不论写相思还是悼亡，不论抒情还是写景，他的词中都是一派天然清隽的色彩，伤情却不作无病呻吟、悲痛却无厌世色彩，也没有吟风弄月、轻薄为文的纨绔不羁。

翻开《饮水词》，泪、恨、愁、伤心、断肠、惆怅……俯拾皆是，触目感怀。这位认定自己并非人间富贵命的乌衣公子呕其心血，掬其眼泪，和墨铸成了这一首首妙词，也成就了纳兰容若的绝世风华。

临江仙

丝雨如尘云著水，嫣香碎入吴宫[1]。百花冷暖避东风，酷怜娇易散，燕子学偎红[2]。

人说病宜随月减，恹恹却与春同[3]。可能留蝶抱花丛，不成双梦影，翻笑杏梁空[4]？

【注释】

①嫣香：娇艳芳香，亦指娇艳芳香的花。吴宫：指春秋吴王的宫殿，春秋吴都有东西宫，据汉袁康《越绝书·外传记·吴地传》载："西宫在长秋，周一里二十六步，秦始皇帝十一年，守宫者照燕失火，烧之。"

②偎红：紧贴着红花。

③恹恹：精神萎靡不振的样子。

④杏梁：文杏木所制的屋梁，言其屋宇的高贵。汉司马相如《长门赋》："刻木兰以为榱兮，饰文杏以为梁。"

【赏析】

"丝雨如尘云著水"，如梦镜一般美丽的景致被这七个字雕刻得雅致纤巧、过目难忘，令人不禁遥想，是怎样一双修长精致的手执笔雕琢出了如此巧夺天工的文字?

纳兰的文字之美、意境之真让人总是忍不住怀疑：他的书桌前是不是常年铺着画纸，每每文思涌上，定要先描绘出一幅真切到可以触碰的图画才会动笔将之化为文字? 即便不是这样，那么那些图画也一定曾存在于他的心里，所有的文字都不过是他对自己心境的素描而已，细腻却不矫揉，华美但不肤浅。

这首《临江仙》写于暮春时节，此时的纳兰容若不仅因逝去的春光而心生感慨，身体也正抱恙而忍受着折磨，愁病交加，以至于他竟生出了兴亡之叹，令人读来忍不住蹙眉心痛。

空中的愁云仿佛氤氲着水汽，蒙蒙细雨飘洒过后，吴宫里的残花散落了一地。娇美的宫花最经不得风雨，这满地落英让人怜惜不已，以至于连过路的飞燕也学着人的样子紧紧依偎在了花下。

景物之愁加剧了纳兰的苦闷，"人说病宜随月减"，但他却自叹道"恹恹却与春同”，他的疾病并未随着时间的流逝而好转，反而如这暮春一样萎靡颓丧。拖着病体出得门来，只见蝴蝶飞舞流连，迟迟不肯离开花丛，但梁上的燕子早已成双成对地飞走了，忍不住对着那空落落的屋梁苦笑一下。

容若心中有苦，且苦不堪言，偏偏他又是潇洒不起来的男子。倘若他能有两分陶潜的豁达，在失意时依旧有“采菊东篱下，悠然见南山”的闲情雅致，或者他若能有三分李白的飘逸，纵然千金散尽依旧“仰天大笑出门去”，再或者他若能有五分苏轼的达观，即使官场屡屡受挫依然能与清风明月相伴，泛舟游玩，观“山高月小，水落石出”，只要得他三人的几分风骨，他或许就能快乐一些、乐观一些，或许就不会在年华最盛、才学丰盈之年黯然凋零。但如果真是那样，他也便不是为后人念念不忘的纳兰容若了。

纳兰确实是个风流的才子，但绝对不是个潇洒的文人。他的词，愁心漫溢，句句读来令人心伤，这一首满含兴亡之感的《临江乡》便是佐证。

词中“吴宫”“杏梁”等出于前人辞赋的词语中隐隐藏着莫大的忧虑，其时正是康熙盛世，对时代的兴亡忧患显然不会是纳兰词作的主题，惜时伤春又加身世感伤才更贴合纳兰的风格。他甄选的不过都是些平淡如水的词语，然而这些词语却偏偏在他的指尖化成一段旋律——为心弦所演奏，曲曲萦绕于耳，终久不绝。

爱妻早亡，后续难圆旧时梦，以及亲友的聚聚散散常常使他备感人生无常。种种悲观与困惑化为对仕途的厌倦、对富贵的轻看、对人生的消极，他对凡能轻取的身外之物无心一顾，但求之心切的爱情与自由却终归不得。

纳兰生性爱感伤，愁病之余更是落落寡欢，他虽身在富贵之家，且仕途顺风顺水，但无奈他骨子里的气质有时又偏偏近于落魄文人。在这般心意牵引之下，常人往往欲将心事付于知己，但纳兰又已习惯了一人置身于阴霾下，从不善于求助于朋友，所以他只能付诸词章，便也难怪会落得满纸落寞了。

虞美人

春情只到梨花薄[①]，片片催零落[②]。夕阳何事近黄昏，不道人间犹有未招魂。

银笺别梦当时句[③]，密绾同心苣[④]。为伊判作梦中人，长向画图清夜唤真真[⑤]。

【注释】

①春情：春天的景致或意趣。

②零落：树木枯凋。

③银笺：白色的信笺。

④同心苣：像连锁的火炬状图案花纹，或指织有同心苣状图案的同心结，古人常用以象征爱情。

⑤画图：图画。真真：唐杜荀鹤《松窗杂记》："唐进士赵颜于画工处得一软障，图一妇人甚丽，颜谓画工曰：'世无其人也，如可令生，余愿纳为妻。'画工曰：'余神画也，此亦有名，曰真真，呼其名百日，昼夜不歇，即必应之，应则以百家彩灰酒灌之，必活。'颜如其言，遂呼之百日……果活，步下言笑如常。"后因以"真真"泛指美人。

【赏析】

又是一年春残时，又到了亡妻的忌日，又是触景还伤，又是一首悼亡词。

"春情只到梨花薄，片片催零落"，词一开篇，容若就为我们营造出一幅暮春时节梨花四处飘零的凄美场景，他在这里用暮春时节喻指自己目前的境况，用苍白的花朵来代指亡妻，从而铺陈出愁惨凄冷的意境。在中国的古典诗词中，伤春之诗词比比皆是：无可奈何花落去，似曾相识燕归来；落花流水春去也，天上人间；记海棠开后，正是伤春时节……万物复苏的春天本是充满生机的季节，但在这花儿完美绽放的季节，诗人词人们却通常会在这繁华的背后隐约感受到即将到来的美好的消逝，于是往往会产生一种微妙细腻的感伤。

“夕阳何事近黄昏”化用李商隐“夕阳无限好，只是近黄昏”的成句，与妻子虽然只短暂地相处了三年，但容若却度过了人生中最快乐的时光，如今人鬼殊途，容若的相思之痛苦，自然是不言而喻了。在这里，“夕阳”不仅是时间上的黄昏，更是词人对美好往昔的追惜。

在别人的眼中，夕阳或许是美丽的，但是在容若的眼中，夕阳却是丑陋的、无情的，因为他还没有来得及为亡妻招魂，它就要马上消失在黑暗之中，面对这一切，他只能无奈地叹道“不道人间犹有未招魂”。

全词上阕由景入情，下阕则从往事写起，进而抒发自己浓重的哀思。“银笺别梦当时句，密绾同心苣”，象征着爱情的同心苣，记载着浓情蜜意的纸笺，这些现实的东西以前在容若的眼中证明着恩爱欢娱，如今他再看时，却感到它们都被抹上了淡淡的感伤，面对随处可见的哀愁，容若无处可遁，只能赶紧由实入虚，写道：“为伊判作梦中人，长向画图清夜唤真真。”为了亡妻，容若甘愿长梦不醒，与其在梦中相会，甚至想要整日对着她的画像呼唤，希望能以至诚打动她，让她像“真真”那样从画中走出来与自己相会，这真实地表现出容若的忠贞与痴情。

末句化用唐代赵颜的典故，描写对亡妻的思念之情。相传唐朝一个名叫赵颜的进士从画工那里得到一幅美人图。久而久之，赵颜对画中的美女产生感情，于是就询问画工能否让其变成活人。画工告诉赵颜，这本是一幅神画，画中女子名叫真真，只要赵颜能够呼唤她的名字一百天，她就会出声答应，到时再给她喝下百花彩灰酒，她就能够变成活人。依照画工的指点，百日后，真真果然复活，还在年终为赵颜生下一双儿女。后来，赵颜听信巫师谗言，给真真喝下符水，导致真真不想再留在人间而带着一双儿女返回画中。

纳兰词最让人感动之处，便是容若在小情小爱中所表现出的真挚，让人为其心怜不舍、心疼不已。

海棠春

落红片片浑如雾，不教更觅桃源路①。香径晚风寒②，月在花飞处。

蔷薇影暗空凝伫③，任碧飐轻衫萦住④。惊起早栖鸦，飞过秋千去。

【注释】

①桃源路：桃源，即桃花源，晋陶渊明在《桃花源记》中描写了一个与世隔绝、安居乐业的好地方，用以比喻不受外界影响的地方或理想中的美好地方。

②香径：花间小路，或指满地落花的小路。

③蔷薇:落叶灌木。有单瓣、复瓣之别，色有红、粉红、白、黄等多种，很美丽，初夏开放。凝伫：凝望伫立，停滞不动。

④飐：颤动、摇动。

【赏析】

晋陶渊明在他的《桃花源记》中描写了一个与世隔绝、安居乐业的好地方，称之为桃花源。之后，桃花源似乎就成为人们心目中的避世理想之所，可惜，这个地方不过是陶渊明的虚构，世间哪里会有这样美好的地方呢?

如果说有，那也只能是世人心目中的一个理想向往罢了。容若便是一心向往着这样的世外桃源。这首《海棠春》看似写景，实则抒情，容若的心在这首词里表露无遗，他想要逃离这个纷繁的俗世，想要去一个清净的地方安度余年。

虽然，这样的愿望对于一般人来说，似乎并不难实现，但对于纳兰容若，这个天生就富贵的男人来说，却是无法实现的心愿。老天爷总是公平的，他给予你一样东西的时候，也会收走你的另一样东西。

在世间男子为了功名利禄、荣华富贵，舍弃自由，舍弃自我奋力拼搏的时候，那个一生下来就什么都有了的容若，却偏偏想抛弃这些，去找寻自由。当然，这份自由就如同那臆想中的桃花源一样无法触摸得到。

容若之苦，在于心苦，所以他的词里，大多是将这种无法言说的心苦表达出来，或者借景抒情，或者以物言志。

这首词勾画月夜下孤清寂寞的情景：春风吹过，落花纷纷，如烟似雾，叫人禁不住要去寻觅那世外桃源。花间小径，晚风伴着轻寒，将花瓣吹到月光底下。墙壁上蔷薇的倩影里，有人默默地伫立凝望着眼前的一切，任凭风吹衣袂，花瓣萦绕。清风惊起早醒的晨鸦，使得它们扇动着翅膀飞过秋千去了。

“落红片片浑如雾”，开篇一句便充满了诗情画意，叫人向往，但随后一句，则是将人从天堂拉入人间，“不教更觅桃源路”，如此美景，忍不住想要叫人去寻找那桃花源的踪迹，可是究竟入口何处呢？无人可知。

在看似美景之下，其实在美丽之外，心头更是藏着一份凄凉的情怀。这首词的总体基调是清冷的，“香径晚风寒，月在花飞处”。每一个字都流露出了不泯的深情，只是可惜，这份情怀无人可寄，故而越发显得凄冷。

清冷孤寂是容若心里头始终扣着的一道伤口，无法撼动，无论人生之路如何行走，世情如何变幻，容若心头的这道疤痕，都不会退去。这是命运带给他的伤，而他无能为力，便将这伤带入了词中。

读着容若的词，感怀着他的伤，不禁泪流。“蔷薇影暗空凝伫，任碧飐轻衫萦住。”一个孤寂的身影，任凭风将自己的衣衫吹起，身上感到些许的冷，但心里更冷，容若最苦的便是没有知己，在苏轼的《怀渑池寄子瞻兄》中说道：“人生到处知何似？应似飞鸿踏雪泥。泥上偶然留指爪，鸿飞那复计东西。”

知己是一个男人最好的解忧酒，可惜容若没有，所以，任凭“惊起早栖鸦，飞过秋千去”。他也只能是在大片大片的忧伤中，沿着自己的轨迹，掉入灰暗的深渊，无法逃脱。这是一道美丽的疤痕，让容若一生都在写着绚烂孤寂的诗词。

这份情怀，延绵不绝，洇了千年。

虞美人

银床淅沥青梧老[①]，屧粉秋蛩扫[②]。采香行处蹙连钱[③]，拾得翠翘何恨不能言。

回廊一寸相思地[④]，落月成孤倚。背灯和月就花阴，已是十年踪迹十年心。

【注释】

①银床：指井栏，一说为辘轳架。淅沥：象声词，形容轻微的风雨声、落叶声等。青梧：梧桐，树皮色青，故称。

②屧：鞋的木底。秋蛩：蟋蟀。

③采香：范成大《吴郡志》云：吴王夫差于香山种香，使美人泛舟于溪以采之。谓采香喻指曾与她有过一段恋情的去处。连钱：连钱马，又名连钱骢。即毛皮色花纹、形状似相连的铜钱。

④回廊：用响屧廊的典故。宋范成大《吴郡志》："响屧廊，在灵岩山寺。相传吴王令西施辈步屧，廊虚而响，故名。"其遗址在今苏州市西灵岩山。

【赏析】

在这首词中，容若用他那忧伤的笔触开始追忆昔日的恋人。

"银床淅沥青梧老"，在这句中，"银床"并不是指银饰的床，而是指井栏，这里用"银"来修饰井栏，并不是夸张的写法，而是有典故可循。《乐府诗集·舞曲歌辞三·淮南王篇》在记载淮南王的奢华时有这样的句子："后园凿井银作床，金瓶素绠汲寒浆。”意思是淮南王在后园凿井，不仅井栏是银的，甚至连打水的瓶子都是金子做的。从这以后，人们在写到井栏时，多用“银床”或“玉床”指代。例如，李白的“梧桐落金井，一叶飞银床”，李商隐的“不收金弹抛林外，却惜银床在井头”。

接下来我们再看“屧粉秋蛩扫”，连绵不断的秋雨将恋人所留下的香粉印就的鞋印冲洗得干干净净，鸣叫的秋虫也归于哑喑。容若在这里所隐含的意思就是伊人的芳踪已失，再也唤不回来了。

上阕中的“采香行处”用了一个典故，相传吴王夫差在山间种植香草，等到收获季节，就让美女泛舟于溪来采摘，在这里容若用来指代自己与恋人曾经走过的地方。

“拾得翠翘何恨不能言”，从字面上来看，这句话的意思是容若在草丛间偶然拾得昔日恋人戴过的翠翘玉簪，心中产生无限伤感，却无法倾诉出来。如果真的这么解释，在我们读到下阕时就会产生一个疑问，词的结尾是“已是十年踪迹十年心”，试想一下，如此贵重的翡翠翘头，怎会掉在地上十年而没有人捡拾？所以说“拾得”并非实指，而是虚指，表达的只是一种情感，或是说容若一直珍藏着恋人的翠翘，但是没有人会喜欢每天和自己生活在一起的人，还珍藏着十年前情人的旧物，所以容若才会产生恨不能言的矛盾心情。

下阕写容若故地重游时的所感所想，“回廊一寸相思地，落月成孤倚”，容若来到昔日常与恋人逗留约会的地方，独立于花荫月影之下，心中百感交集。这里容若用到了响屧廊的典故，相传吴王夫差为了听西施清脆的脚步声，特别设计了一个共鸣效果极好的回廊，后人称其为响屧廊。

尾句“背灯和月就花阴，已是十年踪迹十年心”，点名全词的主旨，而今天上明月依旧，地上却已物是人非，转眼间已过了十年光景，那被柔软如水的月华所包裹的，再也不是昔日相依相偎的恋人了。这里的十年到底是虚指还是实指，我们很难确定，但我们能够确定的是，站立在回廊中的容若，此时的心中一定充满了许多遗憾和无奈。

苏幕遮

枕函香，花径漏[①]。依约相逢，絮语黄昏后[②]。时节薄寒人病酒[③]。刬地梨花[④]，彻夜东风瘦。

掩银屏，垂翠袖。何处吹箫，脉脉情微逗[⑤]。肠断月明红豆蔻[⑥]。月似当时，人似当时否?

【注释】

①花径：花间的小路。

②絮语：连续不断地说话。

③薄寒：微寒。病酒：饮酒沉醉或谓饮酒过量而生病。

④刬地：无端地、平白地。

⑤逗：引发、触动。

⑥红豆蔻：植物名。宋范成大《桂海虞衡志·志花·红豆蔻》："红豆花丛生……一穗数十蕊，淡红鲜妍，如桃杏花色。蕊重则下垂如葡萄，又如火齐璎珞及剪彩鸾枝之状。此花无实，不与草豆蔻同种。每蕊心有两瓣相并，词人托兴曰比连理云。"

【赏析】

纳兰词以"悲情"见长，伤情别绪，万感情怀皆可由一点小小的引发点而感慨出来。例如在《清平乐》等一些词中，容若就是轻而易举，却又如此深刻地将悲情写得十分传神，令人动容。

这首词的词牌"苏幕遮"十分美，这三个字的组合有一种莫名的美，用这个词牌来写对昔日恋人的思念，再合适不过了。容若的这首词是写怀念恋人的痴情：枕头上还留有余香，花径里尚存春意，那梨花一夜之间在东风中飘落。病酒之后的黄昏恍惚间与她相遇，仿佛来到原来相约的地点，在夕阳下细语绵绵。而今却银屏重掩，影只形单。在孤孤单单中又听到了脉脉传情的箫声。此时，明月正照在那红豆蔻之上。那时曾月下相约，如今月色依然，人却分离，不知她是否依然如旧？

容若在回忆往昔的时候，总是柔情蜜意，在他的笔下，过往的岁月带着别样的安好，在时光中百转千回。他的这首词是在回忆旧时密约时的情景。虽然相隔时间已经很久远了，但至今还依稀记得。上片明显地点明时间正当春日，微寒未尽，酒后感到困倦。“黄昏后”为下片“月似当时“留了个伏笔。下片略显紧张局促和单调。但细细读之，哀伤惆怅之情，不免也为之感伤。

上片开篇一句“枕函香，花径漏”，写出了春光明媚，芳红草绿的景象，也隐隐道出枕上留有余香，恋人仿佛还在身旁似的。这样的错觉使得容若心里充满了愉快的情绪。“依约相逢，絮语黄昏后。”他仿佛和恋人再次相约，在黄昏时分，来到相约定的地点，彼此含情脉脉，看着对方。

容若久病的身体十分孱弱，这词是他在一次生病时，百无聊赖时作的，病榻上的无聊，还有春日的美好，令容若有了这样一番的想象。他对恋人的思恋令人动容，可是现实毕竟是悲凉的。

想象的美好瞬间消失，自己依然还是孤独一人，而恋人也并未出现。那些缠绵缱绻的画面，不过都是过去的影踪罢了。容若看着落满一地的梨花，顿时觉得东风刮过，心里起了微微的涟漪。

“时节薄寒人病酒，刬地梨花，彻夜东风瘦。”这里的“病酒”是指饮酒沉醉或谓饮酒过量而生病。容若到底是喝多醉倒了，还是因为悲伤过度，饮酒过量而导致了生病，无从知晓。不过容若的病体让他无法更清醒地看待这个世界，所以，容若只能倒在病床上，看着窗外的一切，扪心难过。

“掩银屏，垂翠袖。”恋人往昔的相貌还在眼前晃动，但却无处触摸，这就是最悲哀的事情。既然情已走远，那么如何能够安慰自己受伤的心呢，只能够“何处吹箫，脉脉情微逗”，自娱自乐，或许能够让心情稍好。

“肠断月明红豆蔻，月似当时，人似当时否？”明月当空，还是往日的明月，可是明月下的人，却早已不是往日的那般模样了。

齐天乐上元

阑珊火树鱼龙舞，望中宝钗楼远[①]。靺鞨余红[②]，琉璃剩碧[③]，待属花归缓缓。寒轻漏浅。正乍敛烟霏[④]，陨星如箭[⑤]。旧事惊心，一双莲影藕丝断。

莫恨流年似水，恨销残蝶粉[⑥]，韶光忒贱[⑦]。细语吹香，暗尘笼鬓[⑧]，都逐晓风零乱。阑干敲遍。问帘底纤纤[⑨]，甚时重见？不解相思，月华今夜满[⑩]。

【注释】

①宝钗楼：唐宋时咸阳酒楼名，指歌楼酒肆。

②靺鞨余红：红，又称芽，即红玛瑙。相传产于靺鞨国，故名。

③琉璃：用铝和钠的硅酸化合物烧制成的釉料，常见的有绿色和金黄色两种，多加在黏土的外层，烧制成缸、盆、砖瓦等。

④烟霏：云烟弥漫，烟雾云团。

⑤陨星：流星，代指燃放之烟火。

⑥蝶粉：蝶翅上的天生粉屑，唐人宫妆。

⑦忒：副词，太、过于。

⑧暗尘：积累的尘埃，前蜀薛昭蕴《小重山》词：“思君切，罗幌暗尘生。”

⑨纤纤：形容小巧或细长而柔美。这里代指所思念的女子。

⑩月华：月光，月色。

【赏析】

“阑珊”一词，极易引人遐想。流光石火之间，仿若看到生命斑斓地绽放。能够懂得阑珊的人，定当是生命极为寂寞的人。因为寂寞深处，才愈发能见到旅途中的点滴精彩。容若的寂寞，使得他懂得阑珊深处的喧哗，也是寂寞的。

故而这首词，看似写得热闹，其实是在写热闹深处的寂寞心事。“阑珊火树鱼龙舞”，首句便道出上元节夜里的繁华景象，上元亦是元宵节，元宵佳节，家人团聚，上街观灯赏花，好不热闹。

容若此处写道火树鱼龙舞，正是当时社会上，元宵节的热闹场景。而后一句写道：“望中宝钗楼远。”

所谓“宝钗楼”是指歌楼酒肆，这首词是描写元宵节欢度之后，人们逐渐散去的场景，热闹过后的寂寥愈发地寂寞。那些本来还人满为患的酒肆饭庄，忽然之间就成了空阁，看到这些，容若内心不禁一阵寂寥。

容若在元宵之夜的所见所想，于热闹之中窥到寂寞之景：上元之夜，灯事已近尾声，人们渐渐离去，远远望去，闹市中的歌楼酒馆也愈来愈远了。远远望去灯市上红红绿绿的灯火像琉璃般星星点点，缓缓地消散。

“靺鞨余红，琉璃剩碧，待属花归缓缓。”容若的词一向讲究意境之美，这首词也不例外，花灯闹市间的花花绿绿，远看起来，仿佛琉璃般星星点点，十分美丽。可惜，这美丽只是一晚上的光阴而已，在夜深时分，随着夜深人静，这花灯会熄灭，这美丽也会黯淡。这世间上没有什么能够长久的美丽。

“寒轻漏浅。正乍敛烟霏，陨星如箭。”容若总是能轻而易举地就从美好的事物中抽身出来，想到凄惨的过往，元宵佳节，本是赏灯愉悦的日子，可是在观赏完花灯之后，容若却又想起来过去。

那不堪回首的往事，仿佛一支利剑，穿透他的心，让他感受到了痛彻心扉的疼痛。在美丽的夜色中，“旧事惊心，一双莲影藕丝断。”

夜已深，寒意袭人，漏壶的水也快要滴完了。突然见到一双莲花形的灯影，于是陈年旧事被勾起，如同烟花般骤然升起，并迅速扩散，令人心惊，又令人情思难断。莫怪美好时光太过短暂。

这幸福的时光总是如此短暂，这样的事情该去埋怨谁呢？是否只能够怪上天，不能多给些时间，让世间的有情人，长相厮守。恨过年华无情，容若再恨岁月摧残自己，竟然已经到了两鬓生尘的地步。

“莫恨流年似水，恨销残蝶粉，韶光忒贱。”红颜已逝，岁月不饶人，想当日的大好青春时光，是多么意气风发。可现今，却是人老心老，已经完全找不到当日的影踪了。容若暗暗苦闷。

想你当时细声细气地谈笑，吐气如兰，如今我却是两鬓生尘，散落在清晨的寒风里。寻遍栏杆，那帘下的纤纤丽人，何时还能再见？“细语吹香，暗尘笼鬓，都逐晓风零乱。”这词里每一句都透露出容若内心的烦忧，与相爱的人相隔千里不能见面，这份痛楚不是人人都能够理解的。

“阑干敲遍。问帘底纤纤，甚时重见？”什么时候才能够重相见，容若是在问自己，也是在问苍天，可是，他的痛苦只有他自己知道，因为月亮不知道人的相思，偏偏要在今夜团圆。

“不解相思，月华今夜满。”真是天不知人情恨，偏偏要圆月捉弄，这人世间的情恨，是否果真滑稽如斯？

望江南咏弦月

初八月[①]，半镜上青霄[②]。斜倚画阑娇不语[③]，暗移梅影过红桥[④]，裙带北风飘。

【注释】

①初八月：即上弦月。农历每月的初七或初八，月亮呈月牙形，其弧在右侧。

②青霄：青天，高空。

③画阑：有画饰的栏杆。

④红桥：红色之桥。

【赏析】

古诗词中往往有些短章，言少情多，含蓄不尽。词人驾驭文字，举重若轻，而形往神留，艺术造诣极深。纳兰的这首《望江南》即其一例。

这首小词清丽空灵。前两句平淡起笔，以碧空悬半镜喻初八上弦之月，随意着墨之间勾勒出一派清冷素雅景致。后接以倚栏不语的娇人情景，又转而刻画月移梅影极蕴情味的景象。

“红桥”，位于瘦西湖南端，始建于明末崇祯年间，原为红色栏杆的木桥，后在乾隆元年（1736 年）改建为拱形石桥，取名虹桥。清初著名文人吴绮在《扬州鼓吹词序》中是这样描述它的：

“朱栏数丈，远通两岸，彩虹卧波，丹蛟截水，不足以喻。而荷香柳色，曲槛雕盈，鳞次环绕，绵亘十余里。春夏之交，繁弦急管，金勒画船，掩映出没于其间，诚一郡之丽观也。”

戏曲作家李斗亦形容它如“丽人靓妆照明镜中”。在桥上观瘦西湖美不胜收，文人墨客皆好在此凭栏吊古，吟诗赋文。连通两岸的红栏木桥，荷花飘香杨柳映色，春夏之际空气中浮动着乐声香气，在这精工雕画的红桥四周形成一种令人沉迷的情境。

清代著名诗人王士禛（后人亦称王渔洋）也是为红桥之美深深着迷的人之一，康熙三年（1664 年）春，他与诸名士游赏红桥，一连作了《冶春绝句》二十首，其中脍炙人口的一首是：

“红桥飞跨水当中，一字栏杆九曲红。日午画船桥下过，衣香人影太匆匆。”

唱和者更众，一时形成“江楼齐唱《冶春》词”的空前盛况。

由此可见,此处所状情景,定是精工华美之至,才能让多少文人才子对它倾心不已。

而在这样一个夜晚，初八之上弦月斜挂天边，雕栏画栋在清辉之下寂寂无声，有不知谁家女子独倚画栏，不语，不言。这清空之中出现的缥缈人迹，在读者尚未回过神来的时候又已渐远，梅枝摇曳，疏影乱，暗香浅。

末了“裙带北风飘”一句，来自唐朝李端《拜新月》一诗：

“开帘见新月，即便下阶拜。

细语人不闻，北风吹罗带。”

纳兰这一句化用可谓巧妙。李端诗中所写，是为少女拜月的情态。诗中少女因心中许多言语无可诉说的人，故无奈而寄托明月。而纳兰词中这上弦月夜独立画桥的女子，内心又何尝不是有相似愁绪？其实，月辉清冷空灵，女子对月所思，非愁怨即祈望，直书反失之浅露。现只描摹月下独立，只勾勒心绪悠远，情意更醇，韵味更浓。空街无人，临风对月，缥缈之形，真纯之情，可怜惜之态，不由得让人思及《洛神赋》中“飘飘兮若流风之回雪，皎皎兮若轻云之闭月”等句，令人神往。

而纵观全词，这神秘女子于寒风之中，观月，离去，已置读者于似闻不闻、似解不解之间，而末句以风中飘动的罗带，暗指李端《拜新月》诗意，似纯属客观描写，不涉及人物内心，但人物内心的思绪荡漾，却从罗带中断续飘出，使人情思萦绕，如月下花影，拂之不去。自“斜倚画阑娇不语”一句起，接连三句可谓精勾细画，刻意描绘，而笔锋落处，却又轻如蝶翅。

表面看，似即写词人的所见所闻，又全用素描手法，只以线条勾勒轮廓。而空远之景与罗带翻飞的细节彼此映衬，人物亭立的倩影跃然纸上，沁人肌髓，这正是词人高超艺术功力所在。

一词五句而能翻转折进，于平淡中饶蕴深情，确是浑朴超妙。

前后相映之间，词人的无聊心绪、无限愁情，全在其中了。

疏影芭蕉[①]

湘帘卷处，甚离披翠影[②]，绕檐遮住。小立吹裙，常伴春慵[③]，掩映绣床金缕[④]。芳心一束浑难展[⑤]，清泪裹、隔年愁聚。更夜深、细听空阶雨滴，梦回无据。

正是秋来寂寞，偏声声点点，助人离绪。缬被初寒[⑥]，宿酒全醒，搅碎乱蛩双杵[⑦]。西风落尽庭梧叶，还剩得、绿阴如许。想玉人、和露折来[⑧]，曾写断肠句。

【注释】

①芭蕉：芭蕉属多年生的树状的草本植物，叶子很大，果实像香蕉，可以吃。

②离披：分散下垂貌，纷纷下落貌。《楚辞·九辩》："白露既下百草兮，奄离披此梧楸。"

③春慵：五代刘兼《昼寝》诗："花落青苔锦数重，书淫不觉避春慵。"

④掩映：彼此遮掩，互相衬托。绣床：装饰华丽的床，多指女子的睡床。金缕：指金丝制成的穗状物。

⑤芳心：指女子的心境。

⑥缬被：染有彩色花纹的丝被。

⑦蛩：蟋蟀的别称。

⑧玉人：容貌美丽的人。

【赏析】

这首词是容若借着咏芭蕉寓托怀人之意：卷起竹帘，看到那摇动的芭蕉绿影婆娑，遮住了屋檐。伊人春日慵懒，晚起后小立风中，轻风吹起她的罗裙，绣床金缕掩映。芭蕉芳心裹泪，如人心之愁聚。深夜侧耳倾听空阶夜雨，愁绪使人难以成眠。

本来正是秋来寂寞之时，偏又雨打芭蕉，声声助怨。锦被难以御寒，宿醉已经全醒，耳边传来虫鸣杵捣之声，离愁于是更甚。秋风袭来，梧叶落尽，而芭蕉绿荫依旧。和着露水被伊人折下，借叶题诗，以寄相思离恨。

怀人之词最是好写，也最是难写，好写之处在于词的立意很容易把握，而难写的地方也正是在于此。被人写过无数次的意境，如何能够写得更好，而不被人诟病，这是许多词人致力于的地方。

容若似乎并不操这个心，他的词大多是伤感怀人，或是幽思伤心，意境大体相似，却每首都能深入人心。这大概就是容若的魅力所在，他能轻轻松松地将每首词都化作自己的心事，细细道来，为人所感。

这一首咏芭蕉的词也是如此，芭蕉向来是词人们笔下的常客，这种植物属多年生的树状的草本植物，叶子很大，仿佛一把遮天的伞，为忧愁的人遮住哀伤。词的开篇，直接点名词意，“湘帘卷处，甚离披翠影，绕檐遮住”。

卷起帘子，门外的那棵芭蕉树绿影婆娑，高大的树干撑起树叶，遮住了房檐。绿荫之下，人总是会产生慵懒的情绪。在这首词的开头，容若便用这样一种隐晦、不点名的手法，将自己慵懒、漫不经心的心态写出。

而后他才慢慢道来：“小立吹裙，常伴春慵，掩映绣床金缕。”不但是他自己慵懒不愿意动身，就连伊人也慵懒至极。这词中所形容的女子到底是谁，无法得知。但她懒懒的身影出现在楼阁之上，对着镜子梳妆打扮，身影若隐若现地出现在门板之后，让人忍不住去心动，这大好景色之下的美人，该是多么诱人的一处风景。

但这景象却并不是真的，而是容若回忆中的一幕，想来这个女子应当是已经离他而去了，不知道是不是妻子卢氏生前的景象。“芳心一束浑难展，清泪裹、隔年愁聚。”词越往下写，越能看到容若内心的挣扎与痛苦。

他想与女子一聚，可是现实无奈，他的愿望难以实现。于是悲哀之下的容若，只得独自在夜里忍受寂寞与孤冷。“更夜深细听空阶雨滴，梦回无据。”夜里有雨，小雨无声，但却一点一滴都下在容若心里，让他愁绪满怀，难以入眠。

下片开始，则点名时节，“正是秋来寂寞，偏声声点点，助人离绪。”正是秋季时节，难怪雨水缠绵不绝，也难怪容若愁绪不断，秋季本就是个令人无法放下的季节，在这个季节里，看到万物凋零，心中备感凄凉。

所以“缬被初寒，宿酒全醒，搅碎乱蛩双杵”。锦被外空气寒冷，隔夜的宿醉已经醒来，酒醒之后，才觉得头脑昏沉。看到门外，却已是“西风落尽庭梧叶，还剩得、绿阴如许”。这不留情面的西风将梧桐叶刮落，想几何时，那里还是绿荫一片呢。

词的结尾，容若看景伤情，也只得“想玉人、和露折来，曾写断肠诗句”。写下这断肠的词句，只为了思念那岁月中的一个人，如此无奈，却又是如此伤情。

天仙子

月落城乌啼未了[①]，起来翻为无眠早。薄霜庭院怯生衣[②]，心悄悄，红阑绕，此情待共谁人晓。

【注释】

①城乌：城墙上的乌鸦。

②生衣：夏衣。

【赏析】

这一首小令，抒发的是纳兰相思孤寂的心情。

开头一句“月落城乌啼未了”，让人联想到唐朝张继的那首《枫桥夜泊》的前两句：“月落乌啼霜满天，江枫渔火对愁眠。”

纳兰的化用总是有这种妙处，寥寥几字将人带入一个在他人诗词中已经成形的意境，落月、啼乌、难眠之人，几笔勾勒出一幅凄清寂寥的画面。不说太多的话，却能让读者自己去发散和联想，也算是纳兰的独到之处。

在这样凄迷清冷的月夜，满心愁事的词人辗转反侧不能成眠，起床又为时尚早，最是百无聊赖。而在这样的孤独无聊中，他终究是来到了院中，看到在庭院中已经结了薄薄一层的霜，凉意袭人，不由得感觉到夏衣已不胜其寒。

生衣即是夏衣，唐朝王建《秋日后》诗中有：

“立秋日后无多愁，坚决生衣不著身。”

夏天的衣服想必是较为单薄的，而词人在内心悲凉之中，似乎也忘记了更换衣物，就这样穿着单衣来到庭院中。此时此刻，词人唯觉得心中悄然黯淡，左右环顾，看红色的栏杆围绕四周，欲言又止之下，只是叹了一句，心中这样的情怀不知有谁知道。

纳兰词是含蓄的，而有时甚至略显晦涩。“心悄悄，红阑绕”，若是有人相伴，又怎会到这样孤寂无聊的境地？即使失眠，也能同游庭院中，清谈闲话，或仅仅是陪伴也好啊。这样相比之下，同是月夜无眠，苏轼就实在令人羡慕了。有文字为证：

“元丰六年十月十二日夜，解衣欲睡，月色入户，欣然起行。念无与为乐者，遂至承天寺，寻张怀民，怀民亦未寝，相与步中庭。庭下如积水空明，水中藻荇交横，盖竹柏影也。何夜无月，何处无松柏，但少闲人如吾两人者耳。”

元丰六年（1083年），苏轼正因罹文字狱被贬至黄州，虽为团练副使却形同罪人，过着失意而闲居的生活。困顿失意之中，他也会见“月色入户”便难以成眠，但无眠时能有人同游，却是身为宰相子、享受着荣华富贵的纳兰求而难得的。

再回头看纳兰这首小令，一共只有六句，前五句将夜来无眠，心悄悄的愁人形象做了生动的刻画。通过纳兰耳之所闻、心之所思所感和红阑独绕的无聊无绪行动缓缓勾画出一幅图景，让读者能从中清晰地感受到那种无法言说的“孤寂”，未直言愁绪而愁情四溢。

这首小词通篇都使用了纳兰最为擅长的白描手法，但景情俱到，整首词显得格外空灵自然。在篇末，搁下一个或许已不需要回答的问题，将全词孤清寂寞意境推向了顶点。

秋千索

锦帷初卷蝉云绕[①]，却待要、起来还早。不成薄睡倚香篝[②]，一缕缕、残烟袅。绿阴满地红阑悄，更添与、催归啼鸟[③]。可怜春去又经时[④]，只莫被、人知了。

【注释】

①锦帷：锦帐。

②香篝：即熏笼。

③催归啼鸟：指杜鹃鸟。

④经时：历久。

【赏析】

这是纳兰词众多伤春之作中的一篇，而伤春总与少女伤怀相联系着，细腻的情愫丝丝入扣，如泣的婉约全然融入一个闺中少女。

“锦帷初卷蝉云绕，却待要起来还早。”故事一开始，画面便被轻轻放置在一个暮春的清晨，乍暖还寒中裹挟着浅浅的薄雾。锦帷半掀，有一女子微微欠身，发髻蓬乱。“蝉云”在这里是说女子梳成蝉鬓形的发式经过一夜的睡眠，已松松垮垮地像乌云一样松散地盘绕着。为什么要说“却待要、起来还早”，其实时间不早，只缘心境已老。《战国策》有言：

“女为悦己者容。”

纵然再早也见不到自己心中的那个人，便觉得兴致索然，懒得梳头，余一副憔悴萎靡独对春窗。今天的读者如你我都离这般情景太远，紧张的生活甚至没给我们留下感怀自伤的时间。而此处笔下方寸，没有闹钟，无需日程表，可尽疏慵，有权无绪。便知原来伤感也是一种美丽。

“不成薄睡倚香篝，一缕缕残烟袅。”在这么一个早晨，时间从这里开始，又到这里停止。薰香已凉，残烟空飘，一袭落寞意，醒也无聊，醉也无聊。如不是有意想起，谁能料到营造这满怀愁情的却是一位男子。纳兰性德之所以被称为“满族第一词人”，可见功力之深厚有余。他作为男性却把女子的愁思写到了深至骨髓的境界。自古以来文人写女子感怀题材的实则不少。早至三国曹丕的《燕歌行》中“念君客游思断肠”的茕茕贱妾，再到唐代王昌龄《闺怨》中“悔教夫婿觅封侯”的少妇。但历来文人借女子之口言情都难免流于表面，少不了发出“恨不相逢未嫁时”一般夹杂浅显的喧嚣，而纳兰词的一派清丽空灵却在细心营造女主人公内心的小情感，选取的意境也与婉约词宗李清照不谋而合。

李清照的《凤凰台上忆吹箫・香冷金猊》写道：

“香冷金猊，被翻红浪，起来慵自梳头。任宝奁尘满，日上帘钩。”

《孤雁儿・藤床纸帐朝眠起》中又道：

“藤床纸帐朝眠起，说不尽、无佳思。沉香断续玉炉寒，伴我情怀如水。”

两位词中大家都把抒情的时间选在了睡眠的结束点，愁得难眠，一醒来却又是愁云惨淡。燃了一夜的沉香已冷，被子随意地堆在床上，日上三竿却也懒得梳妆，这一切都因为心中的温度早已如水清冷，没了劲头。眉头心头有哪处不愁，就算继续清晨懒懒的浅睡也成奢望。“一沙一世界，一花一天堂”，个人愁着各自的愁，没有生命中的大起大落，也无关他人家国，这一点小心绪足以让人于凄美中见真纯。

目光又从屋里移到了窗外，“绿阴满地红阑悄，更添与催归啼鸟”。本是春意盎然的美好，闺中却看出一片绿肥红瘦、花开荼蘼的消歇春事，就连鸟儿啼叫都衬得这一切更显恬寂。其实诗意至此，女子伤春的主题已经淋漓尽致。到结句一出，味道愈浓。

“可怜春去又经时，只莫被人知了”说的是女子自叹又度过了一年的春日，只是怕别被旁人知道了自己伤春的心绪。这一小矛盾和小扭捏便深细地将她彻骨的伤春伤怀展现无余，一面伤春的愁绪连绵不断，一面又和羞矜持，怕与人知道。不知纳兰何以如此深入心声，令人叹服。

纳兰曾说，“诗乃心声，性情中事也”，“作诗欲以言情耳”。说的是诗，其实于词亦然。儿女秋千，索然小事。没有草草杯盘，高举觥筹的豪言之状；亦没有一川烟草，乱拨风絮的无边之寂。有的只是眼前一片红花绿草、耳边几处莺歌缭绕、触手可及的锦帐香篝，一切便已可孕育出“可怜春似人将老”的声声感叹。纳兰笔下的故园女子又何尝不是每个人心中时常自扪的那片心声，有时感怀自伤并不需要区分性别，人性深处寄居着春色也寄居着寂寞。人生怎能时时激昂没有落寞，“试灯无意思，踏雪没心情”何尝不可成为人生常态？谁在青春年少之际不曾感风吟月、轻狂天地，纵然某日萧萧两鬓、老去无成，从前的酒意与诗情、豪情与漠然亦是“说不尽、无穷好”的一番滋味在心头。

虞美人秋夕信步[①]

愁痕满地无人省，露湿琅玕影[②]。闲阶小立倍荒凉[③]。还胜旧时月色在潇湘。

薄情转是多情累，曲曲柔肠碎。红笺向壁字模糊[④]，忆共灯前呵手为伊书。

【注释】

①信步：漫步，随意行走。

②琅玕：一种青色似珠玉的美石，是孔雀石的一种，又名绿青。喻竹。

③闲阶：空荡寂寞的台阶。

④向壁：面对墙壁。

【赏析】

纳兰的这首词，有着他一贯的忧郁风范，斟月光为茗，看林梢轻影，无须整理的心事，随着殷殷低唤，拂去轻尘，来到眼前。

虞美人本是花名，兼具素雅与浓艳华丽之美。

相传楚汉相争时，项羽被韩信围困于垓下，韩信令汉兵齐唱楚歌，触动了楚兵的无限乡思顿生厌战情绪。项羽见兵心涣散，自知灭亡的厄运即将到来，便在帐中饮酒浇愁。他边饮边对爱妾虞姬慷慨悲歌："力拔山兮气盖世，时不利兮骓不逝，骓不逝兮其奈何，虞兮虞兮奈若何？"虞姬见大王伤感之态，也满怀凄楚哀怨之情。她手握宝剑，翩翩起舞，为大王助酒。最后她边舞边唱："汉兵北略地，四面楚歌声，大王意气尽，贱妾何聊生。"舞罢便伏剑身亡。虞姬死后，在她的身下，长出一株丽草，草顶开了一朵艳丽藏悲，娇媚含怨，却又楚楚动人的小花，人们称之为虞美人。

而虞美人入词也有一种艳，有一种凄，如同虞姬在霸王面前舞剑作别，绝世风流不可再现。后来南唐后主李煜一曲《虞美人·春花秋月何时了》，更让这词牌从此与愁情二字分不开。

"愁痕满地无人省，露湿琅玕影"，纳兰小令中的白描总是动人。信步竹林间，满地竹叶恰似愁痕点点。纳兰词里这样的情境应该说是很多的，夜寒露重时独立小院，衣衫必是不足御寒的，心境也必是凄凉无依的。而在这里，词人也不绕圈子，自己说得清楚明白，"闲阶小立倍荒凉"。

而下一句，纳兰却又隐晦了，万千情意都浓缩在"潇湘"两字。潇湘是湘江别称，因湘江水清深而得名。《山海经·中山经》有记载：

"帝之二女居之，是常游于江渊，澧沅风，交潇湘之渊。"

中国古代传说中尧的两个女儿，长曰娥皇，次曰女英，姐妹同嫁帝舜为妻。舜父顽，母嚣，弟劣，曾多次欲置舜于死地，终因娥皇女英的帮助而脱险。舜继承尧位，立娥皇女英为妃。后来舜到南方巡视，死于苍梧。二妃前去寻找，泪染青竹，竹上生斑，称为“潇湘竹”或“湘妃竹”，二妃也死于湘江之间。

这样的传说简化到一个词，便是，生死相隔。词句到了这里，纳兰的心迹也都铺显了出来，千言万语，还是悼亡。月亮还是那个月亮，曾凝视过两人情真意切鸳鸯眷侣的月光，如今依旧在，却照在只剩一人清冷孤寂的身影上。

所悼念的人或许没有倾城的容颜，词人却有倾城的情感，也为她托付了倾城的眼泪。万籁俱寂，已寐难眠，此时正是“薄情转是多情累，曲曲柔肠碎”。尘世无端，历经沧桑，往昔缠绵都成过往，纳兰在这里把自己嘲讽了个够。是薄情吧，才会彼时那样不珍惜，是多情吧，才会如今这样放不下，生怕挂着笑的嘴角一垂下来，眼泪就会忍不住跟着倾泻而出。黯然神伤中，借黑夜盖住内心的忐忑不安。纷杂世事，能解自己的，只能是自己，或许更明白，或许更糊涂。

在纳兰词中每每有往事粼光碎影浮动，都是昔日两人相处时的琐碎场景，读来却欲断人肠。薄情还是多情，其实旁观者都看得明白，只是痴情而已。也恰恰是他唯其沉湎往事不能忘情才感人至深，他的词句也因此达到了王国维说的“真切”境界。

这首词里，正是最后一句“忆共灯前呵手为伊书”最牵人心，想起当年和她一起在灯前写字的情景，往事历历在目。其实何曾薄情？淡淡一句清言，二人缱绻深情便呼之欲出。故事完结，谢幕散场，但总有白纸黑字，文辞依然。也许会“红笺向壁字模糊”，终难忘“忆共灯前呵手为伊书”。

菩萨蛮

晶帘一片伤心白[①]，云鬟香雾成遥隔[②]。无语问添衣，桐阴月已西。

西风鸣络纬[③]，不许愁人睡。只是去年秋，如何泪欲流。

【注释】

①晶帘：水晶帘子。形容其华美透亮。

②云鬟香雾：形容女子头发秀美。

③络纬：虫名。即莎鸡，俗称络丝娘、纺织娘。夏秋夜间振羽作声，声如纺线，故名。

【赏析】

自卢氏死后，亡妻的影子总也不能从容若的生活中消失，而从这首词中的“伤心白”“成遥隔”“愁人”“去年”这些词语中我们可以看出，这又是一首纳兰悼念亡妻之作。

中国文人，大多有伤春悲秋的情绪，而且秋天在古诗词中往往象征着死亡。在落叶缤纷、大地萧瑟的时节，触景生情，词人难免愁心满溢，恨不能收，追悼故人，涕泗横流，痛断肝肠。

“晶帘一片伤心白，云鬟香雾成遥隔。”水晶帘子寂寞地晃出一片凄白孤清之景，而思念的人已是生死两茫茫，香消玉殒，芳踪杳然。“云鬟香雾”化自老杜《月夜》诗：“香雾云鬟湿，清辉玉臂寒。”纳兰用此指代自己深深思念的妻子。结合老杜诗意境，此词更添一番相思离别之痛。

纳兰遥想当年玉兔西沉，夜语深深之时，妻子软语温柔，轻轻为自己披上温暖的衣袍，两人依在梧桐的阴影中相谈甚欢，如葡萄架下牛郎织女的私语。此情此景，是如此温馨闲适，“胜却人间无数”。而今独立寒露，听着纺织娘在瑟缩的西风中鸣得凄切，却没有了红袖添衣。“寻寻觅觅，冷冷清清，凄凄惨惨戚戚”，相思成灾，辗转难眠，往事历历，伊人独去，清泪在眼中翻滚欲出。直合易安《武陵春》：“物是人非事事休，欲语泪先流。”此欲彼欲，都是无限惆怅哀恸缠绵心中，诉无可诉，只任柔肠百转，无限思量欲化成泪。

“只是去年秋，如何泪欲流。”风姿卓绝，多情温柔的纳兰，想着曾经美好的时光，终是泪流如雨。此处“只是”“如何”二词形象地表达出世事难料，无可奈何之感。

仅仅过了一年，却是天人永隔，让沉浸在幸福中的纳兰一时不能接受这残酷的现实，而周遭寒冷的空气，眼眶中晃荡的水汽，都在残忍地诉说着事实。纳兰只能被迫接受现实，而又心有不甘，只能伤痛地低语："只是去年秋啊……"

此词意境哀婉，字里行间灼灼真情天然流动，用极简之语平常地道眼前之景，直率地抒胸中之情。纳兰运笔如行云流水，毫不粘滞，任由真纯充沛的感情在笔端自然流露，出色地用自己的感受来感动读者，让人置身其中仿佛自己就是那个惆怅客，心间万种凄婉百转千回。

纳兰词就是如此动人，因为他的用情至深而又用情至真，如"清水出芙蓉，天然去雕饰"。纳兰词善用白描手法，鲁迅说白描法"有真意，去粉饰，少做作，勿卖弄"。此词就完美地用了白描，用语朴素，情真意切。

清代词人况周颐曾说纳兰词"一洗雕虫篆刻之讥"，"纯任性灵，纤尘不染"。纳兰真情得人如此推崇，并由此交得知己顾贞观、陈维崧，"自古文人相轻"这句话在此却是不适用了。由此也可见纳兰的不一般。

纳兰的头衔甚多，与曹贞吉、顾贞观合称"精华三绝"，被誉为"满清第一词人"，有人甚至把他同"千古词帝"李煜相提并论，"或谓是李煜转生"。中国词坛悼亡词甚多，唯纳兰独树一帜，还形成了"家家争唱《饮水词》"的局面，毫不逊色于那个一赋引得洛阳纸贵的左思。如此成就，个中缘由从此《菩萨蛮》词中可略见一二，重要的还是"真切"二字。

采桑子

彤云久绝飞琼字[①]，人在谁边。人在谁边，今夜玉清眠不眠[②]。

香销被冷残灯灭，静数秋天。静数秋天，又误心期到下弦[③]。

【注释】

①飞琼：指许飞琼，传说中的仙女，西王母身边的侍女，后泛指仙女。

②玉清：原指仙人。陈士元《名疑》卷四引唐李冗《独异志》谓："梁玉清，织女星侍儿也。秦始皇时，太白星窃玉清逃入衙城小仙洞，十六日不出，天帝怒谪玉清于北斗下。"这里指所思念的人。

③心期：心愿、心意。

【赏析】

这首《采桑子》，看似写景，实则写心。讲的是容若思念表妹，夜深难寐的凄苦心境。史书上对这位表妹并未做过多的记载。只有在一些清人笔记、小说中略有提及。容若与表妹青梅竹马，两小无猜，想来二人之间的那份情谊堪比青天绿湖，清澈可鉴。

但世间之事往往如此，难以圆满，就在容若准备迎娶表妹之时，表妹却依照满人的规矩，被选入宫中做了秀女。人皆道一入侯门深如海，岂不知宫门更似有进无回，从此后，表妹便与容若一墙之隔，就此天长地久地离别开来。

即便容若再爱表妹，这个悲剧已经是注定无法挽回，自古天子大于天，容若的爱再多，也无法与天子权力相抗衡。其实仔细想来，这个悲剧似乎是一开始就要注定的，容若出身豪门，表妹应当也是名门闺秀，属于优雅贤德的女子。这样的女子，如何能够逃脱帝王的涉猎，优厚的家世，再得到帝王的恩宠，这样相得益彰的好机会，表妹的家族自然不会放过。

只是苦了容若，一番痴心从此后皆付诸流水，本来只是想与爱人恩爱长久，哪料得却成了宫墙永隔，正如他词中开篇所写的那样："彤云久绝飞琼字"，一句话便点出了仙家的况味，古时候有个传说，神仙居住的地方有着云彩环绕，于是彤云便成了仙家天府的代称。而容若也正是以此来隐喻表妹身居后宫，犹如身处仙境，令他无从相见。

而飞琼则是指仙女，飞琼本是说的一名叫作许飞琼的仙女，住在瑶台，是西王母的侍女。她在某个人神相通的梦境中不小心泄露了自己的姓名，那个凡人梦醒之后便在墙壁上题诗一首：

晓入瑶台露气清，座中唯有许飞琼。

尘心未尽俗缘在，十里下山空月明。

写完后，许飞琼再次托梦于他，让他将自己的名字改掉，于是，第二天，这个人又起来，将第二句诗改为了“天风飞下步虚声”。许飞琼的典故就此流传下来，代之可望而不可即的人，容若在此，用典代指自己所爱女子。

而“字”指书信，这句是说他已经很久没有收到表妹的来信了。接下来便是很自然地过渡到了下文的猜测：人在谁边？人在谁边？叠句充分地展露了容若内心的不安与焦躁，还淋漓地表现出了他不可包藏的忧伤。

至于关于这个表妹后来如何，历史上再也找不到确切的记载，有人说她成了贵妃，也有人说她做了公主的老师，后来孤独一生，病死宫中。无论如何，这都是一个凄婉的悲剧，也难怪容若在上片最后一句哀婉地的抒情道：“今夜玉清眠不眠？”

“玉清”也是仙家语，指仙人居住的仙境。玉清由大罗而来，大罗天生出玄、元、始三气，分别化为三清天。《宝太乙经》载：“四人天外曰三清境，玉清、太清、上清，亦名三天。”这里的玉清则是指代皇宫，在无言的深夜，夜不能寐的容若披衣于浓重的夜色中，捂心相问：很久都没有收到你从宫中的来信了，没有我在你身边，你在宫中，过得还好吗？是否如同我思念你一样，也在思念我呢？

悠悠岁月，情思难断，容若这首词充分将这种剪不断理还乱的情感抒发出来，在上片的天上描写，可以看出一片虚无的空虚之感，让人在读这首词时，无时无刻不被容若为情所困的愁绪所感染。

而到了下片，容若也从天上落到了人间，“香销被冷残灯灭”引起开篇，烧完的香，冰冷的被子，还有那即将熄灭的灯火，这一切都是真真实实的身边事。而这一切也在提醒着容若，梦已经过去，现实依然凄冷，所爱的人早就远离这里，你在这里思念她的一颦一笑，而她说不定正在宫中，躺在另一个男人的怀抱里，强颜欢笑。

“静数秋天，静数秋天”，在这清冷的秋日，容若能看到的只有自己无尽而又无望的思念，回转头去，屋里那番清冷的景象，更是提醒他，誓言已去，美好的往昔早已随着夏日而去，在这个秋日，留下的除了揪心的疼痛，别无其他。

所以，容若只能最后感慨：“又误心期到下弦”。再也不能同心爱的表妹在一起，再也不能见到表妹温婉的笑容，即便拥着回忆入睡，醒来时，身边还是秋水般清冷的空气，令人禁不住泪流满面。

“心期”是指心愿，愿望，而“下弦”是指下弦月的时光，容若认为相聚的期限总会到来，但日子一天天过去，始终还遥遥无期。看来人生相逢这件事情，就如同月圆月缺一样，此事古难全。

人生总是有着无数的期盼，渴望与爱人团圆，但如同月亮有圆有缺一样，有些事情，一旦错过，就不可能再拥有。那曾经的盟誓，此生注定是无法相守了，所爱的人就好像天上的仙女，一去仙宫，便再也不返。想着那曾经翩跹的身影，从此形单影只地过着春夏秋冬，看不到曾经熟悉的脸庞，只能靠着回忆，用心思念，梦想着相聚团圆，但其实自己也清楚，什么也没有，什么都抓不住。

容若这首词，写尽了思念之苦，相爱之苦，相守之苦，离别之苦。

琵琶仙中秋

碧海年年[①]，试问取冰轮[②]，为谁圆缺？吹到一片秋香，清辉了如雪。愁中看、好天良夜，知道尽成悲咽。只影而今，那堪重对，旧时明月。

花径里戏捉迷藏，曾惹下萧萧井梧叶[③]。记否轻纨小扇[④]，又几番凉热。只落得、填膺百感[⑤]，总茫茫、不关离别。一任紫玉无情[⑥]，夜寒吹裂。

【注释】

①碧海：此处指青天。

②冰轮：即圆月。

③井梧叶：井边梧桐的树叶。

④轻纨小扇：指纨扇，即用细绢制成的团扇。

⑤填膺：充塞于胸中。

⑥紫玉：古人多截取紫玉竹为箫笛，因以紫玉为箫笛之代称。

【赏析】

抒发哀怨的感情时，幽怨的人最先想到的往往是月亮。唐明皇夜会梅妃，杨贵妃知得自己深爱的男人心中还装着别的女人，满怀忧伤，饮酒独醉，开口便是“海岛冰轮初转腾，见玉兔，玉兔又早东升”（《贵妃醉酒》）。纳兰容若思念起心头的人儿，起首也是“碧海年年，试问取冰轮，为谁圆缺”。

这首词描绘了中秋月下的景致：年年岁岁，问那天上的明月在为谁圆缺？夜风吹得桂花飘香时，那月色更加清净如雪。这花好月圆的美好景色，在满怀愁绪的人看来也只觉伤感呜咽。形单影只，该如何去面对那旧时的明月？曾记得我们在鲜花小径追逐嬉戏，惹得梧桐树叶纷纷飘落，还记得那轻纱团扇陪伴了几个寒秋。如今却只落得胸中百感交集，无处倾诉。任凭那幽咽的笛声唤起旧梦，吹到天明。

想必，容若所思念的，是他青梅竹马的恋人。看他所回忆的情节“花径里戏捉迷藏，曾惹下萧萧井梧叶”。钟鼎人家青年男女，家教甚严，举止必然大方稳重，及笄的丫头、弱冠的小伙儿必然不好意思跑来跑去地捉迷藏。能做这种游戏的，当是“郎骑竹马来，绕床弄青梅”的年纪。小小的姑娘一定还是“妾发初覆额”，一点儿不懂的羞呢，会“折花门前剧”。

那真是不会再来的美好时光，我们玩得多么畅快，撒了欢地在满是花朵的小路上奔跑，连梧桐树的叶子都被我们夸张的笑声与叫声惊落了几片。曾经我们共同走过的美好日子，并不短暂，“记否轻纨小扇，又几番凉热”。用细薄的纨素糊就的小团扇，陪伴我们在漫长的夏日赶凉风，扑流萤，经历了几多华年？那时，我们天真烂漫，亲密无间。

回忆再美，也只是一片虚幻。诗人希望自己永远沉浸在美好的往昔中，可惜总有醒来的时刻。事实是，他们有个美好的开始，却没能继续让生命在幸福中浸淫下去。满洲女子成年后，都会有选秀的机会，这是她们的权利，也是她们的义务。传说，容若初恋情人就不得已参加了选秀，进宫去了。境由心生，美好的秋夜在诗人眼中，是一片悲凉。

冰轮出碧海，美则美，却美得冷入骨髓。夜风吹动盛放的桂花，清冷的月光下，甜香的桂花竟然映现了白雪般冷艳的气质，让夜色更觉凄清。这样清冷的夜，清冷的心，唯有清冷的曲子才能与之相配。诗人用一支紫玉笛吹出哀婉的曲子，表达内心浓浓的抑郁与伤怀。

在感情面前，人人都以为自己想得开。一如徐志摩在与梁启超的信中所说：“我将于茫茫人海中访我唯一灵魂之伴侣，得之，我幸，不得，我命，如此而已。”事实上，真面对了那样一份刻骨铭心的感情，又怎么会轻易放得下？徐志摩不就以为自己放下了林徽因，娶了陆小曼，最后却还是为了林徽因的事情丧了性命。纳兰容若比之于徐志摩，更痴——他就不曾产生过放下的念头，即使是自欺欺人的也罢。这样的一个人，又怎能不痛苦呢？

·第六辑　春丛认取双栖蝶

爱是永远无法解释的根，纳兰用一生守护着这份无用的天真与深情——以一种不带敌意的固执，一种不含诱惑的痴念。

虞美人

曲阑深处重相见，匀泪偎人颤。凄凉别后两应同，最是不胜清怨月明中[1]。

半生已分孤眠过，山枕檀痕涴[2]。忆来何事最销魂，第一折枝花样画罗裙[3]。

【注释】

①不胜：受不住，承担不了。清怨：凄清幽怨。

②山枕：枕头，古代枕头多用木、瓷等制作，中凹两端凸起，其形如山，故名。檀痕：带有香粉的泪痕。涴：浸渍、染上。

③折枝：中国花卉画的画法之一，不画全株，只画连枝折下的部分。花样：供仿制的式样。罗裙：丝罗织成的裙子，多泛指妇女衣裙。

【赏析】

词本为“艳科”，以婉约为主，多写艳情，这是人们对早期词作品的印象。翻开古代词集，男女情爱、风花雪月乃是其中最重要的主题之一，这当中又不乏着重描写妇女的妖娆容貌、娇羞情态、华美服饰的作品。我国文学史上第一部文人词总集《花间词》中便有很多这样的词，所以后人常将其作为“艳词”的早期标本。

词的产生主要是为了表达文人心里那些诗歌所不能承载的细腻情愫，因而内容上自然会打上情感化的烙印，再加上早期词与乐曲相伴而生，其音乐基础为艳乐，多数时候都是由歌姬、妓女在倚红偎翠的环境下吟唱，因而便免不了绵软之气、柔靡之风，所以清代的刘熙载曾在《艺概·词曲概》里将词（尤其是五代时期的词）的特点概括为“风云气少，儿女情多”。

由于作者的气质与秉性使然，所以即使内容同为艳情，词作也往往会呈现出迥异的风格。早期花间词不仅内容空虚、意境贫乏，而且多追求辞藻的雕琢与色彩的艳丽，虽然词人多为男子，但他们写出来的文字却带着极浓重的脂粉气；纳兰容若的这一首《虞美人》虽然也写男女幽会，却在暧昧、风流之外多了几分清朗与凉薄。

发端二句“曲阑深处重相见，匀泪偎人颤”很明显出自李煜在《菩萨蛮》中的“画堂南畔见，一向偎人颤”一句。小周后背着姐姐与后主在画堂南畔幽会，见面便相依相偎在一起，紧张、激动、兴奋之余难免娇躯微颤；容若词中的女子与情郎私会于“曲阑深处”，见面也拭泪啼哭。但是细细品味，后主所用的“颤”字更多展现的是小周后的娇态万种、俏皮可人，而容若着一“颤”字，写出的更多是女子的用情之深、悲戚之深，同用一字而欲表之情相异，不可谓不妙。

安意如在比较李煜的《菩萨蛮》与容若的《虞美人》时曾说道：“同样是和伊人相处相偎相依，后主于清新中写出情人间的冶艳，而容若写出的感觉是一份静美婉约，恋人间的温柔爱怜。”

李煜前期词作多写宫廷享乐生活，其“冶艳”风格在多首词中都可窥见，比如他的《一斛珠》：“晓妆初过，沈檀轻注些儿个。向人微露丁香颗。一曲清歌，暂引樱桃破。罗袖裛残殷色可，杯深旋被香醪涴。绣床斜凭娇无那，烂嚼红绒，笑向檀郎唾。”这首词上阕写女子之美，下阕写女子与“檀郎”的调笑，几乎用一种白描的手法来写男女的嬉戏、玩笑，但用词的精准和情状描摹之细腻却令整首词都笼罩着一股美艳之色。

与很多花间词相比，李煜的艳词大多做到了艳而不俗，能将男女偷情幽会之词写得生动而不放荡。纳兰容若的这一首《虞美人》又在李煜之上。

曲阑深处终于见到恋人，二人相偎而颤，四目相对竟不由得“执手相看泪眼”，用安意如的话说，这一派春光令人读来“摇心动魄”，但接下来纳兰笔锋一转，这一幕原来只是回忆中的景象，现实中两个人早已“凄凉”作别，只能在月夜中彼此思念，忍受难耐的凄清与幽怨。夜里孤枕难眠，只能暗自垂泪，忆往昔最令人销魂心荡的，莫属相伴之时，以折枝之法，依娇花之姿容，画罗裙之情事。

这首词首尾两句都是追忆，首句写相会之景，尾句借物（罗裙）映人，中间皆作情语，如此有情有景有物，又有尽而不尽之意，于凄凉清怨的氛围中叹流水落花易逝，孤清岁月无情，真是含婉动人，情真意切。

从五代到两宋，又及清朝，“花间词”的传统虽有所保留，但那些风花雪月的事，还是被时光这支画笔涂抹上了不同的色彩，或妖艳，或清新，都是词海中的一朵浪花，各有风情。

采桑子

谁翻乐府凄凉曲[①]，风也萧萧，雨也萧萧，瘦尽灯花又一宵。
不知何事萦怀抱[②]，醒也无聊，醉也无聊，梦也何曾到谢桥[③]。

【注释】

①翻：演唱或演奏之意。乐府：诗体名，初指乐府官署所采制的诗歌，后将魏晋至唐可以入乐的诗歌，以及仿乐府古题的作品统称乐府，宋以后的词、散曲、剧曲，因配乐，有时也称乐府。

②怀抱：心胸。

③谢桥：谢娘桥，古时称所爱的女子（或妓女）为“谢娘”，称其所居处为“谢桥”。

【赏析】

这是一首爱情词，抒写对情人的深深怀念：是谁在翻唱着那凄凉幽怨的乐曲，伴着这萧萧雨夜，听着这风声、雨声，望着灯花一点一点地烧尽，让人寂寞难耐、彻夜不眠。在这不眠之夜，不知道是什么事情萦绕在心头，让人或睡或醒都如此无聊，梦中追求的欢乐也完全幻灭了。

容若的词有个特点，虽然读起来平淡无奇，但回味心头时，却是百味杂陈。正如梁启超所说的那样，纳兰容若的词是“眼界大而感慨深”。的确如此，纳兰深谙词之大义，他熟练地用一个一个汉字串成最美丽的章篇。

“谁翻乐府凄凉曲？”算是纳兰词中的名句，看似平白易懂，却于深处暗含波涛汹涌的愁绪，句中的“翻”字，是演奏、演唱的意思。“乐府”是诗体名，最初的时候是指乐府官署从民间采制的诗歌，后来将魏晋到唐朝可以入乐的诗歌，还有能够模仿乐府诗的古体诗歌都称为乐府。宋朝以后的诗歌、散曲、词、剧，能配乐的都成为乐府。

谁在唱着那些凄美的歌曲，歌声萧索，居然令“风也萧萧，雨也萧萧”了，而且还凄凉到彻夜无眠，“瘦尽灯花又一宵”了。古人的烛火一般是用羊油做成的，烛芯烧着的时候，有时候会发出小小的爆裂的声音，像烟火一样。

所以，在这里容若会用“灯花”来描写，美丽的词语既能增加词的美感，又能写出意境。这相思也有分类，容若的相思就如同燃烧的灯芯，模模糊糊，道不清真切，却是持持续续，烧不尽相思。

上片写完相思的凄凉，下片便转而写无聊的现状。“不知何事萦怀抱”，思念到深处，依然觉察不出什么事情才是牵绊自己思绪的“罪魁祸首”了。凄凉的心境令自己整夜无眠，而无眠之夜里，无谓的相思，更是令自己“醒也无聊，醉也无聊”了。

词写到这里，意境接近尾声，只是令读词的人还是不甚明了，令容若凄苦而又无聊的女子究竟为何人？可能是为了解决读者心中的疑惑，也或许是为了回答自己这一整夜无聊的思索，容若最后一句便交代为“梦也何曾到谢桥”。

收笔之句似乎在字里行间悄悄透露了这位不知名的女子的倩影。末尾处的“谢桥”是说谢娘桥，古人用“谢娘”来指代心仪的女子，而“谢桥”便是由谢娘衍生出来的美丽词语，指代佳人所住的地方。

夜阑更深，夜晚的静谧代替了白日的喧嚣，相思便也蠢蠢欲动，从心底涌上脑海，整首词看不出任何山盟海誓，海枯石烂的决绝，反倒是处处透着几分聚散无妨，由他去吧的淡然。容若的心在词句中若隐若现，似乎在对这份感情喃喃自语：随风去吧，相思本无期，但凡有一日我不再想起你，那么我们就无须再痛苦了。

戛然而止的诗词并没有隔断容若多情多思的思恋，曾几何昔，晏小山“梦魂惯得无拘检，又踏杨花过谢桥”，道出了相思的轻薄与随意。而相同的词境，在容若的词里，却是透着几分清爽的纯情与率真。这是一种无法言说的情愫，思念中带着自嘲，冷淡中带着自责，想说爱一个人真的不容易，但停止思念一个已经远去的爱人更是不容易。

一场古时候的思念，一个谢娘的故事，或许思念真的是从一座谢桥走向另一座谢桥，在不经意间品味思念似醉非醉的感觉。容若的词，无人能够真正地诠释，但这也正是容若词的魅力所在，因为不懂，所以悲悯。

因为每个人的梦中深处，都有一份得到却又失去的美丽。

浪淘沙

双燕又飞还，好景阑珊[①]。东风那惜小眉弯[②]。芳草绿波吹不尽[③]，只隔遥山。

花雨忆前番[④]，粉泪偷弹[⑤]。倚楼谁与话春闲？数到今朝三月二[⑥]，梦见犹难。

【注释】

①阑珊：残，将尽。

②那惜：不顾惜，不管。小眉弯：皱眉。

③芳草：香草。

④花雨：落花如雨，形容彩花纷飞。

⑤粉泪：旧称女子之泪。

⑥三月二：古代“上巳”节，汉以前以农历三月上旬巳日为“上巳”，是游春之日，这天人们到水边洗濯、饮酒、欢聚等，以为驱邪避祸，消除不祥。故王季桥《上巳》诗：“曲水湔裙三月二。”

【赏析】

这是一篇标准的上景下情之作。

双燕又飞还，告诉我们这是在一个静听梁间燕语呢喃的融融春日。燕子斜飞，上下翻覆，嬉戏于杏花烟雨中，如两个不安分的音符，轻掠怀春的心弦，激起一串低语涟漪。又是一年春好处，又是一年伤春时。然而再明媚的春日，一旦钻入了并不完整的梦境，多少会氤氲些伤春的气息。

梨香院落或红杏枝头，流连戏蝶或自在娇莺，都是好景。春一来，驱散了冬日的瑟缩和阴霾，纵使偶然阴雨，也是沁人心脾的润物细无声。纳兰那些缠绕于心的惋惜太难琢磨，是为着易逝的春光，还是为着轻易把人抛的韶华？几百年后评说人间词话的王国维似道出了纳兰噙在齿间的叹息，“最是人间留不住，朱颜辞镜花辞树”。无论什么清景，都敌不过这留春不住的决绝。

小眉弯，似面纱遮住了羞涩的容颜，掩住了那挂在唇边的许许情思。眉展，如远山横，想来应是静花照水的美人图；眉蹙，似山峰聚，眉尖心上惹人怜。花开错，东风不解语，怎惜得那新月般的眉眼？怪只怪，东风太泛泛，撩拨得柳絮轻飏，撩拨得繁花似锦，撩拨酣梦依旧微醺。

吹皱的不应只是一池春水，还有香山居士于冬日残雪未融时看到了芳草萋萋的影踪。除了青青芳草，还有什么能借一缕春风几滴春雨燎原呢？芳草绿波，一路铺遍蜿蜒小路，绿过大江两岸，却不敌遥山难越。遥山，仅仅是物理尺度上的遥远，纵是魂梦相见终须有期；怕只怕，遥山架在两颗离别的心间。“枝上柳绵吹又少，天涯何处无芳草”，东坡作狂放之态，是真正的豁达，还是自欺欺人地慰藉那颗习惯被愚弄的心？

旧地重游，微雨中的双飞燕似曾相识，如今零落花下只剩伊人独立。小楼又东风，一片春心却泛着凉凉秋意。高楼望断，花雨纷飞中思忆前世今生——不得相守，便信相遇即是缘尽。还记得那首写在银杏叶上，沁着淡淡的哀愁的诗行：

如何让你遇见我 / 在我最美丽的时刻 / 为这 / 我已在佛前求了五百年 / 求佛让我们结一段尘缘

佛于是把我化作一棵树 / 长在你必经的路旁 / 阳光下 / 慎重地开满了花 / 朵朵都是我前世的盼望

当你走近 / 请你细听 / 那颤抖的叶 / 是我等待的热情 /

而当你终于无视地走过 / 在你身后落了一地的

朋友啊 / 那不是花瓣 / 是我凋零的心

在一棵开花的树下，席慕蓉是作此番叹息，一如每位少女心中藏匿的梦。“从别后，忆相逢，几回魂梦与君同”，低吟着小山心曲，轻轻地，那人入梦来，激荡起纳兰颤抖的情绪；那人于梦中无视而过，恍然间梦醒，飘零一地的花瓣竟似碎落一地的心，香入尘埃。心底不为人知的思念，过往转瞬即逝的温情，曾经的似水柔情催得一人暗泪低垂。客已去，高阁依旧不语，今年落红满径时，惟余葬花人。纳兰，你这番衷情诉与谁人听？

痴儿遥望云中，盼得鸿雁归，却盼不得锦书来。独自倚高楼，去岁离别时的酒香微微可闻，送别时的一曲至今余音绕梁，只是当时离情今成别怨。

数到三月二，即是古时的上巳节。“二月二，龙抬头；三月三，生轩辕”，上巳节本是纪念轩辕生辰的日子。同是炎黄子孙，九州内各民族都有独特的上巳节习俗。能歌善舞的壮族在这一天蒸五色糯米饭，办歌会；侗族的上巳节又名花炮节，抢花炮、斗牛、对歌，亦是欢乐海洋。而一向矜持的汉族男女也会在上巳节这一天光明正大地相会河畔，互诉衷肠。沉郁顿挫如杜子美曾有艳语，“三月三日气象新，长安水边多丽人”，可想上巳节的鲜妍明媚。

只是，一个人的三月二，隐在心底的歌如涓涓溪流淌过时，谁能听到那汩汩呜咽？那是纳兰与她相约的日子吧，决计执手相伴的日子，或誓将相忘于江湖的日子？那人负他而去，酒入愁肠后似闻小山言，“梦魂纵有也成虚，那堪和梦无”。

清平乐

将愁不去[①]，秋色行难住。六曲屏山深院宇[②]，日日风风雨雨。

雨晴篱菊初香[③]，人言此日重阳。回首凉云暮叶[④]，黄昏无限思量。

【注释】

①将愁：长久之愁。将，长久。

②六曲屏山：如山峦般曲折往复的屏风。

③篱菊：谓篱下的菊花。语出晋陶潜《饮酒》诗之五：“采菊东篱下，悠然见南山。”后用以为典实。

④凉云：阴凉的云。南朝齐谢朓《七夕赋》：“朱光既夕，凉云始浮。”

【赏析】

找不到烦恼的缘由，却总也挣不脱这种没有缘故的心情，失落是每个人都体会过的。人们在人生中不断追求，前行的过程中，难免会有不如意的时刻，但容若却不应该是一个烦恼的人，在旁人眼中，他享尽了荣华富贵，可是在他自己看来，却并不满足。

这首词是重阳节的感怀之作：绵绵清愁挥之不去，无尽的秋色也难以留住。屏风掩映下那深深的庭院，整日愁风冷雨，不曾停歇。好不容易天晴了，菊花吐露出芬芳，听说今天正是重阳节。回望天边那阴云和暮色中的树叶，不禁产生无限的思绪。

与容若的这首《清平乐》相似的一首，是晏殊所写的一首《清平乐》，晏殊作为有名的词人，可以说是容若的前辈，晏殊那首《清平乐》如下：

金风细细，叶叶梧桐坠。绿酒初尝人易醉，一枕小窗浓睡。

紫薇朱槿花残，斜阳却照阑干。双燕欲归时节，银屏昨夜微寒。

晏殊的这首小词抒发初秋时节淡淡的哀愁，语言十分有分寸，意境讲究含蓄，晏殊只是从景物的变更和主人公细微的感觉着笔，一直是旁敲侧击地描写，而从不是从正面来写情绪的波动，这首词读后，令人感到句句寓情、字字含愁。仔细品味之余，语言的清新，风格的婉约也是一大特色。

同样是抒发内心惆怅，容若的《清平乐》就显得更为简单直接一些，说愁便直接写愁，简单明了地道出自己的烦恼。“将愁不去，秋色行难住。”愁苦无法挥去，就连美丽的秋色都无法挥去愁闷。此处“将愁”表示长久的愁闷，秋色最是伤人的，因为寂寥，故而最能引起人们的伤感，因为迟暮，因而能让人们无法释怀。

在秋色中想挥手赶走哀愁，这无疑是愁上加愁，而容若也丝毫不避讳自己对于忧郁的无能为力，他坦然地告诉人们自己真的是“将愁不去”。比起晏殊的含蓄和隐藏，容若就好像一个孩子，毫无忌讳地将自己内心深处的感受讲出来，丝毫不怕被世人耻笑。

或者正是因为这份坦白，容若的词更显得有种直白的魅力，无人能够替代。而后接下一句是："六曲屏山深院宇，日日风风雨雨。"屏风掩映下的庭院，日日风雨，愁云惨淡，人在这里，怎会不被感染。

容若居住的庭院，为何会让他感到哀愁，其实境由心生，所谓的庭院深深，还不是自己内心凄苦，所以，才看什么都会显出一副悲凉模样吗？是谁让容若如此哀伤，是谁家的女子让容若神色清冽地立于窗前，眉头紧锁，无限恨，无限伤。

容若的这首词是否为一个女子所作，不得而知。或者，这根本就不是容若为任何人写的词，而只是他在重阳之时，想起往昔，感怀往事的作品。我们无从知晓。容若的许多作品都是这样，看似表达了对某个人深深的思念，但其实这个人却好像虚无缥缈似的，让人摸不到任何踪迹。

"雨晴篱菊初香，人言此日重阳。"下片的风格稍显婉转，不再如上片那样晦涩，下片写到天气放晴，菊花绽放，香气扑鼻。然后词人才恍然大悟，原来是正逢重阳之日。重阳是一个让人伤感的节日。

古人写道"每逢佳节倍思亲"，说的便是重阳，重阳节是个让人思念故人的节日。容若身逢重阳，想起往日，必然是感慨万千。今夕往日，多少不同，而今一同从脑海中掠过，那些过往，仿佛还历历在目。

黄昏正在换取这一天里，最后的一抹阳光，暮日下的世界，被披上了迷离的光芒。黑暗即将到来，带走这一天的明亮，重阳节也很快就会过去。第二天依然是崭新的一天，"回首凉云暮叶，黄昏无限思量。"

只是在这即将告别白日的时刻，容若回首天边的云朵和落木，心头不禁思绪万千。这首重阳节感伤的词，写出了词人深埋心底的忧伤。

忆秦娥

长飘泊，多愁多病心情恶。心情恶，模糊一片，强分哀乐[①]。

拟将欢笑排离索[②]，镜中无奈颜非昨。颜非昨，才华尚浅，因何福薄?

【注释】

①强分哀乐：指喜怒哀乐分辨不清。强分，勉强分辨。

②离索：指离群索居的萧索之感。

【赏析】

这首词里，容若感慨自己的人生：常年漂泊在外，又加上这多愁多病之身，心情怎么能好呢。喜怒哀乐都分辨不清了，所有的感受交织在一起，模糊不清。想要排遣这离群索居的落寞而强颜欢笑，无奈镜中的容颜已逐渐衰败，今非昔比了。奈何日月蹉跎，人生易老，唯有自叹福薄!

作为词人，容若的内心是饱满多汁的，他渴望浪漫生动的生活，但作为臣子，他却只能每日恪守陈规，陪在君王左右，日复一日地度过无聊，一眼就能看到头的岁月。都说是寒疾害了容若，其实想来，或许是这无望而又无尽头的生活令容若的身体，逐渐萎靡，渐渐失去了生活下去的勇气。

容若向往着精神生活，他想要过有价值的人生，可是现实和理想之间，总是难以权衡的。纳兰容若无法选择自己的人生，他从一开始出生就注定了这种锦衣玉食，衣食无忧，但却贫瘠单调的日子。

每天陪在皇帝身边，打猎，游历，或是巡视奔波，这种没有尽头，重复性的生活，让容若对侍卫这样的生涯彻底失去兴趣，所以，他写下这首词，他不再掩饰自己内心的厌恶感，而是详细地写于纸上，宣泄出自己的无奈与心中的不满。

他大声地，直率地痛斥自己的命运为何如此，他感慨自己常常漂泊在外，又体弱多病。容若自幼身体就不好，患有寒疾。这种病发作起来，足以要了他的命，几次容若都是死里逃生，所以，他每次发病，都是一次死里逃生的经历。

这样也就可以理解，为何容若会在词的开篇写道："长飘泊，多愁多病心情恶。"这样的容若，实在是让人心疼，一片无奈的哀伤之中，仿佛能够逆转时光，看到病榻上的容若愁容惨淡，目光茫然。

常年的漂泊令容若没有家的感觉，而身体的孱弱更是令他每每都要经受病痛的折磨，在这双重的折磨下，如何还能够心情好呢。容若反复的一句"心情恶"更是强调出了这一个现实。

但是就算再怎么不情愿，容若也是无法挣脱开这样的现实困境，他的家族显赫富贵，同时也就注定了容若要为这与生俱来的富贵做出牺牲，付出代价。他作为帝王的侍卫，在外人看来无比显赫，无比荣耀。可是在容若看来却是枷锁，是束缚，但这都无关紧要，只要容若让人看到他尽心尽责，让人看到他的赤诚之心隐然可见。这就足够了。

这或许就是使命，是宿命的归结。容若百般挣扎之后，依然还是一道在王权倾轧下的寂寞背影，他明白自己的处境，自然也就不会心情好起来。容若只能自我安慰，他在上片的结尾处写道："模糊一片，强分哀乐。"

所谓强分哀乐，指喜怒哀乐分辨不清。容若自己也分不清楚自己的心境到底是怎样的，他只能浑浑噩噩地度日。

于是下片时候，他便写道："拟将欢笑排离索，镜中无奈颜非昨。"依然是一如既往的愁绪满怀，在下片更显得沉重和无奈，在下片的词句中，容若真实地表达出了想要离群索居的愿望，他想要逃离，但这仅仅是一个愿望罢了。

容若自己也知道，容颜易老，自己已经逐渐地老去，不再年轻。而那年轻的梦想，早就随着时光远逝。所以，他在词的最终，也只得无奈写下"颜非昨，才华尚浅，因何福薄？”这样一句就草草搁笔。

生命还未走到尽头，但尽头却已经露出端倪，这大概是人生的悲哀吧。容若对于这首词的把控很好，平平淡淡中道出内心所想。容若在词中有抱怨皇室的情绪，这在后人也有所看出。

对这一类词，《清词史》中的评价为“几乎是孤臣孽子的情绪”。纳兰容若对皇室的感情是很微妙的，这大概与他的职位和心性有关，不管如何，容若这首词的地位，还是不可否认的。

浣溪沙

酒醒香销愁不胜，如何更向落花行。去年高摘斗轻盈。

夜雨几番销瘦了，繁华如梦总无凭[①]。人间何处问多情。

【注释】

①繁华：是实指繁茂的花事，也是繁盛事业的象征。无凭：无所凭借、无所依托。

【赏析】

文章看似怜花，实际借花写出了对故人的思念。

一夜酒醒之后却发现柔弱的花儿已经凋零，只剩下片片花瓣残留，回忆起这些花儿仍在枝头绽放时的美丽容颜，谁能料到眼前这番颓败之景？如何能迈步再去赏花，如何舍得踏上这娇嫩的身躯，再给它们沉重的破坏？

去年高摘斗轻盈，花儿已经凋零，逝去的美好不再复返。只有回忆慢慢升起，顺着血液在全身汩汩流淌，渐渐涌上心头：那悠远的场景缓缓出现，春红柳绿，听得到黄莺嘤咛，听得到笑声如铃，去年今日赏花时，高摘斗轻盈。一起攀上枝头摘取花儿，比赛谁的身姿更加轻盈，一路笑语不断，惊起一片飞鸟。伊人如画美如梅。当时只道是寻常，而今阴阳相隔，只能花下落泪，睹物思人，争教两处销魂！

轻盈二字出自李白的《相逢行》：

“怜肠愁欲断，斜日复相催。

下车何轻盈，飘然似落梅。”

这首诗主要讲了作者在一次谒见皇帝之后巧遇一位美丽的女子，这惊鸿一瞥令他毕生难忘。于是他看着女子优美的身姿从心里发出感慨“下车何轻盈，飘然似落梅”。性德在这里主要是来形容心上人美如白梅。

即便是众星拱月，拥有繁华富贵功名利禄又能如何，谁解其中味。欲说却无言，锦绣丛中只落得满心荒芜。内心厌倦了现在的一切，但又无法逃离，只得佳人伴也就罢了，可总是天妒红颜，伊人早逝！

夜雨几番消瘦了，繁华如梦总无凭。风吹雨打，花儿怎禁得起如此，往日枝头的熙熙攘攘如烟如雾如画如卷如梦一场消逝了，不可依托。残留的花瓣无言地展示着时间的无情，繁华亦如此，不过是梦一场，不过是过眼云烟，欲借酒消愁，却愁更愁，醒来不过是更残忍的世界，绵绵阴雨带来的压抑加重了内心的孤寂，屋檐的水珠滴滴敲在心上。

落花飞尽，红消香断，往往惹得人吟出“一朝春尽红颜老，花落人亡两不知！”黛玉从小离开亲人进入荣国府，一介孤女只能在那样的大家庭中过着战战兢兢的日子，稍有不妥随时可能招来非议，于是她在《葬花吟》中感慨自己的身世是“一年三百六十日，风霜刀剑严相逼”，而生活在富贵之乡的性德不用担心自己的寄人篱下看人眼色，但是他面临着更加无奈的局面：出身贵族、超逸脱俗、才华横溢、宦海生涯平步青云，一切在别人眼里都是值得羡慕的，但是谁能了解他的天性，对仕途的不屑，对功名的厌倦，对友情的追寻，对爱情的坚守，这些堆积在内心深处无处诉说的话渐渐形成一层层厚厚的锈迹，一颗玲珑剔透的心，充满了斑斑伤痕。

李煜成为亡国君主后，日日梦回往事，但国家已灭，明月、雕栏仍在，朱颜不再，此恨悠悠，于是他感慨道："问君能有几多愁"，将心中的遗恨表现得淋漓尽致，从而流传千古！

但是他的"问君能有几多愁"尚有"恰似一江春水向东流"的下阕，人间何处问多情呢？性德无法得出结论，他在反问这个世界，反问世人，反问自己。

醉时的梦幻、酒后的残酷，往往令人唏嘘不已。夕阳渐渐爬上墙头，时光易逝，红颜老去，只留一地余香借以缅怀，内心的孤寂只能独自品尝，何处问多情？

浣溪沙，淘尽了英雄红颜，只留下千载的孤寂与相思。

摊破浣溪沙

风絮飘残已化萍[①]，泥莲刚倩藕丝萦[②]。珍重别拈香一瓣[③]，记前生。

人到情多情转薄，而今真个悔多情。又到断肠回首处，泪偷零。

【注释】

①风絮：随风飘落的絮花，多指柳絮。

②泥莲：指荷塘中的莲花。倩：请、恳请。萦：萦绕、缠绕。

③拈：用手指搓捏或拿东西。

【赏析】

从"记前生"句来看，这首词是怀念亡妻之作：柳絮飘落水中化为点点浮萍，池中的莲花被藕丝缠绕。分别之时手中握着一片芳香的花瓣，道声珍重，记取前生。人若太过多情，情就会变得淡薄，如今终于知道这个道理，于是后悔自己太多情。

又来到让人断肠的离别之处，无限伤情，泪水也暗自滑落。

这又是容若的一首悼亡词，想来是纪念卢氏的，作为容若的妻子，卢氏享受了容若太多的爱和关怀，之后容若虽然也娶过妻子，但都不及对卢氏那样情深意切，在卢氏死后，纳兰性德又续娶官氏，并有侧室颜氏。

而且在纳兰性德三十岁的时候，在好友顾贞观的帮助下，纳江南才女沈宛为妾。沈宛的才气十分了得，容若与她惺惺相惜，二人情比金坚，只是可惜的是，容若死得太早，娶了沈宛一年之后便去世了。

这段爱情故事也就此画上了句号。容若一生爱过几名女子，但他的悼亡词却是始终为卢氏而写，这位陪他走过人生青春年华最初阶段的女人，霸道地占有了容若的内心深处，那一抹不可被侵犯的领地。

续弦官氏对容若很好，而且对容若的长子富格也很好，但从这首词中可以看出，容若对卢氏的情感，并不是轻易什么人能够替代的。

多情公子在自己编织的情网中苦苦挣扎，犹如在风中久久飞舞的柳絮，终于支撑不住，掉落池塘，化作浮萍。容若也想重新开始新的生活，重新开始新的感情，忘记旧情，可是往日的美好就如同被施展了魔法的藤条，将他紧紧绑缚住，让他无法抽身。

上片以物开篇，“风絮飘残已化萍，泥莲刚倩藕丝萦”，这是多么无奈的描述，柳絮随风飘落，池中的荷花确实被莲藕牵绊着。以景喻情，格外伤情。这般景物就如同容若与前妻之间的感情，虽然已经是天人永隔，但他们之间的爱情，就像这扯不断的莲藕与荷花，就像飘飞许久不愿落于尘土的柳絮。

有着太多不甘心的容若，不愿意承认这段已经逝去的感情，他写这首词也就是为了悼念妻子，故而在上片结束的时候，他才会写道：“珍重别拈香一瓣，记前生。”其实就连容若自己也清楚，唯有忘记，才有重生。

记住前生的往事，则永远不能看到日后的阳光。上片结束后，下片便自然而然地承接，继而写道“人到情多情转薄，而今真个悔多情”。

在金庸的小说中，不乏为情所困的人，其中武功高强的李莫愁便算一个，她可谓人到情多情转薄。为了爱一个男人，她将自己的一生都置于仇恨之中，但最终，她也没有得到那个男人的心，反而是令自己痛苦一生。

容若比不得李莫愁的凶残和极端，那是因为容若明白多情之苦，他悔当初的多情，如果可以少一分感情，那便是少一分牵挂。也不至于而今时过境迁，依然是“又到断肠回首处，泪偷零”。

这首《摊破浣溪沙》写得极为动人，尤其是下片中的那句：“人到情多情转薄，而今真个悔多情。”脍炙人口，流转千年，依然不减光芒。想要探查情爱相思之苦，只要看这首词，便可领略一二了。

落花时

（按此调谱律不载，疑亦自度曲。一本作好花时）

夕阳谁唤下楼梯，一握香荑[①]。回头忍笑阶前立，总无语、也依依[②]。

笺书直恁无凭据[③]，休说相思。劝伊好向红窗醉，须莫及、落花时。

【注释】

①香荑：柔软而芳香的茅草嫩芽。荑，茅草的嫩芽。

②依依：美丽。

③笺书：信札，文书。直恁：犹言竟然如此。无凭据：不能凭信，难以料定。指书信中的期约竟如此不足凭信，即谓误期爽约之意。

【赏析】

这首词刻画恋人相会时的场景：夕阳中，谁把她从楼上唤出，手握一把香草。

下得楼来，她却忍着笑意立在阶前，一语不发，尽管如此却依然美丽。信中相约却未如期而至，如今就不要再说什么相思了。劝你沉醉小窗，还没有到落花相见之时呢！

“夕阳谁唤下楼梯，一握香荑。”这首词写下了夕阳西下，恋人相约时，既相爱又娇嗔的场面。容若依然是用他典型的直白开场，写下了这个故事的开端，从楼梯上下来，女子手中握着香草。“香荑”是指刚刚长出来的嫩草，带着淡淡青绿色，有着植物特有的芳香，好像男女初恋的味道，青涩，好闻。

本来，恋人相见，应当是欣喜若狂，立即相拥在一起。可是这时，女子却做出了一个令人难以理解的举动，她被恋人唤出，从楼上下来，在楼梯上，手捧香草，微微带笑，准备去和朝思暮想的恋人见面。

可是她却忽然地“回头忍笑阶前立”，一言不发，叫人摸不着头脑。停在那里，不再走到恋人跟前，看到相爱的人站在楼下，急得抓耳挠腮，这大概是许多女子在恋爱中都喜欢玩儿的一个小花招。

这首词里的女子也是如此，说到原因，无外乎是恋人不守约定，错过了约期。所以，女子才要故作矜持，故作冷淡。她想要惩罚男子，要挫挫男子的锐气，容若能够这样描写一个女子，也写出了他的内心想法，作为清朝贵胄，容若并不是秉承大男子主义的，在他心里，尊重女性，也关爱女性。容若的心里始终充满爱意，他对一切都包含深切的爱，所以，他才会让女子以这样的形态出现。本来是等得着急，急切得想要见到男子，可是在见到男子之后，却又止步不前，无语相对。这是对那些妄自尊大的男人一点教训，告诉那些男人，不要认为女人就是一件附庸品，想怎么样就怎么样，女人也是需要认真去对待，去爱的。

总的来说，上片就是在写二人相会，女子撒娇矜持的场景。容若从女子落笔，将其写得活泼可爱，十数字间就将女子的形貌神情，心事点点，都写得清透微妙，读起来惟妙惟肖。容若的这首词词风雅致，格调清淡。上片最后“总无语，也依依”六字，更是道出了女子的小小心事。

据传这首《落花时》是容若写给自己初恋情人的，不过无法考证，究竟实情如何，也无法确切得知。但这首词确实是写得细致入骨，女子等情郎，见情郎，怨情郎，怪情郎的种种都在短短的一首词中道明。

“笺书直恁无凭据，休说相思。”春光流转不定，春风盎然，但依然会过渡到夏日，四季轮回，无人可阻，感情之间的事情也不外乎如此，没人能够肯定相亲相爱一生一世，但只要当时用情至深，那便是此生无悔了。

不需要立下什么凭证，因为当初书信中所写的约期，男子没有遵守，这样不守承诺，如何还能相信？女子对男子如此埋怨到，她要男子知道，自己也是有血有肉的女人，需要被男子认真地对待。

如果不能被男子珍惜，那也不需要他的相思。女子看似决绝的一面底下，隐藏的其实真诚的爱恋。看到男子被自己的严厉吓到，女子又于心不忍，她转而安慰男子，“劝伊好向红窗醉，须莫及、落花时”。用风景来过渡，将之前的冷淡场面敷衍过去，毕竟男子还是来了，又何必去计较之前的种种呢？

女子对男子说，春光太好，定要珍惜，不要因为犹豫而错过了两个人相处的好时机。不然等到花落时，定要后悔万分的。言语之中含有“有花堪折直须折”的意思，女子内心的情感不言而喻，她还是爱着男子的，希望得到男子的爱。

精准的用词中，看得出其中缱绻的情意，离愁，离恨，相爱，相守，爱情之中的种种，容若尽悉把握词中。生命犹如朝露，虚幻间便很快度过了一生，如果不及时把握，那悔恨的将会是自己。

容若是真的懂得爱，所以，他能够将爱写到如此轻描淡写，却如此深入人心，这首词的风流蕴藉之处，很有北宋小令的遗风，亲昵，却又不失庄重，艳丽，但又并不艳情，容若的风骨之高，由此可见。

相爱的人在词的结尾，相守在一起，虽然并未提到之后，他们会如何发展，是否会结婚生子，是否会分手离别。但故事戛然而止，让人们对这个故事充满了想象与心动，文字是容若的生命，与容若的血液融合在一起，《落花时》仿佛是容若青春年少时的一笔缩写，在偶然的时间，偶然地邂逅一名爱的女子，就不要轻易错过，如同遗失的春光，瞬间的把握，就可以是一辈子的回忆。

秋千索

游丝断续东风弱[①]，浑无语、半垂帘幕。茜袖谁招曲栏边[②]，弄一缕、秋千索[③]。惜花人共残春薄，春欲尽、纤腰如削[④]。新月才堪照独愁，却又照、梨花落。

【注释】

①游丝：指飘浮在空中的蛛丝。

②茜袖：女子的红色衣袖，指美女。曲栏：曲折的栏杆。

③秋千索：指秋千的绳索。索，绳索。

④纤腰：细腰。

【赏析】

容若的悼亡词总是让人欲语泪先流，他的词有着直插心扉的锋利之处，但也有着微风拂面的温柔之处。在他的许多的悼亡诗里，都流露出了哀婉凄楚的相思之情和怅然若失的怀念之情。这首《秋千索》是容若为卢氏所作，是一首抚今忆昔、触景伤情之作。

春风中的游丝断断续续飘来荡去，屋檐下，帘幕半垂，悄无声息。曲折的栏杆边那穿着红色裙衫的女子，正戏玩着秋千。春日将残，惜春不及，留春不住，伤春不已。一弯新月照着独自伤怀的人，又将光影移到散落满地的梨花之上，怎不叫人愈加憔悴。

语浅意深的词句，令容若的词句散发出异样的光彩，而简明易懂的白话词，更是不需要任何注释。只要读过一遍，就能清楚容若字字句句中所蕴含的感伤。上片的第一句“游丝断续东风弱，浑无语半垂帘幕”道出了春风中的无奈感，游丝的飘荡，低垂的房帘，还有悄无声息的状态。

这一切都是寓意着心境的沉闷，全词以这样的一种意境起篇，而在下片的结尾一句，却是“新月才堪照独愁，却又照梨花落”。以这样的一句结束整首词，新月照在满地的落花上，无限伤心尽在不言中。

世间最痛苦的事情不是生离，而是死别。离别尚且还有希望，能够期待见面之日，但死别却是无法挽回之事了。人与人之间的情愫都是如此，爱上一个人，就希望生生世世和他在一起，一旦爱的人死去，那种感觉，真是生不如死。

容若最是懂得爱的人，他与卢氏，情比金坚，而今卢氏逝去，留他一个人独自面对这滚滚红尘，是多么滑稽而又凄惨的境况。容若的爱并没有随同卢氏的死去而渐渐减弱，反而愈发深刻。

他不像古代其他的男子，三妻四妾，当女人为玩物。容若一旦爱上，那便是海枯石烂，至死不渝。可惜，上天不作美，容若而今只能靠着记忆去找寻当日的幸福，正如他词中所写的那样：“茜袖谁招曲栏边，弄一缕秋千索。”

当日那个红衣飘飘的女子，仿佛还在眼前，可现实却是，空荡荡的秋千，只能随风摇摆。这真是：“惜花人共残春薄，春欲尽纤腰如削。”爱惜花朵的人总是伤感春日的短暂，但岂不知，时光已逝，万物凋零，这就是世间的规律。谁也无法逃避。

卢氏是幸运的，她获得了容若的全部真心，但她也是不幸的，她没能够安守在容若身旁，看到他们今后的岁月。柳永的一首词与容若的这首悼亡词有着异曲同工之妙，《雨霖铃》中有句话是：“此去经年，应是良辰好景虚设，便纵有千种风情，更与谁人说。”

几句话便道尽了离别之痛，生离尚且如此，更何况死别，容若所经历的痛楚更是他的百倍。所以，在容若的词中，悼亡已经不只是一种追念了，更是一种安抚自己勇敢活下去的勇气。

花开花落终有期，或许有一天，那个所爱的人，会以一种你所不知道的方式，静静地回到你身边。

浣溪沙

一半残阳下小楼，朱帘斜控软金钩[①]。倚阑无绪不能愁。

有个盈盈骑马过[②]，薄妆浅黛亦风流[③]。见人羞涩却回头。

【注释】

①朱帘：红色帘子。斜控：斜斜地垂挂。

②盈盈：仪态美好的样子。这里指仪态美好的女子。

③薄妆：淡妆。浅黛：指用黛螺淡画的眉。

【赏析】

浣溪沙，乃唐玄宗时的教坊曲名，又作浣溪纱，因西施曾经浣纱于若耶溪，故又作浣沙溪。纳兰性多悒郁，词多忧伤，此词不可多见地有着清新愉快的情调，描绘了黄昏无聊中与一个优雅女子的美丽邂逅。

若说诗词是以意象符号来表达情感的艺术，那么纳兰以及李煜之词却是例外，其词虽明白如话，读来却如字字珠玉滚落于玉盘，久久回响，余音绕梁，又如花开于山谷，朵朵明艳，却又清新脱俗，这就是他们的艺术魅力之所在。可惜古词的配乐已经缺失，否则付之于笙箫，必定是“此曲只应天上有，人间难得几回闻”。

上阕写景，时光如水，悠悠又是夕阳西下，游玩的阁楼沐浴着夕阳的余晖，静谧而祥和，仿佛整个玉柱雕梁的皇城都慵懒地在夕阳里躺着。残阳，一个“残”字，体现出了作者当时的心境。为什么不是夕阳而是残阳？当然这形容词不同，意象的色彩不同，描摹的作者的心境就不同。表现了纳兰在时光流逝中无奈而彷徨的心情。

华丽的锦帘斜斜地垂挂在金色的帘钩上，柔软而弯曲，无声无息，没有一丝清风拂过，就像人的慵懒的身体，不想移动半步。独自一个人，眼睁睁地望着夕阳渐渐在西天下沉，然后熔化在天之尽头，望着朱帘在夕阳的余晖中闪动着光泽，背靠着栏杆，不能控制自己的闲愁。

容若愁什么呢？或许是一个文人天生的悒郁吧，只有经历过苦难的人才能领略到平和日子的幸福，一个太幸福的人，是会在幸福里生出无聊来的，正如一句话说的，“我们在天堂里找到了厌倦，背靠背地猛打呵欠”，纳兰正是在天堂里找到了厌倦而打哈欠的人。“朱”乃富贵之色，平常人家是不可能享有的，“朱门酒肉臭，路有冻死骨”中的朱门就是指富贵的帝王将相之家，朱帘，也是富贵之家才有能力使用，纳兰就在这朱楼梦里朱颜谢，从而感到无聊而悒郁。

上阕犹如勾勒了一幅美丽的风景画，又像一个放映着自然景色的电影镜头，下阕突然从镜头里映入眼帘的是一位骑马走过的风姿绰约的女子，嗒嗒的马蹄给人以一种无聊之中的惊喜。从静态的灰色场景马上转变成了一种动态的迷人风景，具有戏剧的变换手法。

薄妆浅黛，却又清新脱俗，美丽动人。没有浓妆艳抹，没有施粉抹香，却是天生丽质。黛，是一种画眉的黛石，“眉是黛山青”，说的就是美女的眉毛像远处的青山一样，美丽如黛。这种淡妆出行，却也不能影响她的美丽，“风流”指女子的一种神韵和气质吧，而不是形容男子的眠花宿柳的风流。

最后一句可谓就是王国维说的“不着一字，尽得风流”的令人拍案叫绝的佳句了！“见人羞涩却回头”，通过对这个女子回眸的一瞬间，这个小小的细节的描写，把这位女子外表之外的内心和情感体现得淋漓尽致，让这位女子的形象可爱至极。

这里不得不谈谈中国传统的女子之美，是一种朦胧美（当然还是区别于伊斯兰世界的蒙面女），是一种“犹抱琵琶半遮面”的美，讲究的是一种内敛，而不是张扬，是一种婉约，而不是一种直白，“窈窕淑女，君子好逑”，不是淑女去“逑”君子。所以，在中国传统文化中，羞涩自然是一种内敛的美，但是这种羞涩，也难以掩饰怀春少女的内心情感，想象着她羞红的桃花儿脸面儿，却忍不住悄悄回过头来看一眼身后的这位美男子纳兰。此句也体现了纳兰词的特点，就是直白而直指内心，与李煜之词异曲同工，这也正是纳兰的卓尔不群之处。这个瞬间，被作者敏锐的双眼发现了。

张钧先生在纳兰性德全传中，虚构了一个情节，说的是纳兰的表妹雪梅跟着他学骑马，雪梅开始胆子小，不敢骑着走，直到纳兰把她扶上马背，并开导她后，她胆子大些了骑着马走了，雪梅在马背上回首，有一种羞涩之感，从而触发了纳兰的灵感。当然这只是查无实据的虚构，从欣赏诗词的角度，需要的是留下想象的空间，说直白了，就不是诗词，而是小说了。

总体来说，这阕小词，虽没有过多的层叠渲染，但是词风轻灵活泼，在纳兰众多“凄情”的词中，显得温暖而欢快，亮丽不少。

临江仙寒柳

飞絮飞花何处是？层冰积雪摧残[①]。疏疏一树五更寒[②]。爱他明月好，憔悴也相关[③]。

最是繁丝摇落后，转教人忆春山[④]。湔裙梦断续应难。西风多少恨，吹不散眉弯[⑤]。

【注释】

①层冰：犹厚冰。宋辛弃疾《念奴娇·和南涧载酒见过雪楼观雪》词：“便拟明年，

人间挥汗，留取层冰洁。”

②疏疏:稀疏貌。唐贾岛《光州王建使君水亭作》诗:“夕阳庭际眺,槐雨滴疏疏。”

③相关：彼此关联，相互牵涉，互相关心。

④春山：春日的山，亦指春日山中。春日山山色黛青，因喻指妇人姣好的眉毛，这里指代亡妻。

⑤眉弯:弯弯的眉毛。清龚自珍《太常行》词:“似他身世,似他心性,无恨到眉弯。”

【赏析】

这是一首借咏寒柳而抒伤悼之情的词作，容若在词中咏物写人，亦柳亦人，委婉含蓄、意境幽远，可谓其咏物词中的佳作，陈廷焯在《白雨斋词话》中曾这样评价这首词：“余最爱其《临江仙·寒柳》云：‘疏疏一树五更寒。爱他明月好，憔悴也相关。’言中有物，几令人感激涕零，容若词亦以此篇为压卷。”

词一开篇，容若就开门见山地提出一个疑问“飞絮飞花何处是”，在这冰天雪地的严冬，那迎风飘逝的柳絮杨花去了哪里？这一问，十分生动地表现出他的焦虑、寻觅之神态。

有的人可能要问，这不是一首咏柳词吗？怎么凭空多出来杨花这个意象？的确，杨树、柳树本是两种不同的树，但由于它们的种子杨花和柳絮都带有白絮能飞，飞絮期又基本相同，因此杨花和柳絮在古典诗词中常常被认为是代表同一个意象，而容若在这里用到“杨花”的意象，估计是想要造成叠音的声音效果。

对于首句提出的疑问，容若马上自问自答说“层冰积雪摧残”，原来是严寒无情扼杀了漫天的生机。

“疏疏一树五更寒”照应词题的“寒柳”，在这句中，“疏疏一树”四字本就让人从心底升起一股寒意，何况还是寒气最重的五更天气，这更令人备觉凛冽凄清。

上阕的尾句让清冷中浮起一丝暖意，“爱他明月好，憔悴也相关”，柳树在明月的映照下显得更加憔悴，但也更让人怜爱。

如果容若在上阕中以柳喻人，勾画出亡妻姣好的外表以及多舛的命运，那么在下阕中，容若则开始追忆往昔，抒写悼亡之情。

“最是繁丝摇落后，转教人忆春山”，在繁茂的柳丝摇落之时，容若想到了亡妻。“春山”一词虽然不着一色，但却让人感觉到春意盎然，从中我们也能猜想到卢氏昔日的风采。如今伊人已逝，即使梦里相见，可慰相思，但却好梦易断，断梦难续。

“湔裙梦断续应难”中“湔裙”的意思是洗裙，相传窦泰的母亲在怀他的时候，到了产期却不能分娩，于是就求助于巫师，巫师说:“只要渡河湔裙，就容易产子。”后世用“湔裙”谓妇女有孕至水边洗裙，分娩必易，容若在这里用到这个典故，暗指妻子卢氏死于难产。

英国诗人雪莱曾说:“冬天到了，春天还会远吗？”的确，按照四季更替的规律，寒冬之后便是暖春，那时春山依旧如黛，只可惜在容若的心中，一切都已物是人非，自爱妻死后，这样的春天就不再属于他了，所以他才发出“西风多少恨，吹不散眉弯”的慨叹，这一声叹息中，饱含着许多惆怅与悲苦。

唐多令塞外重九

古木向人秋，惊蓬掠鬓稠[①]。是重阳、何处堪愁。记得当年惆怅事，正风雨，下南楼[②]。

断梦几能留，香魂一哭休[③]。怪凉蟾、空满衾裯[④]。霜落乌啼浑不睡，偏想出，旧风流。

【注释】

①惊蓬：疾飞的断蓬，喻行踪漂泊不定。也用来形容散乱蓬松的头发。

②南楼：在南面的楼，南朝宋谢灵运有《南楼中望所迟客》诗。

③香魂：美人之魂。

④凉蟾：皎月，指秋月。唐李商隐《燕台诗·秋》：“月浪衡天天宇湿，凉蟾落尽疏星入。”衾裯：指被褥床帐等卧具，语出《诗·召南·小星》：“肃肃宵征，抱衾与裯，寔命不犹。”

【赏析】

这首词写在塞上重阳伤感：深秋重阳，蓬草连飞，塞外一派萧疏荒凉，触动了离愁与相思。记得当年重九日的往事，你在风雨之中走下南楼。梦断忆梦，梦中你音容宛然，但却一哭而别，好梦醒了。都怪那清冷的月光，照得满床清辉，把梦惊醒。窗外满地霜华，城乌夜啼，反反复复不能入眠，于是想起以前的风流旧事，愈加愁怀难耐。

作为一首怀人之作，其间洋溢着一片柔情。上片描绘了秋季的萧瑟寂寥的景象，下片则是描写重阳节伤感的情思，容若孤眠愁思的情怀，由景入情，情景交融。容若只是单纯地写景写情，却能够抓住秋声和秋色，便很自然地引出秋思。

“古木向人秋，惊蓬掠鬓稠。”写秋季景象，容若看到了一叶落知天下秋，他将荒凉写入词中，秋季不需要去描述，只要侧耳倾听那静寂无声的野外，就能够听到秋季寂寞的声音从耳边飘过。这声响不是来自树间，不是来自风声，而是来自容若的内心深处，那一抹寂寞发出的声响。

“是重阳何处堪愁？”一处反问，由重阳感到神伤，由秋声而感知寒意。这里的何处堪愁，用到了极致。愁在何处，何处又有愁？秋季时节，孤寒处境，心意难平，而后由这眼前的事物，想到了往日的情景，“记得当年惆怅事，正风雨，下南楼。”兼写物境与心境。二者相得益彰，令词义在此融洽。

空荡的阁楼上，风雨之中，容若思念的那个人走下楼梯，步履轻盈。至于这个人是谁，无从说起，也无须说起。上片在一位女子的脚步声中轻柔结束，这段描写，感情细腻，色泽绮丽，有花间词人的遗风，更有一股容若自己的风格之气。

这里写到女子轻移步伐走下南楼，女子的娇羞与妩媚尽在词中展露。佳句皆因佳人得，这短短的几个字，就勾画出了一幅美丽的画面，更因为如此，容若的相思才更让人心疼，这样的相思，到底是为哪个女子产生？

声情顿挫，骨力遒劲。而同时又不失感染力，这样的词句直接过渡到了下片，下片则是以一个“念”字为灵魂，抒写容若垂泪思念的愁意，挑灯倚枕的愁态，攒眉揪心的愁容，读者仿佛能够看到，一个清瘦的男子，在灯前，眉头紧锁。

“断梦几能留，香魂一哭休。”从睡梦中惊醒，脸颊被泪水湿透，冰凉的感觉直入心扉，范仲淹曾在《苏幕遮》中说：“酒入愁肠，化作相思泪。”可是在这里，容若不需要酒，那点点相思泪便涌出眼帘。

“怪凉蟾空满衾裯。”在这里，“凉蟾”是指明月，他是化自李商隐的《燕台诗·秋》：“月浪衡天天宇湿，凉蟾落尽疏星入。”愁肠化作相思泪，比起上片来，愁绪在这里又添一折，又进一层，愁更难堪，情更凄切。

“霜落乌啼浑不睡，偏想出，旧风流。”既然无法安然入睡，那些前尘旧事自然是无法控制地涌上心头，过去种种，今日看来，全是眼泪。容若的心，被眼泪浸泡得已然脆弱不堪，一击就碎。这个男人，最大的不幸便是太过多情，无法忘情了。

水龙吟题文姬图[①]

须知名士倾城，一般易到伤心处。柯亭响绝[②]，四弦才断[③]，恶风吹去。万里他乡，非生非死，此身良苦。对黄沙白草[④]，呜呜卷叶，平生恨、从头谱。

应是瑶台伴侣[⑤]。只多了、毡裘夫妇[⑥]。严寒觱篥[⑦]，几行乡泪，应声如雨。尺幅重披[⑧]，玉颜千载，依然无主。怪人间厚福[⑨]，天公尽付，痴儿呆女[⑩]。

【注释】

①文姬：汉蔡文姬，名蔡琰，字文姬，生卒年不详。陈留圉（今河南杞县南）人。为汉大文学家蔡邕之女。博学能文，有才名，通音律。有《悲愤诗》二首传世。

②柯亭：古地名。又名高迁亭。在今浙江绍兴西南，以产良竹著名。晋伏滔《长笛斌》："邕避难江南，宿于柯亭。柯亭之观，以竹为椽。邕仰而盯之曰：'良竹也。'取以为笛，奇声独绝。历代传之，以至于今。"

③四弦：指琵琶。因有四弦，故称。

④黄沙白草：形容边塞的荒凉景象。

⑤瑶台：美玉砌的楼台。亦泛指雕饰华丽的楼台，指传说中的神仙居处。

⑥毡裘：古代北方少数民族用毛制成的衣服。

⑦箓：古代的一种管乐器，形似喇叭，以芦苇为嘴，以竹做管，吹出的声音悲凄，羌人所吹。唐刘商《胡笳十八拍》第七拍："龟兹觱篥愁中听，碎叶琵琶夜深怨。"

⑧尺幅：指小幅的纸或绢，泛称文章、画卷。披：披露、陈述。

⑨厚福：多福，大福。

⑩痴儿呆女：指迷恋于情爱的男女。

【赏析】

在赏析这首词之前，我们首先要了解一下蔡文姬。

蔡文姬，名琰，字昭姬，为避司马昭的讳，改为文姬。她父亲是大名鼎鼎的音乐家蔡邕。文姬在父亲的熏陶下，既博学能文，又善诗赋，兼长辩才与音律。初嫁河东卫家，卫家是河东世族，她的丈夫卫仲道更是一名才子，夫妇两人恩爱非常，可惜好景不长，不到一年，卫仲道便因咯血而死。文姬守寡在家。当时正处东汉末年，军阀混战，北方匈奴趁机掠掳中原一带，在"中土人脆弱、来兵皆胡羌，纵猎围城邑，所向悉破亡。马边悬男头，马后载妇女，长驱入朔漠，回路险且阻"的状况下，蔡文姬与许多被掳去的妇女，一齐被带到南匈奴。

饱受番兵的凌辱和鞭笞，一步一步走向渺茫不可知的未来，当时蔡文姬刚刚二十三岁，正值青春年华。然而这一去就是十二年。她嫁给了虎背熊腰的匈奴左贤王，饱尝了异族异乡异俗生活的痛苦。后为左贤王生下两个儿子，她学会了吹奏“胡笳”，相传《胡笳十八拍》即为其所作，曲调哀怨，动人心魄。后来曹操统一北方，挟天子以令诸侯。曹操少年时代曾受蔡邕教导，得知文姬被掳，便派使者携带黄金千两，白璧一双，将她赎回，后改嫁董祀。

容若的这首题画之作，正式描写文姬被掳时的情景。

“须知名士倾城，一般易到伤心处”，这句中的“倾城”应解释为美女，首句的意思：名士与美女都有一个共同的特点，那就是多情而敏感，他们最容易生愁动感。

接下来，在“柯亭响绝，四弦才断，恶风吹去”这句中，容若提到两个典故。

相传蔡文姬的父亲蔡邕避祸于江南，有一次宿于柯亭，看到这里的椽子是用竹子做成的，经过仔细观察，认定第十六根竹椽是制作笛子的好材料，于是将其买下，制成笛子后，音色果然十分优美，“柯亭响绝”的意思是说蔡邕已经逝去，人们再也听不到美妙绝伦的笛声了。

蔡文姬受父亲的熏陶，很小就精通音律，相传在她六岁的时候，蔡邕夜里弹琴，不小心弄断了一根琴弦，蔡文姬马上就听出是第二根琴弦。开始，蔡邕还不以为然，认为女儿不过是碰巧猜中而已。为了证明自己的判断，他又有意弄断另一根琴弦，蔡文姬又准确地指出是第四根，因此后人也称蔡文姬为“四弦才”，“断”有断弦之意，“四弦才断”暗指蔡文姬经历了丧夫之痛。

了解了以上两个典故后，其他词句就显得平白如话，十分容易理解了，“恶风吹去”指的是蔡文姬被匈奴掳去的事实。随后，容若对蔡文姬赴漠北的情景进行了描写，并对其“万里他乡，非生非死，此身良苦”，“玉颜千载，依然无主”的悲惨命运表示了哀叹和同情，最后三句更是对老天让那些“痴儿呆女”偏得“人间厚福”

发出了不平的慨叹。

此外，有的词学家联系当时的时代背景，认为这首词乃是一首借题发挥之作，是容若借蔡文姬为顾贞观的好友吴兆骞鸣不平，这种解读也有一定的道理。

前文我们已经提到，吴兆骞因受“丁酉科场案”的牵连而被判入狱，第二年，他与家人被流放到宁古塔。这原本是清初的一大冤案，在当时影响甚大，在其流放期间，许多诗人都赋写诗文，为其所受的冤屈鸣不平，而容若的这篇词作就是其中的一首。词中的“名士”就是指吴兆骞，“非生非死”则化用吴伟业送给吴兆骞诗“山非山兮水非水，生非生兮死非死”。“毡裘夫妇”则是指吴兆骞与妻子葛氏在宁古塔的流放生活。如果真按这种方法解读这首词，那我们就不得不赞容若写作手法之高超，他将“名士”与“倾城”的身世巧妙地联系起来，隐约含婉，精彩绝伦，要远胜过那些描写风花雪月，儿女情长之作。

菩萨蛮

萧萧几叶风兼雨，离人偏识长更苦[①]。欹枕数秋天，蟾蜍下早弦[②]。

夜寒惊被薄，泪与灯花落。无处不伤心，轻尘在玉琴[③]。

【注释】

①长更：长夜。

②蟾蜍：指月亮，《后汉书·天文志上》“言其时星辰之变”，南朝梁刘昭注：“羿请无死之药于西王母，娥窃之以奔月……娥遂托身于月，是为蟾。”后用为月亮的代称。早弦：上弦月。

③玉琴：玉饰的琴。亦为琴的美称。

【赏析】

风也萧萧，雨也萧萧，窗外秋叶凋零破碎，人却辗转反侧，久久难眠。异乡漂泊，经年不归，只因那难抑的孤独，故而独独品出了长夜漫漫的痛楚。辗转反侧，忽而望见深秋的月，半月当空，凄冷如水，正如此时的心境。

不知何时已昏昏睡去，也不知道醒来又是何时，只是忽然备感夜里透骨的寒冷，灯烛摇晃明灭，灯花也随着脸颊上的泪滑落下来。此时此景，处处勾连起心中的伤感，尽付与琴声。

这首词写一位“独在异乡为异客”的离人，适逢深秋之夜，孤枕难眠的凄惶心境。

上阕，先展开一幅凄凉萧条的秋夜图卷。“秋风秋雨愁煞人”，秋叶、秋风、秋雨、“秋天”、“蟾蜍”，营造萧索、凄凉的意境。“蟾蜍”代指月亮，“羿请无死之药于西王母，娥窃之以奔月……娥遂托身于月，是为蟾。”这个带着传奇色彩的典故也给月亮增加了离别与相思的蕴意。在这个凄清的深秋之夜，“离人偏识长更苦”，只有处于某种境地的人才懂得特定事物的特定含义。“长更”就是“长夜”的意思，长夜何以“苦”呢？只因心中孤寂难耐，“欹枕”却久久难以入眠。这与范仲淹的“黯乡魂，追旅思，夜夜除非，好梦留人睡”颇有同感。一个“数”字反映词人百无聊赖，无所寄托，唯有无意识地遥望长空残月，更加耐人寻味。

从“数秋天”到下阕“夜寒惊被薄”之间存在着一个时间的跳跃。这个空隙中所留下的是词人无意识地昏昏睡去和被夜寒突然惊醒的凄惶境地。设身处地想来，一个“惊”字形象地描绘出了这种半夜醒来，无所依托的孤苦心境。“寒”不仅仅是身体的寒冷，长年别离，孤身在外，心里也生出无尽的寒意。

下阕对“情”的经营也是恰到好处。全词上下无一字半言着落在“孤”“独”之类的字眼上，却透着一份刻骨的孤单之感。“泪与灯花落”一句，有着别样独特的含义。泪珠与灯花相对簌簌落下，营造出人与灯烛相对而泣的情景，人怜灯花，灯花却不知怜人。“泪眼问花花不语，乱红飞过秋千去。”因而生出无限的惆怅，一声悠长的叹息也暗含其中。因而觉出无限的伤心，付与瑶琴。然而，却无人听。一声琴音，一腔愁情，孤寂的色彩也显得更加浓厚。

词人的笔法流畅，仅仅据着眼前所见，心中所感，而一一道来，却在朴素中营造出凄美绝伦的意境。这一点丝毫不亚于李煜在《相见欢・无言独上西楼》中绘出的“寂寞梧桐深院锁清秋”，二者相通之处在于景中融情，上阕与下阕的连接和互通，情与景的交融也正是本词取胜的关键。

除此之外，本词中从景的描绘到情的抒发是有着一个渐入的过程的。起初词人只觉出长夜漫漫的寂寥，但被深秋之夜的寒冷惊醒后，心底的忧伤被“惊”动，无限伤心被莫名触动，独自对着灯花，泪水相伴而落，自而凄惶不堪。本词的情感在这里也就达到了高潮。继而写“玉琴”，赋予词更加悠长不绝的深刻意味。

有人说，“纳兰多情而不滥情，伤情而不绝情”，他一生有过不少的“悼亡之吟”“知己之恨”，“家家争唱饮水词，纳兰心事几人知？”那些不幸的爱情经历为他的创作植入了影影绰绰的凄凉情怀。这首词就是表达心中寂寞之情、孤苦之意的一首代表作，字里行间，景中景外，都是纳兰性德无限孤寂、忧伤的情思。

满宫花

盼天涯，芳讯绝[①]。莫是故情全歇[②]？朦胧寒月影微黄，情更薄于寒月。

麝烟销，兰烬灭[③]。多少怨眉愁睫。芙蓉莲子待分明[④]，莫问暗中磨折。

【注释】

①芳讯：嘉言，对亲友音信的美称。

②故情：旧情。唐王昌龄《李四仓曹宅夜饮》诗：“霜天留饮故情欢，银烛金炉

夜不寒。”

③兰烬：蜡烛的余烬，因状似兰心，故称。

④芙蓉：即荷花。此句化用《乐府诗集·清商词一·子夜夏歌之八》中“乘月采芙蓉，夜夜得莲子”之句。

【赏析】

人间多是惆怅客，更有纳兰痴情人。满腹苦水，叫他如何排解忧愁，唱尽悲歌？

直道：“盼天涯，芳讯绝”，令人联想那“独上高楼，望尽天涯路”之人，不知独倚高楼之景，是否也同纳兰一般苍茫；不知望断天涯路，是否也同纳兰只寻得“芳讯绝”。情意是有共通之处的，读来孤寂，都是悲苦之词。身旁空旷寥落，以为能在天涯那头找寻些什么。

可是想见之人不见面容，想闻之讯未得其踪。莫不是，故人旧情，全然已尽？这“故情”二字，出自唐代王昌龄之诗，曰：“霜天留饮故情欢，银烛金炉夜不寒。”纳兰此问，可解为呓语之言。故情是否安在，他还不清楚吗？只是接受现实这样的事，对脆弱的词人，太显残酷，只能自我麻痹自我安慰，问：她是否已经不在那里了？答案却是早已知晓，盘旋于心千遍万遍，还是不忍对自己说，她已然消逝在天涯。

于是心头寒意阵阵，看那朦胧的月色，都是寒冷萧条，昏暗微黄。情自凄婉，寒月再美，不过目及之物而已。世人所观之月，都是同样的月，偏偏纳兰眼中，怎就尤其寒冷凄清呢？所谓景语皆情语。心里是白雪皑皑，眼观之物，必不至于五彩斑斓。

这才意识到，麝香烧尽的香烟已散去，燃尽呈兰花之态的烛心也熄灭，怨眉愁睫，该用什么解？自古烟、烛都是描绘朦胧唯美的景色，被赋予消逝之意，只因烟缕轻盈，还没能好好欣赏，风过便散，烛则有残烛烧尽，恰留烛心为证，好似提醒着它曾经的存在。徒留烛心如兰花之态，一切事物消逝之迅疾，非能够轻易掌控。于是更是加深了愁绪。眼前之景都是残破之景，散了轻烟灭了灯烛，还有什么是完好?

最后，“芙蓉莲子待分明”，从《乐府诗集·清商词一·子夜夏歌之八》来：

朝登凉台上，夕宿兰池里。

乘月采芙蓉，夜夜得莲子。

青荷盖渌水，芙蓉葩红鲜。

郎见欲采我，我心欲怀莲。

芙蓉大概取的是其谐音“夫容”，诗中描写情人幽会之景。愁情满腹的纳兰自然取的也是反意，写故人幽会的欢愉，更是自嘲自己的落寞孤楚，反衬得一地凄凉。所谓伊人，着实已“在水一方”，天地之遥，该如何跨越，才能让他不那样痛心。

莫问，莫问！莫问暗中磨折，似是自慰，却更多无可奈何。

鹊桥仙

月华如水，波纹似练，几簇淡烟衰柳。塞鸿一夜尽南飞[①]，谁与问倚楼人瘦?

韵拈风絮[②]，录成金石[③]，不是舞裙歌袖。从前负尽扫眉才[④]，又担阁镜囊重绣[⑤]。

【注释】

①塞鸿：有唐王仙客苍头塞鸿传情的故事，因常以“塞鸿”指代信使。

②韵拈风絮：指谢道韫咏雪之典。

③金石：指《金石录》。宋赵明诚撰。赵明诚之妻李清照，号易安居士，宋代著名词人，对金石书画也有相当高的造诣，《金石录》一书，实际是夫妇二人的合著。

④扫眉才：指有文学才能的女子。

⑤担阁：耽搁，耽误。镜囊：盛镜子和其他梳妆用品的袋子。

【赏析】

《鹊桥仙》，最有名的应数秦观之作：

纤云弄巧，飞星传恨，银汉迢迢暗度。金风玉露一相逢，便胜却、人间无数。柔情似水，佳期如梦，忍顾鹊桥归路。两情若是久长时，又岂在、朝朝暮暮。

流传广泛的有“金风玉露一相逢，便胜却、人间无数”和“两情若是久长时，又岂在、朝朝暮暮”二句，颂的是牛郎织女七夕相会的伟大爱情，在那金风玉露中相逢，执手泪眼，足以胜却那无数终日厮守却貌合神离的人间夫妻。道是倘若两厢之情都长久坚贞，又何必非要每日厮守共处，亲密无间呢？纵使离多聚少，纵是离愁别恨，又怎样呢？一切的分离放在这坚贞的一对恋人面前，都显得如此微小。只需一年一次重逢日，便能把长久思念诉。

但纳兰这词，取其反意而作。

上片写的是月下美景。月影衰柳，淡烟波纹，景致如水，又是勾起纳兰心绪的氛围。纳兰写景，总是恰到好处。遥望天际，“塞鸿一夜尽南飞”，取自塞鸿传情的典故。塞鸿“尽”南飞，便是情断景荒芜。谁与问，那依靠栏杆，因那相思深切而愈渐消瘦的可怜人。

“韵拈风絮，录成金石，不是舞裙歌袖”，连续用典，风絮代谢道韫，金石代李易安。有道韫之“未若柳絮因风起”，又有易安同明诚共撰之《金石录》。两人同是一代才女，不似爱慕虚华之人。纳兰写史上才女，意为追忆其妻。说她生平，自是如此的女子，能让他痴心让他留恋，正有意趣相投之因。

最后一句，“扫眉才”一词，出自唐代王建《寄蜀中薛涛校书》：“扫眉才子知多少，管领春风总不如”，指有才的女子。一词“负尽”，让人几欲落下泪来，纳兰他果真是负了卢氏么？既是痴心至此，为何会有“负尽”一说？实际上字里行间都是他悔恨万千的苦楚。过去时光美好，妻子温婉有才，饱读诗书，尚能相伴之时，却没能长此相伴；已然人去楼空之时，却叹岁月无情。直怪责自己，辜负了那美好旧时光。生活安逸美满的时候，总觉月是圆的，殊不知它无时无刻不在变幻着样子，终有一天，会被黑夜吞噬。那时才知，见得到圆月之时，认为那是理所应当，都没能记住它的美满。回忆起来，总觉得遗憾。

人啊人，尚且能够拥有的时候，为何忘记回头便已是旧时。

浣溪沙

肯把离情容易看，要从容易见艰难。难抛往事一般般[①]。

今夜灯前形共影，枕函虚置翠衾单[②]。更无人与共春寒[③]。

【注释】

①一般般：一样样、一件件。

②翠衾：即翠被。

③春寒：春季寒冷的气候。

【赏析】

纳兰的悼亡词自是千古独绝的，少有人能及得上他的哀伤。这首《浣溪沙》则又是一纸句句愁情字字哀婉的悼亡。

“肯把离情容易看，要从容易见艰难”，词人说得直白，旧时情怀若能说忘便忘，这世间不知道要减去多少百结愁肠，即使几番平和了心态去面对过往，也经不住点滴回忆从不胜防的缝隙里一路叫嚣而来。而所有离别情绪中最令人不堪忍受的，便是生死之隔；所有陈年过往中最折磨人的，便是对亡者的记忆。

纳兰在妻子卢氏死后虽然没有追随而去，以后的生命里也有过别的女人，但他的伤痛和寂寞，却没有得到一丝一毫的减少。毕竟，死亡是终极的解脱，而活着，就要选择与寂寞和绝望为伍，在潮水一般的往事里独自忍受，甚至没有一双可以握着的手。

有些痛苦，隐藏在内心的角落，不为人知却深入骨髓，轻轻一碰，就会撕扯血脉一样地疼痛。无可告解，无法遗忘。细碎的往事一件又一件，想要抛开实在太难。

“今夜灯前形共影，枕函虚置翠衾单”，话说到这儿已是字中带泪，词人仿佛做了一场短暂的梦，醒来之后，世界已经不是原来的样子，孤窗明月，寂寂书案，冰冷而难耐。他知道，从此以后再也没有妻子为他殷勤问暖，深夜挑灯，再也没有罗香偎人，盈盈笑语，牵挂他在外的脚步。

夜晚，灯光，总是能勾起人无限思绪。“今夜”“灯前”，纳兰遥想起过往，也是自然。钱钟书先生说过：

“盖生死别离，伤逝怀远，皆于黄昏时分，触绪纷来。”

黄昏对人有特殊的意义。而夜晚是黄昏的深化，经过黄昏宁静的沉淀，夜晚进入了沉寂：黄昏独立斜阳，漂泊后心灵疲惫，思考生命与死亡，夜晚则直接进入死亡，开始新的心灵漂泊。而当时独坐灯前的词人，看这夜晚，灯光满满的，记忆满满的，屋里却是空空的——妻子已经死了——“更无人与共春寒”，如花美眷，已做尘土，风雨消磨生死别，要他如何熬过那些枯竹冷雨的不眠长夜，如何面对孤灯明灭的客里茕茕？

比起历代悼亡词，纳兰词语句间总有种有超出生活更高层次的追求，他所愿只是一双料峭春寒时能握住的手，只是一个能陪他走到天荒地老的人，这样的情绪反映在词句里，就不同于元稹的“贫贱夫妻百事哀”，也没有苏轼夹杂的政治失意，诚如叶嘉莹先生所说，“没有大挫折，有清纯的一份纤柔婉转的词心”。

这首小令将悼亡的情绪在夜晚灯火的映照下肆意铺张，在寥寥言语间蜿蜒流转的是一种渗透骨髓的纯粹伤感，一种无法摆脱的心灵痛苦，一种幸福与爱情一去不复返的遗憾。而在这篇以及纳兰几乎所有的悼亡词中，又都有着一种对青春与爱情能够永生的渴望。或许，他的悲剧不在于卢氏的死亡，也不在于卢氏死亡所带来的悲伤，而在于卢氏死亡后他心灵无法摆脱的幻灭状态。字面上心死如灰的背后，是纳兰的迷惘，也是存活于这世间的我们都未看透的，人生的大真实与大虚幻，大欢乐与大悲哀。

清平乐

画屏无睡，雨点惊风碎。贪话零星兰焰坠[①]，闲了半床红被。

生来柳絮飘零。便教咒也无灵[②]。待问归期还未，已看双睫盈盈。

【注释】

①兰焰：即烛花。

②咒：祈祷。

【赏析】

纳兰的痴情，早是声名在外。纳兰词多情善感，也皆因纳兰本是多情痴情之人。

纳兰十七岁时与两广总督卢兴祖之女卢氏成婚，两人情感甚笃，娇妻既是贴己又为知音。二人性格相合，志趣相投，诗词唱和，琴棋互慰，解语知心。

在旧时代，即使是所谓的“康熙盛世”，青年男女也没有恋爱自由，只能像玩偶似的听凭父母之命、媒妁之言的任意摆布；至于皇亲贵胄的联姻往往还要掺杂上政治因素，情况就更为复杂了。身处这样的苦境，纳兰居然能够获得一位如意佳人，实现美满的婚姻，不能不说是一桩幸事。

新婚美满生活激发了纳兰的诗词创作，但也带来了另外的问题。纳兰是康熙的贴身侍卫，经常随帝出巡，这样的离别对他和卢氏来说无疑是痛苦的，每次夫妻离别都恋恋难舍，也便因此多出了许多埋怨。

这次就是这样的情景，别前之夜，夫妻双双不寐，絮语绵绵，空使灯花坠落，锦被闲置。

“画屏无睡，雨点惊风碎”，一切景语皆情语，这里一个“惊”字实在巧妙，分别之际，最痛苦的莫过于遥想别离后的无依无靠之感。本是两心相依，今后要相隔千里，又让人怎能不暗自伤神。

“贪话零星兰焰坠”，“兰焰”也称兰烬，即是烛花，因灯烛余烬状似兰心而得名。唐朝李贺《恼公》诗有：

“蜡泪垂兰烬，秋芜扫绮栊。”

纳兰这里描画得细致，“贪话零星”四字之间是两人说不尽的缠绵情意，第二天就要走了，不知什么时候能再听见爱人的声音，那随便说些什么都好，一字一句，都想记在心里，这样，日后一人独处时，或许会容易熬得过去一些吧。

话说到这里，纳兰终于忍不住埋怨了，“生来柳絮飘零”，柳絮是何物？苏轼词中描摹到了神韵：

“春色三分，二分尘土，一分流水。细看来，不是杨花，点点是离人泪。”

他们也知道，这种离别皆因王事当头，身不由己，祷告无灵，赌咒也不行，生来就是柳絮漂泊的命了。

既然分别已无可改变，那就只好预问归期了，可是，她还没等开口，早已就秋波盈盈，清泪欲滴了。“待问归期还未，已看双睫盈盈”，纳兰若不是极爱卢氏，断然是写不出这样的句子的，那种小儿女的婉媚娇痴，欲问归期而先已含情脉脉的情态，跃然纸上，俏丽婉媚，实在是传神之笔。

不过造化欺人，到头来他还是被命运捉弄了——称心如意的偏叫你胜景不长，彩云易散。一对倾心相与的爱侣，不到三年时光就生生地长别了，这对纳兰无疑是一场致命的打击。那执手相握，话里春风拂面的时光，恍如昨日。可再无人共纳兰“贪话零星”，也无人在他远行时“双睫盈盈”。

只剩这往昔词句，令当事者伤神，让知情者扼腕。

采桑子

凉生露气湘弦润[①]，暗滴花梢。帘影谁摇，燕蹴风丝上柳条。

舞鹍镜匣开频掩[②]，檀粉慵调[③]。朝泪如潮，昨夜香衾觉梦遥。

【注释】

①湘弦：即湘瑟，湘妃所弹之瑟。亦指代瑟。瑟，弦乐器。

②鹍：形似鹤，黄白色。

③檀粉：化妆用的香粉。

【赏析】

容若虽为男子，却有一颗独属于女儿家的细腻心思，所以他写的词才能够动人心弦，催人泪下，单看容若那些闺中词，就可以想象得出，这个男人的心思有多么独到。所以说，容若爱人，必然爱得仔细温柔，一颦一笑，他都爱得刻入心扉，这首小词是写女子闺中的神态，但也可以理解为是容若为心爱女子所写的爱情词。

夜来凉生，露气浸润了琴瑟，露珠滴在了花梢上。帘外疏影摇摇，原来是小燕子乘着微微细风飞上了柳枝。对镜理妆，自怜自伤，镜匣频开频掩。倦于梳妆，连香粉都懒得匀调。清晨醒来，想起昨夜美梦成空，怎不叫人伤情，不觉泪水就如潮般袭来。

更深露重，夜空寂寥，夜色最是让人神伤的。是谁家的小女子，神色清冷地斜倚闺房中，眉目紧锁，为的是情，还是恨?

整首词有种小资的情调。其实在《饮水词》中，某些爱情词的意境迷离，虽然有种让人说不清道不明的感觉，让人说不清楚这词到底是写给谁的。但词总是妙句迭出，引人深思，不论这首词时写给少年时期的恋人，还是过早离世的妻子，或者是未能携手的知己，这都不重要，重要的是赏词的时候，能够从中读出别样的味道。

“此情可待成追忆，只是当时已惘然。”情爱虽深，却是只能追忆，李商隐的无题诗将情爱之痛刻画得恰到好处。而在容若的这首《采桑子》中，词旨的风格更是鲜明亮烈，朦胧中的暧昧让人心生暖暖的情愫。

比起李商隐来,容若的怅然若失更胜一筹,更有现实的痛楚。“凉生露气湘弦润，暗滴花梢。”直接铺陈，这是容若词的一个特点，“凉”“露气”“花梢”，这些词织成了一个梦幻般的梦境。在清冷的夜色下，露气沾湿了花蕊，也浸润了琴弦，能注意到这些小细节，将女儿家细腻的心思展露无遗。

限于篇幅，词总是充满想象的叙述，若干看似毫不相干的词语组合，便能够营造出一幅完美的图画。在这里，容若将这种功力运用到了极致。女儿家细腻地发现露水滴落花蕊之上，而后又注意到帘影重重，门外的柳条在风中摇摆，小燕子停在上面，自顾嬉戏。

这真是好一幅春景图，既将春夜的景象写出，又融入了女儿家羞涩的心思。如梦醒时分的时刻，抬头望月般的惘然，世间的情爱之事总是这样，相爱时并不觉得可贵，但分开后一定会觉得痛心。

下片承接上片，“舞鹍镜匣开频掩，檀粉慵调”。既然相思无意，不如对镜打扮一番，也好对得起这番春光。只是打开梳妆盒，看着镜子，却是没有心思调配脂粉。

这里要提到的一个典故是“舞鹍”。

根据《艺苑》曰：“山鸡爱其羽毛，映水则舞。魏武（曹操）时，南方献之。帝欲其鸣舞而无由。公子苍舒（曹冲）令置大镜其前，鸡鉴形而舞，不知止，遂至死。”以鹍入词，也是暗示，女子犹如鹍一般，对镜贴花黄，却是无人欣赏，只能形单影只地顾影自怜，所以，一时之间，女子泪水涌出，觉出现实多么残酷了。

“朝泪如潮，昨夜香衾觉梦遥。”以现实开篇，以现实结尾，整首词让人有种恍若梦中的感觉，但词人又无时无刻不在提醒，这不是梦，而是冷冰冰的现状。梦醒时，蓦然回首，早已找不到当初灯火阑珊处的那个人了。

·第七辑　一宵冷雨葬名花

他一直没有忘记，一直在用他那颗诗人的心，敏感的心，即使无能为力，也决不妥协。

采桑子

而今才道当时错，心绪凄迷。红泪偷垂，满眼春风百事非。

情知此后来无计[1]，强说欢期[2]。一别如斯，落尽梨花月又西。

【注释】

①无计：无法。

②欢期：佳期，欢聚的日子。

【赏析】

词人作词，多是有感而发，意由心生，容若的词总是那么精致，读后你说不清楚他想要表达的具体感情是什么，也说不清楚这首词究竟想要写什么，但每个词，每个字都能让你体会到灵魂深处的战栗，那是一种幸福的忧伤。

在容若的词里，这种幸福与忧伤相得益彰的表现形式十分多见，而这首《采桑子》中，更是运用得出神入化。几个词语的铺陈，看上去犹如一幅水墨丹青，清爽宜人，但细细品味，却是能够看出一些意象堆砌出来的情怀。

正如容若的另一名句“人生若只如初见”一样。直抒胸臆却不让人感到唐突，脱口而出也不让人觉得造作，不加雕饰，反而更显得纯真无邪，平淡之中，透着几分灵性。

“而今才道当时错，心绪凄迷。”开篇道来，犹如当头一棒，让人灵台一片清明，但细细想来，这句话平淡无奇，现在才知道自己错了，心里迷惘万分。这样的话语实在没有什么值得推敲的地方，如果这句话用在别处，可能就如同脚下的石头，被人们忽视了，但放在容若的词里，却又是不一样的。

有些诗词是要历经岁月淘洗的，历久弥新，经过反复地吟诵，才能琢磨出其中的味道，要知道最好的菜肴，往往是那些最简单的菜式，平淡出真章，容若的平淡，往往是在第一眼就把人打动，从此让人欲罢不能。

容若的词如同容若的人生，“当时错”，现在才明白了、才后悔了，可是，当时错的究竟在哪里？错在什么地方呢？古诗有云：“人生自是有情痴，此恨不关风与月。”爱情最是难以讲究对错的，爱了就是爱了，没有对错。

容若探究当初是不该爱，还是不该走得太近。总之那段得到又失去的爱情令容若内心忐忑不安。一个“错”字，令人百转千回，牵肠挂肚。正因为有了之前的“错”，才有了下面的“泪”——“红泪偷垂，满眼春风百事非。”

前文我们已经讲过“红泪”这个典故，它一般是指女子伤心，容若将典故用于此，不知道是否有更加具象的所指。有情人无奈离别，这里的有情人是指他入宫的表妹，还是指江南的沈宛，后人不得而知，也说不清楚。

不过这已经不重要了，下一句“满眼春风百事非”，在春意盎然的时刻，有着悲伤的心绪，实在是更加令人感到凄凉。容若之所以受到人们的喜爱与推崇，就是因为他总是能明明白白地直指人心，轻易地说中每个在情场中辗转的男女的心事。

这首词抒写词人凄迷的心绪：如今才知道当时自己是错了，不觉心绪凄迷。春光灿烂，人事全非，怎不叫人暗自垂泪。明知道以后的事情难以预料，却偏偏硬说可以再次欢聚。一别之后果然遥遥无期，如今梨花又落尽了，月亮也已偏西，相思的人唯有在这痛苦中饱受煎熬。

在上片的凄迷心情之后，下片则开始写出无可奈何的心境，在不知所以中还希望着能够相见。“情知此后来无计，强说欢期。”回想当时的分别，就已经知道了今生无缘，无法再相见，但偏偏还要告诉自己，来日方长，或许他日能够重逢。

这里的“欢期”是相见、欢聚的意思，而“强说”一词让这份期待中的欢期变得难以预见。明知道不能相见，却偏偏想要相见的矛盾心情，令这首词充满欲哭无泪、欲诉无言的悲凉。

容若自己或许也感觉到了自己的悲怆，他转笔结尾，写道：“一别如斯，落尽梨花月又西。”人生或许就是这样，月圆月缺，这都是无可避免的，或许这就是应了那句“无限愁怀说不得，却道天凉好个秋”。

容若几笔淡淡的勾勒，令整首词跃然纸上，令人读罢忍不住放手，这些千古名句如同一轮圆月，在漆黑的夜空，闪着清冷的光芒。

天仙子

梦里蘼芜青一剪[①]，玉郎经岁音书远[②]。暗钟明月不归来[③]，梁上燕，轻罗扇[④]，好风又落桃花片。

【注释】

①蘼芜：又名蕲、薇芜、江蓠，据辞书解释，苗似芎，叶似当归，香气似白芷，是一种香草。叶子风干可以做香料，亦可以作为香囊的填充物。古人相信蘼芜可使妇人多子。然而在古诗词中蘼芜一词多与夫妻分离或闺怨有关。《玉台新咏·古诗》中有：“上山采蘼芜，下山逢故夫。”

②玉郎：古代对男子的美称，也可为女子对丈夫或者情人的爱称。

③暗钟：即昏暗夜晚里的钟声。

④轻罗扇：质地极薄的薄纱制成的扇子，多为女子夏天纳凉所用。

【赏析】

看到这里，忽然觉得纳兰作词，常有一种隐隐约约的悲哀。若说千古以来做文章者大都有文学主题的话，“悲哀”则必定是一个恒之久远的话题了。无论是《诗经》里边“今我来思，雨雪霏霏”还是现代诗歌中遇到一个“结着愁怨的丁香一样的姑娘”，这霏霏落雪和丁香一样的姑娘，都像具有丁香一样的叹息般蕴藏着文人莫大的悲哀在里边。纳兰此首《天仙子》便是如此。

梦里，蘼芜已经青青葱葱，岁月恒逝，春来秋往自是一年倏忽随即离开了，想必这蘼芜上微微泛青的色彩不是经过时间底色的，而是以思念浇灌，酿得更浓了。时过境迁，去年春天离开到现在，你的书信是越来越少了，以至于此刻早是相隔天涯，更无一纸鸿雁，倒真是显得寂寞无助了。

春梦无痕，暮钟寂然中几声清响，听似有声，染出的却是一片静寂，妇人思夫之形悄然伫立。“暗钟明月不归来，梁上燕，轻罗扇，好风又落桃花片”此处却真是惹人叹息，偏偏是午夜时分，偏偏是梦醒，却偏偏听来几声晚钟，大概是经岁了无音信的丈夫回来了吧。想到此处，看到梁上燕子已经春归，叽叽喳喳闹个不停，他几笔画出的春燕还留在罗扇上，一种莫大的哀愁一瞬间袭来。忽然想到晏殊的《浣溪沙》的句子“无可奈何花落去，似曾相识燕归来”。确是梁上旧燕都已经归来，归人呢？郑愁予《错误》中写道：

我打江南走过
那等在季节里的容颜如莲花的开落

东风不来，三月的柳絮不飞
你的心如小小的寂寞的城

恰若青石的街道向晚

跫音不响，三月的春帷不揭

你的心是小小的窗扉紧掩

我嗒嗒的马蹄是美丽的错误

我不是归人，是个过客……

作为一首可以给予任何时代背景的现代浪漫主义诗歌，郑愁予心目中闺怨、惆怅的主题在这诗歌中便有着纳兰相通的地方。细看此诗，纳兰笔下的晚钟自然是我嗒嗒的马蹄声了，“归”的期盼在这不同的表达中显示出同样情感生发。在郑愁予心中，思妇的怅然之情在我所指代的外来者抑或是第三种感情载体上得以发挥，所以显示出一派诗歌般浪漫的凄凉之感，而结句“我不是归人，是个过客……”也无以复加地把诗歌中另一方的情感还原在她的身上，让美丽的错误散发出古典文人的哀婉垂怜的艺术感召力。纳兰此处也是如此，晚钟声指代的归人预兆，并没有随着思妇之念而变成现实，只不过，纳兰瞬间便抽开笔调，描写景物了。

好的诗词一定是经得起岁月筛选的，千百年来人们一直传诵的便是那些真正打动人的诗句，纳兰因为有了“人生若只如初见”的感叹，才让世人经过这么多的历史断代找到了他，把他从那些浩如烟海的文章中找到，逐个描绘出他的五官，以此来纪念他。由此可知诗词对诗人的生命是多么重要。

点绛唇对月

一种蛾眉[①]，下弦不似初弦好[②]。庾郎未老[③]，何事伤心早？

素壁斜辉[④]，竹影横窗扫。空房悄，乌啼欲晓，又下西楼了。

【注释】

①蛾眉：指蛾眉月，新月前后的月相。呈弯形，犹如一道弯眉，故名。

②下弦：下弦月，农历每月二十二日或二十三日之后的月亮。初弦：指阴历每月初七、初八的月亮，其时月如弓弦，故称。古人以蛾眉代指女人的眉毛，又以上弦、下弦之月代指女人的眉毛下垂或上弯。

③庾郎：指南朝梁诗人庾信。

④素壁：白色的墙壁、山壁、石壁。斜辉：指傍晚西斜的阳光。

【赏析】

本篇《点绛唇》汪刻有副题：对月。而从词中所抒写之情景看，确如副题，此作是一首对月伤怀、凄凉幽怨之作。

上阕写到“蛾眉”“下弦”“初弦”，都指代的是明月，而明月在古典诗词中都被历史地赋予了相思之情。这样的冷清的下弦月挂在天空，本身就是容易使人伤感的意境，作者又将其与满月做比较，便奠定了整首词的悲戚的色彩。古人每每见到残破的，不圆满的景象都会有一种伤感的情怀。“庾郎未老，何事伤心早？”这句中“庾郎”是作者借以自喻，借庾信的人生际遇表现了自己现在的状况，还表明了他自己此时此刻的孤单与寂寞，作者此刻还正值壮年，正是人生的大好时光，本该是意气风发的时候，然而对妻子的思念却让他的心境苍老了几十岁，已经失掉了许多人生中该有的乐趣。这一切都表明了作者此时此刻客居异地时的孤寂思乡之情，他看到的这一切景色都让作者感到伤心惆怅，以至于产生了难以排解的寂寞。

下阕都是写景，以景寓情的手法在宋词中运用得比较多，这句描绘了作者此时居住的地方的景色，作者化情思为景句，将一切的思念都寄托在了眼前的景色之中，寓情于景又含蕴要眇之致。

“素壁斜辉，竹影横窗扫。”月光静静挥洒在淡雅的墙壁上，竹影缭绕，交错地映在上面，让人感觉它们很是孤单。一个“扫”字，更加丰满了这些静物的意象，有一种静中有动的感觉。“空房悄，乌啼欲晓”，静寂的房屋中仿佛又响起了那悲切的啼叫，那悲凉的声音在房间萦绕，久久不能散去，充斥着作者的耳膜，而作者又想到已经亡故多年的妻子，睹物思人，作者料想她如果还健在，一定会在家中的楼上盼望自己能够回去，而自己此时却在异地他乡，与她有千里之遥，更是久久不能归家，这一切都说明了妻子对自己的相思之情，作者借妻子来表明自己的思人、思乡难耐的情怀。而此处与其说是描写了一间空荡荡的屋子，不如说是描写了作者的心房，那种心中空空如也，无依无靠的感觉，让读者从更深的层次明白了作者的悲痛。词末句“又下西楼了”，一个“又”字表明了作者对已故妻子的思念之痛每日都在折磨自己。月亮在拂晓时候隐去，这是大自然的规律，千百年来从未变过，然而每当此时，作者的心都会沉浸在一种思念的悲伤中，此处一句，更让通篇那种离愁别绪抒发得淋漓尽致。

就总体而言，这篇词是作者的思乡怀人之作。纳兰性德作为一个富家公子，虽然仕途如意，家世显赫，令许多人羡慕，但自己的感情生活却并不如意。他的前妻卢氏因为难产而死，对他的打击很大。纳兰容若虚年三十二岁就去世，他赋悼亡之年是二十三岁，卢氏卒后，他虽然是“续弦”了的，但“他生知己”之愿，“人间无味”之感，几乎紧攫他最后十年左右的心脉。纳兰对卢氏情真意笃，对和卢氏的恩爱生活没齿难忘。他为之写了许多悼亡词。而这一首，也颇似悼亡之词。这篇词的风格婉丽凄清，通篇虽然只用了几个淡雅的意象，写出几个冷清的场景，但其中所透露出的无形的哀思，却是难以掩饰的。他写词从来不矫揉造作，而都是发自内心，情至深处，一草一木在他的词中都会被赋予无尽的情感。

这篇词重在抒发杂感，睹物思人，客居他乡，都是作者此时孤独寂寞心情的外在表现。作者在百无聊赖之际，能做的只有对故乡的思念和对亡妻的无限缅怀。

也有人说这篇词是作者专门为怀念亡妻而作，从“未老”“伤心”“空房”等语看，是为卢氏亡故后作。

清平乐

风鬟雨鬓[①]，偏是来无准。倦倚玉阑看月晕[②]，容易语低香近。

软风吹遍窗纱[③]，心期更隔天涯[④]。从此伤春伤别[⑤]，黄昏只对梨花。

【注释】

①风鬟雨鬓：形容妇女在外奔波劳碌，头发散乱。后代指女子。

②月晕：又称“风圈”，月光被云层折射，在月亮周围形成的光圈。

③软风：柔和的风。窗纱：窗户上安的纱布、铁纱等。

④心期：心中相许。引申为相思。

⑤伤春：因春天到来而引起忧伤、苦闷。伤别：因离别而悲伤。

【赏析】

宋词里有许多缠绵悱恻的句子，在那些句子背后，隐藏的是一段段悲欢离合、感人至深的爱情故事。那些宋词，大多是写给歌女的，因为歌女作为宋代的一个群体，颇受关注，她们有着文化素养，有着艺术才华，是宋代文人十分欣赏的一个群体。

文人们热切追捧着这些女子，但是这种追捧却不能堂而皇之，因为官方是禁止的，于是，那些柔情蜜意，便只得暗处发芽，爱情的萌芽，只能偷偷摇曳，无法正大光明，立于阳光之下。

现代人对这些也许很难理解。在古代的社会里，女子的任务便是嫁作他人妇，为丈夫家传宗接代，然后相夫教子，扮演贤内助的形象。这样的女子需要温柔贤惠，懂得三从四德，低眉顺眼，事事以丈夫的话为最高指令。

这样的女人自然无法得到男人真正的喜爱，他们便更热衷于去追逐花街柳巷里，或者那些并不常规的爱情。因为有了爱情，生活才有了调味剂。于是，才有了那么多赏心悦目的诗词歌赋，因为有了感情，辞赋便变得更有味道。

容若并不是一个贪恋美色的人，但他却是一个最需要爱情的男人，他的爱情曾随着表妹的入宫一度低沉，随着妻子卢氏的去世差点毁灭，甚至随着沈宛的离去而消散殆尽。不过还好，在他的内心，始终保存了有关爱情的一点追求，而容若又将这点追求，放入了诗词中，时刻提醒自己，原来，爱情并未走远。

这首《清平乐》情辞真切，将相恋之中人们想见又害怕见面的矛盾心情，一一写出。"风鬟雨鬓"，本是形容妇女在外奔波劳碌，头发散乱的模样，可是后人却更喜欢用这个词去形容女子。

女子与他相约时，总是不守时间，不能准时来到约会地点。但容若在词中却并无任何责怪之意，他言辞温柔地写道："偏是来无准。"虽然女子常常不守约定时间，迟到的次数很多，但这并不妨碍容若对她的宠爱。想到与女子在一起的快乐时光，容若的嘴角便露出微笑。

"倦倚玉阑看月晕，容易语低香近。"记得旧时相约，你总是不能如约而至。曾与你倚靠着栏杆在一起闲看月晕，软语温存，情意缠绵，那可人的缕缕香气更是令人销魂。如今与你远隔天涯，纵使期许相见，那也是可望而不可即了。从此以后便独自凄清冷落、孤独难耐，面对黄昏、梨花而伤春伤别。

过去的时光多么美好，但是美好总是稍纵即逝。在容若的回忆里，这份美好过分短暂，好像柔软的风，只是轻微吹过脸庞，便已逝而过。"软风吹过窗纱，心期便隔天涯。"与《清平乐》的上片相比，下片的格调显得哀伤许多，因为往昔的美好回忆过后，必须面对现实的悲凉。

在想过往日与恋人柔情蜜意之后，今日独自一人，看着春光大好，真是格外感伤。容若一向是伤春之人，那是因为他内心深处一直藏着一份早已远逝的情感，就如同这春光一样，虽然眼下再怎么美好，总有逝去的那一天。

“从此伤春伤别，黄昏只对梨花。”结局就是这样，有时候，人们往往知道结局是无法逆转的，但站在时光的路口，依然想不自量力地去扭转乾坤。

最终，伤的只有自己。

阮郎归

斜风细雨正霏霏[①]，画帘拖地垂[②]。屏山几曲篆香微[③]，闲庭柳絮飞[④]。

新绿密，乱红稀。乳莺残日啼。余寒欲透缕金衣[⑤]，落花郎未归。

【注释】

①霏霏：（雨、雪）纷飞，（烟、云）很盛。

②画帘：有画饰的帘子。

③篆香：像篆字的香。

④闲庭：安静的庭院。

⑤缕金衣：即金缕衣。以金丝编织的衣服。

【赏析】

清朝词人周之琦在《箧中词》中这样写到了容若：“或言：纳兰容若，南唐李重光后身也。予谓重光天籁也，恐非人力所能及。容若长调多不协律，小令则格高韵远，极缠绵婉约之致，能使残唐坠绪，绝而复续，第其品格，殆叔原、方回之亚乎？”

同是清朝词人的顾贞观在《通志堂词序》中也对容若褒奖有加，他认为：“容若天资超逸，悠然尘外，所为乐府小令，婉丽凄清，使读者哀乐不知所主，如听中宵梵呗，先凄婉而后喜悦。”

后人对容若的评价都是甚高，当然容若也绝对是堪当此评价的。其中顾贞观对容若的评价十分中肯。他认为容若是先凄婉而后喜悦，这点在这首词中有着体现。

这首《阮郎归》写得细细密密，十分细腻。这首词表达的是伤春伤别的愁情：斜风轻拂，细雨霏霏，画帘垂地，屏风曲回，香烟袅袅，闲庭飞絮，花红柳绿，乳莺啼晚，四处一片春意。春寒料峭，凉透锦衣，春意阑珊之时，为何你还没有归来！

虽然是表达愁绪，但依然能够看出的是，容若并非刻意地为写愁绪而写。他在词句的安排和字眼的打磨上很是讲究，尽量做到淡雅无痕，自然清新。伤春的词在容若的作品中不占少数，每一首都各有特色，但主题都是围绕一个“愁”字进行，将愁绪伤别演绎得淋漓尽致，各不相同。

在《阮郎归》(斜风细雨正霏霏)这首词中，容若将情融于景中，“斜风细雨正霏霏”，开篇一句，并无多大特色，只是单纯地将风雨潇潇写出，但这已经足以刻画出春日的特色了。春天的风挟裹着小雨，细细密密地洒落大地，滋润了万物，酝酿了生机，这才是大地新轮回的又一个开始。

“画帘拖地垂。屏山几曲篆香微，闲庭柳絮飞。”写到画帘垂地，屏风曲折蜿蜒，薰香点燃，散发出袅袅香烟，闲庭前面，柳絮飞舞。俨然一幅大好的春光图，可是就这样的一派春光里，容若却是无心欣赏。

“新绿密，乱红稀。”花红柳绿，大好的春日，可惜无心欣赏，四处虽然是一片的春意盎然，但是“乳莺残日啼”的时候，你依然还未回来。等到“余寒欲透缕金衣，落花郎未归”，从白天等到夜晚，为何你始终没有归来。

容若词中的你是何人，是他的恋人，还是妻子，或者是朋友，容若并没有做更细一步的阐释，他不过是哀婉地写道，为何还不归来，便将笔搁放下，这就是容若，只管写出自己的心绪，便无需其他了。

容若的心，仿佛海底湛蓝的一片，看似透明，但却无法看透。

浣溪沙

伏雨朝寒愁不胜[①]，那能还傍杏花行。去年高摘斗轻盈[②]。

漫惹炉烟双袖紫[③]，空将酒晕一衫青[④]。人间何处问多情。

【注释】

①伏雨：指连绵不断的雨。

②斗轻盈：与同伴比赛看谁的动作更迅捷轻快。轻盈，多用以形容女子体态的轻快、灵活。

③炉烟：香炉中的熏烟。

④酒晕：喝完酒后脸上泛起的红晕。

【赏析】

这是一首相思之作，却不同于那种甜蜜憧憬的怀想，亦不是刻骨铭心的感念。如果一定要用一个词来形容这首小令，那么非此二字莫可当得：阑珊。

作者一开始就把我们领入了那片零雨其蒙的小小天地。春潮微寒，连绵的小雨淅淅沥沥，点点滴滴。造物者是有诗意的，总是在那样一个特定的时间为我们呈现这样一个微雨的初晨。如果我们还对“伏雨朝寒”这样古雅的表达感到一丝不顺畅，那么，相似的意境，不妨去读另外一首脍炙人口的名篇：

撑着油纸伞，独自

彷徨在悠长、悠长

又寂寥的雨巷，

我希望逢着

一个丁香一样地

结着愁怨的姑娘。

诗坛巨子戴望舒的《雨巷》。同样是清清爽爽而染着凄迷的冷雨，可是雨巷里的“我”是幸运的，因为在油纸伞外，还有悠长、悠长的等待与寻觅，还有流淌着的随想伴着那结着愁怨的姑娘。但是我们的公子容若却没有。清晨迎接他的，除了联翩的小雨外，再也等不来那丁香一般的太息的目光。因为就在这一年，纳兰容若生命中最重要的那位女子离开了人间。

她是容若的第一位结发妻子，也有人说她是他遇到的第二个女人。无论如何，她都是容若怀想一生的知音和伴侣：卢氏。史书载，他夫妻二人恩爱有加，感情笃深。新婚燕尔的浪漫与纳兰容若词人的特质融合，成就了牵魂引魄，游梦天方的醉人生活。“自把红窗开一扇，放他明月枕边看”，容若于是用他的词笔记录着这段人间的佳话。

然而短暂的快乐也许就是为了让容若日后的回忆更为酸楚。就在三年之后的康熙十六年四月（1677 年），卢氏产下一子海亮。约月余，卢氏因为产后患病，于五月三十日撒手人寰。突如其来的打击使容若太伤心。在以后的悼亡诗词中，他浸着泪水的墨笔一再流露出哀婉凄楚的不尽相思之情和怅然若失的怀念心绪。他的一首《沁园春》中写道：

便人间天上，尘缘未断，春花秋月，触绪还伤。

词中隐隐可以判断，也许在这时，纳兰容若已经暗暗与天上的爱妻约定，人间的遗憾将来要到天上去圆满。也许，这竟成数年后容若英年早逝的谶语呢?

回到这首词中来。所谓“那能还傍杏花行？去年高摘斗轻盈”，正是“春花秋月，触绪还伤”的另一番写照。当年他曾和她在一起攀上杏树枝头摘取花枝，比赛谁最轻盈利落，而今的杏花春雨一如往昔，而佳人已逝，以至于唯恐再见到杏花，触动自己的伤心事。睹物伤情，算是中国诗歌由来已久的传统。

不过纳兰公子的才思却在这传统里有着独特的表现。我们读到这一句，会感到眼前一亮。原因很简单，在这里作者用了“高摘”“斗”“轻盈”，于是一幅轻灵欢快的图景如在眼前。诗歌美感的一个重要因素就是节奏。节奏体现在形式上，就是诗的声律、韵部和停顿、间距、长短句的搭配等；而体现在内容上，则是描绘物事在感官上的突转。比如古代律诗讲求起承转合，一个重要的关节点就在五六句颈联的“转”。它可以是情感上的曲折，图景上的转换，或是叙事上的转折。一首好的律诗，差不多都有一个非常精神的“转”句。而这里的“转”就是内容上的节奏变换，产生跌宕的效果。这里我们虽然在谈词，但艺术的规律是相同的，完全可以将这句“去年高摘斗轻盈”看作一个小小的视觉上的突转，因为前两句无论零雨还是落花，都是低伏着的意象。并且这里的突转，意义当然不局限于视觉上的节奏感。它更暗示了词的核心“情”，以强烈的对比暗示着当年的意气飞扬与今朝的意兴阑珊。

转到下片，出现一组精工的对句。“漫惹炉烟双袖紫，空将酒晕一衫青。”这两句解释出来，就是熏炉上的烟气轻轻萦绕，双袖在炉火中映出紫红的颜色，身着青衫而脸上泛出了酒晕。意思虽然没错，可一旦转换成我们的白话，马上变得不那么美了。因为它剥去了一些朦胧而又似是而非的意象。原句里双袖的紫色，似乎是炉烟的轻绕染上去的；而酒晕的微醺，仿佛又晕湿了青衫。这即是古典诗词的美。句中一个“漫惹”，一个“空将”，极写无聊之态。这里容若仿佛是说，我现在多么无趣啊，恍恍惚惚，呆呆地烤着炉火，饮着乏味的酒，忽忽悠悠就醉了，我也不知是为了什么，我也不知要做什么。这时感觉有点奇怪了。如果把这首《浣溪沙》看作是一首思念亡人的感伤之作，那么容若应该是极写伤情之痛的，怎么现在变得恍惚迷离，百无聊赖了呢？我们甚至还会进一步联想，认为纳兰容若并没有那么钟情于这位女子，对她只是一种淡淡的印象罢了。其实并不是这样。我们看那首写给卢氏的《虞美人》：

银床淅沥青梧老，屧粉秋蛩扫。采香行处蹙连钱，拾得翠翘何恨不能言。

回廊一寸相思地，落月成孤倚。背灯和月就花阴，已是十年踪迹十年心。

末句“已是十年踪迹十年心”尤为感人。十年，对于三十二岁就英年早逝的纳兰容若来说，就是他生命的三分之一，就是他成年后的全部时光。他把自己最宝贵的年华全用来怀念，至情至性，可见一斑。无论如何不能说他是感情淡漠的。那么他为什么要这么写呢？

因为这就是他的真实感受。

词，以独抒性灵为上，原本不需要那许多固定的感情倾向。一切词中的曲曲心款，唯有词人自己“冷暖自知”已足够了。如果萦绕在我心间的真的是恍惚而不浓烈的思绪，那么我只管写出来好了，更何必管旁人如何领会呢？

那么容若为什么会对自己深爱的伴侣和知己产生这样一种阑珊的情愫呢？

这是很自然的。人的情感，总会有强烈的爆发，也总会有松弛下来的时候。如果一个人每一分钟都陷入最深最重的感怀，他早就活不下去了。而正是在这样松弛的状态下，围炉独饮，依然在恍惚中看到“去年高摘斗轻盈”，才真正显示出纳兰对这位女子用情之深。这可以从他的另外一首《浣溪沙》中得到诠释。那首词的下片是：

人到情多情转薄，而今真个悔多情。又到断肠回首处，泪偷零。

这里似乎在说情太多了就会物极必反，所以自己也开始后悔当年的多情。可这真的是他心中所想的吗？其实从逻辑关系上就可以推断了。正由于害怕“情到多时情转薄”，我才会悔当年的多情。如果当年不至于深情如斯，那么现在也就不会情转淡了。转来转去，还是在期望自己深情一如往昔。作者在这里，仍是在低诉一腔钟情。本首《浣溪沙》也是一样，看似情转薄，其实那是“情到多时”的缘故啊。

尾句，作者终于舍弃了一切描写与对仗，平平呵出：人间何处问多情。以人间之广大，竟然还是无处寻觅、亦无处寄托那一份多情。看似平淡的一句话，却实已把天地逼仄到了极处。这正是“谁念西风独自凉”的境界，西风遍吹，而独有我感到了深深的凉意。天地广大，而唯有我心怀迂曲，无处排遣，无处寄托。

一络索

过尽遥山如画，短衣匹马[①]。萧萧木落不胜秋[②]，莫回首、斜阳下。

别是柔肠萦挂[③]，待归才罢。却愁拥髻向灯前[④]，说不尽、离人话。

【注释】

①短衣匹马：短衣，短装。古代为平民、士兵等服装。穿着短衣，骑一匹骏马。形容士兵英姿矫健的样子。

②萧萧：冷落凄清的样子。木落：落叶。

③萦挂：牵挂。

④拥髻：谓捧持发髻。

【赏析】

这首词写征途之上和闺阁之中的景色与情思：穿短衣，乘匹马，在外之人奔驰在征途上。不要在夕阳西下时回首怅惘，那落叶纷飞的景象只能让人徒增悲凉。无尽的牵挂只有待到行人归来，才能消除吧。而对灯夜话之时，诉说着别离之苦反倒使人生愁增恨。

容若是个心思细腻的人，他对待每一份感情都是十分认真的，无论是友情还是爱情，都让他很看重。

康熙二十三年（1684 年），九月二十八日，容若随驾外出的时候，给朋友严绳孙于路途上写了一封信，从这封信中，可以看出，容若对待友人真是情真意切，倾于肺腑，十分难得。

“兹于二十八日又从东封之驾，锦帆南下，尚未知到天涯何处，如何言期归期耶？汉兄病甚笃，未知尚得一见否，言之涕下。弟比来从事鞍马间，益觉疲顿。发已种种，而执殳如昔。从前壮志，都已灰尽。昔人言：身后名不如生前一杯酒，此言大是。……古人谓：好官不过多得金耳。吾哥但得为饱暖闲人，又何必复萌宦情耶？吾哥所识天海风涛之人，未审可以晤对否？弟胸中块磊，非酒可浇，庶几得慧心人以晤言消之而已。沦落之余，方欲葬身柔乡，不知得如鄙人之愿否耳。”

从信中可以看出，容若对于友人的关爱时时刻刻放在心里。而这首词所写的虽然是征途之上的景色，但从中也能窥到情思一二。容若睹物思人，将萧萧落木的凄凉景色，联想到远方故人，满心惆怅。

词的上片提笔便是“过尽遥山如画，短衣匹马”。这是多美的一幅意境，走过无数的山，跨过无数的路，只是身着短衣，骑着马匹，行色匆匆走过各路风景，最终停于某地，回首望去，身后早已经路千条，山万座了。

在这句里，容若的“短衣匹马”是出自唐代杜甫《曲江》：“短衣匹马随李广，看射猛虎终残年。”形容英姿矫健的样子。容若意气风发地停马且住，看落木萧萧，萧索的秋日，在斜阳下徒增悲凉。

前路漫漫，还有多少路要走，走过四季，已经走到了渐渐了无生气的秋季。路在脚下，依然要不断前行，但是过往回首望去，却是一片萧索。“萧萧木落不胜秋，莫回首斜阳下。”这是容若游走在外的真实感受。

此时的他，定当是很想与友人秉烛夜谈，闲话家常。所以，他会写信给自己的朋友，诉说心事，也聊聊见闻。相见的时日不多，那就让信笺带去自己的问候吧。因为“别是柔肠萦挂，待归才罢”，无尽的相思和牵挂，只有回去后，见面才能诉说得尽。

在下片的开端，容若便用如此直白的语气写出了对友人的思念，他对待友谊和对待爱情一样饱含热情，充满热忱。正是因为充满无限的热忱，所以在分离之后，更显得孤寂和落寞。在这首词的最后，容若自己也写道：“却愁拥髻向灯前，说不尽离人话。”

闲愁越想越多，只有当友人重新见面之后，才能化解，离人话说不尽，说得尽的只有彼此之间对对方的牵挂。

与容若交友，实在是一生有幸，因为，被容若认定的朋友，会生生世世存在于他的内心深处。

卜算子塞梦

塞草晚才青，日落箫笳动[①]。戚戚凄凄入夜分[②]，催度星前梦。

小语绿杨烟，怯踏银河冻。行尽关山到白狼[③]，相见惟珍重。

【注释】

①箫笳：箫和胡笳。

②戚戚：悲伤的样子。凄凄：形容心情凄凉悲伤。

③关山：关口和山岳。白狼：即白狼河，今辽宁大凌河。

【赏析】

《卜算子》又名《百尺楼》《眉峰碧》《楚天遥》等。相传是借用唐代诗人骆宾王的绰号。骆宾王写诗好用数字取名，人称“卜算子”。

这首《塞梦》是纳兰于塞外羁旅时思念妻子所作。

“塞草晚才青”，是日落时分，边塞的草在黄昏的天色里才显出青绿的颜色，此处也暗指白日行军匆忙，杂事诸多，只有黄昏时分陷入安静时才开始觉得周围景致的苍凉。

“日落箫笳动”，夕阳才缓缓落下，箫笳之声便在大漠上蔓延开了，这里“箫笳”指的是管乐器。箫声婉转幽凉，笳声沉郁悲切，二者交错，突显出塞上荒凉空远的景色。卢纶《送张郎中还蜀歌》有句：“须臾醉起箫笳发，空见红旌入白云。”也是借箫笳之声延伸出这个大漠的苍凉。

“暮色四合，箫笳沉凉，这一个夜入得如此缓慢凄清，我已不忍再看，转回营帐时却一步一回顾天际星光，原来这一场羁旅，所想要逃避的也不过是对你的相思无涯。用情之至，却使得在各自天涯之时噬骨之痛，那么，我若速速睡去，你是否也能赶来见我一面，聊解相思，也告诉我，家乡的柳枝、清河可有了什么变化。”

“戚戚凄凄入夜分”一句用典，出自李清照《声声慢》：“寻寻觅觅，冷冷清清，凄凄惨惨戚戚”，描写的是自己在入夜后愁惨的心情，与易安相仿，那么不难理解所隐含的意思也是“乍暖还寒时候，最难将息”。杜甫《严氏溪放歌行》：“况我飘蓬无定所，终日戚戚忍羁旅。”所要表达的也便是这般羁旅生涯惨淡悲愁的心情。

在这般心情的驱使之下，终究相思难耐，只得“催度星前梦”，催促引渡妻子的梦魂来到边塞，与自己相会。此句化用于汤显祖《牡丹亭·游魂》：“生性独行无那，此夜星前一个”一句。《牡丹亭》又名《还魂记》，是汤显祖的传世之作，小说描写了杜丽娘与柳梦梅生死离合的爱情故事，汤显祖在该剧《题词》中有言：“如杜丽娘者，乃可谓之有情人耳。情不知所起，一往而深。生者可以死，死可以生。生而不可与死，死而不可复生者，皆非情之至也。”而纳兰在此处用以指代夫妻情深，是以纵使关山阻隔，也愿梦魂相聚。

到了下阕，也不知是睡了醒了，妻子那娇影袅袅娜娜地竟真的出现在了眼前，更欲耳畔轻柔情话私语，只是这个时节银河尚冻，路人皆不敢踏足那冰封的小河，杨柳蒙烟，天寒彻骨，却不知伊人独自如何能到得了这塞外边关荒凉之地。

于是紧接着“行尽关山到白狼，相见惟珍重”一句便解释了妻子魂魄如何抵达的塞外，却是将关山踏遍才寻到远在白狼河的丈夫，这一句也暗喻了妻子不畏关山路途艰难，思念夫君，想要见到夫君，必要见到夫君的深情。晏几道《鹧鸪天》："从别后，忆相逢，几回魂梦与君同。今宵剩把银釭照，犹恐相逢是梦中。"与此处有相似的妙处，虽然纳兰并未真正见到妻子，但两首词皆是指情人相见，亦真亦幻，梦里梦外难辨，相见却又不敢确认的恍惚心情。

既是相见了，应是有百般情话关切相问，可是相别之久，相思之深，却让酝酿了这许多年的千言万语在心绪中百转千回，不知从何言起，最终吐出口的，只有珍重二字。想来情到深处反而不能言语，甜言蜜语该多是独处之时盘旋。词到此处，蕴含了一语将破未破的玄机，万里迢迢相聚却只道一声珍重，情意盘旋缱绻，一唱三叹，使闻者不由得只觉一片感怀在心，却又不敢妄作言辞以打碎这梦魂相聚的深绵。

这首《塞梦》，典型而深刻地描写出纳兰常年羁旅在外，厌于扈从生涯，时时怀恋妻子，思念家园，故虽身在塞上而相思不灭，遂朝思暮想而至于常常梦回家园，与妻子相聚。短短数字，将这种凄惘的情怀刻画得淋漓尽致，入木三分。

青衫湿悼亡

近来无限伤心事，谁与话长更？从教分付[①]，绿窗红泪[②]，早雁初莺。

当时领略[③]，而今断送，总负多情。忽疑君到，漆灯风飐[④]，痴数春星。

【注释】

①从教：听任，任凭。分付：同"吩咐"。

②红泪：指伤离或死别的眼泪。

③领略：欣赏，晓悟。

④漆灯：灯明亮如漆谓之“漆灯”。风飐：风吹。

【赏析】

容若自号楞伽山人，在佛教中，“楞伽”是真有的一座山，据佛典故事中说，佛陀进入楞伽上讲说佛法，之后便有了《楞伽阿跋多罗宝经》，即《楞伽经》，这部经书成为之后中土闻名的禅宗经典。

而后，达摩祖师又将这部经书传给了慧可，从而开启了中土佛教的“楞伽师”的时代，而后，又经过了弘忍和慧能两位禅师的努力，禅宗才算在中土定型，成为中土的一种文化得以发展。

所以，《楞伽经》带来的是禅定的方法，在清朝十分流行，容若之所以选择这个自号，想来与此有关。达摩祖师的禅定法门在之后被慧能反对，并提出了“禅不能坐”的言论，从而引发了一场宗教意义的改革。

当然，这场改革并没有将坐禅的法门废掉，反而是继续流行。容若的妻子死去后，悲伤得难以自禁的容若，在万念俱灰的心情下，总是会在佛灯下呆坐发呆，自然也就是需要依靠禅定来分散心头的创痛，结上了《楞伽经》的佛缘。

这首词抒发对亡妻深切怀念的痴情：近来我有很多的心事，你不在了，我要向谁诉说？一切都听凭安排，绿窗之下的离别之泪，春天里的莺歌燕语。这一切都曾经领略过，如今却一去不返，空负这一片痴情。恍惚之间仿佛感受到你来到我的身边，在风中的烛光下默默地数着春夜里的繁星。

“近来无限伤心事”，容若的一开篇便写出了自己内心的伤感，最近的无数伤心事，都只得埋藏在自己心里，因为无处可以诉说，你早已离去，我的知己只有你一人，你走了，我的心里话还能对谁说呢？

卢氏不但是容若的妻子，更是容若的红颜知己，容若为卢氏所题写的悼亡词数不胜数，可是每一首，他都能够写出清词中的哀婉，他是真的无法割舍对卢氏的一片深情。不像封建社会里的其他男性，容若对女性的爱是发自肺腑，十分真切的，他一旦爱上一个女子，那便是一生一世无法离弃的。

自然，卢氏是幸运的，她能够与容若真心相爱一场，死后，又能够被容若如此思念。封建社会里只怕少有女性能够像她这样幸运。但是活下来的容若，却是不幸的，他的伤痛，无人诉说，他只能够低沉地与卢氏讲“谁与话长更”，你的离去，对我的打击是多大，你可知道？

卢氏自然是无法知道，人死如灯灭，卢氏的离别，就注定了容若在这个世上的孤寂，“从教分付，绿窗红泪，早雁初莺。”容若自然也是知道，自己的思念无济于事，生活还要继续下去，但是容若就是无法控制自己内心的思念，他一想到从前，便要忍不住地泪如雨下，悲恸欲绝。

“当时领略，而今断送，总负多情。”当时的恩情，今日看来，真是无奈，早知如此，当日便不用多情一片，也会省得今日的难舍难分吧。话虽如此，但容若又怎么能够放下那一片深情。过多的思念，让容若心生幻觉。“忽疑君到，漆灯风飐，痴数春星。”好像感觉到卢氏又回到了他的身边，仔细一看，却只是孤灯冷风，窗外星星寂寥，也不过是清冷的夜空，哪里有卢氏的影踪呢？

问世间情为何物，便是容若这般吧。

鹊桥仙七夕[1]

乞巧楼空[2]，影娥池冷，佳节只供愁叹。丁宁休曝旧罗衣[3]，忆素手为余缝绽[4]。

莲粉飘红[5]，菱丝翳碧[6]，仰见明星空烂。亲持钿合梦中来[7]，信天上人间非幻。

【注释】

①七夕：农历七月初七的晚上，神话传说天上的牛郎、织女每年在这个晚上相会。

②乞巧楼：乞巧的彩楼。乞巧，旧时风俗农历七月七日夜（或七月六日夜）妇女在庭院向织女星乞求智巧称为“乞巧”。《荆楚岁时记》载：“七月七日为牵牛织女聚会之夜。是夕，人家妇女结彩缕，穿七孔针，或金银石为针，陈瓜果于庭中以乞巧。有喜子（蜘蛛）网瓜上，则以符应。”又，《东京梦华录·七夕》云：“至初六、初七日晚，贵家多结彩楼于庭，谓之乞巧楼，铺陈磨喝乐、花瓜酒炙、笔砚针线。或儿童裁诗，女郎呈巧，焚香列拜，谓之乞巧。妇女望月穿针，或以小蜘蛛安合子内，次日看之，若网圆正，谓之得巧。”

③丁宁：同“叮咛”，反复地嘱咐。罗衣：轻软丝织品制成的衣服。

④缝绽：缝补破绽，这里是缝制的意思。

⑤莲粉：即莲花。

⑥菱丝：菱蔓。翳：遮掩。

⑦钿合：镶嵌金、银、玉、贝的首饰盒子。相传为唐玄宗与杨贵妃定情之物，泛指情人间的信物。

【赏析】

当我怀念你的时候，不说美貌，不说风情，甚至不提才华。你只是我的妻，朴实、平淡、深情的妻，我忆起你最浪漫的时候，不过是“忆素手为余缝绽”，用柔软温暖的手为我缝补破旧的衣衫。这便是纳兰性德的爱。苏轼悼念发妻王弗写“十年生死两茫茫，不思量，自难忘”，沉甸甸的相思让人心疼。而纳兰性德一句“亲持钿合梦中来，信天上人间非幻”，让人悲从中来，禁不住说声：悲哉，容若！

叶芝曾对爱人呓语：“当你老了，头白了，睡意昏沉 / 炉火旁打盹，请取下这部诗歌 / 慢慢读，回想你过去眼神的柔和 / 回想它们昔日浓重的阴影”。这些平实而温厚的爱情啊，无论是叶芝爱人炉火边的小憩，还是纳兰的妻子亲手缝纫的旧衣，莫不印证了《诗经》中的旧句：宜言饮酒，与子偕老；琴瑟在御，莫不静好。

从古至今，无论何方何地，男男女女所求的不过是一句滥俗的吉利话：白头偕老。这话听来实现起来不难，却也不易，只因人人都不是命运的对手。胡兰成张爱玲在一纸婚书上写下“胡兰成张爱玲签订终身，结为夫妇，愿使岁月静好，现世安稳”。事实是现世不安稳，岁月不静好。没多久胡兰成就政治避难潜逃，逃跑的路上不忘拈花惹草，花着张爱玲的钱去泡美貌的小护士周训德，后又拉扯上年轻寡妇范秀美。“岁月静好，现世安稳”如一面柔光宝镜照透胡氏猥琐不堪的人格。

纳兰性德的妻子卢氏，也是锦绣丛中长大，豪门大户中的一朵富贵花。她与容若相亲，相爱，却在婚后三年，难产而亡。老人们传说，夫妻感情不要太好，太好遭天妒。也许这就是为什么吵吵嚷嚷一辈子的夫妇，倒能携手共赴人生残境；彼此怜爱非常的夫妇，却往往福寿不长，两隔阴阳。

七夕是古代女子的心水节日。《荆楚岁时记》载：“七月七日为牵牛织女聚会之夜。是夕，人家妇女结彩缕，穿七孔针，或金银石为针，陈瓜果于庭中以乞巧。有喜子（蜘蛛）网瓜上，则以符应。”每到七夕，女子们便准备精洁果品，焚香拜月，为自己一双巧手，求一段美满的爱情，嬉嬉闹闹，欢乐非常。去年今日，卢氏楼上拜月的身形犹在，荡舟赏月的波痕却已消隐得无迹可寻。当别人家的楼阁间飘逸着女子的欢声笑语时，纳兰家的亭台池榭间飘逸出的，是诗人忧愁的叹息。

七月正是夏末秋初，池中藕花开了又谢，谢了又开，层层叠叠，新花旧朵次第而生。本是正常的新旧交替，年年若此，诗人却品评说“莲粉飘红，菱丝翳碧，仰见明星空烂”。

今人知道“瘦”可形容花朵凋残，多是从“知否，知否，应是绿肥红瘦”开始的。李清照与丈夫赵明诚感情极好，都喜爱诗词歌赋、金石印章，琴瑟和鸣，很有共同语言。赵明诚出去做官，女诗人为离别的相思苦痛折磨，写下“红藕香残玉簟

秋 / 轻解罗裳独上兰舟 / 云中谁寄锦书来 / 雁字回时月满西楼”。1987 版《红楼梦》中饰演晴雯的女子安雯演唱过这首词，用的气声，歌声袅袅似云烟，字字句句入心，几多悲凉几多愁。红藕凋残的季节，是思念离人的季节吧。无论是易安还是纳兰，都被坠落的莲瓣勾起了愁思。也许纳兰伤情更甚，他在这满眼残蕊的季节吟诵诗篇时，妻子已是亡人；易安的丈夫至少身在世间——至少，在诗人写作那首词时，还身在世间。

林语堂为《浮生六记》作序时禁不住暗想：“这位平常的寒士（沈复）是怎样一个人，能引起他太太这样纯洁的爱。”纳兰容若不是平常寒士，若是如沈三白一样的寒士，也一定会像三白一样得到妻子真挚的、深切的爱恋。看“丁宁休曝旧罗衣”一句，王孙公子，家中锦衣轻裘无数，他竟会记得一件旧衣，且反复嘱咐仆人不要将那件旧衣拿出来曝晒，无比宝爱。只因“忆素手为余缝绽”。那件旧衣上载满关于你的回忆，不愿让你逝去之后的时光的尘埃将其沾染。更畏惧的是，衣衫上细碎的针脚牵起我对你痛入骨髓的思恋。

喜鹊能在天河间搭建一条爱的桥梁，却不能在阴间与阳世间搭就一条相思路。生不能执子之手，幸好我们还有生生世世的约定。“钿盒”一句，典出《长恨歌》。纳兰擅长化用前人词句，“亲持钿合梦中来，信天上人间非幻”脱胎自“惟将旧物表深情，钿合金钗寄将去。钗留一股合一扇，钗擘黄金合分钿。但教心似金钿坚，天上人间会相见”。古人有风俗“定情之夕，授金钗钿盒以固之”。（陈鸿《长恨歌传》）白乐天在《长恨歌》中为明皇与贵妃杜撰了一个美丽的约定：“七月七日长生殿，夜半无人私语时。在天愿作比翼鸟，在地愿为连理枝。”白乐天的长诗偏向叙事，略显拖沓而情不浓足。到纳兰性德处，字字哀伤，声声泣血，所有压抑的相思与苦痛喷薄而出——既然完不成“执子之手，与子偕老”的爱情宣言，就让我衷心祈祷，祈祷一个情比金坚的爱情诺言的实现——我们，天上人间相见！

问世间情为何物，直教生死相许？情，使红莲花瘦，佳节凄凉，使一件薄而软的旧衣能在心头割裂新痕旧伤。平淡的岁月中积淀下的酽酽情谊，让失去爱人后独自行走的人生路变得拖沓冗长。如果爱一个人，一定要让他知道，尽力用真挚的爱情填满你们相处的每一寸时间。命运是河流，生命是不系缆绳的小舟，谁知道下一刻会向哪一个方向漂流？爱，就爱了，深深爱，狠狠爱。“信天上人间非幻”，不是人人都能承担得住的凄丽哀婉。

临江仙　塞上得家报，云秋海棠[1]开矣，赋此

六曲阑干三夜雨，倩谁护取娇慵[2]？可怜寂寞粉墙东[3]，已分裙衩绿[4]，犹裹泪绡红[5]。

曾记鬓边斜落下，半床凉月惺忪[6]。旧欢如在梦魂中，自然肠欲断，何必更秋风。

【注释】

①秋海棠：又称“八月春”“断肠花”。《采兰杂志》载：古代有一妇女怀念自己的心上人，但总不能见面，于是经常在墙下哭泣，眼泪滴入土中，后在洒泪之处长出一植株，花姿妩媚动人，花色像妇人的脸，叶子正面绿、背面红的小草，秋天开花，名曰“断肠草”。《本草纲目拾遗》也记载：“相传昔人有以思而喷血阶下，遂生此草，故亦名‘相思草’。”纳兰性德扈驾塞上，或奉命出使，于塞外得家书后作此词。

②娇慵：柔弱倦怠的样子，这里指秋海棠花。此系以人拟花，为作者想象之语。

③粉墙：用白灰粉刷过的墙。

④裙钗：裙子与头钗都是妇女的衣饰，旧时借指女子。

⑤绡红：生丝织成的薄纱、薄绢。

⑥惺忪：形容刚睡醒还未完全清醒的状态。

【赏析】

有时候，读取辞赋之前短短的几句引子，更有情味。譬如，苏轼写《水调歌头·明月几时有》，宏阔壮丽的词句前先说“丙辰中秋，欢饮达旦，大醉，作此篇，兼怀子由”。每每读来，宝爱的程度超越了那阕词本身。是有些买椟还珠的憨蠢，却是真真的喜爱——喜欢那种真切平实的兄弟情谊，一位狂放的诗人大醉后手舞足蹈飞天遁地吟啸抒情，好似一个大男人喝多了坐在酒馆里和一帮狐朋狗友胡侃吹牛皮，兴奋得两眼放光满脸通红，其实他是寂寞的，繁华热闹的词句背后，思念至亲的荒凉感一寸一寸爬上脊背，爬进心头啃噬。

纳兰的这首词也是如此。手把书卷，一句“塞上得家报，云秋海棠开矣，赋此”映入眼帘，十三个字，孤寂清寥的意味，如秀云出岫，咕嘟嘟从脚边涌起，转眼间遮蔽了书案。

今人爱花者颇多，不过所爱的大多是玫瑰百合、雏菊茉莉，很少人知道秋海棠。即使知道，也多半是只闻其名，不知其形。秋海棠又叫“八月春”，多年生的草花，一年四季青青翠翠，花朵深红浅红的粉嘟嘟一簇，娇憨妩媚。除了园艺爱好者，这花如今少有人养了。在过去，家家户户都种得几盆。

秋海棠还有别名“断肠花”“相思花”。断肠为苦，相思甜蜜，这花朵的寓意，到底是苦是甜？传说陆游与妻唐婉感情甚笃，为母不容。母亲为拆散二人故意托人在远方为其谋仕途，陆游无奈，只得远行。临别前，唐婉送了陆游一盆花鲜叶嫩的秋海棠。一个大男人，向来不注意花花草草的，陆游问：“这是什么花？”唐婉答：“此乃‘断肠花’。”陆游沉吟着说：“这花应该叫‘相思花’。”旅途遥远，车马辗转不便，陆游请唐婉代为照料这盆花。唐婉最后到底恨嫁赵士程。十年后，陆游重回故里，入沈园游玩，忽见一盆茂密的花朵似曾相识。问园丁，花为何种？园丁说，这是“相思花”啊，是赵夫人托我代养的。陆游细看花盆，不就是唐婉当年送给自己的那一盆？陆游叹息道：“这是‘断肠花’啊。”

娇艳的多情的秋海棠，当年也曾是纳兰容若的相思花吧。“已分裙衩绿，犹裹泪绡红”，娇红的花朵青翠的叶片，多么像一位红衫绿裙的佳人，独伫粉墙之下。男人夸赞女子，都喜欢用“花似人艳，人比花娇”的恶俗句子，听得旁人麻酥酥地脊背发凉。待真的爱了才知道，爱一位女子，她的容颜在你眼中果真像婉转伸展的承露娇蕊，俯首扬眉皆是袅娜风情。

容若的妻，是位美丽清雅的女子，一如迎着西风摇曳的秋海棠，艳而不俗，娇而不媚。容若对她的印象，是家常的却又带着几许梦幻：“曾记鬓边斜落下，半床凉月惺忪。”是夜，这位可人儿忽然醒了，揉着惺忪睡眼，白日里簪下的秋海棠垂在鬓边，映衬着半床清朗的月光，仿若空谷中不食人间烟火的仙子，惹人垂怜。

这一切，似幻似真，是真实发生的一幕还是相思敦促下头脑中一厢情愿的杜撰，容若自己也说不清楚，“旧欢如在梦魂中”。

说不尽的旧欢如梦。也许，一阕词读罢，也只记得一句“旧欢如梦”。是否记得梅艳芳？印象中，她总是穿着华美的衣饰孤独地站立在舞台中央，唱着艳丽却孤寂的歌曲。梅姑的《旧欢如梦》，与长久的相思无关：“为何欢笑变作恶运\为何恩爱却得悔恨\旧欢恰似梦梦醒有泪印\心里都是疑问\前缘失去也未去寻”，这里的相思，是因为情尽缘断的分离。李克勤也唱过一曲《旧欢如梦》，竟然莫名地有些许欢乐的意味。

“旧欢如梦”于古人是怀念故人，于今人是怀念旧情人。离婚的发明是好事，也是坏事，好处是让那些爱错了的人干净利索地分手，有机会寻找真正的情爱。坏处是，让无数现代人失去了践证“唯有死亡才能将我们分离”的爱情诺言的机会——离婚证书可以随意让我们分离。

旧欢已然成一梦，那么新人呢？我们都看到，这位续娶的夫人，是极爱容若的。她定然非常年轻，还是满脸稚气的，见花开了，赶紧簪一枝在鬓下，然后喜滋滋地给夫君写一封书信报知花信，一副小儿女情态。斯人已逝，海棠依旧，她可知她簪花的样子，与昔年的旧人多么相似？

秋海棠，秋日花开。此时的塞上，西风已凉，枯草漫卷向荒远的天际。她会不会去揣测，丈夫在荒凉的秋景中接到一纸花信时，心中涌起的是哪般滋味？——我想，会的。即使她是那么年轻，却未尝没有发觉夫君对着那些红花翠叶时眉宇间的忧愁。女人之于爱情，是天生的专家，不分年龄，无师自通。然而，纵使知道这花中有几多故事，她依然希望花开博得枕边人一笑，即使这略带凄楚的笑不是为她，也知足。这样的爱，带着些许委屈，有自得其乐的意味。女人，都是容不得“他”的心中有别人的。然而，只要你能让我爱着你，我愿意为你心中藏着“她”的那个小房间，细心拂拭打扫。虽然委屈，也是幸福，只因为，我爱你——这一切，在塞上秋风中黯然神伤的容若，你可知晓？

蝶恋花夏夜

露下庭柯蝉响歇[①]。纱碧如烟，烟里玲珑月。并著香肩无可说[②]，樱桃暗解丁香结[③]。

笑卷轻衫鱼子缬[④]。试扑流萤[⑤]，惊起双栖蝶。瘦断玉腰沾粉叶[⑥]，人生那不相思绝。

【注释】

①庭柯：庭园中的树木。晋陶潜《停云》诗：“翩翩飞鸟，息我庭柯。”

②香肩：散发着香气的肩背。

③樱桃：比喻女子的嘴唇如樱桃般小巧红艳，此处代指恋人。丁香结：丁香的花蕾。用以喻愁绪之郁结难解。唐尹鹗《拨棹子》词：“寸心恰似丁香结，看看瘦尽胸前雪。”

④鱼子缬：绢织物名。唐段成式《嘲飞卿》："醉袂几侵鱼子缬，飘缨长罥凤皇钗。"

⑤流萤：飞行无定的萤。唐杜牧《秋夕》诗："银烛秋光冷画屏，轻罗小扇扑流萤。"

⑥玉腰：称美女的腰，指蝴蝶的身体。

【赏析】

"执子之手，与子偕老。"这是《诗经》中对爱情最美的诠释，相爱的人无不是想拉住对方的手，一辈子走到尽头。等到山山水水都看过的时候，身旁还有爱人，容颜老去，但笑容依旧。

但往往有些爱情，总是在最美的时候停止。当沧海桑田，岁月苍茫的时候，这些爱情还依然鲜活在在相爱的人的脑海中。只是可惜，相爱的人，早已是天涯海角，难以相守了。这份爱情便会变得愈加珍贵，正是因为失去过才知道珍惜。

人世间的事情往往如此，容若的这首词描绘夏夜与恋人共度的情景：庭院结满露珠的树上，有蝉在鸣唱，轻纱如烟似雾，月色朦胧。你我默默地肩并着肩，心中的愁绪却暗自消解。朦胧月下，你笑着卷起衣袖，捕捉飞来飞去的萤火虫，却不经意惊起了花上双宿双栖的蝴蝶。如今想来怎不让人相思成病，日渐消瘦，伤心欲绝。

容若的恋人究竟是指他的表妹，还是沈宛，或者是早逝的卢氏都无法看出，但这份爱情在这首词中，却显得格外美丽。"露下庭柯蝉响歇。"夏天的夜晚，蝉虫的叫声就在四周，两个相爱的人在夜色下相依相偎，看着远处，庭院里的树木，幸福就洋溢在四周的空气里，细腻极了。

月色如此朦胧，好似轻柔的纱帐，温柔地洒落在二人身上，容若将词境的浪漫气氛推置到了最高点。"纱碧如烟，烟里玲珑月。"在这样的浪漫气氛中，二人却是相对无语，不是无话可说，而是不需要说。

有的时候，只要知道彼此就在身边，能够感受到对方的体温，那就可以了，“并著香肩无可说，樱桃暗吐丁香结。”容若也是这样想的，他与恋人依偎在月色下，这句话里有两个典故，“樱桃”并非指真的樱桃，而是比喻女子的嘴唇如樱桃般小巧红艳，此处代指恋人。在孟棨的《本事诗》：“白尚书姬人樊素善歌，妓人小蛮善舞。尝为诗曰：樱桃樊素口，杨柳小蛮腰。”

还有一处是“丁香结”，是用以喻愁绪之郁结难解。即便是怀抱着恋人，心里也有难化解的愁绪。但容若的表面依然是波澜不惊，上片结束后，下片便显得更为活泼一些，因为这是一首思念恋人的词。

“笑卷轻衫鱼子缬。试扑流萤，惊起双栖蝶。”恋人衣袖飞舞，在院子中捕捉蝴蝶，这美好的景象却只能是存在于记忆中了，因为恋人走远，自己只能独自看这月夜，想当日的美好，今日更觉得凄凉。

“瘦断玉腰沾粉叶，人生那不相思绝。”最后这句“人生那不相思绝”，十分动人，人生处处是相思，令人思念成疾，令人为之气绝。情之深处，只怕也就是如此了。

齐天乐洗妆台怀旧[①]

六宫佳丽谁曾见[②]，层台尚临芳渚[③]。露脚斜飞，虹腰欲断[④]，荷叶未收残雨。添妆何处，试问取雕笼[⑤]，雪衣分付[⑥]。一镜空蒙，鸳鸯拂破白蘋去。

相传内家结束，有装孤稳，靴缝女古[⑦]。冷艳全消，苍苔玉匣[⑧]，翻出十眉遗谱[⑨]。人间朝暮。看胭粉亭西，几堆尘土。只有花铃，绾风深夜语。

【注释】

①洗妆台：指金章宗为李妃所建的梳妆楼，在今北京北海琼华岛上，高士奇《金

鳌退食笔记》称之为“广寒之殿”，今已不存。晚明王圻《稗史汇编·地理门·郡邑》谓：“琼花岛梳妆台皆金故物也。……妆台则章宗所营，以备李妃行园而添妆者。”其自注云：“都人讹为萧太后梳妆楼。”时人误以为是辽萧太后之梳妆楼，遂多有讹而咏之者，本篇亦如是。

②六宫：古代皇后的寝宫，正寝一，燕寝五，合为六宫。《礼记·昏义》：“古者，天子后立六宫，三夫人、九嫔、二十七世妇、八十一御妻，以听天下之内治，以明章妇顺，故天下内和而家理。”郑玄注：“天子六寝，而六宫在后，六官在前，所以承副施外内之政也。”因用以称后妃或其所居之地。佳丽：美貌的女子。

③层台：重台，高台。芳渚：长有芳菲花卉的水边。

④露脚：露滴。宋周邦彦《早梅芳·牵情》词：“河阴高转，露脚斜飞夜将晓。”虹腰：本义虹的中部，这里指虹桥，拱桥，指今北海太液池之永安桥。

⑤雕笼：指雕刻精致的鸟笼，代指笼中之鸟。

⑥雪衣：白色的羽毛，即雪衣女，泛指某些白色的鸟类，这里指白鹦鹉。《太平御览》卷九二四引唐郑处诲《明皇杂录》：“开元中，岭南献白鹦鹉，养之宫中……忽一日，飞上贵妃镜台，语曰：‘雪衣娘昨夜梦为鸷鸟所搏，将尽于此乎！’”

⑦内家：指皇宫宫廷，或指宫女、太监。装：即帕服，谓盛服。孤稳：玉，古代契丹语的音译。女古：金、黄金，亦为古代契丹语的音译。

⑧冷艳：形容花耐寒而艳丽，也指耐寒而艳丽的花或人物冷傲而美艳。玉匣：玉饰的匣子，亦指精美的匣子，汉代帝王葬饰，亦赐大臣，以示优礼，即所谓“金缕玉匣”。

⑨十眉遗谱：即《十眉图》，十样不同的美女眉型画图。唐玄宗命画工绘制。唐张泌《妆楼记·十眉图》：“明皇幸蜀，令画工作十眉图，横云、斜月，皆其名。”

【赏析】

这阕词，源自一个误会。

古人喜爱登临吊古，在古迹前怀想先人往事，抒发自己的感慨与情怀。苏轼著名的《念奴娇·赤壁怀古》、辛弃疾的《永遇乐·京口北固亭怀古》都属于这种情况。《红楼梦》第五十一回中薛宝琴将所经过各省内的古迹为题作怀古诗十首，更是生动地说明了古人这一习惯。

纳兰性德游历的这座梳妆楼，在北京北海琼华岛上，为金章宗为李妃所建。不过不知出于什么原因，纳兰性德那个时代的人们都以为那是辽萧太后的梳妆楼，还有不少人去凭吊吟咏，纳兰性德就是其中之一。这阕《齐天乐》有些版本的附标直接记作“辽后洗妆楼”，所以说这首词源自一个误会。

李妃就是李宸妃，说到她大家可能有些陌生，她是金国金章宗的妃子。金章宗对大家来讲也是个陌生的人物，但是说到他下令在中都（金国的国都，即今天的北京）的西边修建的桥肯定不陌生——大名鼎鼎的卢沟桥。金章宗很喜欢汉族文化，他自己能诗善画，还号令金国的官员百姓都穿汉族服饰，行汉人礼节，提倡女真人与汉人通婚。李宸妃很对金章宗胃口，不但长得美，还写得一手好字，做得一手好诗。夏夜，金章宗曾与李宸妃在这个梳妆台上联对为戏。金章宗出上联：“二人土上坐。”（琼华岛是用土堆成的）李宸妃非常机敏，抬头看看天上一轮圆月，即对答道“一月日边明”。妃子以日喻章宗，以月自比，既符合人物身份又暗合此情此景，让章宗大为倾心。难怪章宗如此宠爱李宸妃，甚至专门为她建一座华美的梳妆台。

萧太后是大家都熟悉的人物，伴随着杨家将的故事家喻户晓。萧太后，名绰，小字燕燕，是辽景宗耶律贤的皇后，辽史上著名的女政治家、军事家，历史上被称为“承天太后”。萧太后能够“亲御戎车，指麾三军”，率领数十万大军攻城野战，绝对的人中豪杰、女中丈夫。

纳兰性德的这首词本心是以辽太后往事，抒发以古为鉴之意：往日那六宫中美丽的皇后妃嫔早已消逝，谁又见到过呢？而今只有这太液池畔高高的楼台依稀尚存。雨脚斜飞，水漫拱桥，荷叶田田，残雨潇潇，眼前是一片迷蒙的景象。

要问在何处添妆，只有笼中的鹦鹉能够回答。眼前只有一片空蒙碧水，鸳鸯游荡于白蘋之间。辽代宫中曾以玉饰首，以金饰足，而不再采用汉家宫中的装束样式。如今繁华落尽，玉匣生苔，从中翻出唐代的《十眉图》。人间变换只在朝夕之间。看那曾经的胭粉亭中已是尘土堆积，只有护花铃还摇曳在深夜的风雨之中。

无论是萧太后还是李妃，都有一个炽热的、高潮迭起的人生。她们生命最美丽的时刻，如烟花腾起在黑暗的夜空，绽放出绚烂夺目的花朵。可是，在时间的坐标轴上，没有任何的人和事能够长久留存或长久华丽。这些女子从某种程度上，与朝开夕败的花朵没有什么不同——只是与它们的生命相比，她们的青春、生命可能更为绵长、久远一些——不过，她们一样不能拥有“永远”。烟花丧失温度后，消隐了色彩，所有的绚烂繁华都随夜风飘散。这些曾经的美丽高傲的女子，在历史的河流中潜沉，永远逝去了踪迹。她们曾经馨郁的生命焕发勃勃生机的地方，依然在苍茫的大地上留存。不过，斯人已逝，芳韵流散，留给后来人的，是对人世转换的感慨和对岁月流转的叹息。

金缕曲亡妇忌日有感[1]

此恨何时已。滴空阶、寒更雨歇，葬花天气[2]。三载悠悠魂梦杳[3]，是梦久应醒矣。料也觉、人间无味。不及夜台尘土隔[4]，冷清清、一片埋愁地。钗钿约[5]，竟抛弃。

重泉若有双鱼寄[6]。好知他、年来苦乐，与谁相倚。我自终宵成转侧[7]，忍听湘弦重理。待结个、他生知己。还怕两人俱薄命，再缘悭、剩月零风里[8]。清泪尽，纸灰起[9]。

【注释】

①这首词作于康熙十九年（1680 年）农历五月三十日，为卢氏故去三周年忌日。

②寒更：寒夜的更点，借指寒夜。葬花天气：农历五月下旬，正是落花时节。

③魂梦：梦，梦魂。

④夜台：坟墓，亦借指阴间，南朝梁沈约《伤美人赋》："曾未申其巧笑，忽沦躯于夜台。"

⑤钗钿约：即"金钗""钿合"。指夫妻的盟誓。白居易《长恨歌》："惟将旧物表深情，钿合金钗寄将去。钗留一股合一扇，钗擘黄金合分钿。但令心似金钿坚，天上人间会相见。"

⑥重泉：犹黄泉、九泉，旧指死者所归。

⑦终宵：中夜，半夜。

⑧缘悭：缺少缘分。《儒林外史》第三十回："只为缘悭分浅，遇不着一个知己。"

⑨纸灰：给死者当钱用的纸烧成的灰。

【赏析】

又是一首《金缕曲》，仿佛已经成为一种习惯，自从妻子卢氏逝去之后，容若就一直在自己编造的情网中痛苦地挣扎着，他时常沉溺于对美好往日的追忆中，因此也写下了几十首的悼亡之作，而这首则称得上他所有悼亡词中最感人的一首。

词一开篇，作者就化用李之仪《卜算子》中"此水几时休，此恨何时已"的成句，看似突兀的一个反问句，却真实地道出容若对卢氏之死所表达出的哀伤痛悼之情，虽然卢氏已经去世三年，但是容若对她的思念却一直没有停止，他也曾想开始新的生活，却又始终放不下旧情，在亡妇忌日之时，他的这种郁结已久的矛盾心情终于得以释放，一个"恨"字，点明了全词的主旨。

接下来作者交代了时间、地点，"滴空阶、寒更雨歇，葬花天气"，中国古代诗人在写景物时，通常是借景抒情，温庭筠在《更漏子》中曾写道:“梧桐树，三更雨。不道离情正苦。一叶叶，一声声，空阶滴到明。”与温庭筠所表达的离情别绪相比，容若所表达的生死之痛自然显得更加凄苦。

卢氏的忌日是农历五月三十，此时正是绿叶茂盛，花渐凋谢的暮春季节，因此说是“葬花天气”，屋外雨声连连，而容若的心情则沉重凄清，所以他虽然身在春季，却感受此时已是“寒更”。

对于卢氏的离世，容若始终不能承认这个事实，因此他总希望这只是一个梦，等到梦醒之后，卢氏就会出现在他的面前。但幻想终究是幻想，又会有哪个梦一做就是三年呢？对于卢氏之死的原因，容若猜想是因为她：“料也觉、人间无味。”因为坟墓虽然冷清孤寂，但是却能够把所有的愁苦都埋葬于地下，这句话就给今人留下了一个疑问，既然卢氏死后与她结婚仅三年的丈夫会留下如此之多的悼亡之作，那在她生前又会有怎样的愁苦让他觉得“人间无味”呢？

上阕结尾“钗钿约，竟抛弃”呼应开篇“此恨何时已”，似有怨恨之意，你和我本有钗钿之约，如今你却为何要违背誓言，让我独自一人痛苦地生活在人间？

全词到了下阕，容若开始倾诉自己的别后生涯。“重泉若有双鱼寄。好知他、年来苦乐，与谁相倚？”容若在这里设想阴间如果能通书信，自己也就能够知道卢氏这些年来的苦乐哀思与谁一起相伴度过。

从生前的恩爱，到关心亡妻死后的生活，甚至在其逝去后经常也不能寐，辗转反侧地思念她，可见容若对卢氏的爱已经深入骨髓。“湘弦”一词在这里明指容若害怕睹物思人，因此不忍再弹那哀怨凄婉的琴弦，也暗含了他不忍续弦再娶之意。

据记载，容若在卢氏死后，“悼亡之吟不少，知己之恨尤多”。由此可见，容若不但把卢氏当作了自己的贤内助，更是把她视为知己，这在封建社会中，是一个十分难能可贵的观念，因此在妻死不能复生，自己又不忍续弦的情况下，容若想要和卢氏“待结个、他生知己”，这虽然是一种不切实际的自我安慰，但是容若对此无比执着，甚至还害怕他们两个人即使来生结缘，却也像今生这样命薄，美好的光景、美好的情缘不能长久。

全词写到这里，容若也照应“此恨何时已”，表达出三层怨恨：今生无缘在一起，此为第一恨；幻想阴间能通书信，却事不可能，此为第二恨；希望来生能再做夫妻，却又怕两人命薄，仍然人鬼殊途，此为第三恨。

在词的结尾，容若终于从内心世界回到现实，在那空阶之上，亲手点燃了祭奠亡妻的纸钱，并且自己心中所有的情感都化成一句话“清泪尽，纸灰起”。

全词读完，不禁让人潸然泪下，如果世间真能有这样的真挚情感，那么死亡也就变得不再可怖。

荷叶杯

知己一人谁是？已矣。赢得误他生。有情终古似无情，别语悔分明。

莫道芳时易度，朝暮。珍重好花天[①]。为伊指点再来缘[②]，疏雨洗遗钿[③]。

【注释】

①好花天：指美好的花开季节。

②再来缘：下世的姻缘，来生的姻缘。

③钿：指用金、银、玉、贝等镶饰的饰物。此代指亡妇的遗物。

【赏析】

这首词为怀念亡妻而作：谁是那唯一的知己？可惜已经离我而去，只有来世再续前缘。多情自古以来都好似无情，这种境况无论醉醒都是如此。朝朝暮暮，如烟似雾，那大好的春色不要白白错过。雨中拿着你的遗物睹物思人，但愿能来世相见。

纳兰性德的诗词中，对荷花的吟咏，描述很多。以荷花来比兴纳兰公子的高洁品格，是再恰当不过的。出污泥而不染是文人雅士们崇尚的境界。它起始于佛教的有关教义，把荷花作为超凡脱俗的象征。

而在中国传统文化中，把梅、竹、兰、菊“四君子”和松柏、荷花等人格化，赋予人的性格、情感、志趣，使其有了特定的内涵。许多文人热衷寄托自己的情思到这些梅兰竹菊身上，例如郑板桥画竹，曹雪芹写石头，这都是代表了他们内心的某种情感图腾。

容若也不例外，容若就是认定了荷花，在许多词中，他都写到荷花，寄托自己无处可寄托的情感。在这首词中，虽然没有提到荷花，但可以看出容若将自己的情感都寄托在了那份景致中。

有人说这是一阕悼亡词，是写亡妻，可也有人说是写恋人，怀念与恋人之间无法追回的情感。不论写哪种逝去的情感，都可以说得通。平心而论，无论是妻子还是恋人，容若从来都不会偏向哪一方，他将这些女子放在心中，她们各自有各自的位置。

开篇便问：“知己一人谁是？”知己二字，中国古时是十分慎用的，除非彼此之间非常了解对方的心意，不然是不可妄自称为知己的。容若的知己，便是那位离他而去的女子，但他也明白，人生得一知己足矣，所以，他会在反问之后，自问自答地写道：“已矣。”

的确是这样的，既然此生已经得到了知己，那么便足够了，至于今后独自行走的道路，有着之前的回忆，那还怕什么呢？“赢得误他生。”来生如果有缘，相信还是会走到一起的。多情不必神伤，“有情终古似无情，别语悔分明。”上片在一片混沌中结束，容若似醉非醉地混迹人间，没有了知己，他还要继续走下去，如果不糊涂一点，如何能够应对这世间坚硬的种种。

容若的好朋友朱彝尊感慨常叹：“滔滔天下，知己一人谁是？”可见并不是所有人都能得到知己，从这点来说，容若是幸运的。他爱的人不但爱他，更懂得他，就算这份懂得是短暂的，那也是曾经拥有过。

这上片直抒胸臆，真切极了。但是下片却是笔锋勒马，由刚转柔，不再明写，而是用铺垫，写起情感，尤其是最后一句“为伊指点再来缘，疏雨洗遗钿”，缠绵悱恻，诉尽心底伤痛悔恨。

“莫道芳时易度，朝暮。珍重好花天。”有景有情，全词情意盎然，让人读起来感到飞流直下，但丝毫没有什么不妥的感觉。反倒是让人泪下如雨，海内存知己，天涯若比邻。这句诗正好道出了容若的心声。

爱情固然是渴望地久天长的，但如果能够拥有一份连生死都无法阻隔的爱情，那也未尝不是一件幸事。正所谓在彼岸花开如初，才更能见得爱情的坚定。

沁园春

丁巳重阳前三日[①]，梦亡妇淡妆素服，执手哽咽，语多不复能记。但临别有云：“衔恨愿为天上月，年年犹得向郎圆。”妇素未工诗，不知何以得此也，觉后感赋。

瞬息浮生，薄命如斯，低徊怎忘[②]。记绣榻闲时，并吹红雨[③]；雕阑曲处，同倚斜阳。梦好难留，诗残莫读，赢得更深哭一场。遗容在，只灵飙一转[④]，未许端详。

重寻碧落茫茫[⑤]。料短发朝来定有霜。便人间天上，尘缘未断；春花秋叶，触绪还伤。欲结绸缪[⑥]，翻惊摇落，减尽荀衣昨日香。真无奈，倩声声邻笛，谱出回肠。

【注释】

①丁巳重阳前三日：指康熙十六年农历九月初六日，即重阳节前三日。此时纳兰性德亡妻已病逝三个多月。

②低徊：形容萦绕回荡。

③红雨：指落花。唐李贺《将进酒》："桃花乱落如红雨。"

④灵飙：灵风、神风。指梦中爱妻飘飞的身影。

⑤碧落：天空。语出白居易《长恨歌》："上穷碧落下黄泉，两处茫茫皆不见。"

⑥绸缪：紧密缠缚，缠绵，情意深厚，这里指夫妻恩爱。

【赏析】

纳兰与妻子卢氏相处的时间虽然短暂，但是感情却十分深厚，丁巳年即康熙十六年，也就是卢氏逝世这一年。妻子逝世不久，尸骨未寒，所以词人时时思念，幻想能与其再续前缘。这一年重阳节前三天的夜晚，词人竟真的在梦中与亡妻相会，两人相对哽咽，说了许多思念之语，临别之时，妻子赠诗"衔恨愿为天上月，年年犹得向郎圆"与词人。但是，梦境虽美，终究也是一场空幻，醒来之后只会让痛苦进一步加深，于是在感慨无奈之下，词人提起笔来，写下这首词。

"瞬息浮生，薄命如斯，低徊怎忘"，词一开篇，容若就以咏叹的笔法写出了对亡妻的一往情深，人生苦短，瞬息即逝，本来是伉俪情深，无奈妻子却红颜薄命，短暂的三年快乐相处换来的是一生的哀思。

由于对亡妻的思念萦绕在容若的心间，容若自然也就开始回忆与卢氏新婚后的恩爱生活，"记绣榻闲时，并吹红雨；雕阑曲处，同倚斜阳"，当初相依相偎坐在绣榻上，吹着飘飞的花瓣，在栏杆的拐弯处共同欣赏黄昏的景色，在这句中，以往昔的欢乐做对比，反衬出词人如今的孤单与愁苦。

"红雨"在这首词中有两种可能的解释：一是指桃花，李贺《将进酒》有"桃花乱落如红雨"之句；二是指落花如雨，刘禹锡《百舌诗》中有"花枝满空迷处所，摇动繁英坠红雨”。

接着容若开始倾诉自己失去爱妻之后的痛苦，“梦好难留，诗残莫读，赢得更深哭一场”，人生中最大的痛苦莫过于生死离别，此时的容若已经开始究诘起命运来，他珍爱生命，可惜生命最后却是瞬息浮生，他珍惜爱情，可是爱情却得而复失，他想与心爱之人梦中相会，互诉衷肠，结果却只是好梦难留，当所有的一切都化为乌有时，他只能无奈地在深夜里痛哭流涕。这时他又想起梦中妻子的模样，只可惜这梦去得太快，还没来得及仔细端详，亡妻便已“灵飙一转”，词到此，更加平添一分悲痛之情。

下阕开篇紧承上阕结尾，写梦醒后词人想要重寻梦境，可惜“碧落茫茫”，无迹可寻。在悲愁和痛苦的煎熬之下，容若猜想第二天自己的头上一定会增添许多白发，这句与苏子的“纵使相逢应不识，尘满面，鬓如霜”十分相似，可是苏子要十年才尘满面，鬓如霜，容若却是一夜白头，抛却真假不论，其中孰深孰浅，已无须多说。

命运是无法改变的，但是痴情的容若却偏偏要与命运做一番抗争，他固执地发出：“便人间天上，尘缘未断；春花秋叶，触绪还伤”，虽然生死相隔，但尘缘并不会就此割断，否则又怎会在梦中相见，那春花秋叶都是触动感伤的琴弦，让人看后不胜凄怆。

一对恩爱的夫妻本想白头偕老，结果妻子却像木叶一样飘然陨落，这恐怕是人生中最大的遗憾，以至于容若从此“减尽荀衣昨日香”。“荀衣”有两个典故，一指东汉荀彧嗜爱香气，身带之。所坐之处，香气三日不散。二是《世说新语·惑溺》中记载：荀奉倩与妇至笃，妇病亡，痛悼不已，岁余亦亡。这里两个典故合用，说明自妻子死后，容若已经形容憔悴，丰神不再。

词到结尾，“真无奈！倚声声邻笛，谱出回肠”，在无限的愁绪之中我们又听到词人发出一声无可奈何的叹息，在这里“邻笛”亦是一个典故，魏晋之间，向秀经过友人旧庐，闻邻人奏笛，感怀亡友，作《思旧赋》来悼念。而词人此时谱写的，岂不正是这种令人断肠的伤心曲。

纳兰填词并非一气呵成，而是反复斟酌，反复修改，因此此词也有多个版本，在此就不一一评说。

青衫湿悼亡（按此调谱律不载，疑亦自度曲）

青衫湿遍，凭伊慰我，忍便相忘。半月前头扶病[①]，剪刀声、犹共银釭[②]。忆生来、小胆怯空房。到而今、独伴梨花影，冷冥冥、尽意凄凉。愿指魂兮识路，教寻梦也回廊。

咫尺玉钩斜路[③]，一般消受，蔓草残阳[④]。判把长眠滴醒，和清泪、搅入椒浆[⑤]。怕幽泉、还我为神伤[⑥]。道书生薄命宜将息[⑦]，再休耽、怨粉愁香。料得重圆密誓，难禁寸裂柔肠[⑧]。

【注释】

①扶病：带病行动。

②银釭：银白色的灯盏、烛台。

③玉钩斜：古代著名游宴地。在江苏江都，相传为隋炀帝葬宫人处，后泛指葬宫人处。

④蔓草：爬蔓的草。

⑤清泪：眼泪，宋曾巩《秋夜》诗："清泪昏我眼，沉忧回我肠。" 椒浆：以椒浸制的酒浆，古代多用以祭神。《楚辞·九歌·东皇太一》："蕙肴蒸兮兰藉，奠桂酒兮椒浆。"

⑥幽泉：指阴间地府，借指死者。

⑦将息：调养休息，保养。

⑧寸裂：碎裂。

【赏析】

在众多点评“纳兰词”的书籍中，普遍认为这首词是容若所有悼念亡妻之作的第一首，作于卢氏亡故半月之后，那么，这种观点是否正确呢？

首先来看词的第一句“青衫湿遍”，作者在一开篇就表明了自己的悲伤程度，眼泪已经湿透了所有的衣服，这种意境是何等凄凉。当年白居易无辜遭贬江州司马后，一直郁郁寡欢，有一次，他在浔阳江头偶遇一位来自京都、漂泊江湖的琵琶女，在听其弹奏时，白居易想到了自己在宦途所受到的打击，顿生强烈的天涯沦落之感，长久以来积蓄在心中的沉痛感受，让其流下了痛苦的眼泪，甚至连衣服都被眼泪浸湿了，而此时容若的心境，与白居易当时的心情相比，恐怕是大同小异。

从“凭伊慰我”开始，到“尽意凄凉”结束，按照字面上的解释，纳兰容若确实是在悼念一个人，这几句大致意思是说：“我需要你的安慰，你怎么可以忍心将我忘记呢！你走半月以来我拖着愁病之躯，像你在时那样西窗剪烛。我生来胆小，害怕一个人独守空房，到如今却只有梨树花影相伴，冷冷清清，受尽凄凉。”这几句体现了容若对这个人的挚爱以及对其浓烈的思念之情，而且从“半月前头扶病”这句中，我们似乎更能认定容若悼念的人正是卢氏，于是作者把自己满腔的愁怀，全部都寄托在梦幻之中，希望亡妻的魂魄能认识回家的路，到梦中与自己相聚。

品读完词的上阕，我们能体会到容若像其他人一样，总是等到最珍爱的东西失去后才懂得珍惜，此时的容若已经被一种深深的负疚感所束缚，甚至完全陷入到一种无法解脱的死结之中，因此上阕读完，让人顿感肝肠寸断。

下阕一开篇，容若就化用了“玉钩斜”这个典故，而正是这个典故让我们产生了种种疑问，甚至可以推断出容若在词中悼念的并不是亡妻卢氏。

我们首先应该了解一下“玉钩斜”这个典故的来历。“玉钩斜”在江苏扬州，公元618年5月，隋炀帝杨广的右屯卫将军宇文化及在江都兵变，勒死了隋炀帝，隋朝至此灭亡。相传炀帝死后，肖皇后和宫人用床板做了口小棺材，将其草草埋葬，宫中的宫女大多数被乱军所杀，也有少数为隋炀帝殉情自杀，这些死亡的宫女就被草草埋葬在蜀冈的斜坡之上，当时的人们就把这里叫“宫人斜”。

到了唐宪宗元和年间，李夷简奉旨镇守扬州，有一次在这里赏月，发现新月如玉钩，便在此建筑了一座为“玉钩”的亭子，此后，“宫人斜”便改称为“玉钩斜”。

在一些点评“纳兰词”的书籍中，把“玉钩斜”解释为卢氏墓穴所在地，但是据史料记载，卢氏去世后曾停柩在什刹海附近的龙华寺，直到一年后才被安葬在京西纳兰家的祖茔中，如果容若在这首词里悼亡的是卢氏，在这里用“玉钩斜”的典故显然是有失水准的。

接着作者为我们描绘了一幅“一般消受，蔓草残阳”的凄凉景象，但是，容若的父亲乃是一代权相，他怎么可能让自己的儿媳与隋炀帝时代的那些宫女一样，忍受着“蔓草斜阳”的凄凉况味呢？由此我们能够知道，容若在这里悼念的并不是卢氏，而是一位与那些葬身“玉钩斜”的宫女有着相似之处的女子。而且容若说的是“咫尺玉钩斜路”，“玉钩斜”位于江苏扬州，与身处京城的容若并非“咫尺天涯”，所以作者在这里并不是在表达时空观念上的感受，而是心理上的感觉，而能够让容若产生这种感叹的，恐怕就只有那位少年时与容若相爱，最后被迫入宫，并且已经消逝在深宫的表妹了。

从这首词中，我们完全感受不到容若以往那种从容舒缓的节奏，有缘无分的昔日恋人如今天人相隔，容若那颗破碎的心也就开始飘忽游离在现实之中，从此没有了着落，也永远不会再安顿下来。

菩萨蛮

乌丝画作回文纸[①]，香煤暗蚀藏头字[②]。筝雁十三双[③]，输他作一行[④]。

相看仍似客，但道休相忆。索性不还家，落残红杏花。

【注释】

①回文：原指回文诗，此处指意含相思之句的诗。

②香煤：古代妇女用以画眉的化妆品，或指香烟。暗蚀：暗中损伤，谓香烟渐渐散去。藏头字：将所言的事分别藏在诗句的头一字。

③筝雁：筝柱。因筝柱斜列如雁行，故称。

④输他：犹言让他。

【赏析】

这首《菩萨蛮》作于清康熙十六年秋，距卢氏之死约三个月。

词的上阕借物托比。“乌丝画作回文纸”，乌丝指的是乌丝栏，唐李肇《唐国史补》：“宋亳间，有织成界道绢素，谓之乌丝栏、朱丝栏。”回文，原指回文诗，是诗歌体裁的一种，在这里代指相思兜转回旋的句子。

“香煤暗蚀藏头字”，香煤指略有香气的墨。宋张先《宴春台慢·东都春日李阁使席上》：“金猊夜暖，罗衣暗裛香煤。”暗蚀即是墨迹渐渐地将诗句要义遮盖了去。明王彦泓（次回）有“袖香暗蚀字依微”之句。藏头字，指藏头诗，诗人会把所要言明的事凝成精简几字，分别藏于每句诗的头一字。宋吕渭老《水龙吟·寄竹西》：“锦字藏头，织成机上，一时分付。”

两句写的是纳兰面前的信纸上相思之句犹然徘徊缱绻，那墨迹却将纸上诗句的几个字遮掩了去，仔细辨别才知那竟是诗句中最重要也是最无法触碰的几个字，这墨色有意无意地浸淫，瞬间便潮湿了心境，前尘往事瞬间便堆上心头。本欲移开视线，起身弹拨古筝将心绪转移，怎料抬眼望去那十三根筝柱前后排列形成整齐的一行，负手一叹，也罢，也罢，就让"筝雁十三双，输他作一行"，且由着它静静成行在侧吧，纳兰双眼轻闭，相思萦回，就此失了弹拨之心。

上阕手法欲擒故纵，相思之句若隐若现，要看清却又被墨遮了一些，偏偏遮的那几字刚好又刻骨铭心，引起无边相思挥之不去；古筝之音将弹未弹，本欲弹拨以转移相思之难，起身却又失了兴致，就在这来回反复之间，将纳兰相思难挨，衷情难诉的寂寥形象刻画明朗起来。

到了下阕，词意从夫妻分别时的旧景转到现在纳兰独处的新景。

先道"相看仍是客，但道休相忆"，去年离别之时，还能够压制自己的心情，对彼此说这不要相惦记，莫要相思。只是怎的到了如今，却再也压抑不住自己奔涌的思念，总是只因一个细节就惹起无尽哀思，夜深人独，凄然泪流，纳兰其心愈苦，其情愈深。

出了屋后，干脆就不回家了吧。为什么不回家呢，与既是爱妻又是知己的卢氏永离后，再回家面对满屋子载满卢氏身影，一触碰便牵扯出漫长且令人窒息的相思，可是独行在外，怎料秋日之下景色却是"落残红杏花"，道是新景旧情，俱都逃脱不过这相思的纠缠呵。纳兰满腹凄苦欲诉还休。当时卢氏虽然逝去仅三月，但纳兰此情深并不亚于苏轼的"十年生死两茫茫"。

整首词是一幅适宜远观之画，屋内诗句微浸墨，古筝静默，词人青衫独立在外，落花轻扬，枯残杏花枝丫于秋色之中鲜明。词意低回婉曲，结尾处悠然不尽，将纳兰痛失爱妻，恨意难平，相思无解的复杂心绪婉婉道来。

纳兰词题字"饮水词"便是取"如人饮水，冷暖自知"之意。于是纳兰这阕词，所言之处未尽之意，只得萦回观者心中，悠长回味。

眼儿媚中元夜有感

手写香台[1]金字经，惟愿结来生。莲花漏转，杨枝露滴，相鉴微诚。

欲知奉倩神伤极，凭诉与秋檠[2]。西风不管，一池萍水，几点荷灯。

【注释】

①香台：烧香之台，佛殿之别称。

②秋檠：在秋日里拱手跪拜。

【赏析】

读感于中元夜所作之词，必应先知何谓“中元之夜”。中元节即“盂兰盆节”，现今俗称“鬼节”。唐时韩鄂就有《岁华纪丽·中元》记载：“道门宝盖，献在中元。释氏兰盆，盛于此日”，说的就是这中元节。根据旧俗，农历七月十五，百姓应于水面上放荷灯，以奠亡灵。以灯火形式来祭祀已不是罕事了。人们似乎都愿相信，鬼魂归来故里，需要灯火指路。有趣的是，这盂兰盆节传言在日本也有盛行，他们将火盆置于门口，在室内悬挂灯笼，以给亡灵引路。实际上与荷灯相通。

古人大多在中元节祭祀亡故的亲友。

纳兰作此词时卢氏刚亡故不久，又正值祭祀之日，近年陪伴之人，恍然竟成吊唁之人，怎能不泪零。伤怀处，亲手用金泥抄写金字经，即佛经，一遍一遍，虔诚写那经文，絮絮地祈求，唯愿来生，还能与其再续今生之缘，再结连理。要知自妻子卢氏亡故以后，纳兰对佛学的研究愈加痴迷。也难怪，困于情伤，痛于生死，自会萌生净化、自慰之心。痴情无奈，苦困相思，只能反复苦写不停，企盼那来世之缘，精诚所至。但不禁揣摩，纳兰是真信了那来生之说吗？还是，仅仅聊以慰藉而已？

“只想数着莲花漏的漏滴，杨枝的露水，表明我的心意，一分一厘，都是诚恳深情，真诚祈求。”两个典故，取自佛家之说，深刻了心意实诚，让人感动不已。

莲花漏是古时计时器之一，一点一滴，日复一日，纳兰诚心的祈望，正似这漏滴点点，掷地有声的不是他的清泪，而是深情款款。

杨枝水喻指的则是能使万物复苏的甘露。《晋书》中流传下的典故说，石勒之子暴病而终，石勒请来的高僧用杨枝蘸水滴在他儿子身上，这甘露竟真的使石斌生还。这里表达的是深切的愿望，即便是死生之遥，痴心不改。

欲说还休，对那佛堂之中的神明诉说：要知道我诚心供奉，伤痛之至，浮在秋水上的荷灯，自能证明我的痴情我的诚挚。——言语之中，好似有万千愁绪，不被理解，只能观景寻找依托之物。想象那场景，渺小的荷灯浮于苍茫的秋水上，微光寂寥，正似纳兰心中，此时百感交集，踌躇万千。这相思，这离愁，这回忆，又有何用呢？故人不再，天上人间，何似当年。

最后一句，更是让人悲恸万分。“不管”一词，读来备感西风无情。“一池萍水，几点荷灯”，又甚是孤寂。又让人想到“萍水相逢”，“萍”是水上漂浮不定的浮萍。看秋水为那一池“萍水”，纳兰又暗比自己是无根之萍，只得飘荡于这无边的惆怅中。爱人已故，自己唯似漂泊客。

无情的西风，和寂寥的池中荷灯，很是不协调，却总有些抑郁在心头。这收束之语，说得无限清冷，却自有冷语之妙，无情之风，反倒让荷灯秋水，带上了更悲恸的思念。

忆王孙

暗怜双绁郁金香[①]，欲梦天涯思转长。几夜东风昨夜霜，减容光[②]，莫为繁花又断肠。

【注释】

①绁：拴、缚，此处谓两花相并。郁金香：供观赏的多年生草本植物，叶阔披针形，有白粉，花色艳丽，花瓣倒卵形，结蒴果。

②容光：脸上的光彩。

【赏析】

初见时，以为只是一首咏物词。

郁金香，冠郁香于花名，只是对这舶来之物一种美好的愿望，却是彻头彻尾的名不副实。郁金香非本土花卉，据说是唐贞观年间王玄策作为官方代表出使天竺，也就是今天的印度。天竺国王遣使回访时将郁金香传入中国，一同带来的还有象征着佛语的菩提树和菠菜。至清康熙初年，郁金香在中国已有一千多年的历史了。历经了漫漫唐宋元明，诗词曲和传奇的背后只在美人、美酒或罗衣绣纹边偶见郁金香倩影。比之花中君子或纳兰所爱清荷，郁金香的确难堪伤怀之情。这首词何故独以郁金香作引？这就不得不提到“双绁”之义。

“双绁”二字历来有颇多说法，最常见的便是作双枝之解——成双成对的郁金香，大约有连理枝、并蒂花的意思在其中，以此反衬出纳兰对影成三人时的那些孤寂。还有一种比较有趣的说法是以“双绁”指代女子的袜子。据说，古代有一种女袜有丝带与衣着相连，“绁”本指那起连接作用的丝绳，在此借指整个袜子，而“郁金香”则是袜子上的图案。故而此处“双绁郁金香”应是指女子之物。仔细思量，后者之解似更符合此词中的情思，故而耐人寻味。纳兰对双绁郁金香的感情似乎并不只借花伤怀那么单薄无力，前者“暗怜”，后者“天涯”，怕是纳兰情系之人所遗。一句暗怜，多少陈年旧事，编入西风流年之中，静静地藏于这金织玉绣的罗衣之中。岁月尘封的魔咒被瞬间的一个恍惚打破，只一瞥，便想起了前世今世种种，思如暗流汩汩，终是意难平，欲静又不止。暗怜，不禁有问，这对郁金香的背后凝结着什么样的情思，是让容若犹抱琵琶，欲语还休？只将这一份无法排解的“怜”深深地埋入一笔“暗”处？

这几分情愫，和着几丝迷情，几缕旧物，近在咫尺，却又迷蒙得如纷飞柳絮，衣袖翩跹过后扬起一地落寞，令人欲作天涯之思。好一个欲梦天涯！何为欲？欲本就是一种无奈，就像是给自己一个难以实现的承诺，总想尽力做到，却遥遥无期。记得安妮宝贝曾说，不要表白，表白是变相的索取；同样，所谓欲梦天涯也是对现实的变相反抗。想要而未得到的，对容若来说，便是盘桓于现实的幽思，是那连白日梦都做不得的桎梏。

古来文人墨客皆寄情于梦，而庄周的蝶梦则更是梦到了物我两忘的空明境地。“重酣后，梦景皆虚谬，庄周化蝶，蝶化庄周”。至少有片刻，庄周可以一种俗事难缨的不羁之态纵情迷梦，可以置身事外笑叹红尘种种。而容若呢？纵心向天涯，却好梦难酣，抑或连梦的影子也未曾挨着，便不得不打起精神费尽种种思量。纳兰所思何事，如今已不得而知，或许他为着燕子犹可双飞，为着去岁人面桃花，为着不得不承担的前途而思转，都使他难入梦。或者他亦想将这一切羁绊都斩断，理还乱的怕是还有一触即发的“双绁郁金香”。

不知纳兰此调作于何时，竟是几夜东风后忽而霜至。身处乍暖还寒时候，或是另有所指？东风亦作春风，多写生发之象，主风调雨顺的和气之色。这里的东风当然可以理解为“郁金香”的春天。而值得深思的是，纳兰为何以几夜形容东风而非几日？按常理，东风多生于白昼，见尽百花齐放的繁华景象。或者说，郁金香若作花之解，也非昙花般夜间开放，那么这“几夜”又作何理解呢？由此看去，“双绁郁金香”所指大有可能是纳兰系情之人。

曾有高烛照红妆，室内春意盎然。一朝好景终散尽，昨夜霜过，任凭雨打风吹去，只是朱颜改。辗转反侧之下自是容光减，心如冷灰，自言不要再为春尽而伤心落泪。又，是条分缕析的理智与纳兰那颗敏感的心在较量着，几番思忖着莫为繁花过后的残春之景而伤感，内心却挣扎着偏向了诗意的感情。如同前些年，前些日子，前几次一样，断肠人在天涯，又徘徊于感情的婉语低喃中。

在那金碧辉煌的栖居中，有几人还能在名利场看清自己不断追逐的心，有几人还能借着东风将灵魂荡涤得如初生般清澈？对自由的向往便是这样，愈是压抑，便愈是渴望。心愈飘愈远，终萦魂于繁花之中，无论花开花谢都为之喜为之泪，返璞纯真的感情，追寻本真的自我。

· 第八辑　一世荣辱尽归尘

一个诗词和情爱的世界里，最美的国王。

采桑子

冷香萦遍红桥梦[1]，梦觉城笳。月上桃花，雨歇春寒燕子家。

箜篌别后谁能鼓[2]，肠断天涯[3]。暗损韶华[4]，一缕茶烟透碧纱[5]。

【注释】

①冷香：清香。红桥：桥名，在江苏扬州，明崇祯时建，为扬州游览胜地之一。

②箜篌：古代拨弦乐器名，有竖式和卧式两种。

③肠断：形容极度悲痛。

④韶华：美好的光阴，比喻青年时期。

⑤碧纱：绿纱灯罩。

【赏析】

那一夜，你宿在红桥。

梦中开满了清香四溢的花朵，这本是完美的约会。

却在梦外，听到孤寂的胡笳声，醒来时，身边一片成空。

月光洒向花枝，桃花如画，人更如画。

风雨过后，春寒料峭。

离别之后，万物皆空，天地悠悠，佳人离去，从此断肠人在天涯。

韶华不再，芳踪难觅，岁月如同一缕茶烟，就这样飘然远去。

这首词叙述的是所爱的女子离去后的苦闷心情。情景交融，时而虚，时而实，现实与梦境的交汇，描绘出一幅脱离于现实的画面。

上景下情，抒情之中带有景物的唯美描写，写景之中又直中见曲，写出情思的黯然神伤之意。全词的宗旨在伤离念远，如同上文所写到的那样，梦中与她相会在红桥之上，那时清香弥漫，忽而梦醒，听到的却是城头传来的胡笳呜咽的悲鸣。家中月光照在桃花枝上，洒下一片疏影，犹是风雨初歇，春寒料峭。自从离别之后，断肠人如今已在天涯之外了，谁会再来弹奏箜篌呢？美好的青春年华就这样暗暗地消耗，就像那一缕轻烟透过碧纱一般让人难以觉察。

“冷香萦遍红桥梦，梦觉城笳。”上片一开始就从描写春天的夜晚入手，“冷香”“萦遍”，销魂动人，值得一提的是，这里所说的红桥并非指扬州的红桥，红桥指红色栏杆的桥。容若虽然伴随康熙去过江南，但时间是在康熙二十三年（1684年）十月至十一月间，与这首词写的时令不相吻合，所以，可以推断出，这里所提到的红桥并非扬州的红桥，作为夜宿地点的红桥，容若在那里做了一个冷香四溢的美梦。

在这里之所以用“冷香”，与下面“雨歇春寒”有关。雨水一向是词人们热衷的事物，表达黯然的哀愁最为妥帖。容若也不例外，他钟情于一切能够让内心潮湿的事物，虽然梦中有着一个芬芳的天地，但梦外却是春寒料峭，景象的描绘由虚到实，虽然没有言愁而愁却能自见。虽然没有抒情，但其情又在景语中显露无遗。

月色最是伤人，月卜桃花，雨后春寒，容若所选取的这些意境更是令人伤怀，他用“萦遍”二字，描写桃花的香气浓郁，在梦中也能闻到，而在下片，他则是用“箜篌别后谁能鼓，肠断天涯”一句，承接扭转，从景色过渡到怀念。

一别之后，箜篌空悬，看着无人弹奏的乐器，不免睹物思人，令人肠断。辛弃疾在《满江红》中也写道：“人去后，吹箫声断，倚楼人独。”失去了知己，就算能够弹奏出再美妙的音乐，也是无人欣赏，更显得内心空荡了。

在等待中度日，最劳神伤心，所以韶华不再，岁月如一缕轻烟，飘散在时空的浩瀚中。

容若用白描的手法，写着春夜的景色，简练不失贴切，又用直抒胸臆的手法，写出夜色正浓时，无法逃避的怀念，烘托出春夜寂寥，人心寂寥的词意。

王国维在《人间词话》中说："大家之作，其言情也，必沁人心脾。其写景也，必豁人耳目。其辞脱口而出，无矫揉妆束之态，以其所见者真，所知者深也。"此番话用于容若身上，真是再恰当不过了。

清平乐

凄凄切切[①]，惨淡黄花节[②]。梦里砧声浑未歇[③]，那更乱蛩悲咽[④]。

尘生燕子空楼，抛残弦索床头[⑤]。一样晓风残月，而今触绪添愁[⑥]。

【注释】

①切切：哀怨、忧伤貌。

②黄花节：指重阳节。黄花，菊花。

③砧声：捣衣声。

④蛩：指蟋蟀。悲咽：悲伤呜咽。

⑤弦索：弦乐器上的弦，指弦乐器。

⑥触绪：触动心绪。

【赏析】

《清平乐》是一个很常见的词牌名，许多人都用这个词牌，写出了脍炙人口、流传千古的名词佳句。其中以宋朝词人用得最多，晏殊、晏几道、黄庭坚、辛弃疾等著名词人均用过此调，其中晏几道尤多。

留人不住，醉解兰舟去。一棹碧涛春水路，过尽晓莺啼处。

渡头杨柳青青，枝枝叶叶离情。此后锦书休寄，画楼云雨无凭。

晏几道的这首《清平乐》是写离别，他所写的景物却是与离别的凄凄之情无关，都是碧涛春水、青青杨柳枝、晓莺啼处等景象。这些都是春天美好的景物，用如此美好的景物去写离别，真是格外有意境。

比起晏几道的《清平乐》，容若的这首《清平乐》也有相似之处。晏几道开篇起笔便是“留人不住”四个字，而容若开篇也是“凄凄切切”四字，写出内心的凄惶和不安，离别在即，人难留住，故而凄凄切切，悲伤不已。

同样是写离别，晏几道是含蓄隐晦地写留人不住，来隐射自己内心的不舍，但是容若就简单得多了，他只是一个词，就直接明了地写出了内心的情感。用重复的词来表述情感，这在词的写作上不是少数。

李清照就曾这样尝试过。“寻寻觅觅，冷冷清清，凄凄惨惨戚戚。”在《声声慢》中，循环往复的词句，让人可以品读到她内心的世界。能够简单地抒情之人，都是内心单纯的人。

容若写的这首词是一首触景伤情之作：在这惨淡的深秋之时，一切都变得凄凄切切，无限悲凉。那梦里的砧杵捣衣声还没停下来，又传来蟋蟀嘈杂的悲鸣声。你曾居住的楼空空荡荡，弦索抛残，晓风残月，无不是惨淡凄绝，如今一起涌入眼帘，触动无限清愁。

开篇便写到凄凄切切，道出内心悲凉，接着写时节正逢黄花节，黄花节是指的重阳节，而所谓的黄花，便是菊花。这是容若又一首重阳佳作，借着重阳时节，抒写内心的情绪。在词中，容若永远是悲伤的。这首词当然也不例外。容若用惨淡来形容黄花节，以示自己哀怨的心情。

或许，在深秋时节，万物萧条，看到任何事物都会觉得无限悲凉。而接下来这句，则让人联想到，容若是在想念什么故人。“梦里砧声浑未歇，那更乱蛩悲咽。”

这里需要解释几个地方，“砧声”是指洗衣服的声音，古人洗衣服，总是将衣服捣一捣，加快衣服清洁的速度。捣衣时，会发出阵阵声响。“蛩”则是指的蟋蟀。

词人在梦中听到捣衣的声音，声声慢慢，似有似无，悠远似乎又就在耳旁。捣衣的声音还没有停下，耳畔又传来了蟋蟀的叫声，夜半时分，听起来让人内心都揪了起来。重阳深夜，午夜梦回，却是如此凄惶的情景。

容若梦中梦到的捣衣的人是谁，想来应该是个女子。但这名女子究竟是谁，会在容若的梦中以如此凄凉的形象出现。按照常理推算起来，这名女子应该是离容若而去，让容若无法再见到的女子。于是有人猜测，这是重阳佳节，容若思念故去的卢氏所写的悼亡词，也有人认为这是容若为沈宛而作的。

但不管怎么样，这首词的确是写尽了凄凉之意。上片梦醒时分，顿觉离人不再，备感伤心。下片则是写道“尘生燕子空楼，抛残弦索床头”，醒来后自然是被忧伤打扰得无法再次入眠，只得起身。

起身后的容若看到的都是昔日的场景，想到空空如也的楼阁，想到往日温馨的情景，现在却是物是人非，想想就觉得增添几分愁绪。“一样晓风残月，而今触绪添愁。”再抬头望去，晓风残月，更是让人愁绪满怀。

这首怀念故人的词写在重阳夜，阁楼上，晓风残月，故人不再。独自倚靠栏杆，想着往日种种，容若写词，从来都是淡如清水，却能够让这水波荡漾而起时，带给后人无限的遐想和心疼。

画堂春

一生一代一双人[①]，争教两处销魂[②]。相思相望不相亲，天为谁春？

浆向蓝桥易乞[③]，药成碧海难奔[④]。若容相访饮牛津[⑤]，相对忘贫。

【注释】

①“一生”句：语出唐骆宾王《代女道士王灵妃赠道士李荣》：“相怜相念倍相亲，一生一代一双人。”

②争教：怎教。

③蓝桥：在陕西蓝田东南蓝溪上。传说此处有仙窟，相传唐代秀才裴航与仙女云英曾相会于此，求得玉杵臼捣药，终结为夫妇。专指情人相遇之处。

④“药成”句：《淮南子·览冥训》：“姮娥，羿妻，羿请不死之药于西王母，未及服之。娥盗食之，得仙。奔入月宫，为月精。”李商隐《嫦娥》：“嫦娥应悔偷灵药，碧海青天夜夜心。”

⑤饮牛津：指天河边。传说海边居民曾乘槎至天河“见一丈夫牵牛饮之”。见晋张华《博物志》卷三。这里指与恋人相会的地方。

【赏析】

这是一首爱情词，是词人对可遇不可求的恋情的独白：既然我们是天生一对，为何又让我们天各一方，两处销魂呢？相思相望却不能相亲相爱，那么这春天又是为谁而设呢？蓝桥之遇并非难事，难的是纵有不死之灵药，但却难像嫦娥那样飞入月宫去与你相会。若能渡过迢迢银河与你相聚，便是做一对贫贱夫妇，我也心满意足了。

这首描写爱情的《画堂春》与容若以往大多数描写爱情的词不同，以往容若的爱情词总是缠绵悱恻，动情之深处也仅仅是带着委屈、遗憾、感伤的情绪，是一种呢喃自语的絮语，是内心卑微低沉的声音。

而这一首《画堂春》却仿佛换了一个人，急促的爱情表白，显得苍白之余，还有些呼天抢地的悲怆，仿佛是痛彻心扉的呐喊。也许，只有一次痛入骨髓的失去，才能够发出如此的悲怆之声。

古往今来，爱情总是教人欢喜教人愁苦，美好的爱情就好似夜空中兀自绽放的烟火，瞬间的美丽照亮漆黑的天空，但为这一刹那的美好，人们所要付出的往往是很多的。容若为爱情付出得更多，他由困顿到解脱，由渴望到爆发，这期间的情绪波动十分大，而这样的心绪，也就是这首《画堂春》。

这样，也便不难理解，为何这首词的气场如此强大，不同于容若以往诗词的风格。劈头便是“一生一代一双人，争教两处销魂”，似乎是在控诉，也是在向苍天质问。为何相爱容易，相守就这么难。

容若的这句话，毫无点缀，直来直往，犹如一个女子，素面朝天，但因为天资的底蕴，所以耐得住人去看、去推敲。明明是天造地设的一对佳人，偏偏要经受上天的考验，无法在一起，只能各自销魂神伤，这真是老天爷对有情人开的最大的一个玩笑。

“相思相望不相亲，天为谁春？”既然相亲相爱都不能相守，那么老天爷，这春天你为谁开放？容若的指天怒问让人叹息，他真是情何以堪。这悲怆的上片，其实是容若化用骆宾王《代女道士王灵妃赠道士李荣》诗中成句：“相怜相念倍相亲，一生一代一双人。”

容若将古人诗句加以修改，运用得十分到位。骆宾王的原句想来并无多少后人知晓，但容若的这首词却是传遍了大江南北。

下片转折，接连用典。其实小令一般是不会去频繁用典故的，这是禁忌，但是容若却偏偏置禁忌于不顾，频频用典故。

“浆向蓝桥易乞”，这是裴航的一段故事：裴航在回京途中与樊夫人同舟，他赠送诗歌表达情意，而樊夫人却是回他一首：“一饮琼浆百感生，玄霜捣尽见云英。蓝桥便是神仙窟，何必崎岖上玉清。”

裴航苦思不得其解，后来他去到蓝桥驿，偶遇一位名叫云英的女子，顿生爱慕。而当裴航向云英母亲求亲时，却遭到一个难题。云英的母亲说只要裴航为她找到一件叫作玉杵臼的宝贝，就将女儿嫁给他。

裴航从樊夫人的诗句中得到启示，千辛万苦终于娶到了云英。而容若用这个典故，其实是想说像裴航那样的际遇于我而言，也是有过的。但至于容若遇到了什么样的往事，后人也不得而知。

但想来，他也遇到了如同裴航一样的大难题，可惜，他没有仙人指路，毫无解决办法。故而才苦恼万分。

苏雪林在《清代男女两大词人恋史之谜》中也提到："以为此恋人为'入宫女子'，'浆向蓝桥易乞'似说恋人未入宫前结为夫妇是很容易的；'药成碧海'则用李义山诗，似说恋人入宫，等于嫦娥奔月，便难再回人间；李义山身入离宫与宫嫔恋爱，有《海客》一绝，纳兰容若与入宫恋人相会，也用此典，居然与李义山暗合。"

这里写到的"药成碧海难奔"也是一个典故，容若之后所写的"若容相访饮牛津，相对忘贫"也是一个典故。

传说大海的尽头就是天河，那里曾有人每年八月都会乘槎往返于天河与人间，从不失期。好奇的人便效仿，也踏上了探险之路，向东而去。漂流数日后，那人见到了城镇房屋，还有许多男耕女织的人。

他向一个男子打听这是什么地方，男子只是告诉他去蜀郡问问神算严君平便知道了。严君平掐指一算后，居然算出那里就是牛郎织女相会的地方。

容若用这个典故，是想说自己虽然知道心中爱的人与自己无缘，但还是渴望有一天，能够与她相逢，在天河那里相亲相爱。这是容若的誓言，也是难以实践的约定，容若的爱，注定了漂泊，没有归期。

临江仙

长记碧纱窗外语[①]，秋风吹送归鸦。片帆从此寄天涯[②]，一灯新睡觉，思梦月初斜。

便是欲归归未得，不如燕子还家。春云春水带轻霞[③]，画船人似月[④]，细雨落杨花。

【注释】

①碧纱窗：装有绿色薄纱的窗。

②片帆：孤舟，一只船。

③春云：春天的云。轻霞：淡霞。

④画船：装饰华美的游船。南朝梁元帝《玄圃牛渚矶碑》："画船向浦，锦缆牵矶。"

【赏析】

这一次，容若和妻子分开的时间太久了。

两人分别的时候还是秋天。萧瑟的秋风吹送寒鸦归巢，那时正是日暮时分，他和妻子曾在碧纱窗前低语话别，别离的不舍言语似乎还在耳畔回响，恍惚间半年都过去了，春色都已经在天地间弥散开来，而自己却依旧归期未定。

这是一首在春天回忆秋天别离场景的词，开篇劈头就是"长记"二字，既表达了纳兰对妻子的思念之深，也隐含着负王命、不得归的一丝抱怨。两人一别良久，从此他便如一只孤船在天涯漂泊，"片帆"二字形象地刻画出了词人孤身一人行走在外的飘零和落寞。

"一灯新睡觉，思梦月初斜"二句写他在旅店中惊醒，睡梦中全是故园之景，娇妻之美，但醒来只看到一星孤独的烛火在黑暗中闪烁，心中悸痛，此时月亮才刚刚西斜，这一番纠结之后自然再难成眠。

肩负王命，就难免有身不由己之感。一别甚久，纳兰归家的心是迫切的，思念之情令他备受煎熬，但他却不能归去，难怪他要感叹了："便是欲归归未得，不如燕子还家。"就连燕子都能秋去春归、来去自如，我竟然还不及它啊！

眼见景色一天天精致、明朗起来，春的气息夹带着生机与湿润扑面而来，如画的山水让纳兰忍不住憧憬：我何时才能回到家乡，与妻子一起欣赏烟柳画船、细雨杨花？那该是何等惬意！

又是一首表达相思的词。纳兰写词时似乎从不考虑同类题材自己已写过太多，或者在他眼里，此时的相思不能等同于彼时的牵挂，今日的愁绪和昨天的烦忧也是两个模样。纳兰这样想着，便确实写出了主题相同，但意境相异的佳作，一句有一句的悲伤，一首有一首的味道。

古往今来思乡词不少，相思词甚多，但思乡的大抵都是在外云游的旅人浪子，患了相思病的却多是闺中女儿。在那些表达男女之思的诗词里，思女思妇比比皆是，男思女者却是极少。放眼望去，似乎到处都是倚楼眺望天际的思妇怨女，随意翻开唐诗宋词都能看到若干对情郎念念不忘、怕郎走、盼郎归的红粉佳人。

相思之情常被喻为“红豆”。红豆产于南方，结实鲜红浑圆，晶莹如珊瑚，传说古时曾有个女子因丈夫死在边地，便在一棵树下伤心痛哭致死，血泪化为红豆，故人们又将红豆称为“相思子”。如此说来，这“相思”二字本就来源于那些扯不断情丝的女子，这就难怪诗词中很少见到思妻思得死去活来的男人了。

诗经中“寤寐思服”“辗转反侧”的男子稍多，之后便很鲜见。莫非男女之思当真是这般不平衡？或许我们也可以这样理解：那些才子诗人羞于表达自己的“儿女情长”，要不然诗词中就不会有那么多作品明写妻思夫，实乃丈夫思念妻子了。

也是因为这样，纳兰的一番真性情就更显珍贵了。他对天涯孤旅之景和凄迷之情不作丝毫掩饰，就连昔日的“碧纱窗外语”他也“长记”于心。在常人看来，这未免有些英雄气短，但对纳兰来说，能与伊人春光共度、相偎相伴正是他梦寐以求而不得的幸福。

浣溪沙

肠断斑骓去未还[①]，绣屏深锁凤箫寒[②]。一春幽梦有无间。

逗雨疏花浓淡改[③]，关心芳草浅深难[④]。不成风月转摧残[⑤]。

【注释】

①斑骓：此处以骏马代指征人。

②凤箫：即排箫。比竹为之，参差如凤翼，故名。

③浓淡：指花的颜色。

④芳草：香草。

⑤不成：犹难道。风月：风和月，泛指景色，亦指男女恋爱的事情。

【赏析】

痛至肠断的送别场景又如期而至，浮于眼前，久不散去；斑骓马走走停停，徘徊向前，最终留下了一个寂寥的繁春。到如今，斑骓马再也没有出现。从此，丝绸织就的绣屏就再没被打开；往日与情郎恩爱相伴的凤箫也因久未吹奏，而愈来愈让人觉得寒气逼人。躲在深闺的她，也只偶尔地倚栏而望。

不识人情的春雨依旧霏霏，掉在稀疏相间的花瓣上，浓如泼墨的花叶好不显眼；打在浅疏且略带有香气的野草上，让人顿生怜惜之心。本该享受春日风光的时节，竟让它令人惋惜地消逝：经受风雨滋润的疏花渐渐地由浓变淡，散发香气的野草也渐由浅到深，茂密地长起来了。一春的风月，也只偶尔地有几番春梦，风月的殒失也渐至令人只有叹息的感慨，难道不由人生出一种怨恨么?

这首词描写的是一位闺中女子在家思念在外出行的情人的生活画面。通篇情感的表达由浅入深，由淡入浓，总体上可由一字来概括，即“寒”。此“寒”，非独竹箫的物理属性，更多的是闺中女子的一种心理活动的表现。斑骓马一去不复返，“绣屏深锁”，昔日的双双欢娱，如今只能温馨地刻在还不曾忘却的记忆中，所谓睹物思情，对于这位闺中女子来说，怕是家常便饭，然而这背后却是无尽的重复“肠断”的苦楚。闺中女子尝着这苦楚，却仍抱着等待情郎春日归来的希冀。不过，这希冀也是一种带着淡淡哀伤的期盼。

但自然的无情，一如既往。春雨依然如故地下着，似乎还带着一种挑“逗”的情分。此“逗”非彼平常之“逗”，此“逗”乃是一种以乐写伤的表现，借自然之春之“逗”，来表现自然春雨的活力、青春，而这恰恰又鲜明地与闺中女子青春的凝滞形成鲜明对比。此际，春雨之“逗”，实写了“寒”情，不由人想起李贺的“石破天惊逗秋雨”，秋雨的“逗”也含有一分“寒”意，这不得不让人识见词人的借用之功。另外，这“逗”雨也表明了春雨的非勇猛如夏雨，丝丝滴下，更让闺中女子愁上更添愁。丝雨似的愁绪，又让人忆起秦观《浣溪沙》中“无边丝雨细如愁”的感慨。的确，这情感是相通的。

再往下，春日时光消逝，带着疏花的由浓变淡，芳草的由浅入深，春色易逝，立即被凸显出来。闺中女子的春日幽梦“有无间”，更难堪这稍纵即逝的春光风月。由此可见，闺中女子的愁更浓，多年的等待渐成一种心“寒”：情郎何时再骑斑骓出现在面前，成了她心中的主题。在这里，“芳草”本身就是一个含愁的意象，自然中的芳草很早就被先人引为一种愁绪的象征，如《楚辞·招隐士》里：“王孙游兮不归，芳草生兮萋萋”，还有诸如“芳草萋萋鹦鹉洲”的表达，大都一理。芳草由浅入深，愁绪由少变多，契合恰当，所谓情景交融，也不过如此，令人清晰地感觉到闺中女子的愁生渐盛。

末句“不成风月转摧残”则是女子胸中情感的一个变化，情至深处，愁至多处，无处排泄，生成一种怨，也是自然，而这又恰当正常地刻画了闺中女子的情感世界。这怨，也实是心内“寒”的一种外露，从这里，不得不让人起了探究情郎因何而去的猜想，是从军行役，还是赶赴科考？不得而知，给读者留下谜团，令人生出无尽的遐想。

纳兰性德的这首闺怨词，很有特色，从词中人角度写思念在外的情郎。这在纳兰词中有呼应的词作，即同属《浣溪沙·古北口》一阕：“杨柳千条送马蹄，北来征雁旧南飞，客中谁与换春衣？终古闲情归落照，一春幽梦逐游丝，信回刚道别离时。”此词写作角度与《浣溪沙·肠断斑骓去未还》相反，从行人思念家中人角度出发，兼有“一春幽梦”，一在“逐游丝”，一在“有无间”，形成对照。从此推测来看，二词似乎作于同一时期。二词相照来读，给人无穷意味。从这，又不得不让人佩服纳兰性德词作的魅力，一种同而不腻的魅力，令人折服。

添字采桑子（按此调词律不载，词谱有促拍采桑子，字同句异。一本作采花）

闲愁似与斜阳约，红点苍苔[①]，蛱蝶飞回。又是梧桐新绿影，上阶来。

天涯望处音尘断[②]，花谢花开，懊恼离怀。空压钿筐金缕绣[③]，合欢鞋。

【注释】

①苍苔：青色苔藓。

②音尘：音信，消息。

③钿筐：镶嵌金、银、玉、贝等物的筐。

【赏析】

这首词写离愁：愁情仿佛是与夕阳有约，正当愁绪满怀之时，偏又逢夕阳西下，看那蛱蝶飞来落在了苍苔之上，点点红色，梧桐树的绿荫再次映上了台阶。花开花谢，望断天涯却音信全无，怎不让人懊恼满怀？开启螺钿筐，只剩下一双金缕绣织的鞋子，而鞋子的主人却不在身边了。

这首《采桑子》（闲愁似与斜阳约）是容若写的词里的又一个谜团，许多人都在猜想，这首词，容若是为谁而作？参考大量史料，人们想要找出这首词背后的那个女子，是否也如同这词一般美丽温婉呢？

这段故事终究因为时间太长，湮没在了历史尘埃之中，“闲愁似与斜阳约”，像是抒情，闲愁仿佛是与夕阳有约，当夕阳西下之时，愁绪便上来满怀。将愁绪与夕阳联系在一起，还拟人似的写作闲愁与斜阳相约。既写出了闲愁，又体现出了情趣。

而后写道："红点苍苔，蛱蝶飞回。"青苔为何能成为红色呢？让人忍不住想过之后，容若才给出答案，原来是蝴蝶停落在台面上，让绿色的青苔看起来，犹如红花点缀，片片落红。闲愁的人儿还有心情看这不引人注目的青苔，可见这份闲愁也并不是真的无药可解。

美丽的景色能够使人心旷神怡，这个观点应该是正确的。在上片最后，容若写道："又是梧桐新绿影，上阶来。"单纯的描述，看不出不好的情绪，就连一开始抒发的闲愁，在这景色中，似乎也被化解掉了。

绿色的树荫，映上台阶。山野情趣，有韵味，有雅致的味道。上片似在写愁，又不像在写愁。心绪与景色融合一起，一言以蔽之，是清冷中带着妙趣，妙趣中夹杂着孤寂，相得益彰，相互映衬。

在这个基础上就有了下片，于是下片开始一句便是"天涯望处音尘断"，字面上的意思是说，望断天涯，都得不到音信，全无音信才是让词人产生闲愁的原因。但至于何人迟迟不给容若音信，容若又是在为什么人揪心，词中并无解释，人们也无从去猜测。

而后那句"花谢花开，懊恼离怀"更是写出了容若焦急的等待，想来那位女子对容若的重要性，否则，容若为何会等过花开花谢，依然翘首以盼呢？带着满腔的愁绪，等待着远方一个可能永远也不会到来的音信，词写到这里，闲愁的滋味再次涌出，比开篇更要浓厚，令人读后掩卷不忍细读。

既然想念的人不在身旁，那只有睹物思人了。打开箱子，翻出那双金缕鞋，但是鞋子的主人而今身在何方呢？故事到这里便戛然而止。"空压钿筐金缕绣，合欢鞋。"似乎是一个吸引人眼球的爱情故事，当刚刚讲到故事高潮时，却突然结尾。

人们意犹未尽，但故事却已经结束。容若一向是把情爱表达得十分优美，十分含蓄。他在词中从来都是将再浓烈的情感，也用淡雅的词汇写出。仿佛那些情爱与他无关，他不过是在讲述一个旁人的故事。

这首词照旧如此，甚至更甚。刚开始的思念在主人公看到旧物的时候，便断然停止，就好像生生地被切断。让看客都觉得心里犹如刀割般疼痛。许多诗词中，写男欢女爱，总是恨不得大篇章地描述，唯恐读者看得不尽兴。

但容若偏偏不这样，他只要将自己想说的话写出来，便会搁笔。纵使还有万千想念，千言万语，也只是化作相思无尽处，飘落尘土，埋入深处。

如梦令

木叶纷纷归路。残月晓风何处。消息半浮沉，今夜相思几许。秋雨，秋雨。一半西风吹去[①]。

【注释】

①“秋雨”句：清朱彝尊《转应曲》诗句：“秋雨，秋雨，一半因风吹去。”

【赏析】

天已经凉秋，秋风吹落一树的黄叶，纷纷扬扬，如漫天蝴蝶纷飞，归来的道路上，铺上了厚厚的一层落叶。一层秋意一层凉，晓风残月人独立，今昔又是独对孤影而酌，难料此身何在，所爱又何在？生涯凄苦，人也沉浮，飘零如萍，今夜有多少相思呢？又一场秋雨凉风，天也一日日地冷，心也一日日地凉。过往一切，相思、伤感、红花、绿叶，都纷纷被这西风吹去了，心中若有所失，难以释怀。

这首词写的是相思之情，词人踏在铺满落叶的归路上，想到曾经与所思的人一道偕行，散步在这条充满回忆的道路上，然而如今却只有无尽的怀念，胸中充满惆怅。

暮雨潇潇，秋风乍起，“秋风秋雨愁煞人”，吹得去这般情思么？这首词写得细致清新，委婉自然。委婉自然外，还有另一特点，纳兰性德的词最常用到的字是“愁”，最常表现的情感也是“愁”，正如梁羽生说的“纳兰容若的词中，‘愁’字用得最多，几乎十首中有七八首都有个‘愁’字。可是他每一句中的愁字，都有一种新鲜的意境，随手拈几句来说，如：‘是一般心事，两样愁情。’‘几为愁多翻自笑。’‘倚栏无绪不能愁。’‘唱罢秋坟愁未歇。’‘一种烟波各自愁。’‘天将愁味酿多情。’‘将愁不去，秋色行难住。’或写远方的怀念，或写幽冥的哀悼，或以景入情，或因愁寄意，都是各个不同，而且有新鲜的联想。”这一首就情感来说，是一贯的，然而在写法上却没用一个“愁”字，这和他一贯多用“愁”字很不相同。这首词表现“愁”是如何进行的呢？范成大有词《鹧鸪天》：

休舞银貂小契丹，满堂宾客尽关山。从今嫋嫋盈盈处，谁复端端正正看。

模泪易，写愁难。潇湘江上竹枝斑。碧云日暮无书寄，寥落烟中一雁寒。

这首词虽出现了愁，却有和纳兰性德相同的写法，就是要写愁而不直接写愁，而是通过其他意象的状态来体现这种情感。

这首词还有个很重要的地方，也是造成这词本身在感觉上给人一种熟悉而又清新味道的重要原因，那就是化用了前人的许多意象以及名句。如“木叶”这一经典意象最早出于屈原的《九歌·湘夫人》“袅袅兮秋风，洞庭波兮木叶下”，曹植的《野田黄雀行》就说“高树多悲风，海水扬其波”，庾信在《哀江南赋》里说“辞洞庭兮落木，去涔阳兮极浦”，到杜甫，他在《登高》中说“无边落木萧萧下，不尽长江滚滚来”。这一意象具有极强的艺术感染力，予人以秋的孤寂悲凉，十分适合抒发悲秋的情绪。“晓风残月何处”则显然化用了柳屯田的《雨霖铃》中“今宵酒醒何处，杨柳岸，晓风残月”，“一半西风吹去”又和辛弃疾的《满江红》中“被西风吹去，了无痕迹”相同。

这首词和纳兰的其他词比起来，风格也没有什么不同，仍然是婉约细致，但从版本上看却大有可说之处。这首词几乎每句都有不同版本，如“木叶纷纷归路”一作“黄叶青苔归路”，“晓风残月何处”一作“屧粉衣香何处”，“消息半浮沉”又作“消息竟沉沉”。

且不谈哪一句是纳兰性德的原句，这考据，现下还难以确定出结果来。但这恰好给读者增加艺术对比的空间。比较各个版本，就“木叶纷纷归路”一作“黄叶青苔归路”两句来看，“黄叶”和“木叶”二意象在古典诗词中都是常见的，然就两句整体来看“木叶纷纷”与“黄叶青苔”，从感知秋的氛围上看，显然前者更为强烈一些，后者增加了一个意象“青苔”，反而导致悲秋情氛的减弱。“晓风残月何处”与“屧粉衣香何处”则可谓各有千秋，前者化用了柳永的词句，在营造意境上比后句更有亲和力，词中也有悲哀的情感迹象；“屧粉衣香何处”则可以在对比下产生强烈的失落感，也能增强词的情感程度。

红窗月（按此律作红窗影，一名红窗迥）

燕归花谢，早因循、又过清明[①]。是一般风景，两样心情。犹记碧桃影里、誓三生[②]。

乌丝阑纸娇红篆[③]，历历春星[④]。道休孤密约[⑤]，鉴取深盟[⑥]。语罢一丝香露、湿银屏[⑦]。

【注释】

①因循：本为道家语，意谓顺应自然。清明：二十四节气之一，在此节日里人们扫墓和向死者供献特别祭品。

②碧桃：一种供观赏的桃树，花重瓣，有白、粉红、深红等颜色。三生：佛家所说的三世转生，即前生、今生和来生。

③乌丝阑纸：指上下以乌丝织成栏，其间用朱墨界行的绢素，后亦指有墨线格子的笺纸。

④历历：一个个清晰分明。春星：星斗。

⑤孤：辜负，对不住。密约：秘密约会，秘密约定。

⑥鉴取：察知了解。深盟：指男女双方向天发誓，永结同心的盟约。

⑦香露：花草上的露水。银屏：银饰装饰的屏风。

【赏析】

这首词写的是离情，有人说是容若为其亡妻所作，有人说是为他那嫁入宫中的表妹所作，为谁而作，我们姑且不去研究，但是，我们可以确定的是，这首词应该算是一首悼亡词，悼念亡妻或者自己与表妹那段有缘无分的感情。

词的上阕主要是写景与追忆往昔。“燕归花谢，早因循又过清明”，燕子归来，群花凋谢，又过了清明时节，首句交代了时令，即暮春时节。容若用“燕归”来暗指世间一切依旧，可是自己所爱之人却不能再回来，所以才会“是一般风景，两样心情”。

风景与往年没有什么区别，然而心境却大不相同，只因为伊人不在，所以容若很自然地回忆起往事：当是春光正好之时，两人在桃花树下情定三生。这就是“犹记碧桃影里、誓三生”。容若在这里用到了“三生石”的典故。相传唐朝名士李源与洛阳惠林寺的圆泽和尚是非常要好的朋友，有一次，两人同游峨眉山，途中圆泽辞世，在临终前他与李源约定十三年后的中秋之夜相见于杭州的天竺寺外。十三年后，李源信守诺言，专程赶往杭州践约，去赴圆泽的约会，在寺外见一牧童骑牛而至，口中吟唱：“三生石上旧精魂，赏月临风不要论，惭愧情人远相访，此身虽异性常存。”唱罢，牧童拂袖隐入烟霞而去。容若在此处用李源与圆泽的友情来比喻自己与恋人的爱情，极言两人爱情之深厚。

词到下阕，容若睹物思人，发出了旧情难再的无奈慨叹。“乌丝阑纸娇红篆，历历春星”，在丝绢上写就的鲜红篆文，如今想来，就好像那天上清晰的明星一样。那么，丝绢上到底写的是什么呢？容若在“道休孤密约，鉴取深盟”这句中给出了答案，原来记载的是当初二人的海誓山盟，这些文字作为凭证，见证了不要相互辜负的密约。但是，容若没有想到，誓言也会有无法实现的一天，如今回忆起往事，情景仍然历历在目，眼泪止不住流了出来，打湿了银屏。词到“语罢一丝香露湿银屏”时戛然而止，留给人们无限的想象空间。

三生，流露出容若对美好爱情的向往，然而往往事与愿违，从小青梅竹马的表妹面对皇权的压力，不得不进入深宫，昔日恩爱的妻子，在天意的安排下，过早地逝去。这位文武全才的多情公子，难道真的命中注定得不到一份完美的爱情吗？

蝶恋花

尽日惊风吹木叶[①]。极目嵯峨，一丈天山雪[②]。去去丁零愁不绝[③]，那堪客里还伤别。

若道客愁容易辍。除是朱颜[④]，不共春销歇[⑤]。一纸乡书和泪摺，红闺此夜团圆月。

【注释】

①惊风：狂风。

②天山：在新疆中部。此处是以天山代指塞外之山。

③去去：一步一步地远行，越去越远。丁零：古代少数民族名，汉时游牧于我国北部和西北部。《史记·匈奴列传》：“后北服浑庾、屈射、丁零、鬲昆、薪犁之国。”张守义正义：“已上五国在匈奴北。”此处是借指塞外极边之地。

④朱颜：红润美好的容颜。

⑤销歇：衰败零落。

【赏析】

这首词表现天涯羁旅、游子落拓的凄凉悲伤：在这里，尽日狂风呼啸，极目望去，天山脚下树叶尽落，积雪盈丈，一片皑皑白色。渐行渐远已经让人愁不自胜了，更何况还是在行役当中的伤别。若想行人的客愁能够停止，那除非是红润的容貌常在，不会像春花一样地凋萎。而现在朱颜憔悴，春华销歇，又当如何呢？写好书信，含着眼泪折起，而此时不也正有人孤独地对着团圆明月，怀念着我这远在天山的人吗！

此词以低回婉转、沉雄青刚的笔触，描写了人在羁旅之中的相思情怀。词的上片写华丽阔远的秋景，暗暗隐含了乡思之情；而到了下片直抒思乡情怀。全词大笔振迅，意境深阔，看似与容若的往日风格不符，但细细品味，依然是有着清淡似流水的情怀在其中。

上片起首的这句便是点名节令，“尽日惊风吹木叶。”可以从字句中判断出这是秋天的景色，风吹落树叶，寥廓苍茫、衰飒零落的秋景展现在人们眼前。而后又是一处苍茫无边的景色描写：“极目嵯峨，一丈天山雪。”

从远近高低的不同层面，分别去描写眼前所见到的景物，容若的这开篇前两句仿佛就是一幅山水画，从碧天广野写到遥接天地的山脉，天山脚下，积雪盈盈，满目苍白，令人感受这景色的荒凉。苍凉的大地一直向远方伸展，连接着天地尽头的除了山脉，还有凄凉与悲哀的情绪。

旅客的哀愁无法化解，在上片的最后一句话里，容若用了“不绝”来写出愁绪的蔓延无期。“去去丁零愁不绝，那堪客里还伤别。”这一句境界悠远，与前两句高广的境界互相配合，构成了一幅十分寥廓而凄凉的秋季图。

下片则是进一步通过抒情，将内心的愁绪表达出来，十分有力。“若道客愁容易辍。”如果想让愁绪停止，那么只有一个办法，容若看似是抒情，其实是表达了内心的想法，“除是朱颜，不共春销歇。”

原来，容若真正忧愁的是，红颜已逝，人生匆匆。生老病死这样平淡无奇的事情，在容若看来，别有一番感慨在心头。所以，他借词发挥，将内心的愁绪写成一幅秋日图，让大家在他的描绘中，辗转反侧，终于在最后找到答案。

“一纸乡书和泪摺，红闺此夜团圆月。”写好书信，擦干眼泪，想到此刻远方也定有一个人，在窗前痴等他这个远在天山脚下的人。夜里寂寥，最后哀愁都化作了相思之泪，这首词抒情深刻，造语生新而又自然。将词里要表达的思乡之情发展到了极致。

在最后的一片哀思中，整首词戛然而止。秾丽之景与深挚之情的统一是这首词最大的特色。所抒发的情感柔而有骨，深挚而不流于颓靡。

金缕曲

未得长无谓。竟须将、银河亲挽，普天一洗[①]。麟阁才教留粉本[②]，大笑拂衣归矣。如斯者、古今能几？有限好春无限恨，没来由、短尽英雄气。暂觅个，柔乡避[③]。

东君轻薄知何意。尽年年、愁红惨绿[④]，添人憔悴。两鬓飘萧容易白[⑤]，错把韶华虚费。便决计、疏狂休悔。但有玉人常照眼[⑥]，向名花、美酒拼沉醉。天下事，公等在。

【注释】

①普天：整个天空，遍天下。

②麟阁：即麒麟阁，汉代阁名，在未央宫中。汉宣帝时曾将霍光等十一功臣画像置于阁上以表扬其功绩，封建时代多以画像置于“麒麟阁”表示卓越功勋和最高的荣誉。粉本：画稿，古人作画先施粉上样，然后依样落笔，故称画稿为粉本，指图画。

③柔乡：即温柔乡，谓女色迷人之境。汉伶玄《赵飞燕外传》："是夜进合德，帝大悦，以辅属体，无所不靡，谓为温柔乡。语曰：'吾老是乡矣，不能效武皇帝求白云乡也。'"

④愁红惨绿：谓经风雨摧残的败花残叶。宋辛弃疾《鹧鸪天·赋牡丹》词："愁红惨绿今宵看，却是吴宫教阵图。"

⑤飘萧：鬓发稀疏貌。

⑥玉人：指美女。照眼：耀眼，晃眼，示指强光刺眼。

【赏析】

一句"竟须将、银河亲挽，普天一洗"让人禁不住拍案：好一阕《金缕曲》！这是何等的豪放，堪与苏东坡的"会挽雕弓如满月，西北望，射天狼"一较高下。词风如此沉雄郁勃，谁能想到，这是俊雅的公子纳兰容若的作品？更难想到的是，这首词讲的是仕途失意的故事，抒发的是郁郁不得志的情怀：

追求的理想总是不能实现，这世事不公，确实需要挽来天河，将天空洗净，令世道清明。朝廷要重用之时，却大笑辞受，拂衣而去了。像这样的壮举，古来能有几人？美好的春光总是有限，然而遗恨却是无限的。不由得让英雄气短。于是找个温柔乡不问世事。春天总是无情无义，年年都要弄得落红满地，让人平添愁绪。人生本来苦短，却又把大好的时光都浪费了。于是下定决心，不为自己的疏狂而后悔。有佳人常伴，有美酒常醉。至于天下的事，就由你们去处理吧！

个英雄，活活地憋屈了。

英雄的悲，不在血染沙场，马革裹尸。能以一腔热血报国家、酬君王是古时英雄的最高荣誉。英雄最悲戚的莫过于三尺青锋不因磔裂敌人的骨骼而断裂，却因岁月的侵染而锈蚀；刚毅的容颜不因大漠的呼号的风沙而粗粝，却被安逸的日子折起道道松懈的皱纹。

读古代英雄的故事，最感觉悲哀的不是曹沫、专诸，也不是岳飞、袁崇焕，而是廉颇，一位老将军。

《史记·廉颇蔺相如列传》记载，廉颇被免职后，去了魏国。赵王想再次起用他，派人去看他的身体情况。廉颇的仇人郭开听说了这件事，偷偷贿赂了使者。

“赵使者既见廉颇，廉颇为之一饭斗米，肉十斤，被甲上马，以示尚可用。”使者与廉颇会面，这位老将军见自己能有重披战甲的机会非常高兴，他吃了一斗米、十斤肉——十斤肉是多少大家都知道，一升米现在重 1.25 斤，10 升米为一斗——为了表示自己还不老，身体依旧健硕，老人家当着赵国使者的面吃了 12.5 斤的米饭、十斤肉！——让人看了心酸。他想获得的，不过是再次纵横沙场的机会。可那天杀的使者收了郭开的钱，回来报告赵王说：“廉颇将军虽老，尚善饭，然与臣坐，顷之三遗矢矣。”意思是说，廉将军虽然已经老了，还很能吃，但是和我坐了一会儿，就去了三次厕所。言下之意，廉颇已然是个老饭桶了。“赵王以为老，遂不用。”

一代名将，没能用剑夺取自己往日的荣光，在一个收受贿赂的小人面前像个憨傻的孩子般表现自己健壮的身体和笑傲敌阵的野心，他遭到了不公平的世道无情的嘲弄。虽然一心想为祖国出战，但是他一直再没有得到任用，廉颇最终在楚国的寿春（今安徽省寿县）郁郁而终。这样的结局，让人想到陆游。陆游自幼即立志杀胡救国，终生未能如愿，临终时写下了如老剑悲鸣的《示儿》：死去元知万事空，但悲不见九州同。王师北定中原日，家祭无忘告乃翁！

纳兰性德文武全才，天生才情出众，抱负满怀。再加上初入仕途时正遇上三藩之乱，他报效国家、青史留名的愿望被激起。然而当他请命上战场杀敌，却没有得到君、父的赞同，大有壮志难酬，前途渺茫之感。只是这种豪气却始终没有兑现在亲力亲为的实践中。纳兰性德只有把这一气吞山河的胸怀消磨在仕途官场上，不能建功立业，只能虚度年华，人也变得惆怅消极。

人生就是如此荒诞，有人一生追求“但有玉人常照眼，向名花美酒拼沉醉”而不得，有人却不得不“但有玉人常照眼，向名花美酒拼沉醉”。前者享受这种生活是“小人得志”，后者沉溺于此生活是“英雄失意”。幸耶？非耶？个中滋味，不是旁人可以知晓的。

明月棹孤舟海淀[1]

一片亭亭空凝伫。趁西风、霓裳遍舞[2]。白鸟惊飞，菰蒲叶乱[3]，断续浣纱人语。丹碧驳残秋夜雨[4]。风吹去、采菱越女[5]。辘轳声断[6]，昏鸦欲起，多少博山情绪。

【注释】

①海淀：指今北京西郊之海淀镇。即纳兰家别墅自怡园，后自怡园并入圆明园之一的长春园。

②霓裳：即《霓裳羽衣曲》。

③菰蒲：指菰和蒲。水边多年生草本植物，地下茎白，地上茎直立，开紫红色小花。

④丹碧：泛指涂饰在建筑物或器物上的色彩。犹丹青，指绘画。

⑤越女：古代越国多出美女，西施尤其著名，后因以泛指越地美女。

⑥辘轳：安在井上绞起汲水斗的器具。

【赏析】

纳兰作为清宰相明珠之子，其家世也与皇亲紧密联系，二十二岁考中进士，皇帝钦赐为三等侍卫。后来纳兰成为御前侍卫伴随皇帝身边，参与战略侦察等国家大事，也经常与文武百官唱和应酬。纳兰为人文采风流、英姿飒爽，与朋友交往，信而真挚，备受时人称颂。

在这首词里，纳兰描述了观荷时所发的千愁万绪。“一片亭亭空凝伫”是说含苞待放的荷花在池水上独自开放，无人欣赏。“亭亭”典出陆游《老学庵学记》卷十：

“卷荷出水面，亭亭植立。”

本意是指含苞欲放的荷花在水上亭亭玉立姿态曼妙，这一句也为此意。一个“空”字奠定了这首词的基本格调。秦观的《满庭芳》中曾说道：

“多少蓬莱旧事，空回首、烟霭纷纷。”

“空”字的出现往往意味着历史与现实的格格不入或者有“往事如烟不可回首”之味。这里自然也不例外，在下文中，纳兰果然流露出了对红颜易逝、往日难追的感慨。

“趁西风霓裳遍舞”还是在说荷花的美丽。一阵风吹过，如同美女翩翩起舞。霓裳即《霓裳羽衣舞》，据传唐玄宗作此曲，杨贵妃经常随着曲调翩跹起舞。《霓裳羽衣曲》经常被后人当作寄托爱情的曲调或者亡国之曲。但不论历史评价怎样，在人们的想象中《霓裳羽衣曲》总是优美无比的，于是后人面对满池荷花时总是将之比作翩翩起舞的女子，让人浮想联翩。本句中的“霓裳遍舞”一语出自卢炳那首《满江红》：

“罨画池亭，对十万，盈盈粉面。依翠盖，临风一曲，霓裳舞遍。”

纳兰的词作中写景状物关于水、荷的尤其多。对于水，纳兰性德是情有独钟的。首先其别业就名为“渌水亭”。从题目上看便是一处傍水的建筑，或是有水的园囿。中国传统文化中，把水认作有生命的物质，认为是有德的。并用水之德比君子之德。滋润万物，以柔克刚，川流不息，从物质性理的角度赋予其哲学的内涵。纳兰把属于自己的别业命名为“渌水亭”也便是因慕水之德而自比。

“白鸟惊飞，菰蒲叶乱，断续浣纱人语。”白色羽毛的鸟儿从菰蒲中飞起，留下满地的零乱，这时传来断断续续的声音，原来是浣纱人。浣纱女的意象往往令人想起西施，隔着历史长河，在某个地方，西施也曾似纳兰一般站在这满池荷花面前愁绪万千吧。可是如今早已“丹碧驳残秋夜雨”。

“丹碧驳残”在说绘画上的丹青色彩因为年代久远早已褪色。往日的幸福生活不可再得。这里似乎隐含着诗人对爱妻的怀念。纳兰十七岁时娶两广总督尚书卢兴祖之女卢氏为妻，伉俪情深，不料婚后三年妻子亡故，痛苦之中他写下了不少令人不忍卒读的悼亡之作，为众人传唱至今。

“秋夜雨”往往给人一种飘零、孤寂的感觉，李清照在晚年经常写到如此景象：

“梧桐更兼细雨，到黄昏，点点滴滴。”

易安因为丈夫的早逝，后来国家灭亡，自己也过着颠沛流离的生活，于是当她面对满地黄花憔悴损，回忆起与赵明诚的幸福生活时备觉孤独，凋零之感油然而生。纳兰在这里用此意象也有相同的心境。他的身世足以令外人艳羡不已，但内心的孤寂有谁能明白，对爱人的怀念恰如易安对赵明诚的思念，对自由充满向往但又不得不整日被公务纠缠。天地之大能够明白了解他的又有几人?

“风吹去采菱越女。”古代越国多出美女，最著名的莫属西施。于是后人因此以越女泛指越地美女。风吹去了春天吹来了冬日，吹绿了树叶又吹落了绿色。风总是无情的，越地的采菱女子怎经得起时光这般如风拂过? 她们姣好的容颜在风的一次次到来、离去中消逝，在岁月的长河中渐渐沉淀。时光一去不复返呵，千百年来骚人墨客吟咏的话题总是与此相关。

“辘轳声断，昏鸦欲起，多少博山情绪？”辘轳是安在井上绞起汲水斗的器具。“博山”典出于乐府《杨叛儿》：“欢作沉水香，侬作博山炉。”

乐府诗中暗指男女欢爱，这里则意为对单纯天真的爱情的追求。古往今来有很多相似的夜晚，然而在这看似平静的寒夜里，不知有多少人看穿了秋水、望断了双眼，纳兰只是这痴人之一。

经过了由荷花引起的忧愁、浣纱女带来的联想到最后一句反问读者“多少博山情绪”，蕴含着纳兰百转千回的思绪：对亡妻难以名状的思念、对理想与现实矛盾的忧郁以及在茫茫宇宙中的飘零之感等等，这些情感纠缠在一起紧紧包围着他，然而却无人诉说，于是话到嘴边，只能问一句“辘轳声断，昏鸦欲起，多少博山情绪”，细细品来，恰与李煜的名句“问君能有几多愁”有异曲同工之妙。

临江仙

昨夜个人曾有约，严城玉漏三更[1]。一钩新月几疏星[2]。夜阑犹未寝，人静鼠窥灯。

原是瞿唐风间阻[3]，错教人恨无情。小阑干外寂无声。几回肠断处，风动护花铃[4]。

【注释】

①严城：戒备森严的城池。唐皇甫冉《与张湮宿刘八城东庄》诗："寒芜连古渡，云树近严城。"

②新月：农历每月初出现的弯形的月亮。

③瞿唐：即瞿塘，峡名，为长江三峡之首，也称夔峡。西起重庆奉节白帝城，东至巫山大溪，两岸悬崖壁立，江流湍急，山势险峻，号称西蜀门户，峡口有夔门和滟堆。间阻：阻隔，间隔。

④护花铃：为保护花朵驱赶鸟雀而设置的铃。

【赏析】

纳兰词总是悲切缠绵，催人泪下。这首《临江仙》也是如此，寥寥语句勾画了他与恋人相约却又未能见面的一段经历，言辞之间情真意切、哀感动人。

"昨夜个人曾有约，严城玉漏三更。"报时的沙漏中，细沙滑下，标志着时间无情流逝。戒备森严的城内街道空无一人，词人独自等待了大半个夜晚，"严城"二字更增添了这孤独凄凉的色彩。相思与等待之苦，确是不堪忍受。

李后主《菩萨蛮》（花明月暗笼轻雾）写与小周后幽会之事，亦可称为男女幽会之名篇，然后主只述小周后匆忙出宫之状，并不提自己心思如何。盖因后主当时为帝，深夜幽会，只图一时之乐，未必懂得普通青年男女恋爱之时的相思之苦。

而纳兰毕竟不同，丞相之子、御前侍卫的身份并未给他带来任何感情上的特权，从开始的刻骨相思到后来的宫闱之隔，唯一甜蜜的回忆怕只有相遇之初两情欢洽的时光了。

“一钩新月几疏星。”天上的一钩新月，点点疏星，这样的景色在纳兰看来，不过是一番别样的孤寂凄清。人一生又遇上多少个一钩新月天如水的夜？若所等之人如约来到，那此情此景，二人可能会在月下对酌，可能会联词唱和，也可能，只是并肩漫步在如水月色中，任低声耳语惊起了宿鸟剪碎了花影。然而，这样心心念念等待之人终究没有到来，面对新月疏星，只能听凭思念和寂寞在惘然中纠缠不休。

三更时分，风定夜静，相约之人却迟迟不来，心情犹疑不定之中，纵夜阑灯昏，又怎得安然好眠？“鼠窥灯”三字令人想起秦少游《如梦令》中“梦破鼠窥灯，霜送晓寒侵被”一句。四周寂静无声，连小鼠也出来窥探。而无果的等待，一室的悄然，早已让人心内冷凉一片。言语至此，已是沉沉无半点生气，寂寞至极。

等待实在是一种人生苍老的过程，更何况所等之人是有约在先的恋人？词人久待不见人来，甚至开始主动为对方寻找爽约原因。“原是瞿唐风间阻”，瞿塘是何景观？长江三峡的瞿塘峡，西起重庆市奉节白帝城，东至巫山大溪，两岸悬崖壁立，山势险峻，水流湍急，行船艰难。狂放不羁如李白都曾在《荆州歌》中说：

“白帝城边足风波，瞿塘五月谁敢过？”

纳兰在这里设想，恋人一定遭遇了像瞿塘峡的风一样的意外变故，才没来赴约。想必此刻伊人正在独倚高楼，拍遍栏杆，苦无良计。继而强自解嘲道，这岂不是要教人误以为对方无情么。黯然神伤之至，根本挂不住嘴角那一抹自嘲的笑。横亘在他们之间的是一条何其难逾的鸿沟，纳兰必然是心知肚明，却也无计可施，只得任由情绪陷入长久痛苦的相思之中。

“小阑干外寂无声”，深夜难眠容易让人产生回忆，昔日与恋人在回廊约会的场面历历在目，而此时此刻，只剩下护花铃声颤动，空留断肠人。

循句读来，令人不免忆及《诗经·郑风》那一句：“青青子衿，悠悠我心。”

同是候人不至，《诗经》中以女子的口吻直述思念，蜕去了一切躯壳，省去所有外在的描述；纳兰则描写细腻，以外部的景物来映衬人物内心的波动焦虑，词中尽是相恋相约而不得相见的哀婉缠绵，婉转低回与《子衿》的坦然直率很是不同，但情绪毕竟是相通的。蜿蜒在这些诗句中的思念是如何缱绻漫长，让后来的人无不心有戚戚。毕竟在喧嚣尘世对一个人产生这样持久的思念而始终心无厌倦，实在太难。

在《诗经》中，并无交代郑女所等男子因何失约，最终有没有来。不解释，不交代结局，也便能存有一种期待。而纳兰词似乎连这样的邈远期盼也不曾留给读者，人人皆知，现实终归问不得"后来"二字，纵使纳兰深情如是，亦无法避免后来在无奈之中接受了家族的安排，与两广总督卢兴祖之女卢氏结合。至于再后来，即使纳兰旧情不忘，趁国丧期间请喇嘛入宫念经之机混入宫中，也如愿见到了旧日恋人，却因为宫禁森严，二人只能远远相望，没有能够说上哪怕是一句话。

沁园春

梦冷蘅芜[①]，却望姗姗[②]，是耶非耶？怅兰膏渍粉[③]，尚留犀合；金泥蹙绣[④]，空掩蝉纱[⑤]。影弱难持，缘深暂隔，只当离愁滞海涯。归来也，趁星前月底，魂在梨花。

鸾胶纵续琵琶[⑥]。问可及当年萼绿华[⑦]？但无端摧折，恶经风浪；不如零落，判委尘沙[⑧]。最忆相看，娇讹道字[⑨]，手剪银灯自泼茶。今已矣，便帐中重见，那似伊家。

【注释】

①蘅芜：香草名。晋王嘉《拾遗记·前汉上》："(汉武)帝息于延凉室，卧梦李夫人授帝蘅芜之香。帝惊起，而香气犹着衣枕，历月不歇。"闽徐夤《梦》诗："文

通毫管醒来异，武帝蘅芜觉后香。”

②姗姗：走路从容，不紧不慢的样子。

③兰膏：一种润发的香油。渍粉：残存的香粉。

④金泥：用以饰物的金屑。蹙绣：即蹙金，一种刺绣方法，用金线绣花而皱缩其线纹使其紧密而匀贴，亦指这种刺绣工艺品。

⑤蝉纱：像蝉翼一样薄的纱。

⑥鸾胶：相传以凤凰嘴和麒麟角煎成的胶，可黏合弓弩拉断了的弦，俗称丧妻男子再婚。

⑦萼绿华：传说中的仙女名。自言是九嶷山中得道女子罗郁。晋穆帝时，夜降羊权家，赠权诗一篇，火手巾一方，金玉条脱各一枚。见南朝梁陶弘景《真诰·运象》。李商隐《重过圣女祠》：“萼绿华来无定所，杜兰香去未移时。”

⑧判：甘愿、甘心。尘沙：尘世。

⑨道字：一种将字拆开的文字游戏。

【赏析】

当年，黄安一曲《新鸳鸯蝴蝶梦》红遍大江南北，一句“由来只有新人笑，有谁听到旧人哭”唱得多少人心有戚戚焉。这句歌词化自杜甫的旧句“但见新人笑，那闻旧人哭”。喜新厌旧是世人常态，眼前有娇媚新人，自然将往昔旧人抛诸脑后。纳兰性德眼前有位新人——他的发妻已经故去了。而且，以纳兰府的名望与财富，这位新人必然出身高门大户，貌美如朝露。不过，人们没有听闻纳兰府新人的笑声，纳兰性德的心，显然并没有放在新人身上。他仿佛坠入了时间的迷雾中，时时与旧人相伴：

蘅芜袅袅，似梦非梦，看到你步履轻缓，从容不迫地姗姗走来，这景象是真是幻？眼前你润发用的香油，粉盒中残存的香粉，依旧在妆奁中静静地躺着；装饰用的金屑和没有绣完的绣品还放在那里。面对着这些你曾用过的东西，睹物思人，怎能不怅然心伤。真希望我们不是天人永隔，滞留天涯。你忽然回到我身边，趁着这明月星空，在曾经相约的梨花树下与我相见。纵然是续娶了后妻，但又怎么能与你相比呢？如今让我无端经受这样的打击，如尘沙般孤独零落。最令人伤神追忆的是你读错了字的娇柔之声，以及那剪去灯芯，赌气泼茶的柔媚之态。如今一切美好都已结束，即使再次相见，也不是当时的样子了。

看到这首词，续娶的新夫人一定伤心欲绝。“鸾胶纵续琵琶。问可及当年萼绿华？”萼绿华，传说中美丽的仙女。新夫人纵使艳若三春牡丹，也比不过逝去的人儿——她在他的心中是“萼绿华”，天国芳蕊，远胜过人间富贵花。爱，是一种能力。有些人随时随地可以开始下一段恋爱，全心投入其中；有些人此种能力却相对匮乏，他们的爱如春日的草花，与命中注定的人相遇，便如被惊雷催发，伸展枝丫，拼尽全力开出一朵花蕾，花谢了，生命的活力也随之枯竭了。纳兰性德无疑是后者。传说，纳兰容若曾与表妹相爱，无疑这位表妹扮演了春雷的角色，撼动了少年容若心中情欲的芽苗。然而，他们没能走在一起，最终同容若一同完成这段感情经历的，是他的妻子卢氏。

容若的性格落拓无羁，禀赋超逸脱俗，才华出众，与他出身豪门，钟鸣鼎食，入值宫禁，金阶玉堂的前程，构成一种常人难以体察的矛盾感受和心理压抑。爱妻的早亡，挚友的聚散，使他内心深处的困惑与悲观难以释怀。对仕途的厌倦和不屑，使他对凡能轻取的身外之物无心一顾，但对求之却不能长久的爱情，对心与境合的自然和谐状态，却流连向往。

容若对妻子的爱深刻真切，充满怜惜。妻子去世了，她曾用过的脂粉、发油，她未做完的刺绣，每一样都静静地待在原处，仿佛在等待主人回来。她住过的房间，是他栖息心灵的幽僻之地。他每日流连其中，回忆共同走过的那些日子的点点滴滴的幸福，甚至曾经她念错一个字的娇嗔，都成了今日最值得反复咀嚼的甜蜜回忆。

康熙二十四年（1685 年）暮春，纳兰性德抱病与好友一聚、一醉、一咏三叹，然后便一病不起，七日后溘然而逝。病时，康熙曾派人探望并送御药，闻其亡故之讯，为之惋惜。纳兰性德的业师徐乾学为其撰写墓志铭、神道碑。纳兰性德葬于京西皂甲屯纳兰祖茔，带着无限的爱与永远十九岁的娇妻卢氏合葬于山明水秀之境，从此相依相伴、永不分离。

吾心有情，流光无情。

清平乐

塞鸿去矣[①]，锦字何时寄[②]。记得灯前佯忍泪，却问明朝行未。

别来几度如珪[③]，飘零落叶成堆。一种晓寒残梦，凄凉毕竟因谁。

【注释】

①塞鸿：塞外的鸿雁。塞鸿秋季南来春季北去，故古人常以之作比，表示对远离家乡的亲人的怀念。

②锦字：书信。

③珪：同“圭”。古代帝王或诸侯在举行典礼时拿的一种玉器，上圆下方，此处借喻月圆而缺。

【赏析】

这首词是塞上怨离之作：自从离别之后，日日盼望的家书何时才能到来？记得我临走之时，你在灯前强忍着泪水，却问我明天是否出发。分别之后，月亮已经几度圆缺，如今已是深秋，落叶成堆。残梦凄凉，孤独难耐，相思怨别，这一切究竟是为了谁？

诗词的魅力之大在于其朦胧，有些话从不说透，就让后人在字里行间去品味，去猜测，这就是诗词的魅力。容若深知这种魅力，他的词，常常会营造一种氛围，让人看不透，读不懂，但却心甘情愿沉迷于此，感受他词里的戚戚然的感觉。

清朝时期，文坛并不如唐宋那样生命力旺盛，所以，对于容若的要求，也不能堪比李白、杜甫、苏轼等人。放眼整个清朝词坛，容若是一枝独秀，他的文采纵使无法匹敌前人，但在那个万籁俱寂的时期，却是有着独特的风采。

博尔赫斯有一句诗歌这样写道："暮色隐藏下，一只小鸟的独鸣已归于沉默，你徘徊在花园里，想必缺少什么。"每个诗人都会感觉到内心似乎有几分缺憾，但他们并不能准确地描绘出自己缺失的是什么，所以，这世界上，才多了这么多优秀的诗作，因为他们想要在文字中，找到自己的缺失。

容若也是如此，他是一个一生都在不断失去的人，他在暮色的花园中徘徊，不断停停走走，想来他是要寻找，想要找回自己失去的。可是人生中失去的部分，是能够寻找得回的吗？所以，容若的悲情，其实一早就注定了。

容若的这首《清平乐》，可以听得出，他内心深处，那深沉的，缺失的声音，但是如此缥缈，无法捕捉到缺失的具体轮廓。从词的最初来看，是在思念，容若远离家乡，他写词表示伤感，词中若隐若现的字眼，都似隐藏了千般的情事，婉转哀愁。

"塞鸿去矣，锦字何时寄？"这是容若在盼望家中来信，锦书一向代表男女之间的书信，鸿雁飞过，塞外的天空，寂寞得发白，家乡挂念的人，什么时候会送来书信，送来自己的思念和问候。

"记得灯前佯忍泪，却问明朝行未。"想到牵挂的人，容若的内心温柔似水，可是在孤灯下，他只能强忍眼泪，将思念放入心中。明朝还有明朝要赶的路，只有行完这一程，才能回到家中。上片写到思念之苦，而到下片，依然延续这痛楚，"别来几度如珪，飘零落叶成堆。"就像这飘零的落叶一般，月圆月缺自有时，人世间难免会有离别，这是无法躲避的，只要相信，终有一日会再相见，那便够了。

"一种晓寒残梦，凄凉毕竟因谁？"最后的一句词留下了疑惑，晓寒残梦，到底这份凄凉因谁而起？